나의 외로움이 널 부를 때

나의 외로움이 널 부를 때

High Plains Tango

로버트 제임스 월러 지음 | 노진선 옮김

BM 황금부엉이

● 작가의 말

이 작품은 그 자체로 독립적인 스토리를 갖고 있지만, 『매디슨 카운티의 다리』와
『매디슨 카운티의 추억』의 속편 격이라 할 수 있다. 두 전작들을 읽은 독자라면
몇몇 사건이나 인물들이 친근하게 다가올 것이다. 『매디슨 카운티의 추억』은
칼라일 맥밀런이 자신의 아버지 로버트 킨케이드를 찾아가는 이야기이며,
로버트 킨케이드는 『매디슨 카운티의 다리』의 남자주인공이다.

나의
외로움이
널 부를 때

2009년 2월 18일 인쇄
2009년 2월 25일 발행

지은이 | 로버트 제임스 월러
옮긴이 | 노진선
펴낸이 | 윤정희
펴낸곳 | (주)황금부엉이

주소 | 서울시 마포구 서교동 353-4 첨단빌딩 9층
전화 | 02-338-9151
팩스 | 02-338-9155
홈페이지 | www.goldenowl.co.kr
출판등록 | 2002년 10월 30일 제 10-2494호

기획편집부장 | 홍종훈
편집 | 이홍림, 조연곤
전략마케팅 | 김유재, 변재업, 정창현, 차정욱, 최현욱
제작 | 구본철

ISBN 978-89-6030-194-8 03840

※ 잘못된 책은 구입하신 서점에서 바꾸어 드립니다.
※ 이 책은 〈고원의 탱고〉 장정개정판입니다.

"칼라일 맥밀런이 치러낸 전쟁과 비교하면 조지 암스트롱 쿠스터 (인디언과의 전투에서 전멸을 당함: 옮긴이) 장군은 그저 강가에서 즐거운 산책을 한 정도지. 게다가 그 일이 있고 난 후에 여키스 카운티의 붉은 땅 위에 누구 하나 칼라일을 위한 기념비를 세워주지도 않았으니까. 그 비슷한 것조차 찾아볼 수 없었어. 적어도 여기선 말이야…… 다른 곳에선 사정이 좀 달랐을 거야. 뭐든 말만 해봐. 우린 없는 게 없으니까. 전쟁, 마법, 인디언…… 소위 마녀까지, 빌어먹을."

"어르신의 이야기를 여기저기에 인용해도 될까요? 이 지방에 관한 이야기를요."

내가 물었다.

"와일드 터키만 계속 사준다면 자네가 원하는 건 뭐든 인용하게. 칼라일 맥밀런에게도 말해. 산전수전 다 겪은 노인네에게서 직접 들었다고."

– 슬리피스 스태거 모텔의 구석 테이블에서 오간 대화

젠장, 우린 음악이 끝날 때까지 춤을 추고, 노래를 부르는 한 무리의 광신교도나 다름없었어. 하지만 탱고는 영원히 계속된다는 걸 알아야 해. 수잔나 벤턴은 그 점을 알고 있었어. 그녀 말고 그 사실을 또 아는 사람이 있을까? 많은 사람들이 수잔나를 마녀라고 하지만, 사실은 그렇지 않아. 적어도 난 아니라고 생각해. 그녀는 기막히게 멋들어진 탱고를 추지. 그것만은 분명해.

– 게이브 오루크, 아코디언 연주자

차례

제 1 장

신성한 땅

칠흑같이 어둡고 폭풍우가 치지는 않
았지만 충분히 을씨년스러운 밤이었다. 아득히 멀고 낯선 시
간 속의, 아득히 멀고 낯선 곳. 저 멀리 우뚝 솟은 산이 보인
다. 그 주름진 하얀 얼굴 위로 물기를 머금은 구름이 낮게 드
리워져 있고, 시원하게 쭉 뻗은 고속도로는 영원과 가까운 곳
을 향해 나아가고 있다. 더 이상 아무도 돌아보지 않는 곳이
황무지라면 이곳은 진정한 황무지다.

수수께끼 같은 표지판은 서쪽을 가리키고 있다.

데드이글(Dead Eagle) 캐년 56km
비포장도로, 편의시설 없음

독수리는 왜 죽은 것일까? 이곳을 기억하는 사람이 있을까? 기억하는 이들도 몇몇 있었지만 그들은 이곳을 입에 올리지 않았다.

50킬로미터마다 하나 꼴로 세워진 표지판들은, 보이지 않는 벽 너머의 다른 시간으로 향하는 도로들을 가리키고 있었다. 힘이 좋은 차를 가진 사람이라면 재미 삼아 그 길 가운데 하나로 빠질 수도 있다. 사람은 누구나 샛길로 빠지고 싶은 충동에 사로잡히게 마련이다. 칼라일 맥밀런도 그랬다. 서두를 일도 계획도 없는 떠돌이 생활을 잠시 선택한 상태였다. 그는 햇볕에 그을린 시보레 픽업 트럭을 서쪽으로 돌려 이곳 사람들이 '울프벗 로드'라고 부르는 길을 따라가다가, 데드이글 캐년 표지판을 지나 남쪽으로 향했다. 잠시 후, 칼라일 맥밀런은 트럭을 멈추고 밖으로 나왔다. 제일 가까운 마을에서도 한참 멀리 떨어진 곳이었다.

서늘한 8월 말의 안개 속에서 그는 잠시 서 있었다. 부츠에 풀물이 들기 시작했고, 얼굴과 양손은 안개에 젖어들었다. 느긋한 바람이 불어왔다가 지나가고, 다시 온다. 정적. 버들개지가 허리를 숙이고, 바람 부는 방향을 따라 노란색 클로버가 물결친다. 사운드 트랙 없는 영화에서처럼 정적은 깊어만 간다. 정적은 황혼녘의 석관(石棺)을 닮아 있다. 추모객들은 모두 떠나고 당신의 몸 위로 흙이 떨어지는 석관 속의 정적을.

샤이엔족들은 이곳을 신성한 땅이라 믿었다. 스위트 메디슨(Sweet Medicine, 샤이엔족의 전설적인 주술사: 옮긴이)도 그렇게 말했다. 칼라일 맥밀런이 서 있는 곳에서 남쪽으로 서른 번째 떨어진 울타리에 앉아 있는 한 마리의 매도 그렇게 믿었다. 우연히 이곳에 오게 된 사람이라면 다들 그렇게 믿었다.

빈틈 없는 사람이라면 이곳에 올 때 엔진이 고장나거나 타이어에 이상이 생겼는데 여분의 타이어는 없을 경우를 대비해 음식과 물, 어쩌면 침낭까지 준비해 올 것이다. 이곳에서 당신의 존재를 알아줄 만한 것은 아무것도 없기 때문이다. 그것만큼은 확실하다. 당신이 살았든 죽었든, 꼬박꼬박 돈을 지불했든, 따뜻한 태평양 해변에서 춤을 춘 후 사랑을 나눴든, 당신을 알아주는 것은 아무것도 없다. 이곳에 있는 것은 정적과 바람뿐이지만 그들은 당신이 떠난 후에도 오랫동안 여기 남을 것이다.

여기저기 솟아 있는 고분들은 이 초원을 굽이치는 파도처럼 보이게 만들었고, 그 고분들 아래에는 선조들이 묻혀 있다. 그들은 아시아와 아메리카 대륙의 북쪽 지점이 연결되어 있던 시절, 얼어붙은 바다를 건너 아시아에서 건너온 이들이다. 한 세기 전, 이곳에는 또 다른 사람들도 묻혔다. 서부로의 위대한 영토확장주의인 '매니페스트 데스티니(Manifest Destiny)'에 몸담았던 사람들이다. 자갈 위를 걸으며 자세히 들여다보면 아직도 기병대 제복에서 떨어진 금속 단추를 발견할 수 있다. 오래된 나이프 손잡이, 창과 총알에 의해 쪼개진 사람의 어깨뼈, 담배 파이프 따위도 보인다. 땅을 파보면 훨씬 더 많은 것들이 나올 것이다.

칼라일 맥밀런이 몰고 온 트럭에서 겨우 15센티미터 떨어진 곳, 진흙 속에 반쯤 파묻혀 있는 제복 단추가 보였다. 백번의 봄바람이 그 단추를 땅 위로 드러나게 했고, 빗물이 개울 속으로 흘려보냈으며, 개울은 모래톱으로 날랐다. 단추를 물어 둥지로 가져간 새 한 마리는 시간이 흘러 단추가 녹슬고 볼품없어지자 둥지 아래로 떨어뜨렸다. 단추는 한때 제7기병대 지미 C. 놀즈 기병의 코트에 달려 있던 것이다. 놀즈 기병은 '샛별의 아들'이라 불리던 장군 휘하에 있었다. 그는 황금빛 머리칼의 장군을 존경했으며, 그를 판박이처럼 닮겠다는 열망을 품었다. 샛별의 아들을 따라서라면 지옥까지라도 달려갔을 테지만 결국 그는 죽었다.

만약 바람보다 빨리 달릴 수 있다면, 침묵 너머의 소리를 들을 수 있다면, 이곳에서 울려 퍼지는 아득한 과거의 소리를 들을 수 있을 것이다. 멀리서 들려오는 나팔소리, 가죽 안장의 삑삑거리는 마찰음, 어쩌면 시간의 낮은 리듬까지도. 그리고 태곳적에 말달리던 늙은 기수들의 희미한 이미지. 우수한 애팔루시아종의 말에 올라탄 그들은 데드이글 캐년에 드리운 어둠을 깨치며 굽이치는 푸른 초원을 쏜살같이 내달린다. 코와 입에서 흰 연기를 내뿜는 말 머리를 가을 쪽으로 돌리면서.

가끔씩, 바람만 제대로 불어주면 훨씬 더 옛날의 냄새까지 맡을 수 있다. 사람들은 그렇게 말해왔고, 지금도 그렇게 말한다. 우선 등을 뒤로 젖히고 콧구멍을 넓혀야 한다. 집중하라. 당신에게도 그 냄새가 찾아올 것이다. 처음에는 광활하고 탁 트인 시골의 일상적인 냄새, 그 다음에는 오랜 속임수의 희미한 내음이.

칼라일 맥밀런은 가랑비를 맞으며 허허벌판을 바라보았다. 거기서 멀지 않은 낮은 산에서 어느 인류학자가 추락사한 일이 있었다. 휙 하는 소리가 나더니 등 한복판에 뭔가가 툭 떨어졌고, 그는 중심을 잃고 비틀거리다 추락했다. 처음 2.5미터까지 떨어질 때만 해도 그가 추락하는 모습과 속도는 순수함을 간직하고 있었다. 거의 우아할 정도로. 그러나 튀어나온 무언가에 부딪히면서 그는 180미터를 온몸이 너덜너덜해질 만큼 떼굴떼굴 굴렀다. 들리는 소리라고는 자신의 비명뿐, 알 수 있는 것이라고는 자신을 스쳐 지나가는 절벽의 희뿌연 사암뿐. 그는 자갈이 깔려 있는 바위와 정면으로 충돌했고, 오른쪽 어깨뼈에 턱이 닿을 정도로 목이 완전히 돌아갔다. 산 아래 평원에 있던 그의 동료들 가운데 이 광경을 보거나 그의 비명 소리를 들은 사람은 아무도 없었다.

그러나 한 쌍의 검은 눈동자는 그것을 지켜보았다. 한창 봄날의 황금빛 햇살을 가르며 떨어지는 한 남자를. 그러나 그는 이 일에 대해서는 단 한 마디의 말도 하지 않았다. 인생이란 그런 것. 제7기병대가 리틀빅혼을 향해 가는 도중 이곳을 지나가기 훨씬 전부터 그것은 잘 알려진 사실, 아주 오래전부터 잘 알려진 사실이다.

칼라일 맥밀런은 울타리에 기대 서쪽 먼 곳을 응시했다. 간간이 보이는 산을 제외하면 아무것도 없는 광활한 대지가 장엄하게 펼쳐져 있었다. 오른쪽에는 '울프벗'이라고 불리는 960미터 높이의 산이 있었다. 그 산 정상에서 한 여자가 춤을 추고 있었지만, 칼라일의 눈에는 보이지 않았다.

그녀는 풀밭 위에서 맨발로 춤을 추었다. 그리고 저 멀리 산 아래 픽업 트럭 옆에 서 있는 한 남자를 보았다. 춤추는 여자 뒤로 6미터 떨어진 곳에서는 한 인디언이 오래전 죽은 소나무의 옹이진 마디에 등을 기댄 채 피리를 불고 있었다.

낮게 드리운 구름이 산 위로 다가왔다. 구름이 머금고 있던 차가운 빗방울이 우아한 굴곡을 이루고 있는 여자의 등과 종아리의 곡선을 어루만진다. 여인의 얼굴과, 왼쪽 가운뎃손가락의 오팔반지, 오른쪽 손목의 은팔찌, 목걸이에 매달린 은색 매 모양 펜던트도 쓰다듬는다. 인디언은 그녀를 더 이상 또렷이 볼 수 없었다. 안개 사이로 가끔씩 그녀의 다리나 가슴, 몸을 빙글 돌릴 때 출렁이는 긴 적갈색 머리칼만 언뜻 보일 뿐이었다. 그러나 인디언은 연주를 계속했다. 비구름은 걷히고 그녀가 자신에게 오리라는 것을 알고 있기 때문이다.

칼라일 맥밀런은 트럭을 후진시켜 다시 도로 위로 올라갔다. 그 과정에서 한때 제7기병대 소속, 지미 C. 놀즈 기병의 푸른색 코트에 달려 있던 단추는 진흙 속에 묻혀버렸다. 먹구름이 걷히자 여자는 다시 산 아래 평원을 볼 수 있었지만 이미 남자는 사라지고 없었다. 다만 남쪽으로 이동하는 픽업 트럭의 희미한 모습이 보일 뿐이었다.

피리 선율은 점차 침묵과 하나가 되었다. 여자는 안개를 가르며 하늘을 향해 팔을 들어올렸다. 그리고 이내 팔을 내리고는 인디언을 향해 걸어갔다. 비록 늙었어도 몸은 철조망처럼 단단한 그의 무릎 위에 몸을 묻었다. 살랑거리는 미풍은 서늘하고 축축했다. 여자가 다가올 때 그날 아침 그녀가 목욕할 때 썼던 백단비누 향이 인디언의 코를 간질였다. 잠시 비가 그쳤고, 여자는 그의 어깨 너머로 절벽을 향해 날아가는 매를 바라보았다. 그녀의 아버지가 지상으로 추락했던 바로 그 절벽을 향해 날아가는 매를.

제 2 장

샐러맨더 마을

액셀 루커는 바보가 아니었다. 다만 바보처럼 행동할 뿐이었다. 그는 원래 과학자라는 작자들을 좋아하지 않았지만 그들이 옳다는 것을 너무도 잘 알고 있었다. 과학자들을 좋아하지 않는 이유는 그들이 자신의 세금으로 조성된 공공기금을 먹고사는 과격분자 일당들이기 때문이다. 또한 그들은 늘 논리적일 것을 요구하며 증거를 중요시한다. 그들에게는 사람들이 불안한 마음을 달래기 위해 각자의 이익에서 비롯된 근거 없는 소문을 떠들어대는 식당에서의 수다도 용납되지 않는다. 그렇게 떠돌던 소문은 마침내 동의의 끄덕임으로 사실로 인정받게 되고, 그렇게 해서 모두의 마음을 편안하게 해주는 영구불변의 허구가 탄생된다. 이런 공동의 견해에 반대하는 사람은 대니스 카페의 구석 자리로 퇴출당하는 것은 물론, 사람들로부터 비난받을 위험을 각오해야 한다.

한 생태학자는 이곳 주민들이 극적으로 변화하지 않는 한 이곳에서 살 수 있는 날은 얼마 남지 않을 거라고 말했다. 그들이 거대한 오갈랄라 대수층(지하수를 함유한 지층 : 옮긴이)을 고갈시키고 있으며, 과다 방목으로 목초지를 훼손하고 있기 때문이란다. 원래부터 층이 얕은 토양을 바람에 쓸려가도록 내버려둔 탓이라고도 했다.

주민들은 리버모어 체육관에서 열리는 그 생태학자의 연설을 들으러 갔었고, 생태학자는 야유를 받으며 연단에서 내려왔다. 주차장으로 걸어가던 주민들 중 누군가가 뜨거운 타르라도 가져다 부어서 저 잘난 체하는 남자를 동부로 돌려보내야 한다고 말했다. 샐러맨더 마을에 다시 생태학자가 나타나 연설했을 때도 상황은 별로 나아지지 않았다. 그러나 청중이 줄어들어 그들이 생태학자의 눈을, 생태학자도 그들의 눈을 바라볼 수 있게 되자 그의 말을 무시하기가 더 힘들었다. 마른 몸매의 생태학자는 진지했으며 조용하게 말했다. 각종 차트와 수치를 제시했고 주민들의 질문에 차분하면서도 단호한 대답을 들려주었다. 마치 주민들의 비난이 그들이 굳게 지키리라 다짐한 근거 없는 소문에서 비롯된 것임을 알고 있으며, 자신은 그것을 용납할 수 없다고 말하는 듯했다. 주민들은 그의 주장에서 허점을 찾아내려 했으나 아무것도 찾을 수 없었다. 그래서 더욱 그를 싫어했다.

아무리 똑똑한 사람이라 해도 대부분의 사람들은 자신이 원치 않는 일과 관련된 불쾌한 증거는 눈감아버리는 경향이 있다. 액셀 루커도 마찬가지였다. 따라서 비록 과학자라는 작자들의 말이 옳다는 것을 알고 마음 깊은 곳에서는 그들의 말을 믿고 있었지만 액셀은 그 사실을 어느 누구에게도 인정하고 싶지 않았다. 자기 자신에게조차. 마을 남자들은 대니스 카페에서 모닝커피를 마시며 자신들의 인생을 방해하는 외부 요소들에 대해 이야기하고 있었다. 무의식중에 셔츠 주머니에 꽂힌 농업보조금 수표를 만지작거리면서.

집으로 가기 위해 액셀은 샐러맨더 서쪽 10킬로미터 지점에서 41번 도로를 벗어나 붉은 비포장도로를 따라 북쪽으로 향했다. 그 길을 따라가면 아내 얼린과 함께 지난 삼십사 년간 농사짓고 목장을 경영하며 살아온 자신의 집이 나온다. 붉은 진흙은 늦여름 내린 비로 끈끈한 찰흙처럼 변해 있었다.

캘리포니아 차 번호판이 달린 픽업 트럭이 보이자 그는 거의 멈춰서다시피 속도를 줄였다.

"이건 대체 또 어떤 놈이야?"

그가 큰 소리로 혼잣말을 했다. 내일 대니스나 곡물창고에 가서 누구 아는 사람이 있는지 물어봐야겠다. 운전석에 앉은 남자는 인디언처럼 보였다. 어쩌면 이 땅을 인디언들에게 돌려달라고 끊임없이 요구하며 소송을 하고, 수백 년도 더 전에 인디언들의 땅이었던 이곳을 백인들이 훔쳐갔다고 주장하는 그런 선동가일지도 모른다. 소풍만도 못한 녀석들 같으니. 액셀이 과학자를 싫어한다고 치자면, 인디언은 몇 배나 더 싫어했다. 특히 그가 농사짓는 땅이 인디언에게서 훔친 땅이라고 주장하는 녀석들은.

집에 도착한 액셀은 아내에게 이제 그만 은퇴해 플로리다로 이사를 가야 할 때가 된 것 같다고 말했다. 샐러맨더에서 오는 길에 봤던 픽업 트럭에 대해서는 한 마디도 하지 않았다. 괜히 아내를 걱정시키고 싶지 않았으니까.

만약 칼라일 맥밀런이 앞으로 어떤 일이 일어날지 알고 있었더라면 아마도 그 첫날 밤, 그는 샐러맨더에 들르지 않고 계속 달려 여키스 카운티의 반대편으로 갔을 것이다.

"그저 약간의 평화와 고즈넉함을 찾아다녔던 남자에게 그건 너무도 불행한 일이었죠."

왜 그가 그런 말을 했는지는 쉽게 이해할 수 있다. 그의 기억은 아직 또렷하며, 형태도 단단하다. 살육자의 비명과 함께 날아오르는 새들, 4월의 나무에 묶인 전사들, 일제히 울려퍼지는 엽총 소리와 장거리 라이플의 묵직한 딸칵 소리, 세이렌, 고함치는 남자, 아침 하늘 속으로 빠르게 빨려 들어가는 먼지, 울프벗 정상에서 일어난 화재. 그리고 정의나 공정한 거래와 관련된 모든 것들의 느릿한 하락.

그 사건에 대해 이야기할 때면 칼라일의 턱은 굳어졌다. 그러다가 굳은 표정은 이내 희미한 미소로 바뀌었다.

"하지만 그걸 상쇄할 만한 일도 있었죠. 그 모든 걸 따져본다면, 난 역시 똑같이 했을 겁니다."

당연히 그럴 것이다. 수잔나 벤틴 같은 여자를 어디서 찾을 수 있겠는가? 갤리 데브루는 또 어떻고? 아마 그 비슷한 여자도 찾아내지 못할 것이다. 수잔나와 갤리, 그리고 '여키스 카운티 전쟁'이라고 알려진 그 사건은 한 풋내기 청년을 성장시켰다. 그가 등을 똑바로 펴고 성인의 세계를 향해 전진하도록 만들었다. 그도 그 사실을 인정했다.

8월의 늦은 밤, 북쪽에서 내려오던 길에 여키스 카운티에 도착한 칼라일은 차를 세우고 주위를 둘러보았다. 물결치는 초원, 오른쪽으로 보이는 울프벗, 안개, 느긋한 바람, 정적. 붉은 비포장도로를 타고 다시 남쪽으로 향하자 잠시 후 도로가 나왔다. 41번 도로. 그는 지도를 들여다보았다. 운전대 위로 몸을 숙이며 어떤 길로 갈지 생각했다. 이제 한 시간쯤 지나면 주위가 완전히 어두워질 것이다. 동쪽으로 10킬로미터쯤 떨어진 곳에 작은 마을이 있었다. 다른 방향으로는 남서쪽으로 500킬로미터 떨어진 와이오밍의 캐스퍼라는 마을이 유일했다. 여기서 캐스퍼까지는 허허벌판이나 다름없었다. 그는 동쪽으로 방향을 틀었다.

십오 분쯤 차를 몰고 가자 와이퍼 사이로 무언가가 보였다. 그것은 네 개의 원통형 탑으로 이루어진 곡물창고였다. 마을의 경계선에는 표지판이 있었다.

```
샐러맨더 마을에 오신 걸 환영합니다.
인구 942, 해발 2,263.
```

표지판은 많이 낡아서 페인트를 새로 칠해야 했다. '환영합니다'의 'o' 안에는 총알 자국이 세 개나 나 있었다. 참으로 수상쩍은 환영인사였다.

교회의 예배 시간표, 매주 화요일 정오에 모인다는 라이온스클럽 표지판도 보였다. 칼라일은 고속도로를 따라가다가 메인스트리트로 차를 돌렸다. 마을은 상점가를 중심으로 양쪽에 한두 블록 펼쳐져 있었고, 그 뒤로 다섯 블록까지가 마을의 끝이었다. 칼라일은 '듀에인의 픽업 트럭 & 잔디 깎는 기계 수리점'을 지나고, '블루 스퀘어 자동차 극장'과 '산토끼 볼링장'을 지나갔다. 기어를 2단으로 내리자 엔진이 작은 소리로 끙끙거렸다. 비가 그치고 먹구름에 뒤덮인 먼 서쪽에서부터 늦은 오후의 햇살이 퍼지자 와이퍼가 뻑뻑해졌다.

메인스트리트를 따라 늘어선 상점들은 그날 영업을 마치고 문을 닫은 상태였다. 대부분 하얀 목조물들로, 원래는 잘 지어졌지만 이제는 칠을 긁어내고 페인트를 새로 칠해줘야 할 건물들도 있었다. 폐업한 샐러맨더 호텔은 지붕의 일부가 무너져 있었다. 낡았지만 후기 빅토리아 양식으로 잘 지어진 벽돌 건물들도 군데군데 있었는데, 예를 들면 역시 폐업한 '멜

릭 약국'이 그랬다. 상가 건물들 사이로 도로변에 늘어선 집들과 그 너머 공허한 대지가 보이기도 했다. 많지 않은 나무들은 그나마 키가 작았다. 물이 부족한 데다 깊이 굵게 뿌리 내려야 하는 나무들이 자라기에는 토양층이 너무 얇기 때문이다. 조금 높이 자란 나무들은 집을 짓거나 땔감으로 쓰이기 위해 베어진 지 이미 오래였다.

칼라일 맥밀런은 '르로이스'라는 술집 앞에 주차하기 위해 큼지막한 콘크리트 덩어리가 떨어져나간 인도 옆으로 타이어를 밀어붙였다. 그는 차 밖으로 나와 무릎도 구부려보고 양팔을 앞뒤로 흔들기도 했다. 길고 목마른 하루였다. 새벽부터 지금까지 639킬로미터를 달렸다. 막 해가 지고 있었다.

칼라일은 술집 안으로 들어가 나무로 된 바 앞에 놓인 더러운 스툴 중 첫 번째에 앉았다. 주인 르로이는 바의 저쪽 끝에서 카우보이 모자를 쓴 키 큰 카우보이와 이야기하고 있는 중이었다. 오래전 근방에서 멋쟁이로 통했으나 지금은 성질이 고약해진 카우보이는 얇게 만 시가를 피우고 있었다. 그는 마치 모든 것이 끝장난 후 무덤덤히 살아가는 사람처럼 보였다.

지금까지 본 가장 허접한 당구대에는 비료회사 로고가 그려진 모자를 쓴 두 남자가 몸을 수그리고 있었다. 당구대는 한쪽으로 기울어 경사져 있었고, 쿠션에는 담뱃불 자국이 깊게 새겨져 있었다. 그러나 이 술집의 가장 큰 꼴불견은 당구대가 아니었다. 그 영광은 칼라일의 스툴에서 두 자리 건너에 앉아 있는 늙은 바보의 몫이었다. 늙은이는 왼쪽 팔을 바 위에 걸쳐놓고, 일주일간 면도를 하지 않아 회색 수염이 듬성듬성 난 얼굴을 그 팔 위에 얹고 있었다. 그는 갑자기 고개를 들더니 충혈된 눈으로 칼라일을 노려보았다.

"넌 누구냠마?"

칼라일이 무시하자 그는 더 궁금해졌는지 똑같은 질문을 다시 한 번 외쳤다. 너무 열심히 외치는 바람에 거의 스툴에서 떨어질 뻔했다.

르로이가 입에 담배를 문 채 이쪽으로 다가왔다. 그는 무릎 아래로 5센티미터나 내려오는 더러운 흰색 앞치마에 손을 쓱 닦았다. 찢어져 늘어진 가장자리 때문에 앞치마는 더 길게 내려왔다. 르로이는 그 늙은이를 지나치면서 손으로 바를 탁 쳤다.

"입 닥쳐요, 프랭크."

"엿 머거어라, 르로오이."

프랭크는 멀어져가는 르로이의 등에 대고 욕설을 내뱉더니 바에 머리를 파묻고 이내 조용해졌다.

르로이는 칼라일을 보며 고개를 까딱였다. 친절하지도, 불친절하지도, 그 중간도, 어느 한쪽으로도 치우치지 않은 인사였다. 어떤 물건이나 사람에게도 관심없다는 듯한 무덤덤함.

"밀러 한 병 주세요."

칼라일이 말했다. 르로이는 바 아래 있는 금속 냉장고를 열어 안을 들여다보더니 고개를 위쪽으로 비틀어 올렸다.

"밀러는 없수. 버드와 그레인벨트뿐이오."

"그럼 버드로 주세요."

르로이스에서는 여느 술집과 똑같은 냄새가 났다. 단지 더 심할 뿐이었다. 시큼한 냄새가 진동하는, 남자들이 죽기 위해 오는 전형적인 장소. 샐러맨더의 늙고 술 취한 모든 코끼리들의 묘지.

르로이는 맥주병을 따서 작은 맥주컵과 나란히 바 위에 올려놓았다. 바닥이 좁은 컵은 꽃병처럼 주둥이가 넓게 퍼져 있었다.

"75센트요."

1달러를 내밀자 르로이는 땡 하는 소리와 함께 금전등록기를 열더니 25센트짜리 동전을 내밀었다. 그러고는 다시 반대쪽으로 걸어가 카우보이와 대화를 계속했다.

"최근에 마녀 봤나?"

르로이가 카우보이에게 물었다.

"빌어먹을 마녀."

르로이가 웃었다.

"많은 사람들이 그렇게 생각하긴 하지."

"그럼, 왜 아니겠어."

카우보이가 물이 섞인 위스키를 내려다보며 말했다. 그는 오른손 집게손가락으로 위스키를 휘젓더니 굽이 높은 부츠를 바의 난간 위에 걸쳐놓았다.

"그 여자랑 함께 다니는 인디언 본 적 있어?"

"아니…… 어떤 놈인데?"

카우보이는 고개는 움직이지 않은 채 눈동자만 들어올려 르로이를 응시했다.

"늙은 인디언이야. 산속 어딘가에 사나보더군."

카우보이는 기침을 심하게 하더니 르로이에게 잔을 내밀었다.

"빌어먹을 늙은 인디언. 그리고 늙은이와 빌어먹는 얘기가 나왔으니 하는 말인데, 여기다 짐빔 좀 더 넣어줘."

르로이는 웃으며 술병으로 손을 뻗었다.

"잭, 난 자네 잔에 200도수의 술 외에는 아무것도 넣지 않았어. 그런데도 내가 여전히 물을 탔다고 생각하는 거야?"

카우보이는 칼라일 쪽으로 머리를 기울이더니 목소리도 낮추지 않은 채 "머리가 계집애들보다 더 길구만."이라고 중얼거렸다. 칼라일이 듣든 말든 상관없다는 투였다. 카우보이가 고개를 절레절레 흔들며 술을 섞는 동안 르로이는 칼라일을 흘깃 바라보았다.

칼라일은 버드와이저를 마시며 자신이 아주 기이한 곳에 와 있다고 생각했다. 정적과 바람, 마녀와 인디언이라니. 음침한 술집 분위기치고는 맥주 맛이 좋았다. 비록 버드와이저는 그의 맥주 선호도 순위에서 64위였고, 그레인벨트는 훨씬 더 아래였지만. 프랭크는 코를 고는지 질식한 건지 알 수 없는 소리를 내고 있었다. 어느 쪽인지 판단할 수 없었지만 칼라일은 양쪽 다라고 결론을 내렸다. 당구를 치던 두 남자 중

한 명이 "이런 재수 좋은 놈!"이라고 소리쳤고, 다른 남자는 "내가 이겼어, 알로!"라고 환호성을 질렀다. 밖에서는 누군가 자동차 엔진의 속도를 높이고 있었다. 소음기에서 새어나오는 모터 소리가 메인스트리트 양쪽 건물 위로 툭툭 튀었다.

"갤리는 잘 지내나, 잭? 못 본 지 꽤 됐어. 저번에 브랑코를 타고 읍내를 가로질러 가는 걸 얼핏 보긴 했지만."

르로이가 물었다.

"잘 지내. 하지만 여자들이 어떤지 알잖아. 늘 이건 어떻고 저건 어떻고 불평을 늘어놓지. 절대 있는 그대로 만족하는 법이 없다니까. 갤리는 우리가 여기를 팔고 뭔가 다른 일을 시도해야 한다고 생각하고 있어. 제기랄, 두 번째 저당금까지 갚고 나면 아무것도 안 남을 텐데."

이건 르로이가 전에도 모두 들었던 이야기들이다. 그는 등 아래쪽의 통증이 가시길 바라며 바 뒤로 가 수건 위에 빈 컵들을 나란히 세워놓았다. 그리고 통증을 완화시키기 위해 위스키 한 잔을 따랐다. 위스키는 얼마간 효과가 있긴 하지만 나중에는 통증을 악화시킬 뿐이다.

칼라일은 맥주를 한 병 더 마실까 생각했다. 그러나 분위기도 험악한 데다 르로이를 방해하고 싶지 않았다. 한쪽 발을 나무 술통 위에 올려둔 채 카우보이와 껄껄 웃고 있는 르로이는 칼라일이 맥주를 다 마시고 걸어나가는데도 고개조차 돌리지 않았다. 칼라일이 등뒤로 문을 닫았을 때, 당구공들은 서로 충돌했고, 늙은 프랭크는 코를 고는 동시에 숨이 막히는 소리를 내며 망각으로 빠져들었다.

"방금 저기 앉아 있던 건 뭐야?"

잭 데브루가 고개를 들어 칼라일이 사라진 문 쪽을 바라보며 물었다.

"모르지."

르로이는 잔을 씻기 위해 몸을 돌리며 말을 이었다.

"어딘가에서 온 장발족이겠지. 가끔씩 저런 사람들이 있어. 조용히 있다가 떠나주기만 한다면 문제될 건 없지."

술집에서 나온 칼라일의 눈에 제일 먼저 들어온 것은 길 건너에서 그를 지켜보는 한 노인이었다. 노인은 지금은 문을 닫은 '레스터의 텔레비전 & 가전제품' 가게가 있는 건물의 이층 창문에서 그를 내려다보고 있었다. 두 번째로 그의 눈길을 끈 것은 샐러맨더 읍내와 문을 닫은 상점들 위로 붉게 물들어가는 석양이었다.

지난 몇 달간 칼라일은 수백 개의 시골 마을들을 보아왔다. 샐러맨더도 그 마을들과 딱히 다르지 않았다. 대부분 텅 빈 상점, 문 닫은 학교, 젊은이들이 없는 거리들로 다들 똑같아 보였다. 전반적으로 침체되고, 생기가 없으며, 뭔가가 잘못되어 가는 분위기였다.

그러나 샐러맨더에서 맞이하는 첫날 저녁의 석양만큼은 아름다웠다. 그것은 광활한 대지에서만 볼 수 있는 석양이었다. 담청색의 둥그런 북쪽 하늘 위에 자홍색으로 물들어가는 서쪽 하늘이 겹쳐지고 있었다.

이제 배가 고팠지만 선택권은 많지 않았다. 르로이스에서는 툼스톤(Tombstone, '묘지'라는 뜻: 옮긴이) 피자를 팔고 있었는데, 샐러맨더의 메인스트리트를 둘러본 칼라일은 그야말로 선견지명이 있는 피자 이름이라고 생각했다. 르로이스의 다른 스페셜 메뉴는 육포와 안주용 땅콩으로, 두 가지를 함께 먹으면 그럭저럭 다섯 가지 기본영양소는 갖추는 셈이었다.

이 지역에서 볼 수 있는 늦여름 밤의 서늘함과 함께 땅거미가 지기 시작했다. 칼라일은 트럭에서 낡은 가죽 재킷을 꺼내 걸치고 메인스트리트를 따라 걸었다. 'E. M 홀리 가구점 & 장례식장'의 창문으로 지나치게 푹신해 보이는 소파가 보였다. 하얀 바탕에 핏빛 꽃무늬 천이 씌워진 이인용 소파였다.

'폐업'이라고 쓴 종이가 붙어 있는 '샬린 잡화점' 창문 아래는 실, 단추, 선물용품 들을 폭탄 가격에 판매한다고 적혀 있었다. 주유소 세 곳 가운데 두 곳은 문을 닫아 주유기가 있던 자리에는 잡초만 무성했다. 유일하게 남은 주유소는 무연 휘발유를 하브 편의점보다 1갤런(3.8리터)당 3센트를 더 받고 있었다. '스웨일 농장용품 전문점'은 철사줄이나 사료나 가끔 팔릴 뿐 다른 물건들은 팔릴 것 같지 않았다. 상품을 보관하는 창고 근처에는 새로운 타이어 자국이 하나도 없었다. '올리 정육점 & 라커 대여점'은 근근이 버티는 정도였고, '웹스터 잭 & 질 식품점'도 마찬가지였다.

'숄드 황무지 매점'이었던 가게 문에는 '리버모어로 이사 갔음'이라고 쓴 종이가 붙어 있었다. 그 종이 아래 또 다른 종이가 붙어 있었는데 아주 오래되었는지 아래쪽 모퉁이가 둥글게 말려 있었다. 칼라일은 그 종이를 읽기 위해 쪼그리고 앉았다.

작은 마을

범죄 소식은 거의 들리지 않고 규칙 위반도 거의 없는 우리 사회는, 세련되지는 않았을지라도 이성적이고 도덕적이며 최소한 정이 넘친다.

−토머스 제퍼슨

샐러맨더 상점가는 두 블록으로 이루어져 있었다. 길 건너 맞은편, 두 번째 블록 한가운데 명멸하는 네온사인이 조그맣게 보였다. 노란 바탕에 검은 글씨로 '대ㄴ스'라고 적혀 있었다. 길을 건너는 동안 칼라일은 원래 가운데 글자가 '니' 고 모음에 해당되는 칸의 불이 나갔다는 걸 알게 되었다. 적어도 그 순간만큼은 그의 인생에서 가장 큰 비중을 차지했던 의문점이 풀렸다.

대니스의 출입문 아래쪽 절반은 결이 얇게 벗겨진 하얀색 나무로 되어 있고, 위쪽 절반은 유리창이 끼워져 있었다. 유리창에는 빛바랜 쿨스 담배 광고가 펩시 스티커 바로 아래 붙어 있었다. 지금 영업중이며 8시까지 영업한다는 푯말도 걸려 있었다.

카운터(식당에서 주로 주방 앞에 있는 길고 좁은 테이블: 옮긴이) 앞에는 앉는 부분에 빨간 가죽을 덧댄 일곱 개의 금속 스툴이 있었다. 식당 한가운데는 포마이카를 칠한 테이블 세 개가 나란히 놓여 있었고, 인도와 면한 쪽에는 여섯 개의 칸막이 좌석이 삐뚤빼뚤하게 늘어서 있었다. 그 중 한 칸에는 네 명의 십대들이 죽음은 영영 다가오지 않고 여드름만 영원할 것처럼 느껴지는 인생의 끔찍한 시기를 흘려보내고 있었다.

칼라일 맥밀런과 함께 '림스 & 맥밀런 건설회사'를 운영했던 전 동업자 버디 림스는 좋은 아이디어가 많았다. 그 중 최고는 이 나라의 모든 십대들을 노스다코타 같은 황량한 오지로 보내야 한다는 아이디어였다. 버디는 오지 전체에 포장도로를 깔고 패스트푸드점, 스케이트보드 공원, 자동차 극장만 들어서게 해야 한다고 주장했다. 그런 다음, 버디가 작은 테이블을 가지고 주 경계선에 앉아 있으면 구급된 십대들이 그곳을 떠나기 전에 성인 자격 심사를 받는다. 일부, 많은, 대부분의 아이들이 버디의 심사에서 떨어질 것이다. 통과한 아이들은 이마에 성인(Adult)을 의미하는 'A'자 낙인이 찍힌다. 그러면 세상 사람들은 그걸 알아보고 그들을 이성적인 사람으로 대접할 수 있게 된다. 이 뛰어난 아이디어와 자격 심사를 하는 대가로 버디가 요구하는 것은 그저 모든 주에서 클리어실(여드름용 화장품 및 연고를 만드는 브랜드: 옮긴이)의 영구 특허권과 '버디랜드'라고 불리는 허접한 놀이동산을 운영할 권리를 갖는 것뿐이다.

버디의 아이디어를 들었을 때 칼라일은 일단 그 계획이 이상하다는 점만 제외하면 장점이 꽤 많은 계획이라고 생각했다. 자동차 보험료는 곤두박질칠 테고 범죄율도 낮아질 것이다. 게다가 형편없는 음악도 사라진다. 그뿐만이 아니다. 버디는 그 계획의 장점들을 적은 긴 목록도 갖고 있었는데, 지금으로선 그 내용이 다 생각나지 않았다. 제기랄, 가끔씩 버디 림스가 그리워진단 말이야. 그와 함께했던 시간, 그리고 그의 반짝이는 아이디어들이. 버디는 솜씨 좋은 목수이자 술친구일 뿐 아니라 일류—사실 그보다 약간 낮은 수준의—사회이론가이기도 하다. 칼라일과는 상당히 대조적인 성격이라서 칼라일이라면 절대 하지 않을 말과 행동들을 하곤 했다.

식당의 주크박스에서는 웨이런과 윌리의 우렁찬 노랫소리가 흘러나왔다. 싸구려 술집의 악사들과 못되게 구는데도 불구하고 그들을 사랑하는 마음씨 좋고 자학적인 성향의 여자들에 대한 노래였다. 카운터 한가운데는 둥근 모양의 플라스틱 파이 진열장이 놓여 있었다. 열 조각이 들어 있었을 공간에 지금은 애플파이와 크림파이 네 조각만 남아 있었다. 날이 저무니 파이들도 약간 처량해 보였다. 이제는 추억이 되어버린 아침의 활기. 그 자리에는 초저녁의 나른함이 내려앉았다. 칼라일은 저 파이들이 자신에 대한 상징으로 나쁘지 않다고 생각했다. 혹은 주방에서 나오다가 카운터에 앉아 느릿하게 몸을 좌우로 흔들고 있는 자신을 발견한 저 여인에 대한 상징으로도.

"어머, 안녕하세요. 손님이 오신 줄 몰랐어요. 뭐 드시겠어요?"

갤리 데브루는 피곤했다. 몸도, 마음도, 표정도. 듣기 좋은 중간 톤의 음성. 약간의 풍상을 겪은 듯한, 약간 슬픈 표정. 약간 말랐거나 혹은 그렇지 않은 몸매. 고무 밴드로 묶어 올린, 몇 가닥의 새치가 섞인 길고 검은 머리. 한 번 보면 잊을 수 없는 눈동자의 빛깔은 회색, 혹은 그에 가까운 빛깔. 젊었을 때는 미인이었겠지만 지금은 이 시골 읍내처럼 수수하고 지쳐 보였다.

"글쎄요, 전 제대로 된 식사를 할 수 있는 집을 찾는 중인데, 이곳이 샐러맨더의 마지막 희망인 것 같군요."

갤리 데브루는 미소 지었다. 친절하면서도 진실된 미소였다.

"이 동네에서는 정오에 점심을 먹고, 저녁은 대략 오후 여섯 시, 아침은 그로부터 열두 시간 뒤예요. 그러니까 당신은 그 중간에 낀 셈이네요. 초침 소리와 함께 당신의 마지막 희망은 사라져가고 있어요. 여기 메뉴를 보세요. 뭔가 해결책이 있을 거예요."

플라스틱 커버 안에 손으로 씌어진 메뉴가 들어 있었다. 칼라일이 이 근방의 다른 모든 시골 식당들에서 봤던 것과 똑같은 메뉴였다. 햄버거 · 치즈버거 · 야채버거 · 햄버거 스테이크 · 돼지고기 허릿살 · 그릴드 치즈 샌드위치 · 참치 샐러드 샌드위치 · 달걀 샐러드 샌드위치 · 감자 튀김……. 2.45달러라고 씌어진 생선 샌드위치(감자 튀김을 곁들인)에는 줄이 그어져 있었다.

칼라일은 메뉴를 덮고 태평스런 미소를 지어 보였다.

"주방장의 추천 메뉴는 뭐죠? 아몬드를 먹여 방목해서 기른 닭에 로즈마리를 채워 넣고, 이름 없는 화이트 와인을 곁들인 요리? 아니면 크림소스를 친 송아지고기?"

갤리는 다시 미소 지었다.

"나라면 토스트 샐러드가 함께 나오는 핫터키 샌드위치를 먹겠어요. 특히나 방금 내가 그릴을 청소했기 때문에 다시 더럽히고 싶지 않거든요. 그 편이 만들기도 쉽고, 당신 위장에도 부담이 없을 거예요. 내 관심사는 주로 그릴이지만요."

"좋아요. 그걸로 주세요. 블랙커피와 물 한 잔이면 음료수는 없어도 될 것 같네요. 샐러드는 드레싱은 필요없고, 짜 먹을 수 있는 레몬 한 조각만 곁들여주세요."

칼라일도 빙긋 웃으며 말했다.

갤리는 그에게 질이 좋은 커피를 한 잔 따라주고 주방으로 들어갔다. 그녀가 냉장고 문을 여닫는 소리가 들렸다. 그 사이 칼라일은 양 손바닥으로 핀볼 기계를 쾅쾅 두드리는, 기름 낀 머리의 소년을 무시하려고 노력하면서 한쪽 발로 주크박스를 톡톡 찼다. 다른 아이들은 자기들만의 세계에서 잠시 빠져나와 칼라일을 바라보며 신경질적으로 킥킥거렸다. 버디가 여기 있었다면 저애들에게 엉덩이를 까 보였을 텐데. 버디는 실제로 프레스노에서 그렇게 한 적이 있었다.

전자렌지가 웅웅거리는 소리가 들리더니 이삼 분 후 여자가 샌드위치를 가지고 나왔다. 으깬 감자 두 덩어리, 흰 식빵 사이에 파묻힌 두툼한 칠면조고기, 그리고 추수감사절에 먹는 것 같은 그레이비소스가 음식 전체에 끼얹어져 있었다. 양상추로 만든 샐러드 위에는 얇게 채친 당근이 뿌려져 있었다. 그리고 그가 부탁했던 레몬이 마치 "당신은 사우전드 아일랜드(드레싱의 일종: 옮긴이)를 먹을 수도 있었는데 날 택했어요."라고 말하듯이 수줍게 그를 바라보고 있었다.

샐러드 접시는 나무 그릇을 흉내내어 만든 흔한 플라스틱 그릇이었다. 칼라일은 전에도 그런 그릇을 본 적이 있다. 아마도 1955년쯤 노련한 어느 장사꾼이 이 예쁜 그릇들을 트럭에 잔뜩 싣고 중부의 주 경계선을 따라 돌아다니며, 모든 읍내마다 있는 작은 식당에 수천 개쯤 팔지 않았을까 싶다.

"이 그릇은 절대 금이 가거나 얼룩지지 않으면서 아주 멋진 나무 그릇하고 똑같아 보입니다. 이걸 사면 정말 후회하지 않으실 겁니다. 제가 보증하죠."

그리하여 그 그릇들은 양상추를 싣고 항해에 나섰다. 작열하는 태양을 제외하면 그 어떤 사물보다 오래 가는 자신들의 능력에 의기양양해하면서.

칼라일은 작정하고 열심히 먹기 시작했다. 여인은 커피를 한 잔 따라 마시며 청량음료가 보관된 냉장고에 몸을 기댔다.

"당신은 여기 사람이 아니죠?"

입안 가득 으깬 감자와 그레이비소스가 들어 있던 터라 칼라일은 고개만 끄덕였다. 음식을 넘긴 후에야 그는 대답했다.

"네, 타지에서 왔어요. 어떻게 알았죠?"

"글쎄요. 첫째로 당신은 완벽한 문법을 구사하고, 점잖게 포크를 사용해서 먹잖아요. 그걸 보고 바로 알았죠."

훌륭한 추리. 그녀는 눈치가 빠르고 영리했다. 칼라일은 그레이비소스가 쳐진 감자를 열심히 먹으며 웃었다.

"전엔 주로 캘리포니아에서 살았죠. 지금은 픽업 트럭이 집이지만요."

샌드위치를 베어 물고, 그걸 씹어 넘기기 위해 커피를 마셨다. 무슨 이유에서였는지 기억할 순 없지만 칼라일은 갑자기 이 근방에서 집을 한 채 사고 싶으면 누굴 찾아가야 하는지를 물었다.

"세실 맥클린이 자기 집에 사무실을 가지고 있어요. 이 식당 바로 뒤에 있는 골목 맞은편이죠. 리버모어에 '베터 홈스 & 가든스'라는 부동산이 있어요. 리버모어는 여기서 남동쪽으로 16킬로미터 떨어져 있는데 거기서 샐러맨더의 집들도 취급하죠. 세실은 거기 직원이에요."

"흠, 중개업자를 거치기는 싫은데. 다른 방법으로 집을 찾아볼 순 없나요?"

갤리는 재미있다는 표정으로 그를 바라보았다.

"다른 사람들은 다들 여길 떠나거나 떠나지 못해 안달인데 당신은 여기서 살겠다는 거예요?"

"생각중이에요. 소위 문명이란 것의 침식을 물리치려고 노력하는 중이거든요. 가능하면 오랫동안. 샐러맨더는 그 바리

케이드를 치기에 좋은 장소인 것 같아서요."

"제대로 짚었어요. 거리에 나가서 '집 구함' 이란 푯말을 흔들어보세요. 당신에게 집문서를 들이미는 사람들에게 깔려 죽을 테니까요."

그녀는 칼라일의 커피를 리필해 주고, 다시 냉장고에 기대 식사중인 그를 바라보았다. 가죽 재킷에 물 빠진 청바지, 데님 셔츠를 입은 완전히 다른 부류의 남자. 어깨까지 내려오는—거의 그녀 머리만큼이나 긴—갈색 머리는 뒤로 묶여 있고, 노란 두건까지 둘렀다. 검은 눈동자, 다부진 어깨에 마른 몸매, 훌륭한 예의범절. 분명 많이 배운 사람이다. 삼십대 중반쯤, 혹은 그보다 약간 더. 올리브빛 얼굴에는 나이와 햇빛으로 인한 생애 첫 번째 주름살이 눈가와 입 근처에 잡혀 있었다. 손은 얼핏 보기에도 수작업을 많이 한 손이었다.

순간적으로 갤리 데브루는 어떤 가능성 하나를 살짝 떠올렸다. 그러나 이내 떨쳐버렸다. 그녀에게는 이미 이 년 전, 마을 외곽에서 채석장을 운영하는 하브 거스리지와 그것을 시도해 본 경험이 있었다. 하브는 여자의 비위를 맞추는 법을 알고 있었고, 갤리는 어느 날 밤 일을 마치고 리버모어에 있는 그의 침대로 들어갔다. 그 후로 두 번 더. 끝내주는 섹스는 아니었다. 하지만 남편 잭은 오래전부터 그녀를 여자로 보지 않았다. 최소한 하브는 그녀에게 지금까지 본 여자들 중에서 가장 예쁘다는 말을 계속 해주었다.

그러나 하브는 자신의 무용담을 떠벌리고 다니기 시작했

고, 갤리는 대니스의 단골 손님들 앞에 미트 로프 접시를 내려놓을 때마다 모든 걸 알고 있다는 듯한 눈초리를 받아야 했다. 그것이 하브를 그만 만나기로 결심한 이유였다. 잭은 그 사실을 아는지 모르는지 한 마디도 하지 않았고, 하브는 지금도 가끔씩 잭과 술을 마시기 위해 그녀의 집에 들른다. 하브는 여자에게 무시당하는 걸 용납할 수 없는 성격이라서 지금도 그녀를 보면 씩 웃고는 한다. 마치 어깨에 동물 가죽을 걸치고 집으로 돌아가는 사냥꾼처럼. 그는 그녀를 안았었고, 자기 이야기를 듣고 싶어하는 사람이라면 누구에게나 그녀가 옷을 벗고 발동이 걸리면 정말로 섹시하다고 주저없이 떠들어댔다.

칼라일을 바라보던 갤리는 그와의 가능성을 생각해 봐야 헛일이라는 걸 알고 있었다. 그만 생각하고 문 닫을 준비나 하자. 식당일을 시작한 후로 자신이 여자라는 느낌도 서서히 사라져갔다. 그녀는 남자가 되어갔고, 단골 손님들도 그녀를 남자로 대했다. 그나마 그녀를 상대하는 일조차 거의 없었지만 잭도 마찬가지였다. 함정이 보이면 바로 알아채야 한다. 왼쪽으로 서서히 몸을 돌려 망각의 이편으로 돌아서는 것, 그것이 지금으로선 최선이다. 그럼에도 그녀는 오늘밤 좀더 예쁜 옷을 입지 않은 걸, 이 주 전 샬린 잡화점 세일에서 산 새 셔츠와 청바지를 입지 않은 걸 후회했다. 또 한 시간쯤 전에 머리를 다시 빗질해야겠다고 생각했을 때 그렇게 하지 못한 걸 후회했다. 특별한 이유는 없었다. 그저 그렇게 못한 게 후

회됐다. 하지만 그녀는 피곤했다. 그리고 아마도 그렇기 때문에 이런 쓸데없는 생각들이 떠오르는 것이리라.

여덟 시간 전, 그러니까 출근하기 전에 그녀는 여름의 마지막 바람을 타고 홀로 날아가는 독수리를 지켜보았다. 쭉 뻗어 있는 긴 들판에 서서 독수리를 바라보며 그녀는 1미터 뒤의 집에서 잭이 기침하는 소리를 들었다. 그의 기침소리는 어제보다 심했고, 어제는 그제보다 심했었다. 말 그대로든 상징적으로든 담배와 짐빔이 그의 목을 조여가고 있는 것이다. 그는 죽어가고 있었다. 그러나 사실 그는 지난 십 년간 이미 죽어 있었다. 갤리 역시 오랫동안 죽어 있었다. 아마도 이십 년 전, 그와 결혼하고 이 고원으로 온 후부터.

지금 그녀 앞에 있는 이 남자와 그녀가 결혼한 남자 사이에는 공통점이 없었다. 가끔씩 젊은 시절의 남편을 생각하면 지금도 눈에 선하게 떠오르는 한 장면이 있다. 미네소타 에피에서 열렸던 노스 스타 로데오대회, 거기서 울타리에 몸을 기댄 채 올가미를 돌리던 남편의 모습. 부츠에 달린 단단하면서도 얇은 해골 브로치, 카우보이 모자, 진주 단추가 달린 웨스턴 셔츠, 놋쇠 버클에 '데빌 잭'이라는 낙인이 찍힌 넓적한 가죽 벨트, 그리고 그 벨트로 조여맨 빳빳한 청바지. 그 시절 잭은 야생마와 황소, 자신에게 미소 짓는 아가씨들을 다룰 줄 아는 야생의 기수였다. 버미지(미네소타 주의 도시: 옮긴이)에서 온 갤리와 그녀의 두 친구들도 그에게 미소 지었다. 그러자 잭은 느릿하면서도 건들거리는 그만의 미소를 지어 보였다.

"안녕, 아가씨들."

푸르면서도 거침없는 선량한 눈동자였다.

대학에 진학해 집을 떠나게 되었을 때 엄마는 젊은 처녀가 몸가짐을 단정히 하기 위해 피해야 할 온갖 나쁜 것들을 줄줄 읊어댔다. 그 긴 목록에는 풋볼 쿼터백도 포함되어 있었지만, 우연히 카우보이는 빠져 있었다. 에피에서 잭이 황소에 올라탔던 그날 밤, 그의 트럭에 있던 아이스박스에서 꺼낸 맥주 세 병을 마신 뒤 갤리는 기꺼이 청바지를 벗어던졌다. 그리고 트럭 운전석에서 잭의 몸에 올라탄 채 그의 살갗에 묻어 있던 먼지 냄새를 맡았다. 다음날 잭은 보즈만으로 떠났고, 갤리는 그를 따라갔다.

"헤픈이." 당시 잭은 갤리를 그렇게 불렀다. 그 시절의 갤리는 실제로 그랬기 때문에 그녀는 기분 나빠하지 않았다. 게다가 결혼 초기에는 잭이 그렇게 불러주는 게 좋았다. 어딘지 부드럽고 사랑스럽게 들리기까지 했다.

"헤이, 헤픈이. 오늘밤에 춤추러 갈래?"

그는 결혼한 후 몇 년이 지나서도 그녀를 그렇게 불렀다. 그러나 더 이상은 그렇게 부르지 않는다. 더 이상은 그녀와 말을 하지도 않는다.

독수리는 비구름 뒤, 북쪽 하늘 어딘가에서 사라져버렸다. 더 이상 독수리가 보이지 않자 갤리는 먼지에 뒤덮인 풀밭을 건너 집으로 들어갔다. 냉장고를 열고 잠시 그 안을 들여다보다가, 쌀쌀맞고 오만한 표정으로 식탁에 앉아 기침하는 남자를 바라보았다.

"뭐 먹을 것 좀 만들어줄까, 잭? 일요일에 먹다 남은 야채와 고기를 데워줄 수 있는데."

다리와 어깨는 여전히 말랐지만, 잭은 반점이 생기고 살진 얼굴에 걸맞게 축 처진 올챙이배를 안고 있었다. 그는 오늘 아침에 새로 딴 위스키를 얼음도 섞지 않은 채 마시고 있었고, 그녀의 질문에 대답 대신 고개를 뒤로 젖힌 채 또 한 모금을 마셨다. 위스키를 삼킨 후에도 아무 말이 없었다.

"정말이지 당신 뱃속에 음식을 좀 넣어줘야 해. 요새 통 안 먹는 것 같아."

"먹기 싫으면 안 먹는 거야. 그렇게 다그치지 좀 마, 제기랄."

식탁 위에는 빈 맥주병과 담배꽁초가 넘쳐흐르는 재떨이 두 개가 어지럽게 널려 있었다. 잭과 그의 패거리들은 어젯밤에 또 여기 모여 살기 힘든 세상에 대해 투덜거렸다. 정부와 망할 놈의 환경주의자들, 은행가, 유럽의 농업정책이 그들의 삶에 어떤 영향을 미치는가에 대해.

"당신이 이 망할 놈의 식탁을 가끔씩 치워주면 나도 식욕이 날 테지."

"당신이 직접 치워, 잭. 당신과 친구들이 어지른 거니까."

늙은 잭은 이미 퇴물이었지만 성질은 여전히 팔팔했다. 그는 식탁 위에 일렬로 늘어서 있던 맥주병을 팔로 쓸어버린 후 거실로 사라졌다. 떨어진 맥주병 하나가 한동안 뱅글뱅글 돌다가 식탁 다리에 부딪힌 후에야 회전을 멈췄다.

갤리는 팔짱을 낀 채 잭의 할아버지가 1915년에 지었다는 집 현관에 몸을 기댔다. 집은 하얗게 껍질이 벗겨져 수리가 필요했지만 잭에게는 그런 일에 신경 쓸 만한 에너지가 없었다. 위스키를 마련하고 그것을 마실 에너지는 있어도 집수리에 쏟을 에너지는 없었다. 어쩌면 그녀에게 쏟을 에너지가 없는 것인지도 모른다. 돈도 없기는 마찬가지였다. 그녀에게 마지막으로 새 옷을 사준 것은 이 년 전, 잭의 생일을 축하하러 외출했을 때였다. 그날도 그는 대낮부터 술에 취해 결국은 완전히 뻗고 말았다. 그녀는 문틀에 몸을 기대고 자신을 내려다보았다. 낡은 데님 셔츠, 물 빠진 청바지, 닳아버린 부츠 굽……. 그때보다 여섯 배는 더 비참한 기분이었다. 서른아홉보다 훨씬 늙어버린 기분.

그녀는 아들인 잭 주니어가 어떻게 지내는지 궁금했다. 열아홉 살인 아들은 이류 로데오 순회단을 따라다니면서 가끔씩 엽서를 보내왔다. 라스 크루서스(뉴멕시코 주의 도시: 옮긴이), 아드모어(오클라호마 주의 도시: 옮긴이), 그 외에 옆구리에 생식기를 찌르는 가죽끈을 매단 황소들이 그저 로데오 기수에 불과한 가짜 카우보이들을 등에서 떨어뜨리려고 하는 곳으로부터. 딸 샤론도 화물을 실어 나르는 남편을 따라 캐스퍼로 떠나갔다. 결혼 초기에는 물건을 실으러 파고에 가는 남편을 따라 샐러맨더에 들렀다가 이삼 일간 머문 뒤, 다시 캐스퍼로 돌아가는 남편 차를 타고 집으로 돌아가곤 했다. 그러나 더 이상은 오지 않는다. 이제는 두 아이에 몸이 묶여 캐스퍼

41

를 떠날 수 없었고, 설사 아이가 없다 해도 늘 술만 마시는 잭 때문에 오지 않을 것이다.

정오 무렵, 갤리는 집 밖으로 나와 포드 브랑코를 세워둔 곳으로 걸어가 시동을 걸고, 좁은 길을 따라 차를 몰았다. 울 프벗 로드에 접어들자 빗방울이 떨어지기 시작했다. 네 시간 후, 잭은 그녀를 뒤따라 읍내로 가 르로이스에 들어갔다.

대니스에서는 핀볼 기계와 화음을 이루며 주크박스에서 흘러나오던 컨트리 송이 끝나가고 있었다.

난 (탕!) 말수는 적지만 (탕!) 사랑은 (탕!틱!틱!틱!틱!) 넘친다네.

칼라일은 현대 작곡가, 이를테면 존 케이지 같은 사람이 이 노래를 전부 분해해 새로운 곡을 만들어낼 수 있지 않을까 생각했다. 어쩌면 케이지는 이 노래가 걸작이라 생각하고 내버려둘지도 모르지.

"이 식당 주인이세요?"

그는 물 빠진 청바지에 데님 셔츠, 굽이 닳은 낡은 카우보이 부츠를 신고 있는 여자에게 물었다.

"아뇨, 이 마을 경기를 생각하면 아닌 게 다행이죠. 셀마 엥글스트롬이라는 할머니가 주인이신데 돌아가신 남편에게서 물려받았죠. 할머니는 이 주째 폴스시티의 병원에 입원중이세요. 그래서 내가 평소보다 더 많이 일하고 있죠. 할머니가 다시 걸을 수 있을 때까지 나하고 맥클린 부인─세실의 아내죠-우리 둘이서 꾸려가고 있는 중이죠. 보통 때는 여기서 일주일에 이삼 일만 일해요. 주로 아침에 일하고, 가끔씩 오후와 저녁때도 일하죠."

칼라일은 파이 진열장을 바라보았다.

"이 친구들은 좀 피곤해 보여요, 안 그래요?"

갤리는 남자의 시선을 따라 파이들을 바라보았다.

"맥클린 부인이 하루 걸러 구워내는 신선한 파이에요. 하지만 시간이 지나면 파이 속이 껍질을 파고들어 결국 흐물흐물해져 버리죠. 이 샐러맨더 마을처럼."

갤리의 말에는 직설적이면서도 진실한 무언가가 있었다. 무언가. 칼라일은 아까도 그렇게 생각했었다.

"네, 정말로 그런 것 같네요. 하지만 전 애플파이를 먹어볼래요."

"애플파이만요? 아니면 아이스크림하고 함께?"

"바닐라 아이스크림으로 주세요. 어쨌거나 곧 영업이 끝날 시간이죠?"

큼지막한 애플파이. 푸짐한 아이스크림. 갤리가 아이스크림 냉동실 위로 허리를 수그리자 청바지가 달라붙으면서 보기 좋은 그녀의 엉덩이가 드러났다. 그녀는 아이스크림을 듬뿍 떠서 깨끗한 포크와 함께 내놓았다. 그레이비소스가 묻은 접시를 부엌으로 가져가더니 안에서 달그락거리는 소리가 났다. 그는 그녀와 좀더 이야기하고 싶었다. 그는 샐러맨더의 한복판, 미국의 한복판, 세상의 한복판, 계속 팽창하고 있는 우주의 어딘가에 있었다. 그녀와 이야기하는 게 즐거웠다. 밖에서 타이어의 마찰음이 들렸다. 십대 아이들이 떠나고 있었다.

칼라일이 음식 값을 지불하자, 갤리가 그를 올려다보며 미소 지었다.

"있잖아요, 당신의 질문에 대해 생각해 봤는데…… 집을 구한다는 거요. 여기서 북서쪽으로 13킬로미터쯤 가면 윌리스턴이라는 노인이 살았던 땅이 있어요. 1,200평 정도로, 황폐하지만 길 맞은편에는 멋진 숲이 있죠. 지금은 허름할 테지만 집도 하나 있고요. 사실 처음 지을 때부터 허름한 집이었어요. 그래도 리버모어인지 폴스시티인지에 사는 변호사가 그 집을 땅과 함께 팔려고 한다는 이야기를 들은 기억이 나요. 한번 알아보세요. 만약 그 말이 진심이라면요."

"반은 진심입니다. 어떤 정보든 알려주시면 고맙죠."

그녀는 '바이 아메리칸(Buy American)'이라는 글자가 인쇄된 종이 냅킨에 쓱쓱 약도를 그려 그에게 건넸다.

"약도는 공짜예요. 쉽게 찾을 수 있을 거예요. 울프벗 로드로 가는 길에 있어요. 울프벗은 밤이면 귀신이 나오고 추돌 사고를 일으키는 곳으로 유명하죠. 몇 년 전에 어느 인류학자가 근처 절벽에서 떨어져 죽으면서 그 소문은 더 힘을 얻었죠. 당신은 그런 이야기에 크게 구애받을 사람처럼 보이진 않지만."

그녀는 빙긋 웃으며 말을 이었다.

"그 집은 도로에서 100미터, 아마 150미터쯤 떨어져 있을 거예요. 집 바로 옆에 멋진 아름드리 나무가 두 그루 있죠. 그쪽으로 작은 헛간 같은 게 있었던 것도 같고. 전 읍내에 나올 때마다 그곳을 지나는데, 아시잖아요, 백만 번을 봐도 어떻게 생겼는지 기억 못 하는 거."

칼라일은 약도를 바라보았다.

"약도 고맙습니다. 조금 낯이 익은데요. 저도 이 길을 따라서 읍내에 들어온 것 같네요."

칼라일이 밖으로 나가자 갤리는 식당의 불을 껐다.

바람이 차가웠다. 칼라일은 재킷의 깃을 세우고 잠시 그 자리에 서 있었다. 그의 트럭 외에도 다른 차 네 대가 메인스트리트에 주차되어 있었다. 차들은 모두 르로이스 바로 앞, 수은 증기를 내뿜는 가로등 아래서 휴식을 취하고 있었다. 마치 물이 든 구유를 향해 일제히 고개를 돌린 말들처럼. 잠시 이는 바람을 타고 회전초가 날아오더니 포장도로를 따라 굴러갔다. 바람이 잠잠해지자 샬린 잡화점 앞을 지난 회전초가 올리 정육점 & 라커 대여점 앞에 멈췄다. 칼라일은 그 모습을 지켜보고 있었다.

카우보이 모자를 쓴 남자가 운전하는 다지 픽업 트럭이 불협화음을 내면서 회전초가 굴러간 반대 방향으로 천천히 움직였다. 트럭의 헤드라이트가 빈 상점의 출입문을 비췄다. 모자에 가려 얼굴을 알아볼 수 없는 운전자는 담배를 낀 손가락으로 운전대를 잡은 채 잠시 칼라일을 바라보더니 이내 정면으로 시선을 돌렸다. 그의 뒤에 있는 유리창에는 라이플 총한 자루가 가로로 걸려 있었다. 여키스 카운티의 다른 차들은 모두 인가된 번호판을 달고 있었는데 이 차만은 'DEVLJK'라고 적힌 번호판을 달고 있었다.

다시 바람이 불어왔다. 회전초는 흙먼지 속에서 길을 따라 동쪽으로 소리 없이 굴러가기 시작했다. 르로이스 안쪽에서 들려오는 웃음소리가 부드럽게 울려 퍼졌다. 칼라일은 웃음소리를 들으며 바람소리에 귀기울였다. 길을 건너며 자갈이 깔린 아스팔트를 밟을 때마다 부츠 아래로 오도독거리는 소리에 귀기울였다. 겨울이 몸을 일으키는 냄새가 났고, 칼라일은 집이라고 할 만한 곳에서 아직 멀리 떨어져 있었다.

시동을 걸고, 헤드라이트를 켜는데 긴 망토를 걸친 여자가 트럭 앞을 지나갔다. 여자는 시동 소리와 불빛에 놀랐는지 잠시 칼라일이 앉아 있는 운전석을 돌아보았다. 후드 아래로 적갈색 머리칼이 흘러내렸다. 여자의 얼굴에는 흔치 않은 기묘한 아름다움이 깃들어 있었다. 처음에는 눈을, 그 다음에는 가슴을 철렁하게 만드는 아름다움. 여자는 다시 고개를 돌리고 길을 따라 걸어갔다. 초가을을 향해 빠르게 달려가는 늦여름의 바람과 먼지 속에서 여자의 망토 자락이 부드럽게 펄럭였다.

칼라일은 유턴을 한 다음 도로 아래쪽으로 차를 몰았다. 여자는 인도 아래로 내려와 그의 차가 지나가기를 기다리고 있었다. 그는 다시 한 번 여자를 바라보았다. 대부분의 사람들은 수잔나 벤틴을 한 번씩 더 돌아본다. 심지어 그녀를 마녀라고 부르는 사람도 있었다.

제 3 장

마녀

리버모어, 슬리피스 스태거 모텔. 노인은 테이블 밑에서 양손으로 오른쪽 다리를 붙잡아 편안하게 자세를 바꾸었다. 그러나 움직이기 힘든 데다 통증까지 느껴져 노인은 조그맣게 신음소리를 냈다. 노인은 잠시 얼굴을 실룩이고는 하던 말을 계속 이어갔다.

"그런 일은 전에 한 번도 없었어. 적어도 여기선 말이야."

노인은 만지작거리던 술잔을 아래로 기울여 잔 속의 위스키를 똑바로 내려다보았다. 주문할 때 그가 '호박색 진실'이라고 불렀던 그 술을. 노인은 고개를 앞뒤로 천천히 끄덕였다.

"뭐든 말만 해봐. 우린 없는 게 없으니까. 전쟁, 마법, 인디언……. 소위 마녀까지, 빌어먹을."

"어르신의 이야기를 여기저기에 인용해도 될까요? 이 지방에 관한 이야기를요."

내가 물었다.

"와일드 터키(버본 위스키의 일종: 옮긴이)만 계속 사준다면 자네가 원하는 건 뭐든 인용하게. 칼라일 맥밀런에게도 말해. 산전수전 다 겪은 노인네에게서 직접 들었다고."

노인은 말하는 걸 좋아했다. 그래서 나는 녹음기의 스위치를 누르고 그가 이야기를 계속하도록 내버려두었다.

"칼라일 맥밀런이 샐러맨더로 흘러 들어온 그 첫날 밤, 나는 왠지 모르게 이 동네에 뭔가 흥미로운 일이 벌어지리라는 걸 알았지. 그냥 그런 느낌이 들었어.

자네가 나처럼 레스터의 텔레비전 가게 이층에서 욕실이 딸린 방 두 개짜리 집에 사는 여든넷의 노인네라면, 일상이 얼마나 무료한지 알게 될 거야. 그게 당시 내 나이였지. 게다가 난 1975년에 거스리지 형제의 채석장에서 일하다 다리가 두동강 나서 거동이 불편했거든. 적하기의 칼날과 거대한 석회암 덩어리 사이에 다리가 끼어버린 사고였지. 그날 아침 난 쓸데없는 광고 우편물을 가지러 절뚝거리며 우체국까지 다녀온 뒤, 창가에서 거리를 내려다보고 있었어. 대충 그랬을 거야.

이 동네에선 거의 아무 일도 일어나지 않기 때문에 쓸데없는 헛소리에까지 귀를 기울이게 마련이야. 그나마 그것마저 없으면 텔레비전을 보는 수밖에. 동네 구경이 단연 더 재미있지만. 어쨌거나 칼라일은 르로이스에 들어갔고, 이십 분 뒤에 나왔어. 그 친구는 잠시 서 있더니 트럭에서 재킷을 꺼내더군. 그러고는 상점의 안쪽을 들여다보며 걷다가 길을 건너 대니스가 있는 쪽으로 가더라고. 그가 우리집이 있는 인도로 건너온 다음에는 더 이상 모습을 볼 수가 없었지. 하지만 그 시간에 문이 열린 식당은 대니스뿐이어서 난 그가 분명 거기 갈 거라고 짐작했어.

나도 대니스에서 가끔 식사를 하지. 주로 아침에 우체국에 다녀온 직후에 말이야. 그래야 우리집으로 올라가는 계단과 하루에 한 번만 씨름하면 되거든. 이 망할 놈의 다리에게는 한 번도 버거워. 그 식당에서 일하는 갤리 데브루는 정말로 좋은 여자야. 내게 점심 특별 메뉴를 몰래 할인해 준다네. 하루 지난 롤빵과 아침식사 손님이 남기고 간, 뜯지 않은 일회용 잼들도 공짜로 쥐어주지. 가끔씩 내게 일회용 설탕이나 소금, 후추도 집어가라고 일러줘.

덕분에 점심을 많이 먹은 날이면 저녁은 오트밀과 치즈나 약간의 땅콩버터에 잼을 바른 롤빵으로 때울 수 있지. 그거하고 올랜도에 있는 우리 딸내미가 크리스마스 선물로 늘 보내주는 올드 차터(버본 위스키의 일종: 옮긴이) 한 잔이면 돼. 물론 3월 말쯤 되면 딸내미의 선물은 바닥나고, 12월까지는 아득히 멀게 느껴지지.

하지만 난 머트가 지 마누라를 데리고 리버모어에 있는 병원에 갈 때마다 머트의 주유소를 봐준다네. 그럼 머트는 리버모어에 있는 대형 피글리위글리(식품 소매업체 : 옮긴이)에서 이십 퍼센트 할인된 가격으로 장을 봐오지. 그게 내가 의자에 앉아 사람들에게 하브 편의점보다 1갤런당 3센트씩 더 받는 기름을 각자 알아서 넣으라고 말해주는 대가로 받는 보수야. 국세청에서는 위스키를 내 물물교환 소득으로 신고해야 한다고 우기지만 난 늘 엿이나 먹으라고 말하지. 하지만 그 사람들이 날 감사(監査)하면 좋겠어. 그럼 조금은 똑똑한 말 상대가 생길 거 아냐. 설사 그게 회계사라 할지라도 말이지. 그 친구들이 그렇게 지루하지만 않다면 그들도 나름대로 재미있을 텐데.

그러니까 칼라일이 샐러맨더 마을에 활기를 불어넣으리라는 걸 어떻게 알았냐고? 잘 모르겠어. 어쩌면 그 친구가 두른 노란 두건과 그 아래로 흘러나와 어깨까지 내려오는 긴 갈색 머리 때문인지도 모르지. 가죽 재킷에 낡은 부츠, 물 빠진 청바지를 입고 석양 속에 서 있으니까 마치 보호구역에서 뛰쳐나온 젊은 인디언처럼 보이더군. 운디드니전투(인디언과 미 정부군 사이에 벌어진 전투 : 옮긴이)의 상처를 잊고, 자신의 유산을 되찾으려고 노력하는 인디언 말이야.

그의 걸음걸이 역시 예사롭지 않았어. 뭔가 느긋하면서도 확신에 차 있었달까. 힘들이지 않고서도 하루에 많은 거리를 걸어갈 수 있을 듯한 걸음걸이였어. 칼라일에게는 뭔가가 있었고, 그것 때문에 난 그의 앞날이 꽤 험난할 거라고 생각했지. 하지만 그가 우리보다 한 수 위라는 건 분명했어. 정말로 대단한 역경이 아니면 굴복하지 않을 사람 말이야. 물론 여기 사람들도 쉽게 굴복하는 성격은 아니지만.

그런 모든 이유 때문에 난 칼라일 맥밀런을 지켜보기로 했지. 아까도 말했듯이 우리는 흥밋거리에 몹시 목말라 있었거든. 여키스 카운티 전쟁이란 형태로 모든 것이 폭발하기 전까지, 이 근방에서 있었던 흥미로운 사건이라고는 단 두 가지뿐이었어. 물론 주 정부 차원의 심폐소생술이 필요했던 샐러맨더 마을은 제외하고 말이지. 그 중 하나는 칼라일과도 직접적인 관계가 있다고 할 수 있어.

첫 번째 사건은 수잔나 벤틴에 관한 거야. 수잔나를 이해하기 위해서는 먼저 마음을 차분히 가라앉혀야 해. 그렇지 않으면 그녀를 오해하게 될 테니까. 1960년대의 떠들썩한 학생운동의 잔재처럼 말이야. 당시 우린 저녁마다 텔레비전으로 모든 걸 지켜봤지. 지금은 그런 시위를 볼 수 없다는 게 좀 아쉽기도 해. 물론 르로이스의 보보스들은 행진하고 깃발을 태우는 학생들에게 그다지 동조하진 않았어. 하지만 그들도 어디서 주워 들었는지 '자유 연애' 사상에는 다소 관심을 가졌지. 그건 분명 행진하고 불태우는 시위의 중요한 일부분이었으니까.

일단 마음의 준비를 하고, 수잔나를 아주 찬찬히 들여다보면 여자냐 남자냐에 따라 반응이 달라지는 것 같아. 많은 사람들이 아직도 수잔나가 처음 이 마을에 왔던 때를 기억하고 있지. 수잔나는 샐러맨더에 정차하던 마지막 그레이하운드를 타고 왔기 때문에 더욱 잊혀지지 않아. 한 손에는 낡은 수트 케이스를, 어깨에는 레이스로 짠 가방을 걸치고 있었지. 대니스의 뒤쪽 테이블에 앉아 있던 남자들은 카드에서 눈을 떼고 정면의 유리창을 바라보았어. 누군가 말하더군. '저런 세상에, 방금 저 버스에서 내린 여자 봤어?' 우린 모두 동시에 고개를 돌렸지. 마치 오랫동안 그렇게 연습해 왔던 것처럼.

수잔나는 버스에서 내려 인도 위로 올라섰어. 아주 사뿐사뿐한 걸음걸이로 말이야. 잘 익은 밀빛 원피스에 암녹색 숄을 두르고, 목이 높은 검은 부츠를 신고 있었어. 긴 적갈색 머리칼은 예쁘게 땋아내렸지. 수잔나는 식당에 들어오더니 허브티 한 잔을 주문했어. 아주 조용하고 공손한 어조로. 샐러맨더에는 허브티를 마시는 사람이 별로 없던 터라 갤리는 미안하지만 허브티는 없다고 했어. '괜찮습니다, 다들 마시는 걸로 주세요.' 우린 모두 수잔나가 하는 말을 들었어. 모두 그녀에게 촉각을 곤두세우고 있었으니 들릴 수밖에.

갤리는 뜨거운 물과 홍차 티백을 스푼과 함께 내놓았어. 그레이하운드를 타고 이곳까지 온 불가사의한 여자를 빤히 쳐다보지 않으려고 노력하면서 말이야. 하지만 뒤쪽의 남자들은 수잔나를 뚫어지게 쳐다봤지. 그렇고말고. 나이를 먹을수록 더 많은 무례함이 허락되는 법이니까. 용서까지는 되지 않는다 해도 말이야. 그게 나이를 먹는 것의 몇 안 되는 장점 가운데 하나지. 나는 카운터에 앉아 있었는데 수잔나와 두세 자리 떨어져 있었지. 신문을 읽고 있는 체했지만, 사실은 나도 그녀를 바라보고 있었어. 난 시인도 아니고 그랬던 적도 없지만 어줍잖게 시인 흉내를 내보자면, 까마귀들만 놀던 곳에 제비 한 마리가 날아온 격이랄까.

수잔나가 여기 온 지 얼마 되지 않아 꽤 많은 마을 사람들이 그녀를 마녀라고 부르기 시작했어. 지금도 그렇게 부르는 사람이 있어. 자기가 이해할 수 없는 것에 대처하는 한 방법이라고 할 수 있지. 그녀의 외모 탓도 있어. 어디서도 본 적 없는 독특한 얼굴을 보고 있다는 기분이 들거든. 보통의 범주에서 벗어난 외모고, 사람들은 보통에서 벗어난 거라면 끔찍이 싫어하지 않나. 그녀에게서는 대부분의 사람들이 가고자 하는 세계의 반대편, 익숙한 세계로 다시 돌아오지 못할까 두려워지는 그런 세계의 분위기가 풍겼어. 그리고 수잔나에 관한 한 나는 그 말이 어느 정도 사실이 아닐까 생각해. 그녀가 이끄는 데로 따라갔다가는 다시 돌아오지 못할지도 몰라. 칼라일 맥밀런이 마침내 그 사실을 알아냈지.

마을 사람들이 처음부터 수잔나를 의심했다고는 해도 그녀가 마녀라는 소문이 돌게 된 건 알로 그레고리안의 마누라인 캐시가 임신하면서부터였어. 캐시가 임신했다는 사실 자체만으로도 충분히 이상한 일이었지. 할망구들뿐인 이 마을에서 갓난아기란 정말 기이한 존재니까. 할망구들은 정부보조금으로 연명하거나 채권 이자를 빨아먹으면서 살아갔지. 아니면 땅 사느라 빌린 돈을 갚으려고 뼈빠지게 일하다 저당금을 모두 갚자마자 죽어버린 모리스, 해럴드, 벌, 플로이드와 같은 남편들 덕에 살아갈 수 있었지. 물론 남편이 죽고 나면 재산을 팔아치우고 마을을 떠나는 게 대다수였지만.

어쨌든 정말로 재미있는 건 캐시가 임신하게 된 과정이었어. 수잔나와 관계가 있었거든. 알로와 캐시는 결혼한 지 삼 년이 넘었는데도 아기가 생길 기미가 보이지 않았어. 둘 다 건강한 젊은이들이고, 독립기념일 소풍 때나 뭐나 늘 붙어다녔는데도 말이야.

아기를 갖지 못하는 건 흔히 있는 일이지만, 결코 가볍게 넘길 수 없는 고민거리지. 스스로를 힘 좋은 종마라고 생각하는 남자들로 가득 찬 마을에서─사실은 그렇지도 않아. 여자들에게 물어봐─자손을 생산하지 못하는 건 내시가 되는 거나 마찬가지였어. 그래서 알로는 심한 놀림을 당했지. '아기가 생기기는 하는 거야, 알로? 내가 좀 도와줄까?' 르로이스에서 사람들은 알로에게 그렇게 소리치곤 했어.

캐시는 마을에서 480킬로미터나 떨어져 있는 큰 병원으로 알로를 끌고 갔어. 물론 알로는 그 일을 절대 비밀로 했고. 아마 르로이와 마주치지 않았더라면 계속 비밀로 남았을 거야. 그런데 하필 르로이가 그곳으로 건강검진을 하러 간 거야. 르로이는 술 취한 사람들에게 술 따라주는 일을 오랫동안 하면서 예리한 통찰력을 갖게 되었지. 그래서 알로가 왜 임신 클리닉 대기실에서 얼쩡대는지 짐작할 수 있었어. 그 친구는 돌아오자마자 단골 손님과 당구 내기꾼들에게 그 일에 대해 이야기했어. 알로가 팬티를 헐렁하게 입고 다니라는 진단을 받고, 시험관 앞에서 자위를 하지 않았을까 하는 자신의 추측까지 덧붙여서 말이야.

그 일로 알로는 훨씬 더 힘들어졌고 자포자기하는 심정까지 되었지. 하루 종일 농부협동조합에서 일하고, 밤에는 적은 정자 수 때문에 애를 먹고, 자신의 약점을 훤히 알고 있는 마을 사람들을 대하느라 점점 여위어갔지. 그 무렵 캐시는 인공수정에 기대를 걸었지만 알로는 허락하지 않았어. '차라리 죽는 게 나아. 난 지금까지도 충분히 힘들었어. 당신이 그런 짓을 했다간 재수없는 새끼들이 얼린 돼지 정액을 썼다느니 어쨌다느니 떠들어댈 거라고.' 알로는 그렇게 말했어.

울면서 계속 매달리고, 안절부절못하던 캐시는 단짝 친구 레오나에게 도움을 청했어. 레오나는 새로 이사 온 수잔나라는 여자가 별의별 것들을 다 알고 있는 것 같으니 그녀와 이야기해 보라고 말했어. 처음에는 캐시도 꼭 그렇게까지 해야 할까 고민했지. 하지만 여자들에게는 문제를 해결하기 위해서라면 때때로 무슨 짓이든 불사하는 기질이 있지 않나. 그런 기질은 대다수 남자들의 유전자에서는 완전히 사라져버렸지만. 남자들은 그저 오만함, 테스토스테론의 비위 맞추기, 가정에 코 꿰이지 않기를 위해 무슨 짓이든 하는 데 매여버렸지. 그래서 캐시는 수잔나를 찾아갔어. 수잔나는 그 문제를 해결할 수 있지만 불행히도 그 과정에 알로의 도움이 필요하다고 했지. 캐시는 알로가 도와줄지 걱정됐지만, 수잔나는 걱정하지 않았다네.

캐시가 알로에게 새로운 전략을 말하자, 알로는 집 밖으로 나가 세상에서 가장 큰 엔진이 달린 자신의 녹색 GMC 트럭을 타고 삼십 분간 읍내를 돌았어. 이혼을 할지 자살을 할지 생각하면서. 그러다가 위자료, 시험관, 재수없는 새끼들, 돼지 정액, 자위, 그런 순서대로 생각을 하기 시작했지. 그러다 보니 새로운 계획에 약간은 마음이 동했고, 일단 수잔나와 만나서 이야기만 해보기로 했어.

다음날 밤, 수잔나가 현관문을 두드렸지. 캐시는 자원봉사 소방관들을 위한 자선 댄스 파티를 위해 작년에 산 드레스에 하이힐 차림으로 수잔나를 맞이했어. 그녀를 집 안으로 안내해 알로의 부모님이 결혼 선물로 사준 브로케이드(천에 꽃이나 다른 무늬가 도드라지게 짠 옷감: 옮긴이) 소파에 앉혔지. 알로는 수잔나에 대한 모든 소문들을 알고 있던 터라 정말로 긴장이 됐어. 물론 그 소문들 가운데 실제로 증명된 건 아무것도 없었지만 원래 샐러맨더 마을에서 진실은 눈곱만큼도 중요하지 않아. 지금까지도 그랬고 앞으로도 그럴 거야. 그래서 알로는 약간 혼란스러웠어. 무슨 말을 해야 할지 어떤 행동을 해야 할지 몰라 결국에는 수잔나에게 그레인벨트를 권했지. 수잔나는 공손히 거절했고.

캐시는 가벼운 잡담을 나누려 애쓰고, 수잔나는 그저 가만히 앉아서 상냥한 미소를 지은 채로 몇 분간의 딱딱한 대화가 이루어졌지. 그동안 알로는 평생 할부금을 갚아야 하는 매그너복스 텔레비전과 비디오 옆에 놓인 의자에 웅크리고 앉아 있었어. 손님을 똑바로 쳐다보지 않으려고 노력하면서 말이야.

물론 그는 수잔나가 샐러맨더로 흘러 들어와 마을 경계선에 있는 곡물창고의 남쪽, 옛날 넬슨의 집에 가게를 차린 후에도 그녀와 한 번도 이야기해 본 적이 없었어. 하지만 가까이서 보니 마녀도 꽤 괜찮아 보인다고 알로는 생각했지. 전혀 나쁜 사람 같지 않았던 거야.

그럼에도 알로는 수잔나가 불편했어. 미국에서 열네 번째로 SAT 점수가 높은 주라는 사실을 자랑스럽게 떠벌리는 주민들이 수잔나에게 부여한 어둠의 망토는 차지하고라도, 그녀는 샐러맨더 마을의 최고 미녀였거든. 그 사실만으로도 알로는 긴장이 됐지. 사실 수잔나는 어딜 가든 최고의 미녀가 될 수 있는 여자였고, 지금도 그래.

그 때문에 샐러맨더 미인대회가 열렸을 때 앨마 힉먼을 찍은 남자들은 극소수였어. 앨마는 자기 집의 지하실에 '스월 & 컬'이라는 미용실을 운영하고 있었지. 하지만 미인대회란 건 정확한 심사보다는 애향심의 문제가 아니겠나. 조금이라도 보는 눈이 있는 사람이라면, 혹은 농업잡지 외의 잡지를 한 번이라도 본 사람이라면 수잔나와 앨마를 비교하는 것 자체가 얼마나 허접한 소린지 알 거야.

길게 물결치는 드레스 아래로 언뜻언뜻 드러나는 아름다운 몸매와 예쁜 얼굴, 윤기 흐르는 적갈색 머리칼 말고도 수잔나에게는 앨마에게 결코 없는 뭔가가 있었지. 바로 품위였어.

동네 사내놈들치고 수잔나와 한 이불 아래로 들어가는 걸 남
몰래 꿈꿔보지 않은 녀석은 한 놈도 없을걸. 녀석들은 수잔나
가 우편물을 가지러 읍내에 올 때마다 이쑤시개를 입 안 이쪽
저쪽으로 굴리며 그녀를 바라봤지. 하지만 수잔나는 어느 누
구에게도 관심을 보이지 않았어. 차라리 성모 마리아를 넘보
는 게 더 나을 거라는 식이었지.

사람들은 모두 수잔나가 몇 살인지 도무지 종잡을 수 없다
고 말했어. 나이를 짐작할 수 있는 일반적인 단서들이 수잔나
에게는 적용되지 않았거든. 그나마 이십대 후반에서 삼십대
중반 사이일 거라는 게 일반적인 추측이었고, 대다수가 딱 그
중간일 거라고 생각했어. 그녀가 샐러맨더에 온 지 한두 달쯤
지나서 한 동양인 친구가 그녀를 찾아왔더군. 말라빠진 수탉
같은 친구였는데 역시나 나이를 종잡을 수 없었어. 그 두 사
람이 체계적인 법 질서와 동떨어진 우리 마을에 마약회사를
세우려 한다는 억측이 나돌았지. 아무런 증거도 없이 억지 소
문을 잘 만들어내는 바비 에킨스는 이번에도 수잔나의 친구
가 마약중독자라고 했어. 물론 그 친구 앞에서 대놓고 말하진
못했지만. 그 동양인은 이삼 주 머물고는 떠나버렸지.

마을 사람들은 수잔나가 웨스트코스트에 있는 유기농식품
매장에서 대부분의 음식을 구입하고, UPS(미국의 택배회사 :
옮긴이) 그녀의 물품 조달 마차라고 말했어. 나머지는 정원에
서 재배한 것들로 충당했지. 병원 약으로 더 이상 아픈 곳이
낫지 않는 몇몇 노인들이 그녀에게서 약초를 얻어가기 시작

했고, 그 중에는 정말로 효과를 본 사람도 있었어. 젊은 여자들도 르로이스에서 수다 떠는 걸로 해결되지 않는 문제들을 상의하기 위해 그녀의 집을 찾아간다는 소문이 있었지. 그 중에는 향과 장신구같이 수상쩍은 물건 보따리를 가져가는 사람도 있었어. 그런 일을 제외하고는 수잔나는 마을 일에 거의 관여하지 않았어.

알로와 캐시에 관한 일은 알로가 말하지 않았더라면 아마지금까지 아무도 몰랐을 거야. 그런데 수잔나가 다녀간 뒤 몇달 후, 술에 취한 알로가 그만 소문 제조기 바비 에킨스에게 무슨 일이 있었는지 말해버리고 말았어. 어느 무더운 토요일, 바비는 머트네 집에서 로얄 크라운을 마시며 몇몇 사람들에게 자신이 각색한 이야기를 들려줬지. 그 중에는 머트에게 부탁한 트럭 부품을 기다리며 근처에서 어슬렁거리던 올리 해먼드도 있었어. 바비는 자신의 이야기가 술에 취한 알로의 입에서 나온 그대로라고 맹세했어.

나중에 알로는 바비가 우리에게 시시콜콜한 것까지 모두말했다는 걸 알고, 바비에게 또다시 입을 나불댔다가는 그의 집을 불질러버리겠다고 했어. 그래서 당시 그 사건의 전말을 아는 사람은 올리와 나, 그 외의 두세 명뿐이었지. 우린 적어도 바비가 알고 있는 만큼은 알고 있었어. 나머지 마을 사람들은 여러 가지를 자기들 나름대로 짜깁기했는데 사실보다 훨씬 재미나게 만들었더군."

"와일드 터키 한 잔 더 드시겠어요?"

내가 노인에게 물었다. 그는 턱이 흔들릴 정도로 고개를 끄덕이더니 함박웃음을 지었다. 나는 이 노인에게 정이 가기 시작했다. 그는 솔직했고, 말하는 동안 이야기에 별다른 덧칠을 하지 않았다. 나는 바로 걸어가 바텐더에게서 호박색 진실을 한 잔 더 받아온 다음, 노인 앞에 내려놓았다. 그는 한 모금 마신 뒤, 더러운 셔츠 소매로 입을 닦고는 나를 바라보았다.

"어디 보자, 어디까지 했지? 아, 그래, 알로네 거실까지 했지. 그날 밤, 어느 정도 분위기가 진정되고 나자 수잔나가 이야기를 시작했어. 알로는 그녀가 정말로 자분자분하게 말했다고 했지. 마치 자애로운 어머니처럼. 그녀가 처음으로 한 말은 자신은 마녀가 아니며, 어떤 사교도 믿지 않다는 거였어. 사실 자신은 규격화된 모든 종교를 기피한다고 했지. 기독교와 장미십자회(고대부터 전해 내려오는 비밀스런 지식을 알고 있다고 주장하는 세계적 단체 : 옮긴이), 풋볼을 포함해서. 수잔나가 종교에 대한 이야기를 꺼내자 캐시와 알로는 약간 불안해졌어. 둘 다 결혼식 이후로 교회에 간 적이 한 번도 없었거든. 알로가 즐겨 말하듯이, 비록 그 친구는 오랫동안 교회에 발길을 끊고 살았던 반역자 집안의 자식이었지만. 몇 년 전, 교회에서 가수들을 불러 찬양 예배를 본 후부터 알로의 할머니는 교회에 나가지 않았다는군.

수잔나가 자연의 치유력과 달 주기의 중요성, 그리고 여러 가지 알아들을 수 없는 말을 하자 알로는 이해하기가 힘들어졌어. 음식에 관한 이야기로 넘어가면서부터 좀 알아듣기 시작했지. 수잔나는 그들이 고기와 다른 육류 제품을 너무 많이 먹는다고 했어. 육식은 나쁜 업(業)을 쌓게 하고, 그들이 섭취한 짐승들은 그들만의 방식으로 인간에게 복수를 한다는 거야.

끊임없이 변화하는 복잡한 우주의 세세한 부분까지 신경쓰는 사람들은, 수잔나가 평범한 가죽 가방 대신 언제나 천으로 짠 가방들을 가지고 다닌다는 걸 눈치챘지. 그날 밤도 그녀는 그런 가방 가운데 하나를 가져왔고 거기서 작은 상자와 허브, 향신료, 오일이 든 유리병들을 꺼내기 시작했어. 한 번에 하나씩, 그 사용법을 설명하면서 말이야. 캐시는 수잔나의 말에 열심히 귀 기울였고, 나중에 알로는 그걸 다행으로 생각했어. 알로에게는 설명이 너무 빨라서 통 알아들을 수가 없었거든.

그런 다음 수잔나는 여자와 남자에 대해 이야기하기 시작했고, 알로는 아까보다 좀더 알아들을 수 있었어. 그녀는 상냥함이라든가 이해라는 말들을 많이 썼고, 그들의 잠자리를 좀더 따뜻하면서도 친밀하게 하라고 일러주었어. 수잔나가 특히 여성의 욕구에 초점을 맞춰 성관계에 대해 이야기하자, 알로와 캐시 모두 얼굴이 빨개져서 입을 꼭 다물었지.

알로는 부엌으로 뛰쳐나가 그레인벨트든 양잿물이든 손에 닥치는 대로 마시고 싶었다고 말하더군. 하지만 수잔나는 그 커다란 녹색 눈동자로 단호하면서도 차분하게 그를 계속 바라보았어. 알로는 마치 자신이 텔레비전 옆에 있는 의자 위에 못박힌 듯한 기분이 들었다고 했지. 수잔나는 거의 두 시간 가량 그 집에 머물렀고, 시종일관 아주 부드럽게 말했어.

허브와 오일 외에도 수잔나는 도(道)에 관한 작은 책자와 예쁜 글씨로 씌어진 식단 지침서도 주었어. 물론 수태를 위한 결실을 맺기에―이게 가장 적합한 표현인 것 같군―가장 좋은 날짜도 알려주었지. 그 첫 번째 날짜는 그로부터 이 주 뒤였는데 그때까지 침실에서 어떤 허튼 짓도 금해야 한다고 했어. 알로가 스스로 해결하는 행동도 말이야.

수잔나가 현관 앞에 서서 떠나려던 찰나에 알로를 바라보며 말했어.

'알로, 지금부터 내가 하는 말이 너무 매몰차다거나 주제넘다거나 그런 식으로 들린다 해도, 그건 내 본심이 아니란 걸 알아주었으면 해요. 이 문제는 어떤 식으로든 돌려서 말한다는 게 정말 힘들거든요. 이곳의 문화적 특성상, 남자들이 자기 자신과 접촉하고 단순히 덩치만 큰 사내아이가 아닌 진정한 남자가 된다는 게 어떤 의미인지 이해하기란 힘들어요. 하지만 당신이 마음만 먹는다면 아주 불가능한 일도 아니에요. 그렇게 된다면 많은 면에서 기분이 좋아질 거예요. 그리고 캐시, 당신도 남편을 도울 수 있어요. 남편이 벌어오는 돈이 너무 적다거나, 협동조합에서 일하는 것 말고 더 나은 일을 찾아보라고 불평하지 않는 거예요. 알로에게는 자신만의 가치가 있고, 당신은 알로가 그걸 찾아내도록 자신의 역할을 다해야 해요.'

수잔나가 떠난 뒤, 알로는 캐시에게 마녀의 마지막 충고는 완전히 주제넘은 짓이었다고 말했지. 그는 자신이 누구인지 알고 있었어. 그렇고말고. 대체 수잔나가 뭐길래 그가 자기 자신을 모르고 있다는 투로 말하는 거야? 알로가 누구야. 후드 밑에 강력한 파워 엔진이 달린 GMC를 가지고 있고, 협동조합에서 일하는 남자가 아닌가. 게다가 1974년 플레이오프 때 레드빌 마이너스와 샐러맨더 타이거스와의 경기에서 팀을 승리로 이끈 터치다운까지 했는걸.

당시 알로에겐 우울한 소식들뿐이었어. 우리 지역 풋볼팀의 이번 시즌 성적은 형편없지, 수잔나는 알로나 캐시 모두 금주는 물론 텔레비전도 보면 안 된다고 했지, 결정적으로 몇 주 동안은 초식동물로 살아야 했으니까. 알로는 이렇게 말했어.

'안녕, 바비. 난 지금 먹는 게 아냐. 풀을 뜯고 있는 거야. 하루 종일 힘들게 일했는데 내가 지금 뭐하고 있는 거지? 샌 와킨의 거지 같은 야채 농사꾼들을 먹여살리는 꼴이잖아. 내가 이런 계집애 같은 음식을 먹는 게 알려지는 날이면 직장에서 당장 해고될 거고, 사람들은 날 변태로 생각할 거야.'

알로의 말에 따르면 수잔나가 처방해 준 식단은 꽤 엄격했다는군. 붉은 고기는 물론 어떤 종류의 육식도 금할 것. 야채와 과일, 쌀, 정백하지 않은 혼합 곡물을 많이 먹을 것. 알로는 아침식사로 먹던 소시지가 먹고 싶었지만 그것도 금지 식품이었어. 대신 그의 새로운 저녁식사가 식탁에 놓인 채 그를 쏘아보고 있었지. 그러나 캐시는 이 방법이 아니면 인공수정이라는 대안뿐임을 계속 상기시켰고, 게다가 이렇게 먹으면서 기분도 훨씬 좋아졌다고 했지.

알로도 신물이 넘어오던 증상이 사라졌고, 더 이상 저녁을 먹은 뒤에도 졸립지 않다는 사실을 인정했어. 하루에 허락된 주량은 맥주 한 잔뿐이었고, 안주로 육포도 먹을 수 없었기에 더 이상 르로이스에도 가지 않았지. 그는 해마다 열리는 가을 스테이크 파티에 왜 올해는 참가하지 않는지 변명을 생각해 내야 했고, 대체로 캐시와 더 많은 시간을 보냈어. 수잔나의 엄격한 지침에 따라 텔레비전도 볼 수 없다보니 저녁엔 달리할 일이 없었어. 그래서 함께 산책을 하거나, 석양을 보기 위해 리틀샐러맨더 강 너머로 드라이브를 다니기 시작했지.

알로에게 가장 힘들었던 건, 바비의 표현대로라면 떡방아를 찧지 못하는 거였다는군. 알로는 당장이라도 하고 싶었고, 사타구니 부근이 수축되면서 통증까지 생겼다는 거야. 거의 삼 주간이나 금욕 생활을 하는 건 쉬운 일이 아니었지. 하지만 캐시에게는 언제나 비장의 카드가 있었어. 이 일이 실패하면 체외수정으로 아기를 갖자든가, 인공수정을 하는 과정에서 다른 남자의 유전자가 그들의 아기에게 흘러 들어갈지도 모른다고 협박하는 거였지. 알로는 특히 후자를 더 무서워했어. 바비에게 이렇게 말했대.

'미치고 팔짝 뛸 노릇이잖나, 바비. 우리 아기는 아인슈타인이 될 수도 있고, 까딱하면 돌대가리가 될 수도 있어. 난 어느 쪽이 더 나쁜 건지 모르겠어.'

캐시는 수잔나가 준 책에 적힌 글귀들을 냉장고에 붙여두고, 수잔나가 제안한 대로 알로와 그 의미를 토론했어. 그건 알로에게 좀 버거운 일이었지. 중학교에 입학해 풋볼, 여자, 내연 엔진에 빠진 이후로(꼭 이 순서대로는 아니지만) 그의 두뇌는 푹 썩어 있었으니까. 아침을 먹으면서 뉴스에서 흘러나오는 돼지 시장에 관한 얘기나 운동 경기 결과를 듣는 대신 그는 다음의 보석 같은 글귀들을 생각해야만 했어.

진실한 사람
여행하지 않고 도착하며
바라보지 않고 인지하며
애쓰지 않고 행동한다.

그리고 이런 글귀도.

예리함을 무디게 하고
얽힌 것을 풀고
번쩍이는 빛을 부드럽게 하며
먼지와 함께 자리 잡는다.

액체 비료가 든 트럭을 몰고 시골길을 달리는 동안, 알로는 자신도 모르게 애쓰지 않고 행동한다는 것의 의미가 무엇일지 생각하게 되었지. 그건 너무도 까다로운 문제였기에 알로는 그 글귀를 마음에서 떨쳐낼 수가 없었어. 계속 그 의미를 생각하고 또 생각했지. 심지어는 바비에게 물어봤을 정도니까. 물론 그건 실수였지만.

바비의 즉석 해석은 이랬어. '제기랄, 알로. 그건 간단하잖아. 여자가 위에 타고, 남자가 밑에 있어야 한다는 거 아냐.' 그러더니 낄낄거리며 지난 토요일 리버모어의 자동차 극장에서 자기가 했던 섹스가 바로 그랬다고 말했어. 그리고 만약 알로가 다시 그레인벨트를 마신다면 모든 게 분명해질 거라고도 했지. '그 빌어먹을 6백만 개의 필터를 거쳐 내려오는 샐러맨더의 뿌연 물처럼 분명해질걸.' 그게 정확히 바비가 한 말이었어.

하지만 수잔나의 처방은 효과가 있었지. 신기하게도 효과가 있었어. 육 개월이 채 안 돼 캐시가 임신복을 입게 된 거야. 10월에 수잔나가 캐시 부부의 집을 방문했고, 그들이 옷을 홀딱 벗은 채 거꾸로 놓은 십자가 주위를 돌며 춤추는 의식을 치렀다는 소문이 돌았어. 왓킨스 상회 직원이 샐러맨더에 들렀다가 그 이야기를 듣고 리버모어와 더 먼 지역에까지 소문을 퍼뜨렸다네.

캐시는 출산 예정일에 예쁜 여자아이를 낳았어. 그녀는 아기 이름을 수잔나로 하는 게 어떠냐고 말하려 했는데 마침 알로가 지붕을 수리하고 있던 터라 그냥 입을 다물었지. 결국 두 사람은 알로의 친할머니 이름을 따서 아기 이름을 '미르나'라고 지었어. 리버모어에 있는 성 티모시 성당에서 열린 세례식에는 많은 사람이 참석했는데 베엘제불(귀신의 왕: 옮긴이)을 내쫓는 순서가 되자 신심이 깊은 많은 사람들이 의미심장한 표정으로 서로를 바라봤지. 신부님이 어린 미르나의 이마에 세례 오일을 유달리 많이 뿌렸다고 주장하는 사람이 있는가 하면, 신부님이 지금까지 한 번도 들어본 적이 없는 라틴어를 추가로 더 중얼거린 게 분명하다고 주장하는 사람도 있었어. 어린 미르나에 관한 일련의 사건들로 인해 이 마을의 역사에 수잔나라는 이름이 영원히 새겨지게 되었지. 본인은 그런 일에 전혀 개의치 않지만.

난 수잔나를 마녀 취급하는 건 좀 인정머리없는 짓이라고 생각했어. 섬세하고 이해심 많으며 수준 높은 의식을 가진 현대인으로서, 나는 '주술사'란 말이 수잔나에게 좀더 적합한 표현이라고 생각해. 물론 난 마녀라는 존재를 믿지 않아. 하지만 캐시 부부 사건 이후로 내 마음도 약간 동요했다는 걸 인정하지. 어쩌면 수잔나는 우리가 모르는 걸 알고 있을지도 모른다고 생각했다네."

노인은 잠시 말을 멈추었다. 머리가 희끗한 남자가 우리 자리로 다가왔기 때문이다. 노인은 그 남자와 부드럽게 이야기를 했다. 남자가 와일드 터키를 한 모금만 마시게 해달라고 부탁하자, 노인은 주머니에서 꼬깃꼬깃한 1달러짜리 지폐 두 장을 꺼내더니 바텐더에게 여기 프랭크에게 술 두 잔만 주라고 말했다. 프랭크는 고맙다고 웅얼거리며 바가 있는 쪽으로 비틀비틀 걸어갔다.

"프랭크와 나는 예전에 채석장에서 함께 일했다네. 그때 저 친구는 솜씨 좋고 부지런한 일꾼이었지. 한 이십 년 전에 딸내미가 오마하에서 온 이란 남자와 결혼하고, 마누라가 공군 기지에 있던 하사관과 도망간 후로 술을 끼고 살기 시작했어. 샐러맨더의 르로이스가 저 친구의 단골집이지."

노인은 잠시 얼굴을 찡그리더니 자기가 어디까지 얘기했는지 기억해 내고 말을 이었다.

"자네도 기억하겠지만, 이야기를 처음 시작할 때 내가 샐러맨더 마을에는 재미있는 사건이 단 두 개뿐이라고 했지? 물론 여키스 카운티 전쟁은 빼고. 지금까지의 이 두서없는 이야기들은 나중에 발생할 중요한 사건들의 배경이 되기 때문에 어느 정도 알아둘 필요가 있다네.

두 번째 재미있는 사건은 캐시 부부가 이 외로운 행성을 삼켜버리려는 거대한 인간의 물결에 또 한 명을 추가한 지 이년 후에 일어났어. 그날도 난 평상시와 다름없이 창밖을 내다보고 있었어. 텔레비전에서 어떤 녀석이 터치다운을 한 뒤에 앤드존에서 춤추고 다니는 꼴을 보기가 싫었거든. 아홉 시가 될 때까지 재미있는 일이라곤 칼라일 맥밀런이 트럭을 주차하고 르로이스에 들어갔다는 것뿐이었어. 당시 칼라일은 우리 동네에 온 지 칠팔 개월쯤 되었지.

몇 분 뒤에 휴이 스베르슨의 낡은 녹색 뷰익이 끼이익 소리를 내면서 르로이스 앞에 멈춰 서더군. 그것도 이중 주차로 말이야. 휴이가 문을 닫을 생각도 하지 않은 채 차에서 뛰어내렸고, 난 그의 손에 정육점 칼이 들려 있는 걸 봤어. 저기 폴스시티에 있는 렌더링 공장에서 쓰는 것만큼이나 큼직한 칼이었지. 휴이는 데빌 잭이 자고 있던 잭 데브루의 트럭을 지나 르로이스의 출입문을 벌컥 열어젖히더니 안으로 사라져 버렸어.

그 다음에 일어난 일은 갤리와 다른 믿을 만한 정보통들에게서 들은 이야기야. 그들의 이야기는 며칠 뒤, 내가 머트네 주유소에 주저앉아 있는 동안 거기 들른 모든 손님들에 의해 차례로 확인되었지. 한때 콩 운반 트럭을 몰던 비니 위커스란 친구가 휴이의 마누라랑 바람을 피웠나보더라고. 휴이가 방위군 훈련에 참가하느라 집을 비웠던 주말에 말이야. 그 사실을 알게 된 휴이는 짐빔을 서너 잔쯤 비우고, 차분한 마음으로 충분히 생각한 끝에 비니를 작살내기로 결심한 거야.

비니는 술집으로 들어온 휴이를 보고 재빨리 상황을 눈치 챘지. 휴이가 '네놈의 엉덩짝을 열여섯 조각으로 토막낼 테다, 이 마누라 도둑놈아!' 뭐 그런 비슷한 말을 외쳤으니까. 비니는 당구대 위를 뛰어넘어 여자 화장실로 들어가 문을 잠그고 숨어버렸어. 결과적으로 상황은 잠시 소강 상태에 접어들었어. 르로이는 말할 것도 없고 다른 누구도 휴이에게 달려들어 무기를 빼앗을 엄두를 내지 못했어. 휴이는 그 커다란 칼을 람보처럼 휘두르고 있었거든.

휴이는 쇠로 된 여자 화장실의 문을 계속 두들기며 소리쳤어. 구경꾼들의 말에 의하면 그 칼로 자기가 뭘 할 것인지 꽤 자세히 말했다는군. 특히 비니의 어떤 은밀한 부위를 어떻게 할 것인지에 초점을 맞춰서 말이야. 그동안, 르로이는 우리 마을의 보안관을 불렀지. 보안관이라고 해봤자 딱 한 사람이 었는데 용감한 프레드 멈브리펙, 일명 프레드 멈퍼드라 불리는 노인이었어. 프레드는 예순아홉으로 은뱃지를 차고 고물 차를 끌고 다니면서 마을의 상습적인 범죄자들을 잡아냈어. 이를테면 '침대 바퀴 어니 펜로스' 같은. 그녀석은 지진아인 데 남의 침실 창문을 훔쳐보는 습관이 있거든.

르로이스에 도착한 프레드는 거기 모인 구경꾼들에게 자신은 늙었을지는 몰라도 바보는 아니라고 말했어. 자기가 생각 하기에 비니 같은 나쁜 놈은 이런 일을 당해도 싸다는 거지. 아무도 프레드의 그런 반응에 놀라지 않았어. 프레드는 침례 교회의 평신도 설교자였으니까.

난 칼라일 맥밀런이 폭력을 별로 좋아하지 않는 조용한 남 자라는 걸 알고 있었지. 그가 살았던 캘리포니아와 그가 일 했던 노스캘리포니아의 포트브래그 바 근처에서 폭력은 충 분히 겪었다고 하더군. 하지만 그날 밤, 우리는 모두 칼라일 이 필요에 따라서는 나서서 싸울 줄 아는 사람이라는 걸 알 게 됐지.

칼라일은 그 화난 멕시코인이 날뛰는 걸 지켜봤고, 우연히 르로이가 경찰에 전화하겠다는 말을 들었어. 칼라일은 폭력 뿐 아니라 어떤 형태의 공권력도 끔찍이 싫어했지. 무엇보다 엄격한 법 집행이 휴이를 어떻게 처리할지 알고 있었어. 그래서 칼라일은 르로이에게 잠시만 기다려달라고 했어. 그러고는 휴이와 이야기를 나누기 위해 차분히 앞으로 걸어나가 아주 침착하고 조용한 목소리로 이야기를 시작했지. 어서 그 칼을 내려놓고 집에 가서 아내 프랜과의 관계를 개선하고, 비니 같은 머저리는 잊어버리라고 설득한 거야.

하지만 휴이는 평소 베트남 참전 기억으로 괴로워했고, 그 때문에 불면증에 시달리고 있었어. 게다가 흥분까지 한 상태였으니 칼라일을 '장발 히피 새끼'—알고 보니 삼분의 이는 맞는 얘기였지만—라고 부르기 시작하면서 칼을 들이댔어. 갤리가 조심하라고 비명을 지르자, 칼라일은 뒤로 물러서면서 당구대 위에 놓여 있던 큐를 집어들었지. 비니가 당구대를 뛰어넘어 전속력으로 도망친 후에 누군가 올려둔 거였어.

휴이는 너무 흥분해 있던 터라 칼라일이 큐를 집어들었다는 걸 몰랐어. 휴이가 공격 범위 내에 들어오자 칼라일은 멋진 반원을 그리며 그 개자식을 날려버렸고, 휴이의 왼쪽 무릎에 한 방 먹였지. 큐 끝으로 아주 세게 내리친 거야.

휴이는 비틀거렸고, 군대에서 배운 대로 다친 다리를 끌면서 계속 칼라일을 향해 갔지. 그때 칼라일이 휴이의 오른쪽 무릎도 똑같이 한 방 먹였어. 이번엔 더 세게. 휴이는 시속 5킬로미터의 속도로 바닥을 향해 쓰러졌어. 꺼지지 않은 담배 꽁초를 비롯해 엎질러진 맥주, 엑스트라 치즈와 페페로니가 올려진 툼스톤 피자 한 조각까지 나뒹굴고 있던 바닥에 얼굴을 숙인 채 착륙한 거지. 칼라일은 부츠를 신은 한쪽 발로 칼을 든 휴이의 손을 밟았고, 다른쪽 발로 칼을 차버렸어. 그런 다음, 르로이에게 여자 화장실에서 비니를 끌어내 마을 밖으로 데려가라고 말했지.

그날 밤은 칼라일과 휴이, 갤리가 모두 모여 술을 마시며 이야기를 나누는 걸로 끝이 났어. 갤리는 친절하고 모성애가 강한 여자라 젖은 수건으로 얼굴을 계속 닦아주면서 휴이를 진정시키고 위로해 줬지. 잠시 뒤, 휴이는 울기 시작했어. 좀 창피한 일이었지만, 이 모든 상황과 그가 퇴역 군인이란 사실을 고려할 때 아무도 그를 나약하다고 생각하지 않았어. 문 닫을 시간이 되자, 르로이가 칼라일에게 휴이를 때렸던 큐를 줬어. 칼라일 덕분에 많은 골치 아픈 법적 문제를 덜었다면서.

다음날, 결혼 생활을 다시 시작하기로 결심한 프랜과 휴이는 파이브 플래그 놀이동산으로 여행을 떠났어. 몇 년 동안 프랜이 가자고 졸라대던 곳이었지. 그 후로 비니는 두 번 다시 휴이 부부의 침실을 얼쩡거리지 않았고, 술도 리버모어로 나가서 마셨어.

칼라일 덕분에 모든 게 잘 마무리된 거지. 그리고 그 사건 이후로 휴이는 언제나 칼라일 맥밀런 편이었어. 칼라일이 아니었더라면 그는 감옥에 끌려가고, 프랜과 헤어지고, 파이브 플래그도 못 가봤을 테니까. 롤러코스터를 여섯 번이나 탔던 그곳을."

제4장

길 위의 나날들

우리가 알고 있는 수치대로라면 여키스 카운티 전쟁이라고 알려진 그 사건은 작은 전쟁이었다. 작으면서도 원시적인. 아마도 당신은 늘 보던 신문이나 저녁 뉴스에서 그 사건이 짧게 언급되는 것을 들어봤을 것이다. 그리고 당신의 삶과 별 상관없는 어느 먼 곳에서 일어난 추잡한 싸움쯤으로 생각하고 잊어버렸으리라. 그런 추잡한 사건이 일어나게 된 원인은 매우 복잡하다. 많은 이유들이 얽혀 있고, 그 중에는 한 세기 전까지 거슬러 올라가는 것들도 있다. 칼라일 맥밀런이 여키스 카운티에 오지 않았더라도 그 사건이 일어났을까? 그 질문은 대답하기 힘들다. 중요한 건 그가 왔다는 사실이다.

샐러맨더에서의 첫날 밤, 칼라일은 마을 경계선에 있는 편의점에 들렀다. 그의 머릿속은 아직도 헤드라이트를 가르고 지나갔던 여자, 그가 유턴해 샐러맨더의 메인스트리트 동쪽으로 향했을 때 그가 지나가기를 기다리던 여자를 생각하고 있었다. 머릿속에 자꾸만 어떤 단어들이 맴돌았다. 꽃과 바람, 달콤쌉싸름한 추억에 관한 단어들이. 그것이 그의 생각에서 나온 것인지, 트럭 라디오에서 흘러나오던 단어들인지, 아니면 그가 차를 모는 동안 그녀가 속삭인 것인지 분명하지 않았다. 빌어먹을, 이 촌동네가 내 머리를 어지럽히는군, 하고 그는 생각했다.

칼라일은 트럭에 기름을 넣고 편의점 안으로 들어갔다. 기름 값에 올드스타일 여섯 갑을 합하니 17달러 87센트였다. 편의점 안에는 카운터를 지키는 사십대 후반의 초라한 여자와 입구 옆의 공중전화 박스에서 전화를 거는 양복 입은 남자 외에는 아무도 없었다. 남자는 힘든 하루를 보냈는지 무척 지친 얼굴로 공중전화 박스 벽에 기대 축 늘어져 있었다. 그는 오른발을 왼쪽 발목 옆에 교차시켜 놓았는데 술이 달린 값 비싼 갈색 로퍼는 아까 내린 비로 색이 바래 있었다. 전화기 저 편에서 자동응답기 메시지가 흘러나오자 그의 몸은 약간 더 처졌고, 이윽고 그도 메시지를 남겼다.

"안녕하세요, 칼. 하이플레이스 개발회사의 빌 플래니건입니다. 사무실에 전화해 봤더니 제 비서가 당신에게 가능한 빨리 연락해야 한다고 하더군요. 계속 이렇게 어긋나서 아쉽네요. 지금은 27일, 화요일, (시계를 바라본다.) 밤 아홉 시 십오 분입니다. 전 리버모어에서 북동쪽으로 16킬로미터 정도 떨어진 샐러맨더라는 곳에 있습니다. 여기서 레이 다전과 함께 우리가 말했던 설계도를 검토하는 중입니다. 내일 아침 일어나는 대로 사무실로 찾아뵙죠. 전화 주세요. 그쪽 일이 어떻게 진행되는지 빨리 듣고 싶군요. 우리 쪽에서는 상원의원님의 계획에 정말 흥분하고 있습니다."

칼라일은 트럭으로 돌아와 42번 도로를 타고 91번 국도와의 교차로를 향해 갔다. 그의 앞에 주(州)의 기장을 단 자동차 한 대가 달리고 있었다. 방금 전 편의점에서 빠져나온 차였다. 자동차의 액셀러레이터를 밟고 있는 사람은 술이 달린 갈색 로퍼였다.

다음 마을인 리버모어에 모텔이 있을 것 같아 91번 국도의 남쪽으로 차를 돌렸다. 아니나 다를까 싸구려 모텔 하나가 나왔다. 부부가 운영하는 그런 소규모 모텔로, 카운터의 벨을 누르자 가족들의 주거 공간으로 이어지는 문에서 한 여자가 나왔다. 녹색 바탕에 오렌지색 꽃무늬 원피스를 입은 여자였다. 칼라일은 그간의 경험상 여주인이 열쇠를 찾기 위해 고개를 숙이면 그녀의 어깨 너머로 러닝셔츠 차림에 슬리퍼를 신은 남자가 텔레비전을 보고 있는 장면이 펼쳐진다는 걸 알고 있었다. 자꾸 반복되는 이런 장면이 대체 무슨 의미가 있는지 알 수 없었다.

여자는 그를 올려다보며 말했다.

"22호실이에요. 밖으로 나가서 왼쪽, 맨 끝에서 두 번째 방이오."

칼라일은 피곤했고, 약간 기운이 빠졌다. 그의 짙은 갈색 눈동자가 잠시 여자의 눈동자를 응시했다. 그녀는 급히 시선을 떨구더니 다시 시선을 들어 걸어나가는 그의 등을 바라보았다. 칼라일이 문을 닫고 나가자 문에 달린 작은 종이 딸랑거렸다. 여자는 한숨을 내쉬고 거실로 돌아가 러닝셔츠에 슬리퍼 차림으로 초콜릿 포장을 뜯고 있는 남자 옆에 털썩 주저앉았다.

"아까 저 남자 봤어? 왠지 무서워. 반은 히피 같고 반은 인디언 같고 반은 뭐랄까 코요테 같아. 주소도 안 적더라고. 하지만 숙박료는 현찰로 계산했어. 요즘 같은 시대에 주소도 없는 사람이 어디 있어?"

러닝셔츠는 아무 말도 하지 않았다. 텔레비전에서는 "잠시 지방 방송의 광고가 나간 뒤 다시 찾아오겠습니다."라는 말이 흘러나왔고, 여자는 초콜릿을 씹었다. 초콜릿 조각들이 그녀의 치아에 달라붙었다.

칼라일은 닳아빠진 셔닐 침대보가 깔린 두 개의 침대 가운데 하나에 메고 있던 원통형 가방을 내던지고, 금이 간 검은 비닐이 씌워진 의자 위에 힘없이 주저앉아 맥주를 땄다. 그가 손을 뻗어 머리 위의 전등을 끄는 동안, 창밖으로는 트럭들이 91번 국도를 쌩쌩 달리고 있었다. 방 안에 불빛이라곤 욕실

세면대 위에 달린 형광등이 전부였다. 꺼지기 일보 직전의, 흔들리는 불빛. 그는 미시시피 서쪽, 로키 산맥 동쪽, 네브래스카 북쪽, 캐나다 남쪽의 어딘가에 있었다. 반대쪽 벽에는 허리에 천을 두른 인디언 용사의 그림이 걸려 있었다. 적갈색 조랑말을 타고 있는 인디언 용사는 눈썹 위에 수평으로 갖다 댄 오른손으로 눈을 보호하고 있었다. 인디언 용사가 바라보고 있는 것은 석양이었고, 그의 발 밑에 펼쳐진 평원에는 한 마리의 들소도 없었다.

의자에 더욱 깊이 몸을 묻으며 칼라일은 부츠를 벗어 침대에서 가장 가까운 곳에 놓았다. 샐러맨더 거리에서 본 여자가 다시 생각났다. 그 얼굴, 적갈색 머리칼, 그가 지나가는 것을 지켜보던 녹색 눈동자. 샐러맨더, 어딘지 모르는 이 마을 한복판에서 그런 여자를 만나다니. 그는 전에도 그녀를, 혹은 그녀와 닮은 여자를 어디선가 본 적이 있었다. 물론 실제로 본 건 아니다. 아마도 그가 적어두지 않은 아주 오래전의 꿈에서 봤을 것이다. 다리 사이에 맥주캔을 끼운 채 그의 머리는 어깨 위로 천천히 축 늘어졌고, 그녀는 그의 머릿속에서 사라졌다.

여느 사람들처럼, 칼라일 맥밀런의 삶 역시 의도와 철두철미한 계획 못지않은 우연과 우발적 사건들을 통해 형성되어 왔다. 여기서는 이런 결정, 저기서는 저런 결정을 내리면서. 돌이켜보면 잘한 결정도 있고 잘못된 결정도 있었다. 합리적인 노력에 의해 결정된 결과들은 전혀 예상치 못했던 순간에 그의 어깨 위로 떨어진 뜻밖의 사건들과 뒤섞였다. 다시 말해 일상의 요동. 또 다른 말로는 불확실성.

게다가 애초부터 그는 보통 사람들보다 불확실한 삶을 살아왔다. 사십여 년 전 그는 윈 맥밀런이라는 여자와, 그녀가 성도 모르거나 기억해 내지 못하는 어떤 남자 사이에서 사생아로 태어났다. 어머니가 그 사람에 관해 알고 있는 것이 거의 없었기에 칼라일은 자신의 아버지가 되는 남자에 대한 막연하고 종잡을 수 없는 이미지만을 가지고 있었다.

그리하여 방황하던 사춘기 시절, 그리고 똑같이 방황했던 그 후로도 몇 년간, 그의 머릿속에 있던 아버지의 이미지는 장거리용 대형 오토바이를 타고 있는 검은 실루엣에 지나지 않았다. 그 사내는 석양의 후광을 받으며 태평양의 파도가 깊숙이 파고든 절벽 위의 높은 다리를 건너 카멜의 남쪽 고속도로를 달렸다. 그리고 사내 뒤에는 한 여자가 양팔로 그의 허리를 휘감고 있었다. 바람에 머리칼이 나부끼는 그 여자는 아마도 오래전의, 칼라일 맥밀런의 어머니였을 것이다.

그 사내와 여자가 함께 보낸 시간은 불과 이틀이었지만 칼라일이라는 이름의 사내아이가 생기기에는 충분한 시간이었다. 그녀는 남자와 함께 백사장에 누웠을 때 등뒤로 와 닿던 따뜻한 모래를 기억한다. 9월 말의 모래가 얼마나 따뜻했는지 그녀는 결코 잊지 못한다. 또한 그의 신비로우면서도 차분한 분위기, 훗날 그의 아들이 똑같이 물려받을 그 특징을 기억한다. 그는 비밀스런 일들을 알고 있었다. 그는 오직 자신만의 영역이었던 아득한 과거에서부터 흘러나오는 희미한 음악을 듣고 있었다. 그녀는 그렇게 느꼈다. 그럼에도 불구하고 그의 성은 가물가물하다. 그가 한 번쯤 말한 것도 같지만 그때 두 사람은 모닥불 앞에 앉아 하우스 맥주를 마시며 낭만적인 분위기에 취해 있던 터라 기억나지 않았다.

그녀가 한 번은 이런 말을 한 적이 있다.

"이상하게도 그때는 이름이 전혀 중요하다고 생각되지 않았어. 너로서는 분명 이해하기 힘들다는 거 안다, 칼라일. 하지만 그게 우리의 솔직한 심정이었지. 지금은 그의 이름을 모른다는 게 참 속상하구나. 너한테 알려줄 수 없으니 말이야."

그 이야기는 그렇게 끝을 맺었다. 그녀는 칼라일이 열두 살 때 모든 것을 말해주었다. 두 사람은 멘도시노의 전셋집 현관 계단에 앉아 있었다. 이야기하는 동안, 그녀는 마르고 조용한 소년의 몸 위로 양팔을 두르고 소년의 머리에 자신의 머리를 기댔다. 여러 가지가 뒤섞인 어머니의 냄새 가운데 방금 감고 나온 머리 향기가 가장 짙게 풍겼다. 칼라일은 어머니의 말을 귀담아들었고, 어머니가 그토록 솔직히 말해준 것과 자신을 낳고 그토록 행복해했다는 것에 대해 그녀를 향한 사랑을 느꼈다. 심지어 그 남자에 관해 이야기할 때 그 말투에서 느껴지던, 신비로운 성적 탐닉의 짜릿함에 대해서까지. 그러나 칼라일의 나이에 이런 종류의 일들, 특히 자신의 어머니와 관련된 일들을 상상한다는 것은 무척 어려운 일이었다.

어머니의 솔직함, 자신을 배려하는 태도, 그런 건 다 좋았다. 그러나 그것만으로는 충분치 않았다. 마음 깊숙한 곳에서 그는 자신에게 확신을 줄 수 있는 아버지를 소망했다. 내면에서 날뛰는 이 모든 두서없는 생각들과 강렬한 감정들이 결국에는 하나로 통합되어, 일관성 있고 유능한 성인이 될 것이라는 확신을 줄 수 있는 아버지를.

또한 그는 오랫동안 분노를 느꼈다. 그 모호함에 대해, 낯선 남자와 아무 생각 없이 어울린 어머니에 대해, 늦가을 단풍으로 물든 숲을 지나 북쪽으로 홀연히 사라져버린 그 남자에 대해 화가 났다. 얼마간의 시간과 얼마간의 생각이 필요하긴 했지만, 그는 마침내 그 모든 것들을, 모든 것까지는 아니더라도 대부분을 극복하고 불안한 평화를 일궈냈다.

그럼에도 불구하고 어딘지 모호하고 미완성인 듯한 느낌은 여전히 남아 있었다. 자신의 원천인 유전자 연못의 그 특별한 잔물결에 대한 호기심도 그 중 하나였다. 그의 광대뼈와 돌출된 코, 가끔 아파치 인디언처럼 두건을 두르고 다니는 긴 갈색 머리 때문에 그를 인디언 혼혈로 보는 사람들도 있었다. 그로서는 그것이 사실인지 아닌지 알 길이 없었지만, 사람들의 그런 시선이 싫지 않았다. 사람들이 "인디언 피가 섞였나요?"라고 물을 때마다 그는 입을 다문 채 어깨만 으쓱일 뿐 사람들이 자기들 멋대로 생각하도록 내버려두었다.

처음에는 있을 수 없는 일, 터무니없는 일이라 여겼다. 나중에는 아버지가 핏줄을 통해 어떤 메시지를 보내는 거라고 상상했다. 그는 이런 식으로 생각했다. '한 인간으로서 아버지의 의식은 내 존재를 모르고 있다. 그러나 그의 유전자는 내 존재를 알고 있다. 그 유전자가 내 일부이기도 하니까. 유전자는 같은 종(種)으로서 내 존재를 알고 있는 것이다. 나는 그의 종에 속하고, 그의 유전적 청사진을 가지고 있다. 따라서 그는 내 존재를 알고 있는 것이다.' 이 어설픈 논리는 너무 깊숙이 따지고 들지 않는다면 나름대로는 일리가 있었다.

결국은 아버지가 그 신호의 배후 어딘가에 있다고 믿게 되었다. 그는 열심히 귀기울이며 신호에 대답했다.

"당신은 누구세요? 젠장, 좀더 크게 말해봐요. 계속 신호를 보내줘요. 나에 대해 좀더 알 수 있게 당신에 대해 말해달라고요. 내가 알고 있으면서도 미처 깨닫지 못하고 있는 게 대체 뭐죠?"

그러나 신호는 미약했다. 시작되는 것과 거의 동시에 희미해져 갔다. 그럴 때마다 그는 약간 버림받은 기분이 들었고, 스스로가 측은하게 느껴졌다.

그 신호가 들려오지 않은 건 마음이 편안할 때 신호가 느껴진다는 사실을 알게 된 후 일 년, 혹은 이 년쯤 뒤였다. 칼라일은 한순간도 고요하지 않은 곳에 와 있었고, 더 이상 마음이 편하지 않았기 때문이다. 그는 자기 자신을 잃어가고 있었다.

어렸을 때 살았던 멘도시노에는 코디 마르크스라는 늙은 목수가 살았다. 코디 할아버지는 그에게 망치질하는 법을 알려주었다. 목재에 대해 세상 누구보다 탁월한 안목을 갖는 법도 가르쳐주었다. 그로부터 이십 년이 지난 지금, 그는 자신이 코디 할아버지의 신뢰를 저버렸으며 그 사실이 자신의 마음을 갉아먹고 있다는 사실을 알았다. 그는 늘 코디 할아버지가 기대했던 모습에서 자신이 얼마나 멀어졌는지를 생각했다. 얼마나 멀어진 걸까? 멀어도 아주 한참. 처음에 그가 되고자 했던, 아름답고 오래 가는 집을 짓는 목수에서 한참 멀어져 있었던 것이다.

여러 번 생각해 봐도 어쩌다 일이 이렇게 됐는지 알 수 없었다. 살아오는 동안의 작은 선택들이 모여 큰 결과를 만들어버렸다. 순간에만 초점을 맞춰 살다보니 이렇듯 타락한 미래로 흘러 들어오게 됐다. 전혀 의도하지 않았던 미래로. 그 미래의 어딘가에서 목수로서 살겠다는 꿈은 길을 잃어버렸다. 코디 할아버지와 같은 인생은 사라져버렸다.

기한이 다 된 청구서들. 에라 모르겠다, 돈을 벌 수 있는 아무 일이나 하자. 더 많은 청구서들. 이번에도 빨리 돈을 벌 수 있는 일, 별 볼일 없는 일을 하자. 일을 마치고, 돈을 받고, 그만두고, 다음 청구서를 내기 위해 다른 직업으로 옮겨가자. 그런 식으로 살았다. 현실의 가혹한 압박이라고 해두자, 라고 칼라일은 생각했다. 무자비한 세상에서 그럭저럭 살아가는 것이라 해도 좋고, 뭐라 부르든 상관없다. 어떤 말로도 미화시킬 수 없다. 조금씩 뜯겨나가는 꿈들. 무의식중에 서서히 이뤄지는, 이상의 진부함에 대한 굴복. 생존에만 신경 쓰다보니 자신도 모르는 사이에 자존심은 한 단계씩 낮아졌고, 마침내 그는 스스로도 전혀 예상치 못했던 곳에 와 있었다.

그의 눈에 비친 자신의 모습은, 일한 대가로 받는 돈 외의 아무 가치도 없는 하루살이들의 엄청나게 길고 초라한 행렬을 터벅터벅 따라가고 있는 축제용 조랑말이었다. 시장경제는 모든 것을 평가했다. 칼라일은 미소 짓지 않는 이 냉혹한 시대의 시장경제는 코디 할아버지 같은 삶에는 아무 가치도 두지 않는다는 사실을 깨달았다. 칼라일의 말투, 인생관, 마음가짐, 이 모든 것들은 바로 코디 할아버지가 조용히 비난했던 것들이었다. 인생에 이따금 등장했던 여자들도 그런 식이었다. 즉 영원한 관계는 없으며 그런 건 중요하지도 않았다. 매번 다른 여자들과 스쳐 지나가는 하룻밤, 혹은 일주일. 그리고 조랑말은 다시 이동해 하루살이 행렬을 따라잡는다.

그는 내면에서 끈질기게 들려오는 속삭임을 억누르며 죄책감과 싸웠다. 스스로뿐 아니라 다른 사람들에게도 이제는 코디 할아버지의 유유자적하던 세상은 더 이상 존재하지 않는다고 말했다. 얼마 동안 그런 식의 합리화는 그의 감정을 무디게 만드는 효과가 있었다. 밤에 너무 많이 마신 맥주가, 바에서 떠들고 불평하느라 흘러가버린 주말이 그러는 것처럼.

동업자였던 버디 림스가 말한 적이 있었다.

"칼라일, 이건 너 같은 인생관을 가진 사람과 개발업자들 간의 경주가 되어버렸어. 그리고 넌 두 발이 완전히 묶인 상태지. 넌 현실과 본능 사이의 커다란 균열 속에서 괴로워하며, 우리가 하는 이 엿 같은 일과 진정한 우리 자신 사이의 틈을 감추려 하고 있어. 네 인생을 그저 매끈하게 다듬고 있는 거라고, 칼라일. 우리가 널빤지 두 개의 틈을 메꾸려고 몰딩을 발라버리는 것처럼 말이야."

칼라일은 버디의 말을 또렷이 기억하고 있었다. 마음 한 편으로는 부인하고 싶었지만 그 말이 맞다는 것도 알고 있었다. 그는 다른 모든 건축가들과 마찬가지로 개발업자라 불리는 시민 후원자들의 덕을 보고 있었다.

버디가 그런 말을 한 것은 두 사람이 오클랜드에 짓고 있던 집의 지붕에 앉아 있을 때였다. 그들은 이제 막 서까래에 지붕 덮개를 못질하는 작업을 끝내고, 다음 작업인 널을 끌어올려 지붕에 내려놓기 전에 잠시 쉬는 중이었다. 주위에는 온통 공사중인 새 집들뿐이었다. 그들이 앉아 있는 지붕 꼭대기에서는 만 너머로 샌프란시스코 시내가 보였다. 만에서는 삼십 층짜리 건물을 짓는 공사가 한창이었다. 콘크리트와 금속을 퍼담아 고층 강철 위에 균형을 잡고 서 있는 인부들에게 올려주는 크레인은 여름날의 열기 속에서 마치 대형 낚싯대 같아 보였다. 사방에서 땅을 고르고, 시멘트를 붓고, 망치질을 하고 있었다.

칼라일과 버디는 너무 빨리 달려 도무지 뛰어내릴 수 없는 기차에 타고 있는 셈이었다. 어떻게 하면 다치지 않고 그 기차에서 뛰어내릴 수 있을까? 그러나 그들에게는 돈이 필요했다. 트럭과 연장을 살 돈, 하청업자에게 줄 돈, 전셋값, 토요일 밤에 술을 마시기 위한 푼돈. 두 사람은 기차 꼭대기에서 안전망도 없이 외줄 타기를 하고 있었다. 고객이 재목 값을 제때 지불하지 않으면 줄에서 떨어질 수도 있다는 사실을 늘 의식하면서.

하지만 버디는 기차에서 뛰어내려 뉴멕시코에 있는 공동체에 정착했다. 버디는 타오스에서 온 한 여자를 낚았는데, 그의 말이 사실이라면 그녀는 지금도 매주 다리가 더 길어지고 있다. 버디는 칼라일이 오기만 한다면 진정한 공동체 정신에 입각해 그녀를 공유하겠다고도 말했다.

그들은 한동안 연락을 주고받았지만 그 공동체가 해체되어 버린 후 버디의 행방은 묘연해졌다. 칼라일은 마음에 들지 않는 집들을 그보다 훨씬 더 마음에 들지 않는 사람들을 위해 짓는 일을 계속했다. 망치를 휘두르고 임금으로 받은 돈을 세고 판에 박힌 노동의 무덤덤함을 참아가며 며칠이 지나고, 몇 해가 지났다. 싼 가격에 프로젝트를 따기 위해 타협하고, 원가만으로 최대의 미적 효과를 살리고, 무감각해지면서 길을 잃었다. 코디 할아버지와 코디 할아버지처럼 살려고 노력하지 않았다는 사실을 잊으려고 애쓰면서. 어디선가 계속 이런 말소리가 들렸다. 넌 강물의 흐름을 바꿔야 해.

본디 말수가 적은 사람이지만 칼라일은 이제 거의 입을 열지 않았다. 코디 할아버지와 자기 자신을 배신했다는 고통이 그의 몸을 갈기갈기 찢어놓았다. 밤이면 그는 집에 틀어박힌 채 노란 불빛의 램프 아래 앉아 그것에 대해 생각했다. 아래층에 사는 할머니가 〈로렌스 웰크 쇼〉 재방송을 보고 있었고,

복도 건너에 사는 게이 커플의 싸움은 끝날 기미가 보이지 않았다. 토요일 늦은 밤이면 위층에 사는 주식 중개인이 패션 컨설턴트의 몸 위에서 펄떡거리는 둔탁한 소리도 참아야 했다. 그들의 욕망이 만들어내는 멋대가리 없는 4분의 4박자 운율은 어찌나 정확한지 그에 맞춰 춤이라도 출 수 있을 정도였다. 침대 위의 여자는 "좀더!"를 좋아하는 반면 남자는 "예에에스스스! 오오오…… 예스!"를 선호했다.

> 멀리서 들려오는 세이렌 소리
> 선창가에서 들려오는 포그혼 소리
> 그의 무릎 위의 책
> 그의 손에 들린 술
> 램프 갓 위의 나방
> 아래층에서는 레논 자매의 왈츠가 한창
> 붉디붉은 개똥지빠귀
> 위층에서 들리는 좀더-오-예스의 떨리는 선율.

칼라일은 코디 할아버지가 매사에 철저한 인내심을 가지고 일하라던 말을 생각하며 거기 그렇게 앉아 있었다. 자신의 인생이 천박한 희극이 되어버렸다는 사실을 믿을 수 없어하며.

어느 봄날 아침이었다. 그는 자신이 처음 시작했던 지점에서 얼만큼 멀어졌는지를 다시 생각했다. 지금도 허리에 차고 있는 낡은 연장벨트를 처음 두르던 날로부터 얼마나 멀리 흘러온 걸까. 만일 코디 할아버지가 지금 그가 짓는 집을 본다면, 타협하며 살아가는 그의 인생을 본다면, 할아버지가 반대해 왔던 그 모든 것들에 항복한 그의 모습을 본다면…… . 그는 분명 믿을 수 없다는 듯 고개를 저을 것이다. 강물의 흐름을 바꿔라…… .

칼라일은 움푹 들어간 거실이 될 바탕바닥(장선 위에 설치하는 마감의 바탕이 되는 바닥의 총칭 : 옮긴이)에 드러누웠다. 그는 하청업자로 계약을 맺고 거대한 난평면 주택(일층과 이층 사이에 방이 있는 주택 : 옮긴이)을 짓고 있는 중이었다. 그 저택은 치약 포장의 로고 색깔을 걱정하고, 365일 내내 열심히 생각해 주는 대가로 매달 3,300달러를 받는 어느 중역을 위한 집이었다.

비어 있는 옆집 부지에서 목소리가 들려왔다. 칼라일은 상체를 일으켜 창밖을 내다보았다. 두 남자와 한 여자가 서 있었다. 목소리의 주인공은 육중한 몸에 땀을 뻘뻘 흘리고 있는 남자였다. 아마도 부동산 중개업자나 개발업자 혹은 대형 건설회사의 경영자일 것이다. 나중에 알고 보니 세 가지 모두였지만. 또 다른 남자는 축 처진 어깨에 배가 불룩 튀어나와 있었다. 아마도 사무직인 그의 일과 회사 돈으로 지불되는 점심, 운동 부족으로 인한 것이리라.

여자는 전형적인 캘리포니아 미인이었다. 지금까지의 노동에 지쳐 휴식을 취한 후 여덟 번째 날, 하느님께서는 서쪽 나라의 바닷가 어딘가에 비밀 공장을 세우셨다. 공장의 목표는 오직 저 여자 같은 미인을 생산하는 것. 서른다섯쯤 됐을까? 그녀는 무릎까지 올라오는 가죽 부츠 속으로 들어간 명품 청바지와 살짝 출렁이는 보기 좋은 가슴을 덮고 있는 밝은 핑크색 스웨터를 입고 있었다. 등 가운데까지 내려오는 금발은 금색 집게핀으로 죄어져 있었다.

칼라일은 여자를 바라본 다음, 그 옆에 서 있는 볼품없는 양복쟁이를 바라봤다. 아마도 여자는 이른 오후 어느 좋은 모텔에서 헬스장에서 만난 종마와 등을 뒤로 젖힌 채 배를 맞부딪히고는 하리라. 자동차 옆면에 사냥한 짐승을 밧줄로 고정시킨 채 집으로 돌아가는 사냥꾼처럼, 차에 매달고 다닐 캘리포니아 미녀를 낚으러 서부로 간다던 일리노이 출신의 한 남자가 생각났다. 칼라일은 세 사람이 나누는 대화를 들을 수 있었다. 개발업자 겸 부동산 중개업자가 짤막한 투어를 시켜주고 있었다.

"저기에 골프장과 스포츠클럽이 들어설 겁니다. 여러분의 주차 구역은 열네 번째 페어웨이 가장자리가 될 거고요. 앨리슨, 테니스를 무척 좋아하신다고 들었습니다. 우리 스포츠클럽은 테니스 코트가 여섯 개나 됩니다. 게다가 코트에서 조금만 걸어가면 올림픽 시합용 크기의 수영장이 있죠. 물론 내부의 전 구역은 정문의 수위들에 의해 통제되므로 외부인은 들어올 수 없습니다. 게다가 우린 런던에서 요리사를 데려올 겁니다. 그 요리사가 우리 클럽의 식당에서 최고급 컨티넨털 요리들만 선보일 겁니다."

"이봐, 칼라일, 잘 지냈나?"

시공업자가 도착했다.

"무엘러 부부에게 자네가 7월 초까지 집을 완성시킬 거라고 약속했으니 약속을 지킬 수 있도록 힘써줘야겠네. 그리고 자넨 며칠간 이 일에서 손 떼고, 잠시 남쪽에서 일하는 머저리들 좀 도와주게. 그놈들은 집 짓는 일에 대해서는 쥐뿔도 몰라. 지붕창을 두 개나 반대로 달았으니 말 다했지. 콩코드에는 방금 공사를 시작한 집이 열여섯 채나 더 있단 말일세. 자네가 거기 가서 골조 공사를 좀 해주게. 이 마루는 최대한 빨리 깔아버리고. 어차피 위에 카펫을 덮을 거니까 어떻게 하든 상관없네. 그런데 자네는 왜 못총(압축 공기를 이용해 못을 박는 반자동 공구 : 옮긴이)을 안 쓴다는 건가?"

칼라일은 여전히 무릎을 꿇은 채였다. 갈색 머리는 셔츠 깃까지 흘러내렸으며, 코 끝과 빛바랜 푸른색 셔츠에서는 땀이 뚝뚝 떨어지고 있었다. 그는 손으로 망치를 꼭 쥐고, 갈색 눈을 들어 시공업자를 보았다. 참새 한 마리가 날아 들어와 몇 미터 떨어진 널빤지 위에 내려 앉았다. 그러고는 꼬리를 흔들더니 널빤지 위에 작은 선물을 남기고 갔다.

옆집의 세일즈맨이 계속 떠들어댄다.

시공업자도.

성을 모르는 앨리슨도.

볼품없는 양복쟁이도.

칼라일에게는 이 세상 모든 사람들이 그렇게 떠들어대는

것처럼 보였다. 그리고 그가 알고 있는 한 그들은 모두 똑같은 것에 대해 떠들어댔다. 쓸 데 없는 것. 그들이 떠들어대는 건 바로 그것이다. 쓸 데 없는 것, 참새 똥 같은 것.

"토요일마다 클럽에서 춤도 출 수 있어요, 앨리슨……."

"칼라일, 콩코드에 짓는 집들은 모두 싸구려들이니 걱정 말게……."

"빌, 대놓고 말씀드릴 순 없지만 인디언들은 걱정하지 않으셔도 됩니다……."

"앨리슨, 당신 마음에 쏙 들겁니다……."

"우린 차 세 대를 주차할 공간이 필요해요……."

"여기 일을 완수하게, 칼라일. 콩코드에서도 자네가 필요하네."

칼라일은 고개를 돌리고 바닥을 내려다봤다. 강물의 흐름을 바꿔라…….

그는 천천히 일어나 연장벨트를 풀고, 트럭을 향해 걸어가면서 연장벨트에 망치를 쑤셔넣었다. 칼라일의 조수 노릇을 하라고 시공업자가 고용해 준 청년은 스테인드글라스로 장식된 창문이 든 나무 상자를 힘겹게 옮기고 있었다. 올해만 해도 이미 다른 두 집에 설치해 준 적이 있는, 대량생산된 창문이다.

칼라일은 트럭을 향해 걸어가며 시공업자를 바라보았다. 그러고는 고갯짓으로 조수 청년을 가리키며 조용히 말했다.

"저애한테 여기 일을 끝내라고 하시죠. 이 일이 끝나고 나면 콩코드에 내려가서 골조 공사도 하라고 하고요."

창문을 운반하던 청년은 칼라일을 보다가 다시 시공업자를 바라보았다. 그는 걱정과 혼란이 뒤섞인 표정으로 명령이 떨어지기만을 기다리고 있었다. 아직도 주먹장맞춤(Dovetail)이 비둘기 꼬리(Dove는 비둘기, Tail은 꼬리를 의미: 옮긴이)와 관계가 있다고 생각하며, 일주일에 세 번은 칼라일이 침대에서 깨워야만 일어나는 녀석이었다. 시공업자는 욕설을 퍼부으며 칼라일에게 어서 돌아오라고 소리쳤고, 조수 청년은 창문을 든 채 서 있었으며, 옆집 빈 부지의 사람들은 그런 모습을 구경하고 있었다. 칼라일은 트럭에 올라타 시동을 걸었다.

그는 아파트로 돌아가 자루 모양의 가방 두 개에 옷가지와 라디오를 집어넣었다. 집주인과 집세 문제도 해결했다. 문 닫기 전 은행에 도착해 가지고 있던 돈을 모두 인출했다. 총 1만 1,212달러 47센트. 1,000달러는 현금, 3,000달러는 여행자 수표로 찾았으며 2,000달러는 생활에 보태 쓰도록 어머니께 보내드렸다. 그 나머지는 은행 어음으로 바꿨다.

작은 연장들은 육 년 된 시보레 픽업 트럭 밑바닥에 고정된 금속 상자로 직행했다. 책, 테이블톱(테이블 위에 부착시켜 놓고 사용하는 톱: 옮긴이), 그 밖의 부피가 나가는 물건들은 칸막이 뒤에 살짝 숨겨졌다. 칼라일은 목적지도 정하지 않은 채 그곳을 떠났다.

그는 우선 오클랜드 베이브리지에서 시작했다. 북쪽으로 달려 새크라멘토를 거친 뒤 시에라네바다를 가로지르는 이차선 도로를 타고 아이다 호까지 올라갔다. 멋진 곳이었지만 캘리포니아와 너무 가까웠다. 그가 별로 보고 싶지 않은 미래와 너무 가까웠다.

교차로에 도달하면 항상 트럭이 알아서 결정을 내리는 것 같아 트럭이 가는 대로 그냥 내버려두었다. 트럭은 동부로 달리며 노스캐롤라이나 해안까지 질주했다. 시더아일랜드에 도착해서는 아우터 뱅크스에서 오크라코크 섬으로 가는 페리를 탄 뒤, B & B에 여장을 풀고 관광객들을 구경하며 바람을 쐬고 다녔다. 그러나 거기에도 개발업자들은 있었다. 그들은 오크라코크 섬뿐 아니라 북쪽과 남쪽의 좁은 길에서도 조금씩 그를 죄어오고 있었다. 그는 그들의 냄새를 맡을 수 있었고, 느낄 수 있었다. 그들은 바다가 도로 삼켜버리기 위해 호시탐탐 기회를 노리는 땅 위에 콘도며 테마 레스토랑을 마구잡이로 지어 낙스헤드(Nags Head, 노스캐롤라이나의 섬: 옮긴이)를 망쳐놓았다. 한술 더 떠 수은 성분이 있는 모래 언덕에 건물을 짓지 말라는 충고를 무시했다가 집들이 파도에 떠내려간 후에야 정부에 도움을 요청하기도 했다.

육지에서 멀어질수록 상황은 심각했다. 찰스턴 본토에서 떨어진 바다 위의 섬에서는 백인 친구들이 햇빛에 그을린 여름 양복을 입은 채 모두를 속여가며 손쉽게 일하고 있었다. 그들이 속이는 대상은 대부분 노예의 후손들로 섬의 소유주들이었다. 칼라일은 한 흑인 노인과 방파제 위에 앉아 이 일에 대해 이야기를 나눴다.

노인은 섬 주민들이 원래는 가족, 시, 음악, 기독교 신비주의 신앙을 중시하는 사람들이라고 했다. 지금도 그런 경향이 없는 것은 아니다. 그 후텁지근한 곳에 그들이 구축해 간 세상은 브레어 토끼와 브레어 악어(미국의 오래된 민담: 옮긴이), 그리고 품질 좋은 목화의 세상이었다. 하지만 이제 백인 친구들 덕분에 그들은 완전히 다른 사람이 되어버렸다. 철저히 계산적인 사람으로.

"그들은 조그만 골프 카트를 타고 돌아다니면서 잔머리를 굴리지. 하루 종일 잔머리만 굴린다고."

노인은 삼십 년 전에는 새것이었지만 오래 입어 반질반질해진 갈색 줄무늬 바지를 입고 있었다. 칼라가 닳아버린 흰색 바탕에 푸른색 줄무늬 셔츠, 머리에는 회색 중절모를 쓰고. 말하는 동안 노인의 시선은 멀리 있는 다른 섬들로 향했다. 그의 목소리는 그 섬들보다 훨씬 더 먼 곳에서부터 들려오는 듯했다. 칼라일은 노인의 말에 귀 기울이며 가끔씩 두 사람의 신발코가 모래 위에 만들어내는 무늬들을 내려다보거나, 노인이 바라보는 섬 저쪽을 바라보았다.

칼라일은 그 백인 친구들이 머리가 좋다는 사실을 인정했다. 매몰찼지만 분명 똑똑했다. 노인의 말에 따르면 그들의 작업 방식은 이랬다. 우선 비싼 돈을 주고 땅을 사들여 가난한 사람들의 머릿속에 탐욕을 흘려넣는다. 그런 다음 사들인 땅에 비싼 호텔을 짓는다. 그러면 다른 가난한 땅 주인들이 감당할 수 없을 정도로 그 지역의 재산세가 뛰어오른다. 남은 땅 주인들은 세금을 내기 위해 남북전쟁이 끝난 뒤 윌리엄 테쿰시 셔먼 장군에게서 하사받은 땅을 팔 수밖에 없다. 개발업자들은 땅을 사들여 더 많은 호텔과 콘도, 비치클럽을 짓는다. 재산세는 한층 더 오르고 악순환은 계속된다.

결국 섬은 개발업자들이 이른바 '개발 포화 상태'라고 부르는 지경에 이르게 된다. 더 이상 건물을 지을 공간이 없다는 뜻이다. 그러나 정말로 기막힌 사실은 따로 있다. 예전 노예들의 증손자, 다시 말해 작은 땅덩이의 원래 소유주였던 친구가 이제는 힐튼 호텔의 수영장 청소부로 일하고 있다. 그가 청소기로 소독약을 풀어둔 수영장 바닥을 청소하는 동안, 그의 어머니는 철창 사이로 조상들의 무덤을 바라본다. 그 무덤을 방문하기 위해서는 호텔 소유주인 백인 친구들의 허가가 필요하기 때문이다. 이 정도면 똑똑하다고, 아니 명석할 정도라고 인정해 줄 만하지 않은가.

그는 노인에게 작별인사를 한 다음 조용한 해변을 찾아갔다. 그러나 실상은 그렇지 못했다. 대학생들이 단체로 봄 휴가를 온 것이다. 비록 그런 휴가를 즐길 만큼 열심히 공부를 한 것 같지는 않았지만. 열심히 공부하는 학생들은 지금쯤 학교 도서관에 있을 것이다. 그는 스탠퍼드대학에서 사 년간 공부하면서 진정한 공부벌레들은 절대 해변 같은 곳으로 놀러 가지 않는다는 걸 알게 되었다. 그들이야말로 공사장 인부, 기계 수리공, 강철과 씨름하는 모호크족과 더불어 휴가가 필요한 사람들인데도 불구하고. 그러나 그들 가운데 누구의 계약서에도 봄 휴가라는 항목은 기재되어 있지 않다.

해변의 무대에서는 '젖은 티셔츠 콘테스트'가 한창이었다. 비키니 팬티에 물에 젖은 티셔츠를 입고 있는 예쁜 여학생이 무대 위에 서 있었다. 티셔츠 위에는 '월요일은 휴업'이라고 써 있었고, 그 우스꽝스런 문구에도 불구하고 여학생의 가슴에는 감탄하지 않을 수 없었다. 어떻게든 자신의 존재를 드러내고 싶어하는 젖꼭지는 얇은 면 섬유를 뚫고 한껏 튀어나와 있었다. 울부짖는 사백 명의 남학생들 앞에서 자신의 예쁜 가슴을 흔들어대는 것만으로도 흥분되는 여자들이 있는 모양이었다.

시그마 카이(대학의 남학생 사교클럽: 옮긴이)와 그 연합클럽의 학생들은 햇빛에 붉게 그을린 살갗을 하고 술에 취해 있었다. 그들은 문명이 완전히 극복해 낸 것으로 믿었던 야만성을 향해 퇴행하고 있었다. "보—여—줘! 보—여—줘!" 그들은 "네 젖가슴을 보여줘!"를 줄인 그 문장을 반복해서 외쳤다. 사운드 시스템에서 흘러나오는 밴 헤일런의 노랫소리는 그날 오후를 뒤흔들었다.

결국 그녀는 남학생들의 요구에 따랐다. 티셔츠와 함께 자신의 품위도 내던진 채 그녀는 선탠 자국이 남아 있는 그 풍만하고 사랑스런 가슴을 해방시켰고, 문명은 시그마 카이 회원들과 함께 그녀의 가슴 앞에 무릎을 꿇으며 눈물을 흘렸다. 목적을 달성한 군중들은 이번에는 그녀의 비키니 팬티를 노렸다. 술 취한 수백 명 학생들의 부드러운 함성은 그녀에게 팬티도 벗어버릴 것을 요구했다. 거기에 답하기 위해 그녀는 다분히 남학생들을 의식하며 허리를 뒤로 끌어당겼다가 한 바퀴 빙 돌려 보였다. 머뭇거리며 골반을 돌리는 그녀의 행동은 어딘지 어설퍼 보였는데 수년간 매사에 조신하라는 아버지의 훈계를 듣고 자란 탓일까?

머릿속에는 어딘가에서 커피를 마시며 친구들과 대화를 나누고 있을 그녀의 부모님이 떠올랐다.

"그래, 크리스티나는 지금 대학 이학년이야. 하지만 아직 전공은 결정하지 못했어. 사회학인가 미술을 하고 싶다는데 우린 그애가 목표가 없는 것 같아 걱정이야. 그리고 미술 학위는 있어봤자 어디에 쓰겠어?"

칼라일은 마음속으로 미소 지으며 목표 걱정은 할 필요가 없을 거라고 생각했다. 저런 몸매라면 그녀를 기꺼이 지도해줄 전문가 조언단이 줄을 설 테니까.

그는 남쪽으로 다시 차를 몰았다. 일반인에게 개방하는, 얼마 되지 않는 해변에서는 산책도 했다. 가끔씩 한 곳에 눌러앉아 책도 읽고, 생각도 하고, 머리가 길게 자라도록 내버려두고, 마음의 평온을 찾으려고 노력했다. 여름이 막바지에 이르렀을 무렵에는 동부 해안을 벗어나 다시 내륙으로 향했다. 애쉬빌에서 멀지 않은 히코리닛 골짜기 근처에 침너록이란 마을이 있었던 기억이 났다. 거기서 한 여자와 일주일을 함께 보낸 적이 있었다. 그게 언제였더라……. 아주 오래전 가을이었다. 그녀는 남부의 블루리지 근처에 있는 자신의 작은 땅을 둘러보고 싶어했다. 마침 칼라일도 군 복무를 마치고 캘리포니아로 돌아가려는 길이어서 그녀와 동행하기로 결정했다.

정말 즐거운 날들이었다. 아름다운 호수로 이어지던, 빠르게 흐르는 개울이 그 마을을 관통해 흐르고 있었다. 두 사람은 대형 벽난로와 문 앞에 긴 포치가 있는 방갈로를 한 채 빌렸다. 이십대 후반의 아름다운 그녀는 칼라일보다 나이가 조금 많았고 의과대학을 갓 졸업한 남편과 헤어진 상태였다. 그리고 형편상 군 기지의 내무반에서 일해야만 했다. 칼라일이 그녀를 만난 것도 거기서였다.

그는 훌륭한 목수 솜씨 덕분에 베트남으로 파송되지 않았다. 실력을 단번에 알아본 대령이 그를 내무반으로 배정했다. 그리하여 이 년간 그는 포트브래그에서 장교들의 숙소를 지었다. 또 오후에는 가끔씩 대령의 집에서 뒤뜰에 데크(옥외나 지붕이 없는 곳에 설치하는 목조 바닥: 옮긴이)를 짓거나 지하실에 사우나를 만들기도 했다. 늘 했던 일이라 어려움은 없었다.

십일 년이 지나 다시 그 여자를 생각하며 칼라일은 침니록의 시(市) 경계선에 도착했다. 8월 중순의 일요일 오후, 관광객들은 옥수수 속대로 만든 파이프와 대만제 '진짜 체로키 인디언 모카신'을 파는 상점들 사이로 어슬렁어슬렁 걸어다녔다. 모텔 주차장에는 해적과 그 똘마니 냄새를 물씬 풍기는 일당들이 오토바이 위에 널브러져 술을 마시고 있었다. 부츠에 가죽옷 차림인 그들은 온갖 폼을 잡아가며 위협적인 분위기를 풍기려고 노력했다. 상공회의소 사람들은 사무실 창문의 블라인드 틈새로 불안한 듯 그들을 훔쳐보았다.

바는 사람들로 발디딜 틈 없었고, 장난치기 좋아하는 친구들은 강가의 바위 위에 낙서를 했다. 자신들이 겪었던 무심한 세상에 대해, 혹은 '알은 베키를 사랑한다' 처럼 적어도 당분간은 지속될 사랑에 대해. 캐롤라이나의 일요일이 그렇게 흘러가고 있었다. 주말을 이용해 찾아온 방문객들은 해지기 전에 집으로 돌아갈 것이었다. 애쉬빌로, 샬로트로, 그 외 어디로든. 그의 짐작은 옳았다. 여덟 시가 되자 어둠이 깔린 메인스트리트는 텅 비어버렸다.

꽤 괜찮은 식당에서 그레이비소스를 곁들인 햄과 비스킷을 먹고 난 뒤에는 강가를 따라 산책을 했다. 그는 어둠 속에서 고개를 들어 이 마을 이름의 유래가 된 900미터 높이의 절벽을 보았다. 갑자기 외로움이 밀려왔다. 이곳은 운치 있고 여자와 함께 지내기 좋은 곳이었지만, 그의 곁에는 아무도 없었다.

그는 이 일요일 밤, 샤론이 함께 있었더라면 얼마나 좋았을까 생각했다. 빠르게 돌아가는 슬라이드 쇼처럼 그의 마음속에 수많은 영상들이 지나갔다. 수년 전, 그는 모닥불 앞에 깔아놓은 모포 위에서 여자와 오랫동안 뒹굴었다. 불빛을 받으면 여자는 언제나 예뻐 보이는 법이지만, 샤론은 유난히 매혹적으로 보였다. 플란넬 파자마를 입은 그녀에게서 매혹적인 향기가 풍겼다. 이름은 기억할 수 없지만 그녀의 살갗에서 맛보았던 그 향수 냄새는 여전히 잊혀지지 않았다.

이혼 후, 샤론은 마음을 추스리고 듀크대학에서 영문학 학위를 딴 후 출판 편집자로 고용되어 뉴욕으로 떠났다. 이런 사실들을 아는 까닭은 몇 년 전까지만 해도 그녀가 꼬박꼬박 크리스마스카드를 보내왔기 때문이다.

　공원 입구 옆에 공중전화가 있었다. 뉴욕 전화국에서는 그녀의 전화번호를 알려주었고, 그가 번호를 누르자 가랑비가 내리기 시작했다. 전화를 받은 사람은 남자였다. 그냥 끊어버릴까 하다가 마음을 고쳐먹고 샤론을 바꿔달라고 했다. 샤론이 전화를 받았다. 칼라일이 자신의 이름을 말하자 그녀는 "다른 전화로 바꿀 테니까 기다려요."라고 말했다.

　무덤덤한 그녀의 목소리를 들으니 마치 페인트 희석제 한 통을 주문하려고 전화를 하는 기분이었다. 전화기 너머로 나지막한 음악 소리가 들려왔다. 이윽고 "로니, 자기야, 내가 침실에 있는 전화기를 들면 그 전화기는 내려놔."라는 목소리가 들렸다.

　다시 샤론이 전화를 받았다. 이번에는 다른 목소리, 밝고 따뜻하며 그가 전화해 줘서 반갑다는 목소리로.

　"어디에 있는 거야, 칼라일."

　칼라일은 모든 것을 사실대로 대답했다. 그녀를 생각하고 그리워하며 비 오는 침니록에 와 있다고.

　"어머, 칼라일. 나도 지금 이 순간 당신 옆에 있었으면 좋겠어. 몇 년 전에 그곳의 땅을 팔아버렸지만, 난 아직도 거길 좋아하거든. 지금 서 있는 곳이 어딘지 정확히 설명해 봐."

　그가 설명했다.

　"상상이 가. 당신 뒤에는 산이 우뚝 솟아 있고, 강물이 흐르겠지? 바위 사이로 강물이 흐르는 소리를 듣고 싶어. 전화기를 가져다 대봐."

캄캄한 하늘을 올려다보며 칼라일은 샤론의 말대로 했다.

"뉴욕으로 와, 칼라일. 당신을 다시 만나고 싶어."

그는 인구가 1,000명 이상이거나 헬기에서 러시아워의 교통 상황을 중계해야만 하는 동네에 가면 경련이 일어난다고 대답했다. 그녀는 이해한다고 말했다. 그들은 좀더 이야기를 나누다 따뜻한 작별인사를 했다.

전화를 끊고 난 뒤, 그는 전화한 것을 후회했다. 그러고는 숙소로 돌아가 책을 읽다가 이내 잠이 들었다. 동이 터오자 보온병에 커피를 담고 차에 시동을 걸었다. 피곤한 상태에서 다시 서쪽을 향해 차를 몰았다.

애쉬빌을 통과한 후, 트럭은 그레이트 스모키 마운틴 고속도로를 타고 서쪽으로 향했다. 길 위의 나날들, 한 지역을 지나고 나면 또 비슷한 지역이 나타났다. 자동차 바퀴를 따라 마음도 구르고, 생각은 이내 코디 할아버지에게로 향했다.

남부를 벗어나 콩과 돼지의 땅, 석양 너머로 옥수수밭이 펼쳐져 있는 북쪽으로 올라갔다. 오하이오에 있는 어느 다리 근처에서는 여덟 살쯤 된 소년이 고속도로에서 3미터쯤 떨어진 곳에서 차들을 바라보고 있었다. 소년의 뒤로 펼쳐진 벌판에 농장 건물들이 보였다. 소년은 아마 거기서 왔을 것이다. 육십 년 전이었다면 어느 농부의 아들은 신기한 눈으로 기차 선로를 바라보며 그 길은 대체 어디로 이어지는지 궁금해했을 것이다. 그러나 소년은 야구모자에 낡은 청바지를 입고 자동차들을 바라보며 눈으로 아스팔트를 좇고 있었다. 꿈은 그렇게 만들어지기 시작하고, 아직 완성되지 않은 계획들은 그렇게 생겨난다.

그는 계속 서쪽으로 여행했다. 대부분은 8월의 불볕더위, 가차없이 내리쬐는 하얀 햇살, 작열하는 태양, 아지랑이와 먼지가 뒤섞인 가운데 부드러운 빛을 내뿜는 야구장의 조명, 멀리 보이는 소리 없는 번개의 날들이었다. 가끔은 비가 내리기도 했다. 와이퍼는 빗줄기를 옆으로 밀어냈고, 비에 젖은 시골 고속도로 위에서 들리는 타이어의 마찰음은 늦여름의 옥수수밭을 수로처럼 가로질렀다. 마을 표지판들은 비록 오래전 일이어도 결코 잊을 수 없는 지나간 영광과 작은 승리들을 세상에 알리고 있었다. 마치 그것이 미래에 중요한 사안이라도 된다는 듯이. 오랫동안 비바람을 맞은 탓에 겨우 읽을 수 있었던 표지판에는 이렇게 씌어 있었다. '1972년 국내 2-A 달리기 챔피언.'

그리고 냄새, 진한 여름의 향기가 있었다. 그릴 위에서 지글지글 구워지는 폭찹 냄새, 작은 마을의 막 깎은 잔디 냄새, 오래된 공장이 있는 마을에서 풍기던 기름에 전 철강 냄새, 뒷문에 '주님을 위해 일하세'라고 씌어진, 운반 사륜차에서 뿜어나오던 기름 범벅의 디젤 연기 냄새.

소리도 있었다. 아이오와의 베텐도르프에서는 현수막들이 빅스 라이브(Bix Lives, 재즈 연주가 빅스 바이더백이 발표한 앨범

: 옮긴이)!를 외치고 있었으며, 오래된 재즈 선율이 갈색 강물의 미시시피에 떠 있는 예인선 위로 넘실거리며 흘러갔다. 덧없는 꿈의 나라로, 여자가 밤새 끙끙거리다가 스토리빌(유명한 재즈클럽 : 옮긴이)의 문이 닫힐 때 앞치마 끈으로 남자를 질질 끌고 가는 그곳으로. 토요일, 수시티에서는 트럭에 기름을 넣는 동안 노을이 깔린 하늘 위로 저녁 기도를 알리는 성당의 종소리가 울려퍼졌다.

어떤 마을을 가든 블루그래스 뮤직(컨트리 음악의 한 장르 : 옮긴이) 페스티벌이 진행중이거나 준비중이었다. 어딘가의 장터에서 열린 일요일 밤의 콘서트에서는 짐 & 제스 연주단이 무대를 주름 잡았다. 기름을 발라 머리를 뒤로 넘긴 제스가 짐의 기타 연주 위로 만돌린을 튕겨댔으며, 다섯 줄의 밴조가 두 사람 뒤에서 즉흥 연주를 했다. 칼라일은 무대 근처의 나무에 기대 선 채 레모네이드를 마시며 음악을 감상했다. 바이올린 케이스를 든 뚱뚱한 남자가 다가와 "혹시 바이올린 봤소?"라고 물었다. 고개를 젓자 남자는 다른 사람을 찾아 멀어져갔다.

미시시피 강의 서쪽, 로키 산맥의 동쪽 어딘가에서 작은 마을 하나가 나타났다. 입 안이 먼지로 텁텁해지고 목구멍이 건조해지는 그런 곳, 바로 샐러맨더였다.

제 **5** 장

수잔나 벤틴

샐러맨더에 도착한 첫날, 칼라일의
헤드라이트 앞을 지나간 여인은 수잔나 벤틴이었다. 수잔나
를 응시하며 그녀의 망토와 드레스 속에 숨겨진 이국적인 미
지의 영역을 궁금해했던 다른 남자들과 마찬가지로, 제일 먼
저 칼라일의 관심을 끌었던 것은 그녀의 외모였다. 그녀의 첫
인상은 학생운동이 한창이던 1960년대의 과격한 버클리대학
생처럼 보였다. 열정이 뚝뚝 흘러넘치는 젊은 이상주의자가
조금 나이를 먹은 모습이랄까. 영화 〈세코서스 7인의 귀환〉
에 나오는 인물들처럼, 이젠 나이가 든 운동권 학생 같아 보
였다. 애매모호한 대의를 위해 팸플릿을 돌리고, 사람들에게

지도에도 없는 시골 마을의 인권을 위해 탄원서에 서명해 달라고 촉구하는 그런 이상주의자.

그러나 그것은 잘못된 평가다. 그녀는 네 살 때 헝가리 국적을 가지고 있던 어머니를 여읜 후 아버지 손에 컸다. 아버지는 융의 심리학 이론을 고대 문명의 수수께끼에 적용시키기 위해 발굴 현장이라면 어디든 따라다니는 인류학자였다. 수잔나는 그런 아버지를 따라 많은 곳을 여행했다. 샌들과 티셔츠, 고무줄 허리띠가 달린 헐렁한 바지를 입고 카이로나 하르툼(수단의 수도: 옮긴이)에서 학교들을 옮겨다니며 어린 시절을 보냈다. 나일 강의 두 번째 폭포 근처에 있는 먼지투성이 발굴 캠프나 올두바이 협곡의 거대한 발굴 현장을 따라 원주민 아이들과 놀기도 했다. 후끈한 토착민 마을에서는 녹음기가 돌아가는 가운데 아버지와 나란히 앉아 과거의 꿈결 같은 이야기에 귀를 기울였다. 다채로운 우화들과 이미지들이 그녀의 귓속에서 소용돌이쳤다. 수잔나는 사막의 밤, 사막의 북소리의 아이가 되었다.

아버지가 예일대학의 교수직을 받아들이면서, 수잔나는 집을 청소하고 매끼 식사를 준비했다. 그녀는 이미 어른이었으며 늘 옮겨다니는 삶에 도가 터 있었다. 화창한 4월의 아침, 뉴헤이븐에 있는 그녀의 집에 전화벨이 울렸다. 진흙투성이 장화에 작업복을 입고 있을 인류학자가 담담한 어조로 인사를 건넸다. 사우스다코타의 여키스 카운티에서 걸려온 장거리 전화였다. 그는 아버지가 돌아가셨다고 전했다.

"세 시간 전에 절벽에서 떨어지셨네. 아무도 보지 못했어. 뭐라고 말해야 할지 모르겠군……. 정말 유감일세. 아주 좋은 분이셨지. 이쪽 일은 우리가 처리하겠네."

브린모어에서 목적 없이 지루한 일 년을 보낸 뒤, 그녀는 자신에게 가능한 것이 무엇이고 불가능한 것은 무엇인지 찾아보기 위해 여행을 떠났다. 엄격한 공동체 마을과 오랜 역사를 지닌 도시들과 제3세계의 버스들……. 그녀는 그렇게 혼자서 흘러다녔다.

한동안은 스페인의 해안 산세바스티안에서 살기도 했다. 그녀가 세 든 집의 주인은 앤드루 태너라는 남자였다. 수잔나는 아직 가능성을 찾아 헤매는 스물세 살이었고, 앤드루는 쉰여섯의 권위 있는 신문기자였다. 그는 사람들이 딱히 뚜렷하지 않은 이유로 싸우는 곳을 취재하고 다녔다. 갈등이 있는 곳이면 어디든 수첩을 든 채 홀로 달려갔다.

수잔나는 산세바스티안에 남아 엔테베(우간다의 도시: 옮긴이)나 베이루트 혹은 비엔티엔(라오스의 수도: 옮긴이)으로 간 그가 돌아오기를 기다렸다. 그는 가끔 전보를 쳤고, 그러면 파리행 기차를 타고 그를 찾아갔다. 그가 빨래를 하고, 여유를 찾을 수 있는 하루이틀 동안 그녀는 그를 만났다. 그와 삼 년쯤 함께 사는 동안 그녀는 나날이 불안해져 갔다. 베이루트에서 전보가 왔을 때 그녀는 이미 헤어질 생각을 하고 있던 중이었다. 전보에는 타고 있던 트럭이 박격포의 공격을 받아 그가 사망했다는 내용이 씌어 있었다. 모든 아버지들은 죽는 것일까.

그녀는 파리의 한 카페에서 와인을 마시며 그와 함께했던 긴 대화를 기억한다. 산세바스티안에 있는 그의 집 포치에서 코냑과 커피를 앞에 두고 나눴던 따뜻한 시간을 기억한다. 몸가짐이 조용하고 햇볕에 그을린 얼굴의 그는 마치 다른 시간대의 어딘가에서 살고 있는 사람처럼 보였다. 그는 현대 전쟁은 너무 속결화되고 지나치게 기계 위주로 진행되고 있다고 했다. 그런 전쟁에 '갈등의 위엄'이 있을 리 없다고 입버릇처럼 말하곤 했다. 그는 로마군을 이끄는 장군의 함성과 이른 아침 눈 내린 유럽 평원을 가로질러 가는 나폴레옹의 기병대, 말을 타고 아라비아의 사막을 휩쓸고 지나가는 검은 망토의 병사들을 갈망했다.

앤드루도 수잔나의 불안을 눈치채고 있었다. 많은 곳을 여행하는 동안 그는 전에도 그런 여자를 본 적이 있었다. 몸바사 공항에서 본 아프리카 여인이 그랬다. 위엄이 흘러넘치는 모카빛 피부의 그녀는 그가 있는 쪽으로 단 한 번의 눈길도 주지 않았다. 드러낸 어깨의 곡선은 멋졌고, 멋진 어깨는 금팔찌로 뒤덮인 날씬한 팔로 이어졌다. 미로처럼 얽힌 캘커타 시장에서 건물을 차례로 지나가던 눈부신 여자도 있었다. 그는 그녀가 입었던 초록색 사리와 갈색의 긴 목덜미, 잠깐 동안 마주친 그녀의 눈동자를 기억했다. 또 다른 여자는 아마도 삼십 년 전쯤 어린아이를 데리고 있던 아랍 여자였다. 그녀는 마라케시의 역에 도착한 기차의 이등칸에서 내리고 있었다.

그러나 그는 아직 소년에 불과했고, 진정한 남자가 된다는 것은 그에게 여전히 미지수였다.

"너한테 남자란 아마 골칫덩어리가 될 거야. 제대로 된 남자를 찾아."

어느 날 밤, 앤드루가 말했다. 그는 원래 수수께끼 같은 말을 자주 했다. 마치 수수께끼를 적어놓은 수첩을 보고 읽는 것처럼.

"무슨 말이에요?"

그는 잠시 침묵했다가 입을 열었다.

"너한테 맞는 남자는 아주 드물 거야. 대부분의 남자들은 가능한 한 오랫동안 어린아이로 남아 있거든. 어른이 되면서 수행해야 하는 의무들을 밀어내고, 성숙한 여인의 합당한 요구로부터 도망치기 위한 방법을 생각해 내기 위해서라면 어떤 사기꾼 짓이라도 하지."

어둠 속에서 인화판에 성냥이 긁히는 소리가 들렸다. 그가 또 하나의 담배에 불을 붙였다. 그녀는 그의 말을 경청했고, 충분히 이해했다. 그가 앉은 쪽으로 고개를 돌리자 지중해의 검은 물결을 배경으로 그의 실루엣이 드러났다. 그녀를 향해 넘실대는 파도들이 어둠 속에서 초록빛을 내뿜었다.

앤드루는 말을 이었다.

"이유는 간단해. 남자들에게는 여자보다 요구하는 게 적은 오락거리들이 많거든. 넌 아마 남자에게 뭔가를 기대하는 여자가 될 거야. 이미 그런 여자가 돼버렸는지도 모르지. 남자들은 훗날 뒤돌아볼 때만 그런 기대의 소중함을 알게 되는 법이야."

그는 머뭇거리더니 목소리를 점점 낮췄다. 거의 들리지 않을 만큼 까칠하게.

"그 모든 과정에는 아픔과 슬픔이 있지. 소년도 그걸 느낄 수 있어. 나도 그랬으니까. 그리고 아마…… 아마 여자도 아픔과 슬픔을 느낄 거야. 넌 그게 얼마나 외로운 것인지 알게 될 거야."

수잔나는 몸을 부드럽게 타고 흐르는 크림색 캐프탄(중동 사람들이 입는, 소매가 긴 헐렁한 옷: 옮긴이)을 입고 있었다. 그녀는 코냑이 담긴 잔을 무릎에 올려둔 채 버들가지 의자를 앞뒤로 천천히 흔들며 바닷가를 바라보았다. 아조레스에서부터 불어오는 한 줄기 미풍은 캐프탄을 물결치게 했고, 그녀는 살갗에 스치는 부드러운 면의 감촉을 느낄 수 있었다. 앤드루는 수잔나 위로 몸을 구부려 머리칼에 키스하고는 집 안으로 들어갔다. 한 시간 뒤, 수잔나가 안으로 들어갔을 때 그는 책상 앞의 가죽 의자에 잠들어 있었다. 타자기 위에는 미완성 원고를 가득 쌓아둔 채.

다음날, 그는 떠나갔다. 그녀의 베개 옆에 종이 한 장만을 남겨두고.

중년의 나이에
나는 만족했다.

빠르게 달려가는 불빛 속에서
나는 계약을 맺었다.
그리고 내 자신에게
해야 할 일을
했을 뿐이라고 말한다.
그런데 당신…… 또 당신,
그 모든 세월이 흐른 후에.

나는 전에도 당신을 본 적이 있다.
사막에서
기차에서
성벽 근처에서
광대가 불덩이를 삼키던.
그리고
추락하는 수녀처럼 춤추네.
프레토리아의 거리에서
당신 목의 곡선
머리의 젖힘
노란 스타킹의
부담 없는 쇼.
음악이 바뀌네.
그리고 갑자기……
…… 또다시

나는 싸우고 있다.

몇 시간째.

그러나 내가 할 수 있는 일은

감미로운 탄식을 연주하는 것뿐.

푸른 가을의 죽음을 애도하며.

그게 지금 내가 할 수 있는 전부.

그리고 아무도 눈치채지 못한다.

내 겨울의 갈망을……

…… 혹은 당신의 은밀한 환상을

댄스 선생님과

나만을

제외하고.

　앤드루가 죽은 것은 그로부터 삼 주 후였다. 수잔나는 다시
여행을 떠났다. 어느 아르헨티나인은 그녀에게 탱고를 가르
쳤고, 촛불이 켜진 부에노스아이레스의 저택 발코니 아래서
미칠 듯이 그녀를 사랑했다. 춤을 추는 동안 그는 그녀의 옷
을 벗겼다. 자신은 옷을 벗지 않은 채 알몸인 그녀와 계속해
서 춤을 추었다. 그 다음엔 발코니 난간 위로 그녀를 쓰러뜨
렸다. 그녀의 긴 머리칼이 발코니 아래의 거리를 향해 출렁거
렸고, 그녀는 밤하늘을 향해 즐거운 비명을 질렀다. 그런 밤
이 여러 차례 지나갔다. 그는 그녀와 결혼하고 싶어했고 그녀
에게 돈과 사회적 지위를 줄 수도 있었지만, 그녀에게 어울리

지 않는 일이었다. 그녀는 다시 여행길에 올랐다.

다음 남자는 시애틀의 나이 든 재즈 연주가였다. 그녀는 쇼 티라는 술집에 앉아 그의 테너 색소폰 선율을 들었다. 그리고 자신의 복숭앗빛 피부에 와 닿는 그의 검은 피부가 두 사람이 함께 나누는 강렬하고 고요한 에로티시즘의 일부임을 깨달았 다. 그의 색소폰 선율은 가끔씩 그녀 안으로 들어오기도 했 다. 마치 그가 그녀의 몸 안으로 들어온 것처럼.

그리하여 길은 그녀의 미래가 되었고, 그녀는 많은 시간을 길 위에서 보냈다. 아버지는 그녀에게 상징에 대해 가르쳤고, 앤드루 태너는 이 세상과 그 안에 깃든 악의에 대해 가르쳤 다. 어느 동양 남자는 그녀에게 평온함의 일부를 주었다. 그 러나 그때까지 알았던 그 누구보다 특별한 남자는 그들보다 한참 후에 만난 인디언이었다. 여키스 카운티로 이사 와 만난 그는 여러 면에서 그녀와 가장 가까웠다. 마치 두 사람이 한 마음을 공유하고 있는 듯한 그런 느낌이었다.

그녀가 사랑했던 모든 남자들은 예외 없이 공통적인 특징 이 있었다. 그것은 바로 그 일이 무엇이든 그들이 일하는 동 안 무언가 다른 것을 찾고 있으며 어딘가 다른 곳을 바라보고 있다는 것이다. 그들은 언제나 다른 곳을 생각했다. 또한 그 들이 어떤 장소나 사람과 맺은 관계는 풀로 붙인 것처럼 허약 했다. 결국은 금이 가기 시작해 분리될 수밖에 없는 그런 관 계. 그들은 하나같이 자신이 하는 일에 능숙했지만 모두 자신 이 다른 시간에 속해 있다고 느꼈다.

수잔나가 마지막 그레이하운드를 타고 샐러맨더로 찾아든 것은 세월이 흘러도 머릿속에서 지워지지 않는 아버지의 죽음 때문이었다. 게다가 사고 자체에 대한 의심을 떨쳐버릴 수가 없었다. 그리하여 그녀는 4월의 봄비를 뚫고 길게 뻗은 고속도로를 달려 대니스 앞에 나타났다.

　그녀는 샐러맨더 곡물창고의 남쪽에 작은 집 하나를 빌리고 아버지의 죽음에 관해 은밀한 조사를 시작했다. 검시관의 의견은 즉각적이었으며 지나치게 단순했다. 발을 딛고 있던 지반이 무너지면서 추락한 사고일 뿐이라는 것.

　『하이플레이스 인콰이어러』의 사설은 아버지의 죽음을 이렇게 기술했다. '과거의 지층들로부터 얻어낸 지식과 씨름하며 우리 자신을 좀더 이해하고자 했던 인간의 열망 속에서 발생한 불행한 죽음'이라고. 사설과 검시관의 의견 모두 지나치리만큼 즉각적이고, 지나치리만큼 간결했다. 적어도 그녀에게는 그렇게 보였다. 그것으로 사건의 뚜껑은 굳게 닫혀버렸고 모든 물건은 말끔히 정리되었다. 그가 발을 디딘 지점이 어디였는지의 문제는 덮어버린 채 오로지 그가 연구에 몰두했던 학자라는 소리밖에 없었다. 모두 납득이 가지 않는 일이었다. 아버지는 매우 신중한 성격이었을 뿐 아니라 평생 숱한 절벽 위를 걸어다닌 베테랑이었다.

　아버지의 죽음과 함께 발굴 작업이 즉각 중단된 사실도 이해하기 어려운 점이었다. 탄탄했던 프로젝트 지원금 또한 갑자기 사라졌다. 샐러맨더 크로싱 발굴은 원래 약속과 달리 중단되어 쉽게 잊혀져버렸다.

샐러맨더 크로싱은 샐러맨더에서 북서쪽으로 20킬로미터 떨어져 있는 울프빗 근처의 한 선로 교차점이다. 시카고와 밀워키 행 기차는 이곳에서 시간표와 화물에 따라 선로 방향이 결정된다. 공중에서 찍은 지도에 의해 이 지점에서 고분 모양의 구조물들이 발견되었다. 또한 지질 관측 결과 이 근방의 몇몇 지역에서 초목이 유난히 푸르렀음이 밝혀졌다. 이는 쓰레기 처분으로 인한 패총이 생기거나 매장터가 있는 지표면의 특징이다. 선로 공사를 하던 공사장 근처에서 발견된 도자기 파편으로 인해 이 지역에 대한 관심은 한층 증대되었다. 게다가 몇 번의 시굴 결과, 이 지역에 고고학적 유물이 묻혀 있을 가능성도 드러났다.

수잔나의 아버지와 동료들은 전면적인 발굴 작업을 준비하는 과정에서 이 지역의 지도를 만들기 시작했다. 연구 계획을 세우고 연방기관에 자금 요청서도 제출했다. 유명한 어느 자연사잡지에는 아주 흥미로운 기사가 실리기도 했다.

'샐러맨더 크로싱 발굴 작업은 선사시대 인디언의 문화를 새롭게 조명할 가능성을 내포하고 있다. 아울러 지금까지 폭넓게 받아들여 왔던 육로이주설, 즉 고대 아시아인들이 얼어붙은 베링해를 건너 이곳 북미까지 이주해 왔다는 이론이 심각한 위협을 받고 있는 것이다.'

학회의 명성이 흔들렸고, 지금까지 인정받던 가설로 인해 명예라는 특혜를 누렸던 학자들은 이제 그 학설이 잘못된 것으로 밝혀질지도 모르는 샐러맨더 크로싱의 가능성에 불안해했다.

수잔나의 아버지는 마지막 지도 작업을 준비하는 과정에서 발굴 지역을 좀더 잘 내려다보기 위해 절벽 꼭대기에 올랐다. 전에도 와본 적 있는 그 지역을 그는 잘 알고 있었다. 기사에 딸린 사진 중에는 절벽 끝에 서 있는 그의 모습을 찍은 것도 있었다. 그 절벽은 몇 주 후, 그가 추락한 바로 그곳이었다. 너무도 선명한 사진 속에서 인류학자는 자신이 평평한 땅이 아니라 높은 절벽 위에 서 있음을 분명히 보여주고 있었다.

샐러맨더는 전세가 싸고, 조용한 마을이었다. 고원의 드넓은 벌판도 마음에 들었다. 수잔나는 샐러맨더에 머물며 아버지의 죽음에 대해 조사했지만 새로운 사실은 발견되지 않았다. 아버지의 죽음을 풀리지 않은 미스터리로 남겨둔 채 그녀는 샐러맨더에 자리를 잡았다. 물론 생계 문제도 있었다. 대학에서 아버지의 퇴직금조로 준 많지 않은 사망 보험금은 여행 도중 거의 써버린 상태였다. 그녀는 직접 옷을 만들어 입고, 소박한 음식으로 끼니를 때우며 생계를 꾸려갔다. 자신이 만든 독특한 장신구와 직접 재배한 허브를 우편으로 주문받아 판매하는 작은 사업도 시작했다. 그녀는 강가의 조개껍질이나 길가의 돌멩이처럼 눈에 띄는 파편들은 무엇이든 모아 장신구를 만들었다.

덕분에 근근이 먹고살 정도보다 약간 더 많은 수입이 들어왔다. 마을 사람들은 물론 그녀의 행동거지나 그녀가 『샐러맨더 센티널』에 가끔씩 기고하는 글들을 마음에 들어하지 않았다. 그것은 사람, 동물, 지구 자체를 포함한 모든 것들을 좀 더 상냥하게 대하라고 촉구하는 내용이었다. 남자들이 송아지 값을 논하고, 아직도 땅이 인간들이 쓰기 위해 존재하며, 그것만이 올바른 믿음일 뿐 다르게 믿는 사람들은 엿이나 먹으라는 사람들이 사는 이곳에서 그런 이야기는 환영받지 않았다.

수잔나의 태도와 말에서는 사람들을 당황하게 만드는 그녀만의 분위기가 풍겼다. 일종의 차분함이랄까. 그것은 그녀로 하여금 평온한 삶을 영위하게 하며, 어떤 곳에 정착하든 그곳에 마음을 붙이도록 해주는 조용한 독립심 같은 것이었다. 겨우 삼십 년 남짓한 세월 속에 축약되어 있는 다채롭고 강렬한 경험들로 인해 그녀는 마치 산전수전 다 겪은 사람처럼 보였다. 그녀는 소우주의 가치, 즉 의미가 명확한 순간이 갖는 무한한 가치, 목표를 달성할 수 있는 방법이 무수히 많은 사소한 일의 무한한 가치를 이해하게 되었다. 그리고 그것을 더 큰 우주보다 소중히 여겼다. 이런 특징만으로도 그녀는 일상사에 허우적대는 사람들과 다르기에 충분했다.

이것이 사람들이 수잔나를 바라보는 시각이었고, 대부분 정확했다. 그러나 예전에 앤드루는 그녀에게 이런 말을 한 적이 있다.

"어떤 사람들, 아니 아마도 대부분의 사람들의 인생은 레코드 판의 흠집과 같아. 그들은 어떤 것이든 절대 바꾸려 하지 않고, 아무 생각 없는 4음조의 오프닝을 계속 반복만 하지. 하지만 수잔나, 너는 달라. 뭐라고 딱 집어서 설명할 순 없지만, 마치 넌 다른 세계에서 오랫동안 살다가 잠시 인간의 자궁 속으로 내려온 것 같아. 넌 아마도 방황하겠지. 하지만 결국은 특별한 장소에 도달하게 될 거야. 그로 인해 넌 외로움이라는 대가를 치르게 될 거고. 사람들은 너뿐 아니라 지금의 네가 있도록 만들어준 그 여정 자체를 두려워할 테니까."

앤드루 태너가 예언한 대로 지금 수잔나는 이 고원의 땅에서 길고 긴 겨울밤을 견디며 홀로 지내고 있다. 진정한 친구를 갈망하며, 자신의 손을 잡아주던 남자의 손을 갈망하며. 자신의 가슴을 스치고 다리를 쓰다듬던 손, 귓가에 속삭이던 말들, 특별한 남자들만이 여자에게 불러일으킬 수 있는, 이타주의와 힘이라는 상반된 감정을 갈망하며.

그 인디언은 특별했다. 그는 성인도 소년도 아닌 무엇이었다. 새라고나 할까, 새라면 그는 아마 매일 것이다. 함께 있으면 마음이 차분해지고, 자신의 신비로움을 한껏 발휘할 수 있는 사람. 그녀가 진정으로 사랑했던 다른 남자들처럼 언젠가는 사라질 그림자 같은 사람이었다. 지금 서 있는 곳이 어디든 항상 그 너머를 바라보는 사람.

샐러맨더의 메인스트리트를 걸어가던 8월의 밤, 수잔나는 시애틀의 재즈 연주가를 생각하고 있었다. 그녀는 집을 향해 걷다가 길을 건너기 위해 캘리포니아 번호판을 단 픽업 트럭이 지나가기를 기다렸다. 르로이스 앞에 주차되어 있다가 갑자기 시동을 거는 바람에 그녀를 놀라게 했던 그 트럭이었다. 운전석의 창문은 열려 있었고, 운전자는 불과 몇 미터 떨어지지 않은 곳에서 차를 몰고 지나가며 그녀를 바라보았다. 그의 얼굴은 가로등의 그림자로 얼룩져 있었지만, 노란 두건으로 동여맨 긴 머리칼은 볼 수 있었다. 트럭이 길 아래로 사라지면서 그의 라디오에서 흘러나오던 음악도 공기 속으로 희미하게 사라졌다.

제 6 장

갤리 데브루

새벽 네 시, 91번 국도에서 들리는 트럭의 요란한 시동 소리에 칼라일 맥밀런은 움찔하며 어렴풋이 잠에서 깼다. 몸이 으슬으슬하고 불편했다. 옷을 입은 채 자고 있던 의자에서 바로 옆 침대 위로 몸을 굴렸다. 그러고는 이불을 둘둘 만 채 다시 잠들었지만 낡은 오토바이를 타고 가는 사내에 관한 꿈으로 잠을 설쳤다. 머리에 노란 깃털을 단 여자도 나왔다. 그녀는 오토바이가 지나간 흔적을 따라 그를 쫓아 사라져갔다.

그렇게 세 시간을 더 잔 뒤, 샤워를 하고 늘 가지고 다니는 조그만 전기 코일로 인스턴트 커피를 만들어 마신 후, 칼라일은 책상 앞에 앉았다. 책상은 가장자리를 따라 담뱃불로 깊게 지진 흠집이 나 있었다. 그는 멘도시노에 있는 어머니에게 편지를 썼다.

그리운 어머니

전 여전히 아메리카라는 이름의 땅덩어리를 표류하고 있어요. 하지만 적어도 몇 주간은 샐러맨더로 편지를 보내실 수 있을 거예요. 어젯밤에 도착했지만 이곳이 꽤 마음에 들어요. 잘만 하면 당분간은 정착할지도 모르겠어요. 저 광란의 해변과 좀 거리를 둘 생각이에요.

사랑을 담아, 칼라일

칼라일은 날씨를 보기 위해 커튼을 젖혔다. 빨간색과 회색이 흐트러진 줄무늬를 이루는 뿌연 여명이었지만, 햇살은 마침내 모습을 드러내 모텔을 빠져나올 무렵에는 하늘이 맑게 개어 있었다. 다리 사이에 커피잔을 끼고, 옆 좌석에는 약도가 그려진 냅킨을 올려둔 채 그는 91번 국도로 들어섰다. 북쪽으로 달려 오래된 댄스홀을 지나고, 작은 호숫가에서 서쪽으로 차를 돌려 42번 도로를 탔다. 십 분 후, 그는 샐러맨더 우체국 앞에 정차했다.

어머니에게 편지를 부친 후 우체국을 나설 때였다. 문을 열기 위해 손을 뻗는 순간 밖에서 먼저 문이 열리며 눈앞에 여자의 얼굴이 나타났다. 어젯밤 헤드라이트 속에서 본 그 여자였다. 길게 땋아내린 적갈색 머리칼이 목을 감고 내려와 오른쪽 가슴 위에 사뿐히 놓여 있었고, 녹색 눈동자는 담담한 시선으로 그를 응시했다.

"실례합니다."

그녀는 상냥하게 미소 지으며 그를 지나쳐갔다.

트럭으로 돌아온 칼라일은 그녀가 우체국에서 나오기를 기다렸다. 다시 한 번 그녀를 보고 싶었다. 사람들이 마티스의 그림을 다시 보기 위해 미술관을 찾고, 브란덴부르크 협주곡을 수백 번 들은 후에도 그 곡이 다시 연주되는 것과 같이. 그는 다시 그녀를 보고 싶었다.

그는 망부석처럼 앉아 있었다. 노골적이긴 했지만 적극적인 행동은 아니었다. 저 여자한테 내 소개를 하고 지금껏 내가 본 여자 가운데 가장 아름답다고 말하자. 그녀가 누구이고 어디로 가는지도 물어보고. 빌어먹을, 차라리 지금 당장 하고 싶다고 하시지. 여기 이 트럭에서, 우체국에서, 저 도로에서, 길거리 한복판에서. 그렇게는 못 한다. 그런 직접적인 접근에는 능숙하지 못하다. 수잔나의 아름다움과 비밀을 감추고 있는 듯한 절제된 열정 앞에서는 매사에 서투르고 미숙한 바보가 된 느낌이었다.

그는 백미러를 바라보며 시동을 걸고 메인스트리트 아래로 차를 몰았다. 그때 그녀가 나왔다. 그러고는 한동안 그의 트럭을 응시했다. 트럭이 위아래로 흔들리고 백미러에 햇빛이 반사되자 그녀가 마치 초원에서 춤을 추는 형상으로 보였다.

잠시 후, 그녀는 우체국 건물의 오른쪽 모퉁이를 돌아 사라졌다. 그는 다음 번에 그녀를 만나면 더 잘하리라 다짐했다. 그러지 못할 게 뻔했지만.

칼라일은 샐러맨더 읍내를 통과해 서쪽으로 10킬로미터쯤 가서 북쪽 도로로 방향을 틀었다. 그 다음 다시 붉은 비포장 도로로 접어들었다. 어제 왔던 바로 그 길이었다. 4킬로미터쯤 가자 왼쪽으로 숲이 나왔다. 그는 다시 냅킨에 그려진 약도를 확인했다. 교차로에서 오른쪽으로 돌아 3킬로미터쯤 가면 도로 왼쪽에 숲이 나오고, 오른쪽에는 도로에서 45미터 떨어진 낡은 집이 있다고 했다. 칼라일은 그 집을 찾았다. 오랫동안 경작되지도, 방목되지도 않은 땅이었다. 높이 자란 잡초가 우거진 사방에는 해바라기가 흩어져 있었다. 허리 숙인 버들개지는 도랑을 따라 금빛으로 길게 늘어섰고, 초원에서는 들종다리들이 지저귀고 있었다. 붉은어깨검정새 한 마리가 철조망 위에 앉아 칼라일을 바라보았다. 땅다람쥐는 인기척에 후다닥 몸을 숨겼다. 그는 조용히 트럭 문을 닫았다.

여러 개의 바퀴 자국이 나 있는 오솔길이 집 바로 앞까지 나 있었지만 그는 길이 시작되는 지점에 트럭을 주차해 두고 그냥 걸어가기로 했다. 마치 침입자가 된 기분이었다. 신발 밑으로 느껴지는 오래된 흙의 부드러운 감촉과 얼굴에 와 닿는 8월의 태양이 좋았다. 코를 간질이는 탁 트인 전원의 향기, 아침 이슬과 햇살, 야생식물들이 한데 섞인 강렬한 냄새, 서부 산맥에서부터 불어오는 미풍도 좋았다. 높이 걸린 구름들은 태양 곁을 지나갈 때마다 대지 위에 불쑥불쑥 그늘을 드리웠다.

대니스의 여자가 말해준 대로 집은 허름했다. 하지만 칼라일에게는 수리한 후의 모습을 상상할 줄 아는 능력이 있었다. 적당히 못질하고, 적당히 판자를 자르고, 여러 가능성을 고려하면서 상상 속의 집을 만들어낼 수 있다. 그는 집 주위를 한 바퀴 둘러보며 깨진 창문 안을 들여다보기도 하고, 판자벽을 두드려보기도 했다. 그러고는 서너 걸음 물러서서 다시 집 주위를 돌아보았다. 대가족이 살 수 있도록 지은 이 지역의 이삼층짜리 농가와 달리 아담한 단층집이었다. 85평 정도에 지붕은 45도쯤 경사져 있었다.

수도꼭지가 달린 싱크대가 있다는 것은 야외 어딘가에 우물이 있다는 뜻이다. 화장실은 없었지만 어느 정도 예상한 일이었다. 오솔길을 걸어올 때 집 뒤에 있는 옥외 변소를 보았기 때문이다. 화장실은 새로 지을 수 있을 것이다. 포치 쪽으로 가보니 나무 바닥은 썩어 있고, 기둥이 떨어져나가 지붕은 아래로 기울어 있었다. 어둑한 집 안으로 조심스럽게 발을 들여놓으면서는 혹시 바닥에 구멍이나 뱀이 없는지를 살펴봤다. 뱀은 이런 폐가에 사는 것을 좋아한다. 구멍은 몇 개 있었지만 다행히 뱀은 없었다.

지하실도 없었다. 이 지역의 집으로서는 매우 드문 일이었다. 동결선(토양에 결빙이 침투하는 깊이. 지역마다 다르다. : 옮긴이) 밑까지 파 내려가기 위해 보통 지정(벽, 기둥, 굴뚝 등을 세우기 위한 콘크리트 기반의 기초: 옮긴이)을 1미터 정도 아래로 내려앉게 마련이고, 따라서 지하실을 짓는 것이 전통적 방법이기 때문이다. 그러나 이 건물은 지정이 지상에서 60센티미터쯤 위쪽에 있었고, 마룻바닥의 틈 사이로 잡초가 비어져 나와 있었다.

순간 이 집을 통나무 오두막처럼 지은 게 아닌가 생각되어 곰팡이가 핀 벽 한쪽을 뜯어보았다. 뒤에 통나무가 대어져 있을 수도 있기 때문이다. 그러나 두께 0.6미터, 폭 1.2미터의 평범한 전나무 샛기둥뿐이었다. 어떤 단열재도 들어 있지 않았다. 보나마나 이 집은 겨울에는 춥고 여름에는 더울 것이다. 집을 지은 사람이 누구든 그는 몹시 서둘렀거나, 아니면 솜씨가 형편없었다. 하지만 기본 구조는 그런대로 괜찮아 보였다. 멀리서 봐도 기울어진 곳은 없었다. 게다가 집 안에는 돌로 만든 커다란 벽난로도 있었다. 멋진 벽난로였지만, 분명 보기 싫은 굴뚝을 달아야 할 것이다.

집 안을 둘러본 뒤에는 뜰에 서 있는 아름드리 떡갈나무 두 그루를 살펴보았다. 하나는 남쪽에 있었고, 다른 하나는 현관 근처 서쪽에 있었다. 나무들은 아름답기도 하거니와 여름에는 집을 시원하게 해주는 효과도 있을 듯했다. 두 그루 모두 튼튼해 보였고, 칼라일이 자신들의 삶에 침입한 것이 화가 난다는 듯 마구 재잘거리기 시작하는 다람쥐들이 살고 있었다.

집 근처를 걸어다니다가 칼라일은 북쪽에 우거진 잡초들 사이로 조그만 개울이 흐르는 것을 발견했다. 수심이 깊은 곳에서는 송사리들이 반짝거렸다. 통나무 위에 있던 조그만 거북은 사람이 나타나자 개울 속으로 풍덩 몸을 숨겼다. 머리 위로는 매 한 마리가 아침 기류를 타고 유유히 날아가고 있었다. 한 번도 본 적 없는, 몸집이 작은 종류의 매였다. 칼라일은 맹금류를 좋아했다. 그렇다고 해서 그것에 대해 잘 아는 것은 아니었다. 그저 그들이 수시로 변화하는 기류를 타고 날아다니는 모습을 지켜보는 게 좋았다. 고원에서의 매는 먹이사슬상 두 번째로 높은 위치를 차지한다. 그들의 유일한 걱정거리는 커다란 올빼미와 총을 든 바보들뿐이다. 적어도 칼라일의 순진한 생각은 그랬다.

도로에서 뻗어나온 이 오솔길은 꽤 경사진 오르막이어서 배수가 잘 될 것 같았다. 남동쪽으로 햇살에 반짝이는 리틀샐러맨더 강이 보였다. 북서쪽으로 약 5킬로미터 떨어진 울프 벗은 아침 햇살에 새하얗고 민둥한 얼굴을 드러냈다. 대략 2,400평쯤 되는 길 건너편 숲은 꽤 멋졌다. 낮은 지대는 다 자란 미루나무가, 오르막이 시작되는 곳은 떡갈나무와 다른 여러 종류의 작은 나무들로 뒤덮여 있었다.

금세 허기가 졌다. 그는 대니스에 들르기 위해 마을로 돌아갔다. 메인스트리트를 따라 수십 대의 자동차들이 주차되어 있었다. 샐러맨더는 사업을 일으켜보려 했고, 살아남으려 했으며, 달갑지 않은 변화의 그림자 속에 뿌리를 내리려 했다.

갤리 데브루는 카운터 뒤쪽에서 설거지를 하고 있었다. 좀 더 나이 든 여자는 테이블을 치우고 있었다. 마침 도넛과 커피의 아침이 끝나고 점심이 시작되기 전이어서 식당 안은 조용했다. 뒤쪽에서 피노클(카드 놀이의 일종: 옮긴이)을 하는 네 명의 노인과 칼라일, 그에게서 세 자리 떨어져 앉은 또 다른 노인이 전부였다. 그는 갤리가 어제와 달라 보인다는 걸 눈치챘다. 오늘은 새 청바지에 산뜻하게 다려 입은 셔츠를 입고 머리도 길게 늘어뜨려 중간에서 양갈래로 묶고 있었다. 한결 나아 보였다. 눈동자도 좀더 반짝거렸다.

"또 벌 받으러 왔어요?"

"네. 그리고 윌리스턴 씨의 집도 둘러보고 왔죠."

"괜찮았어요?"

"그럭저럭요. 그때 그 집을 취급하는 변호사가 누구인지도 말해주셨던가요?"

"아뇨, 하지만 지금 당장 알아봐 줄 수 있어요."

갤리는 회색 셔츠와 멜빵 바지 차림의 노인이 앉아 있는 카운터 반대편으로 갔다. 노인은 매일 아침 주도(州都)에서 배달되는 카페의 공용 신문을 읽고 있었고, 그의 다리 옆에는 나무 지팡이가 세워져 있었다. 어젯밤에 본 노인이었다. 르로이스에서 나올 때 레스터의 텔레비전 & 가전제품 가게의 이층 창가에 앉아 있던 노인. 갤리는 몸을 구부려 노인에게 조용히 속닥거렸고, 칼라일은 그녀의 그런 배려가 고마웠다. 노인은 금테 안경을 치켜올리며 칼라일을 바라보더니 갤리에게 무언가를 말해주었다.

갤리가 다시 칼라일의 자리로 돌아왔다.

"내가 생각했던 대로 그 집은 땅에 포함된 집이에요. 땅의 상속자들은 시골 도처에 흩어져 있다네요. 변호사의 이름은 버니고, 리버모어에 사무실이 있다는군요."

갤리는 노인을 향해 고갯짓을 했다.

"저분 말이 리버모어에는 변호사가 둘뿐이니까 쉽게 찾을 수 있을 거래요. 자, 이제 뭘 먹을래요? 오늘의 특별 요리는 미트 로프예요. 방금 오븐에서 나왔죠."

식사가 끝나고 음식 값을 지불할 때 갤리가 화사한 미소를 지으며 말했다.

"당신의 꿈의 집에 행운이 따르기를 빌어요. 잘됐으면 좋겠네요. 이 마을에는 신선한 피가 필요하거든요."

"고마워요. 여러 가지로 도와준 것도 고맙구요. 훌륭한 카르토그래퍼(Cartographer)일 뿐 아니라 유능한 브로커 역할까지 해줬어요. 나중에 결과 보고하죠."

갤리는 어리둥절한 표정을 지었다.

"카르토그래퍼가 뭐예요? 내 귀가 두 음절 이상의 단어에는 통 익숙칠 않아서요. 옛날에 알았던 것 같기는 한데 기억이 안 나네요."

"지도 제작자요."

"아, 냅킨. 도움이 되었다니 다행이네요."

"나중에 또 봐요. 다시 한 번 고마웠어요."

칼라일은 그녀가 카르토그래퍼의 뜻을 물어봤다는 사실이 마음에 들었다. 코디 할아버지는 한 사람의 지적 수준을 나타내는 첫 번째 지표는 자신이 모르는 것을 부끄러워하지 않는 것이라고 가르쳐주었다. 물론 알고자 하는 마음이 동반된다는 전제하에. 코디 할아버지는 무지함이 어리석음으로 변할 수도 있다는 말도 덧붙였다.

칼라일은 리버모어로 차를 몰았고, 주유소 점원에게 변호사 사무실이 어딘지 물었다.

"네, 한 블록만 내려가면 이쪽 편에 있어요. 버니는 변호사가 아니라 순 거짓말쟁이죠. 유언 집행을 맡아 이 근방의 모든 농지와 목장을 사기 쳐서 판 덕분에 부자가 됐으니까요."

버니 변호사는 사무실에 있었지만 몹시 바빴다. 칼라일이 기다린다면 이십 분쯤 후에 시간을 낼 수 있다고 했다. 비서가 IBM 전동타자기의 자판을 타닥타닥 누르는 동안, 그는 『애그리컬처 투데이』를 읽었다.

버니는 둥그런 얼굴에 돈이 많아 보이는 인상이었다. 그는 토실토실한 손으로 악수를 나눈 후, 칼라일을 가만히 뜯어보았다. 앞으로 이십 년 후, 그의 새로운 돈줄이 될지도 모를 남자를.

그랬다. 월리스턴의 집, 월리스턴 플레이스는 현재 팔려고 내놓은 상태였다. 3만 5,000여 평의 땅에 그 집이 포함되었다. 버니는 음흉했으나 캘리포니아 부동산업자의 수준은 아니었다.

"참 신기하단 말입니다. 그 집은 나온 지 얼마 안 됐는데 이번 주만 해도 그 집에 대해 물어본 사람이 당신이 벌써 두 번째요. 그 땅은 폴스시티에 속해 있어 아마도 12만 5,000달러의 가치는 될 겁니다."

버니의 첫 수였다. 어설프긴. 캘리포니아 꼬마들도 십이 분이면 이 남자를 해치울 수 있겠다. 아니 십이 분도 안 걸릴 것이다.

"뭔가 착오가 있는 것 같은데요. 난 그 땅이 폴스시티가 아니라 샐러맨더 북서쪽에 있는 걸로 아는데요. 아님 당신이 그 땅을 옮겨놓기라도 할 겁니까?"

버니는 얼굴을 살짝 붉히더니 책상 위에 놓여 있는 고급 펜을 만지작거렸다.

"음, 아닙니다. 제가 하려는 말은 그곳이 좋은 땅이라는 거죠."

"하지만 그뿐이죠. 집은 완전 쓰레기던데요. 실례인 줄은 알지만, 오늘 아침에 그 집에 가봤습니다. 욕실도 없고, 단열재도 없고, 집 구조가 엉망이더군요. 아마도 별 볼일 없는 땅 하나 샀다가 집을 손보느라 더 골치 아플 겁니다. 6,000달러로 하죠. 권리증서를 갓난아기의 뒷목처럼 깨끗하고 깔끔하게 작성해 준다는 전제하에요."

"이거 참, 미스터…… 아, 맥밀런이라고 하셨던가요?"

칼라일은 고개를 끄덕였다.

"하지만 전 고객에 대한 책임이 있습니다."

"이봐요, 버니 씨. 쓸데없는 짓은 그만둡시다. 6,000달러요. 지금 1,000달러 드리고, 나머지는 앞으로 삼 년간 매달 지불하죠. 이자는 차감액의 딱 6퍼센트로만 하고, 조기 상환 벌칙금은 없는 걸로 하고요. 물론, 약관을 먼저 훑어본 다음에요."

버니는 아무 말 없이 칼라일만 바라봤다. 그러고는 숙달된 뜸들이기 작전에 돌입했다. 그는 회전의자를 좌우로 살짝 돌리더니 창문에 처진 오렌지색 커튼 너머를 바라보았다.

칼라일은 자리에서 일어섰다.

"시간 내줘서 고마웠습니다."

비니는 한숨을 내쉬고는 칼라일을 바라보았다.

"좋습니다. 제 고객이 원하는 액수는 그보다 꽤 많습니다. 하지만 그 땅은 워낙 오랫동안 방치되어 있던 터라 주인은 어떻게든 팔아치우려고 하죠. 난 그들에게 정부 프로그램에 등록만 하면 땅을 놀리면서도 돈을 받을 수 있다고 계속 설득하던 중이었죠. 하지만 그 사람들은 도시인이라 정부의 서류 작업이라고 하면 아주 넌더리를 내거든요. 사실 그렇게 복잡한 일도 아닌데 말이죠."

가끔은 행운이 따라주기도 하는 법. 칼라일은 정부 프로그램에 대해서는 미처 생각해 보지 못했다. 그런 프로그램이 있다는 걸 지금에서야 알았지만, 버니에게 그런 사실을 눈치채이지 않도록 주의했다. 땅을 놀리는 것만으로도 수입이 들어온다는 사실을 알았다면 그는 좀더 많은 액수를 제시했을 것이다.

한때 동업자였던 버디 림스는 이런 말을 했었다.

"칼라일, 난 이 목수짓 그만두고 치열한 경쟁사회를 빠져 나가 농사를 지을 거야."

버디는 샌프란시스코의 한 술집에서 앞에 놓인 맥주를 내려다보며 진지하게 말했다. 여느 때처럼 칼라일은 또 속아넘어갔다.

"이봐, 버디, 그건 돈이 많이 들 텐데. 땅이며 농기구, 씨앗 뭐 그런 것들을 사려면 말이야."

버디가 씩 웃으며 답했다.

"아니. 농업진흥자금으로 마련된 미국 납세자들의 부조 덕 분에 땅과 우편함만 있으면 돼."

버디는 킬킬거리더니 손을 뻗어 칼라일의 뺨을 살짝 쳤다.

"칼라일, 자넨 천성이 너무 순진해. 애보트와 카스텔로(주 로 바보 연기를 하는 전설적인 콤비 코미디언: 옮긴이)도 서러워 울고 가겠는걸."

버디 림스라면 버니 같은 변호사는 한 방에 해치울 것이다. 물론 일단 그를 돌아버리게 만들고 나서.

버니가 다시 입을 열었다.

"괜찮으시다면 다음 주 수요일까지 서류를 준비해 놓도록 하죠. 그동안 약관을 훑어보실 수 있습니다. 모든 걸 완벽하 게, 권리증서는…… 아기 목처럼 깔끔하게 해놓을 테니 염려 마세요. 그 문장을 기억해 둬야겠네요. 좋은 표현이에요."

"써먹으셔도 됩니다. 저도 E. B. 화이트에게서 훔친 거지 만."

"누구요?"

"작가요."

"아."

칼라일은 거리로 나와 트럭을 주차해 둔 곳으로 걸어갔다. 스스로가 터프하고 똑똑해진 기분이 들었다. 현대사회에서 성공적인 거래란 원시인들이 사냥에서 먹을 것을 가지고 집으로 돌아오는 것에 비견될 만하다. 자신이 성사시켰던 거래를 생각해야만 발기가 된다는 남자들의 이야기를 들은 적도 있었다. 그런 남자들이라면 다른 무슨 일에서든 별 볼일이 있으랴만.

그는 모텔로 돌아와 몇 시간 동안 약관을 읽었다. 큰 문제는 없어 보였다. 그 땅에 대한 윌리스턴의 권리는 그의 할아버지가 심은 가족 나무에까지 포함되어 있다. 그의 할아버지는 1860년 자작농법(공유지에 정착해 경작하고자 하는 사람들에게 토지를 무상으로 소유할 수 있도록 한 법안: 옮긴이)이 시행됐을 때 토지 증서를 받아 그곳에 정착했다. 십오 년 전까지 약 20만 평이었던 땅 가운데 6만 5,000평이 팔려나갔다. 다른 모든 것과 마찬가지로 그 거래도 깨끗했으며, 첨부된 측량서도 정확해 보였다.

여덟 시 십 분 전, 대니스 앞에 도착한 칼라일은 레스터 가게 이층의 노인이 초소를 지키고 있는지 확인하기 위해 건물을 올려다보았다. 노인은 거기 있었다. 베르메르의 초상화에서처럼 갈색의 얼룩덜룩한 창틀 앞에. 그가 손을 흔들자 노인은 깜짝 놀랐지만, 노인도 곧 손을 흔들었다. 어색하면서도 다정하게.

대니스는 텅 비어 있었다. 바닥을 청소하는 갤리는 피곤해 보였다.

"겁먹지 마세요. 요리사와 턱시도를 입은 웨이터의 시중이 필요해서 온 건 아니니까요."

가게 안으로 들어서며 칼라일이 말했다.

"겁먹지 않았어요. 오늘은 누가 뭐래도 더 이상 요리하지 않을 거거든요. 음식을 원하는 여행자가 있다면 설령 믹 재거와 지미 카터라 할지라도 르로이스에 가서 그 집 메뉴판을 봐야 할 거예요. 커피도 방금 포트의 플러그를 빼버렸는걸요. 하지만 아직 따뜻하니까 공짜로 줄 순 있어요. 이미 작동을 멈춘 기계에서 따라낸 커피를 돈 받고 판다는 건 양심 없는 짓이니까."

"좋아요."

갤리가 커피 두 잔을 따르는 동안, 칼라일은 카운터 앞에 앉았다. 그녀는 전날 밤에 그랬던 것처럼 청량음료 냉장고에 몸을 기댔다.

"그래, 어떻게 돼가요? 앞으로 여키스 카운티의 주민이자 납세자가 되는 건가요, 아님 늘 캘리포니아만 그리워하는 건가요?"

"첫 번째 질문에 대한 대답은 '예스'예요. 그렇게 될 것 같아요. 오늘 작성된 따끈따끈한 약관을 가지고 있거든요. 이틀 후면 리버모어에 사는 클라렌스 대로란 분이 완성된 서류를 받을 겁니다. 그리고 두 번째 질문에 대한 대답은 절대 '노'예요."

갤리는 미소를 지으며 손을 내밀었다.

"그렇다면 인사를 해야겠네요. 내 이름은 갤리 데브루예요."

그는 그녀의 손을 잡았다. 일을 많이 한 손이었지만, 그래도 예뻤다.

"난 칼라일 맥밀런입니다. 내가 찾아온 이유는 약도도 그려주고 부동산 브로커도 해준 답례로 맥주를 사고 싶어서요. 별다른 약속이 없다면요."

말을 끝내자마자 후회가 되었다. 그제서야 그녀의 손가락에 끼워진 결혼반지가 눈에 들어왔기 때문이다. 그는 여자를 만날 때 결혼반지를 살피는 일에 익숙하지 않았다. 이런 바보같은. 두 사람 모두에게 이런 거북한 상황을 만들어버리다니. 그는 자신의 제안을 취소하려 했다.

"그러니까…… 괜찮다면요. 결혼한 줄은 정말 몰랐어요…… 그렇다고 해서 그게 잘못되었다는 건 아니고…… 그냥 이제서야 결혼반지를 봤거든요. 제 말은…… 전 다른 뜻은 없었어요. 혹시나 제가 무슨 다른 의도로…… 이런, 젠장."

갤리가 웃음을 터뜨렸다. 그녀는 자신이 얼마나 즐거운지 감추기 위해 손으로 입을 가려야 했지만, 터지는 웃음을 막을 수 없었다. 이렇게 크게 소리내어 웃어본 건 정말 오랜만이었다.

"정말 점잖은 분이시군요. 바닥 청소가 끝날 때까지 커피를 마시면서 기다리세요. 한 십 분 후면 르로이스의 정글 속으로 들어갈 수 있을 테니까요. 미리 경고하는데, 메인스트리트를 건너는 동안 전 경계를 늦추지 않을 거예요."

그녀는 다시 웃음을 터뜨렸다. 몹시도 민망해하며 어쩔 줄 몰라하는 칼라일 때문이 아니라 상황 자체가 우스워서였다. 칼라일은 그녀가 자신 때문에 웃는 게 아님을 알았고 그 점이 고마웠지만, 얼굴은 여전히 화끈거렸다.

그는 자신의 어리숙함을 책망하며 카운터 위에 놓여 있던 『하이플레인스 인콰이어러』의 일부를 훑어보았다. 그 신문의 로고에 '믿을 수 있는 신문'이라고 씌어 있기에 한번 믿고 읽어보기로 했다. 신문에는 누군가의 연속 안타가 서른 개에서 멈췄다느니, 런던에서 새로운 영화가 개봉되었다느니, 버지니아의 리치몬드에서는 치아 교정기를 끼고 다니는 게 유행이 되었다느니 하는 기사가 실려 있었다. 이런 기사들을 훑어보는데 오피니언란이 나왔다. 그는 맨 처음의 사설을 읽어보았다.

이제는 행동을 개시해야 할 때

우리 주의 경제를 일으키겠다는 약속은 제리 그래밧 주지사가 예상했던 것보다 훨씬 더 어려운 도전이 되고 말았다. 우리 주가 농업 및 농업 관련산업에 지나치게 의존하고 있다는 그의 진단은 정확했다. 그러나 그가 내놓은 해결책을 비롯해 각계 각층의 사업가 혹은 정치가들이 제시한 해결책은 아직까지 아무런 결실도 거두지 못하고 있는 실정이다. 많은 공장을 유치하려는 우리의 노력은 지난 수년간 산업 발전에 필요한 인프라, 예를 들면 고속도로 같은 시설을 갖추기 위해 더 노력해 온 여타 다른 주들과의 경쟁을 낳고 있다. 우리 주의 주민들은 휘발유세를 조금이라도 인상시키는 법안에 계속 반대해 왔는데, 이 세금은 도로 공사 및 보수에 큰 도움이 되었을 것이다. 그리고 우리 주를 관통하는 새로운 대규모 고속도로를 짓기 위해 연방자금이 조성되고 있다는 소문은 지금까지는 그저 소문으로만 그치고 있다. 게다가 젊은층의 대거 유출로 인한 인구의 고령화 현상은 공장을 유치하는 중요 요소인 숙달된 노동력의 꾸준한 부식으로 이어지고 있다.

한편 주민들의 수입이 감소하면서 주의 과세 기준은 계속 낮아지고, 오랫동안 우리 주를 대표했던 산업들도 이제는 더 싼 노동력과 더 좋은 교통 입지, 과세 기준의 감소를 상쇄하기 위해 다른 여러 분야의 세금을 징수할 염려가 없는 지역으로 이전하고 있다. 이제는 지방정부, 주 의회, 사업가들이 서로 물어뜯기를 그만두고 합심해야 할 때다. 폴스시티의 첨단산업들을 주도로 옮기자는 정부의 제안은 좋은 시작이 될 수 있다. 초기 단계에서 레이저 및 생명공학 센터를 세우는 데 많은 비용이 들지라도 모든 주민들은 이 원대한 목표를 적극적으로 지지해야 한다. 이제는 불평을 멈춰야 할 때다. 소매를 걷어붙이고, 행동을 개시하자.

칼라일이 신문을 읽는 동안, 갤리는 금이 간 리놀륨 바닥을 걸레질하면서 자신의 인생에 대해 생각했다. 여러 조각으로 분해돼 기름 낀 바닥에 버려지는 낡은 자동차 엔진처럼, 그녀도 자신의 존재를 완전히 해체시켰다. 적어도 일주일에 한 번씩은 그렇게 해체시킨 후 좀더 합리적인 방식으로 재조합하려고 노력했다. 하지만 언제나 털털거리며 요란한 소리를 내는 형태로 맞춰질 뿐이었다. 서른아홉. 외롭고, 지치고, 아무런 미래도 없으며, 서서히 남자들의 시선에서 벗어나는 여자. 결혼한 여자라 해도 그런 식의 무시는 싫게 마련이다. 특히 남편으로부터는.

그녀는 데님 재킷을 걸쳐 입고 식당의 불을 끄기 시작했다.

"준비됐어요."

네온사인의 스위치를 끄는 동안 칼라일은 그녀를 위해 문을 열어주었다.

"고마워요. 날 위해 문을 열어주는 남자는 오랜만이네요."

그녀는 다시 미소 지었다. 두 사람은 길을 건너 르로이스로 향했다.

당구대는 어두웠고, 르로이의 안색도 그랬다. 바 위에 얼굴을 박고 있는 단골 손님 프랭크를 제외하면 화요일 밤 여덟 시 오십 분의 르로이스에는 아무도 없었다. 형편없는 매상은 갈수록 나빠지고 있었다.

르로이는 잭 데브루의 아내와 함께 들어온 장발족을 힐끗 바라보고 잭에게는 아무 말도 말아야겠다고 생각했다. 잭은 성미가 아주 고약했는데 술에 취하면 특히 더 그랬다. 게다가 요즘엔 늘 술에 취해 사는 것 같았다.

몇 달 후, 칼라일과 친한 사이가 되었을 때 르로이는 이렇게 말했다.

"칼라일, 난 전형적인 시골 장사꾼의 심보를 갖게 되었다네. 이런 거 있잖나. '하느님, 제가 이 가게를 그만둘 때까지만 경기가 나빠지지 않게 해주십시오. 그 후에는 남겨진 불쌍한 놈들에게 당신 하고 싶은 대로 하십시오. 부탁입니다.' 하지만 하느님은 내 기도를 들어주시지 않았어. 내가 생각해도 당연한 일이었지만."

르로이가 아직 밀러를 들여놓지 않았을 것 같아 칼라일은 버드와이저 두 병을 주문했다. 그는 맥주 두 병을 들고 갤리가 앉아 있는 칸막이 좌석으로 갔다. 창문에 걸린 '르로이스' 네온사인이 반짝일 때마다 그녀의 얼굴 위에 붉은 낙서 자국이 생겼다. 갤리도 그것을 눈치 채고 좀더 구석으로 들어갔다.

칼라일은 맥주병을 살짝 치켜올렸다.

"무단 거주자(Squatter, 땅에 대한 권리서 없이 미국에 처음 정착한 1세대들을 일컫는 말: 옮긴이)들을 위하여. 그들의 정식 명칭이 뭐든 간에."

자신의 맥주병을 그의 병에 갖다대면서 그녀가 말했다.

"무단 거주자들을 위하여. 그리고 그렇게 오랫동안 쪼그려 앉은 후에도 발에 쥐가 안 나기를.(Squatter에는 '쪼그리고 앉은 사람'이라는 뜻도 있다: 옮긴이)"

그녀는 맥주를 마시며 구석에 몸을 기댔고, 바가 있는 쪽을 바라보았다.

르로이가 주크박스에 밥을 주었다. 처음 두 노래는 전형적인 컨트리송이었다. 트럭, 간통, 트레일러 트럭 그리고 셔츠 칼라에 립스틱 자국을 묻힌 채 밤늦게 기어들어가는 남자 이야기. 다음 노래는 멋진 고음을 가진 남자의 목소리였고, 묵직한 스틸 기타 연주가 그의 노래를 받쳐주었다.

문 앞에 서서 내 이름을 계속 불러줘요.
난 내가 누군지 잊어버릴지도 몰라요.

오리맨이 들어오자 분위기가 약간 활기를 띄었다. 칼라일은 오리맨이 누군지 몰랐지만, 앞으로 몇 년간 그를 가끔씩 보게 되고, 그에게 점차 매료되고 만다. 오리맨은 바에 앉아 맥주 한 병을 주문하고는 조용히 술을 마셨다. 지극히 정상적인 모습이었다. 그가 미치광이로 여겨지는 이유는 겨울이고 여름이고 할 것 없이 늘 입고 다니는 커다란 코트 안에 살아 있는 청둥오리가 들어 있기 때문이다. 이따금씩 그가 코트 깃을 내리면 청둥오리가 녹색 머리를 삐죽 내밀었다. 오리맨이 맥주병을 기울여주자 오리는 그레인벨트를 한 모금 마신 뒤, 다시 코트 안으로 사라져버렸다.

칼라일은 그런 오리맨을 보다가 다시 갤리를 바라보았다. 그녀는 어깨를 으쓱하며 빙긋 웃고는 말 없이 맥주를 마셨다.

칼라일은 그녀에게 적갈색 머리칼의 여자에 대해 물어보고 싶었지만 묻지 않았다. 그는 여자에게 다른 여자에 대해 물어보는 것, 게다가 약간의 관심이라도 내비친다면 상대에게 천박한 인상을 줄 뿐 아니라 대체로 나쁜 정보만 얻게 된다는 사실을 오래전에 배운 바 있었다.

대신 그는 울프벗의 귀신에 대해 이야기해 달라고 했다. 갤리의 시선이 잠시 천장으로 향했다가 다시 칼라일의 눈동자로 떨어졌다. 그리고 그의 눈이 얼마나 따뜻해 보이는지 깨달았다. 약간 슬퍼 보이지만 따뜻하면서 선량해 보이는 눈. 아마 이런 부류의 남자는 여자를 전리품으로 여기지는 않을 것이다.

"글쎄요. 전에 그 근처 절벽에서 떨어져 죽은 교수 이야기를 했었죠? 꽤 오래 전 일이죠. 당시에 그 근처의 인디언 고분을 두고 한창 난리법석이 일어나서 몇 달간 별의별 학자들이 샐러맨더를 들락거렸죠. 다들 좋은 사람들이었어요. 작업복을 입고 다녔는데 대니스에서 식사할 때면 아주 예의바르게 행동했어요. 들어오기 전에 항상 밖에서 신발을 털고 왔죠. 셀마 할머니는 그걸 아주 고마워했고, 식당에 더러운 신발자국을 남기는 카우보이들을 욕할 때면 지금도 가끔씩 그 이야기를 하세요. 인원이 꽤 많았는데 늘 웃으면서 즐겁게 지내는 것 같더군요.

소문에 따르면 인디언들은 원래 자신들의 땅이 되어야 할 그 신성한 땅에서 일어나는 야단법석에 꽤 화를 냈다고 해요.

그런 소문이 돈 지 얼마 되지 않아 교수가 죽었고, 프로젝트는 취소됐어요. 아무도 그 이유를 몰랐죠.

교수가 죽기 일이 년 전, 한 조사팀이 올프벗 기슭에서 야영을 했어요. 네 명 모두 텐트 안에 있었죠. 그런데 한밤중에 산꼭대기에서 거대한 바위 덩어리가 굴러떨어지더니 정통으로 그 텐트 위에 떨어진 거예요. 네 사람 모두 바위에 깔려 죽었죠. 한 사람은 일주일 정도 살아있다가 죽긴 했지만. 그 사람의 몰골을 보니 죽은 게 오히려 다행이더라구요. 마을 사람들은 다들 그런 바위 무덤 가까이에서 야영한 게 잘못이었다고 했죠. 사람들 말에 의하면 그 뒤에 다른 조사팀이 와서 작업을 마쳤다고 하더군요. 하지만 그 사람들이 뭘 조사하고 있는지는 한 번도 들어보지 못했어요."

칼라일은 아무 말도 하지 않은 채 그녀가 좀더 이야기해 주기를 기다렸다.

"상황은 갈수록 이상해졌어요. 몇몇 어르신들 말로는 이곳에 사람들이 처음 정착해 살았을 때도 그런 이상한 사건들이 줄줄이 일어났었대요. 제가 들은 바에 의하면 그 당시에도 온갖 괴상한 일들이 있었나봐요. 한밤중에 올프벗 꼭대기에서 불이 나기도 하고, 북소리가 들리고, 거대한 새가 올프벗 주위를 빙빙 돌거나, '빅맨'이라고 불리는 털이 많은 괴물이 인가 주변을 돌아다닌다는 그런 이야기들이오. 그 전부터 내려오던 이야기라고 하는 사람도 있었어요. 인디언들조차도 그게 옛날이야기라고 했으니까요. '시야울라'라는 여사제에 관한 말도 있었어요. 어르신들은 언제나 이 지역의 침입자들을 지켜보는 누군가가 혹은 뭔가가 있다고 믿으시더군요. 전설에 따르면 시야울라의 아들이 있는데 그가 수호신이라 불린대요. 뭘 수호하는 건지는 잘 모르겠어요. 아마도 이 신성한 땅을 수호하는 거겠죠. 내가 아는 건 그게 전부예요. 읍내에 가려고 그 근처를 지나갈 때마다 으스스하다니까요."

칼라일은 잠시 생각에 잠긴 채 아무 말 없이 앉아 있었다.

"그거 참 신기하군요. 여기가 더 좋아지는데요. 울프벗 근처의 땅은 누구 소유죠?"

"나도 정확히는 몰라요. 액셀 루커의 땅이 울프벗 바로 북쪽이죠. 서쪽 땅은 아마도 방목하려는 농장주들에게 임대해주는 정부의 소유일 거예요. 그 중 일부는 어떤 기업 소유라고도 하던데. 기억하기 어려운 별 특징 없는 이름을 가진 회사였어요. '오라' 였던가 뭐 그 비슷한 이름이었어요."

"오라요? 스펠링이 어떻게 되죠?"

"들리는 그대로예요. A-U-R-A. 무슨 약자인지는 모르겠어요. 잭, 그러니까 남편한테 한 번 물어봤는데 그이도 모르더군요."

칼라일은 맥주병을 만지작거리며 좌우로 천천히 흔들었다.

"윌리스턴 플레이스에서는 멀리 솟아난 울프벗을 볼 수 있죠. 쌍안경이라도 사다가 거기서 무슨 일이 벌어지는지 지켜봐야겠네요. 맥주 한 병 더 마실래요?"

"좋죠."

갤리가 미소 지으며 남은 맥주를 다 마셔버리고, 칼라일에게 빈 병을 건넸다.

칼라일은 빈 병을 들고 칸막이 좌석에서 나왔다. 르로이가 맥주 두 병을 더 꺼내는 동안, 오리맨은 곁눈질로 칼라일을 바라보며 푸른색 털모자를 아래로 끌어당기고 코트 깃을 여몄다.

갤리와 칼라일이 르로이스에서 나왔을 때 거리는 조용했고, 레스터 가게 위에서 창문을 지키던 노인은 사라지고 없었다. 칼라일은 갤리에게 작별인사를 건넸다. 그가 트럭 문을 열자 갤리는 길을 건너 자신이 세워둔 차를 향해 걸어갔다. 제목을 기억할 수 없는 옛노래를 흥얼거리며. 그의 머릿속에서 빗속의 댄스홀과 관련된 몇몇 제목이 떠올랐다.

제 7 장

코디 마르크스

"한 잔 더 드실래요?"

"아냐, 지금은 됐어."

노인은 리버모어의 어느 술집 벽에 등을 기댄 채 앉아 있었다. 성한 다리는 긴 칸막이 좌석 위로 쭉 뻗고 불편한 다리는 테이블 밑에 놓아둔 채. 노인은 지팡이로 좌석 가장자리를 조용히 톡톡 치더니 씩 웃으며 천장을 바라보았다.

"칼라일 맥밀런이 샐러맨더 북서쪽에 있는 그 낡아빠진 윌리스턴 플레이스를 구입했을 때 마을 사람들은 그가 미쳤다고 생각했지. 집을 구입한 후, 그는 대대적인 재료 구입 원정에 나섰어. 우리 마을의 어떤 곳도 그의 눈에서 벗어나지 못했지. 그는 낡은 헛간과 폴스시티의 할인 목재 하치장을 이 잡듯이 뒤졌어. 액셀 루커는 칼라일의 집 주위로 점점 늘어가는 재료들을 매일 보고했고, 급기야 삼 주 후 사람들은 자신의 눈으로 직접 보기 위해 차로 그 근처를 지나다녔지. 집이 도로에서 꽤 떨어져 있었기 때문에 쌍안경을 가져가는 사람도 있었다네. 마을 사람들은 더 대담해져 아예 차를 그 집 앞까지 몰고 간 뒤, 차에서 내려 그건 또 어디서 구해왔냐고 물어보곤 했지.

칼라일은 언제나 손님들을 공손하게 대했어. 사실은 겨울이 오기 전까지 집수리를 마치려고 미친 듯이 서두르는 중이었지만. 초가을에 시작한 공사니까 정말 빠듯한 일정이었지. 그는 손님들의 질문에 대답하면서도 일손을 멈추지 않았어. 계속 톱질에, 못질에, 판자를 짜 맞추고, 홈을 파고, 길이를 재고, 지붕 널을 깔았지.

길거리, 대니스, 르로이스, 곡물창고 할 것 없이 모두 칼라일과 그의 집수리에 관한 이야기뿐이었어. 처음엔 달가워하지 않는 눈치들이었지. '가축을 키우거나 겨울 밀을 재배하기에는 땅이 너무 작을 텐데.' 혹은 '아무리 그래봤자 그건 낡은 오두막일 뿐이야. 그것도 형편없는.' 혹은 '최근에 그 초원 위의 오두막 봤나? 젠장, 그런 멍청한 짓을 하다니 눈뜨고 못 봐주겠어.'

하지만 시간이 흐르자 마을 사람들의 태도도 바뀌었지. 처음에 사람들은 칼라일을 괴짜 히피 정도로 생각했어. 하지만 윌리스턴 플레이스에 가본 사람들은 칼라일이 일을 제대로 하는 것 같더라고 말했지. 사람들은 그가 스킬 원형톱을 사용한다고 했어. 그건 손으로 들고 작업할 수 있는 데다 톱날이 0.25초당 수만 배나 더 빠르게 돌아가서 대부분의 사람들이 쓰는 테이블톱보다 훨씬 낫거든.

망치질 두 번 만에 지붕용 못을 박아버리고, 그것도 절대 어긋나는 법이 없다는 말도 있었어. 샐러맨더에 오기 훨씬 전부터 썼던 것 같은 가죽 연장벨트를 가지고 있다는 말도 했지. 그가 웃통을 벗고 가죽끈으로 머리를 묶은 모습이 정말 멋있어 보인다고 말하는 여자들도 있었어. 앨마 힉먼이 자기 미용실에 오는 손님들에게 그런 소문을 퍼뜨렸지.

칼라일은 가끔씩 대니스가 문을 닫기 직전에 읍내로 내려가 갤리가 해주는 요리를 아무거나 사 먹었어. 그것도 두세 접시나. 하지만 대부분은 야영을 하면서 폴스시티의 월마트에서 사온 조그만 가스 버너에 직접 요리를 해 먹었지.

사람들은 집수리를 시작한 이후로 그의 외모가 변했다는 걸 눈치 챘어. 공사를 시작한 게 초가을이었는데도 그는 아주 새까맣게 그을려버렸지. 처음에 올 때부터 하얀 피부는 아니었지만. 체격도 꼿꼿해지고, 청바지도 통이 약간 헐렁해졌어. 걸음걸이까지 딴 사람 같았지. 인생의 목표와 무엇을 위해 살아야 할지를 발견한 남자의 걸음걸이였어. 칼라일은 분명 틀이 잡혀가고 있었던 거야. 육체적으로나 정신적으로나."

노인이 말한 대로 칼라일 맥밀런이 윌리스턴 플레이스를 구입했을 때 마을 사람들은 그가 미쳤다고 생각했다. 하지만 그 당시 그들은 칼라일이 어떤 인생관을 가지고 있는지 전혀 모르는 상태였다. 사실 당연한 일이었다. 그때는 칼라일 본인 조차도 자신의 인생관이 무엇인지 확실히 알지 못했기 때문이다. 게다가 결정적으로 그들은 코디 마르크스라는 남자를 몰랐다. 예술가와 문인으로 가득 찬 마을에서 유독 자기만의 스타일을 가진 예술가였던 그 남자를.

칼라일이 어린 시절을 보낸 멘도시노에서 그의 어머니 윈 맥밀런은 첼로를 가르쳤고, 파트 타임으로 미술관에서 일했다. 그녀의 작은 전셋집은 점차 멘도시노의 사교장처럼 변해 갔다. 삼십 년 전, 파리에서 하루 일을 마친 헤밍웨이와 파운드 및 그들의 친구들이 함께 어울렸던 거트루드 스타인의 거실처럼. 그리하여 칼라일은 어려운 단어를 즐겨 쓰고 자신들이 하는 일을 분석하는 것을 취미로 삼는 사람들에 둘러싸여 자라났다. 그들의 분석은 일반인이 보기에는 한심할 정도까지 계속되곤 했다. 적어도 칼라일의 눈에는 그렇게 보였다.

그는 네 살 때 모네의 그림을 보면서 놀았다. 침대에 누워 제인 그레이(미국 서부에 관한 낭만적인 소설을 쓴 작가: 옮긴이)의 소설 속 영웅들의 모험담을 읽고 있을 때면 음악 소리가 들려오곤 했다. 거실에서 동네 음악가들이 연주하는 모차르트와 하이든, 슈베르트의 음악들이었다. 금요일 밤, 칼라일이 땅콩버터 샌드위치를 만들어 먹을 때 집에 모인 사람들은 냉장고에 기대거나 난로 주위를 맴돌며 쇼펜하우어, 쇼, 스펭글러에 대해 토론했다.

"안녕, 칼라일. 야, 너 정말 빨리 크는구나."

"잘 지냈니, 칼라일. 학교 생활은 어때?"

"칼라일, 이 제멋대로인 패거리들에게 태국 요리를 해주려던 참인데, 엄마가 심황가루를 어디에 두는지 아니?"

이 사람들의 최고 장점이자 칼라일이 그들에게 늘 고맙게 생각했던 점은 그들이 그의 탄생에 얽힌 배경을 조금도 문제 삼지 않았다는 것이다. 그가 사생아라는 사실은 그들에게 전혀 중요하지 않았다. 그들에게 중요한 것은 쇼펜하우어였지, 윈 맥밀런이 성씨조차 기억할 수 없는 어떤 남자와 캘리포니아 해변에서 알몸으로 뒹굴다가 사내아이를 낳았다는 사실이 아니었다. 그것의 도덕적 가치는 논외 대상이었다.

코디 마르크스는 윈의 사교클럽에 자주 드나드는 사람은 아니었다. 초대를 받았다 해도 그는 오지 않았을 것이다. 코디는 어려운 말을 쓰지 않았다. 말수 자체가 많지 않은 사람이었다. 그는 우연히 세상에서 가장 위대한 목수가 되었고, 자신의 기술로 말을 대신했다. 비록 그가 실내악 연주와 문학 비평이 열리는 긴긴 밤의 행사에는 초대받지 못할지라도 건축과 관련된 일이라면 가장 먼저 불려가는 사람이었다. 만약 그가 다른 일에 매여서 당신의 일을 봐줄 수 없다면, 당신은 그저 기다릴 수밖에 없다. 다시 말해, 당신이 완벽함을 추구하는 유형의 사람이라면.

코디 마르크스는 단순히 훌륭한 솜씨를 가진 기술자가 아니었다. 그는 예술가의 눈과 철학자의 마음으로 사물을 보았으며, 선(禪)과 정확성이 일맥상통한다는 사실을 알고 있었다. 비록 그는 선이라는 단어는 들어본 적조차 없었을 테지만 그의 작품 자체가 곧 증거였다. 집이든 방이든 장식장이든 만약 당신이 이미 다른 사람이 만들어놓은 물건의 사진을 보여주면서 "내가 원하는 게 바로 이겁니다."라고 말한다면, 그는 공손히 일을 거절하고 느릿느릿 걸어나갈 것이다. 코디는 다른 사람의 작품을 그대로 본따 만드는 일은 하지 않는다. 오로지 자신만의 작품을 만든다.

코디를 상대하기 위해서는 우선 그의 파이프 담배 연기를 참아가며, 앞으로 완성될 작품이 당신의 인생에 어떤 공헌을 하게 될 것인지를 대략 설명해야 한다. 그런 다음에는 뒤로 물러나 그의 창조성과 기술에 모든 것을 맡기면 된다. 당신이 절대 꿈도 꾸지 말아야 할 것은 마감 시한을 정하거나 일을 서둘러 해달라고 말하는 것이다.

이와 관련된 그의 기행이 소문나게 된 것은 그가 한 은행가의 부엌 공사를 중단하면서부터였다. 은행가의 부인은 그의 느리고 꼼꼼한 작업 방식에 대해 다소 직선적으로 불만을 털어놓았다. 그렇게 산산조각난 부엌에서는 요리도, 손님 접대도, 아무것도 할 수 없다면서.

그 말에 코디는 아무런 대꾸도 하지 않고 그녀를 바라보지도 않은 채 자신의 연장을 챙겨 나가버렸다. 물론 그 길로 일도 그만두었다. 은행가가 겨우 설득한 끝에 그는 그 가족들이 장기 여행을 떠난다는 조건하에 다시 일을 맡았다. 가족들은 코디에게서 부엌 공사가 다 끝났다는 엽서를 받은 후에야 집으로 돌아올 수 있었다. 물론 맞춤 장식장과 예쁜 붙박이장, 훌륭한 장인의 완화된 정밀성을 갖춘 새로운 부엌은 모든 사람에게서 찬사를 받았다. 가장 후한 찬사를 보낸 사람은 은행가의 손님이었던 한 영국 백화점의 중역 부부였다. 그들은 은행가 부부가 코디 때문에 억지로 떠난 겨울 크루즈 여행에서 알게 된 사람들로, 멘도시노에 있는 은행가의 집을 방문했었다.

그렇게 칼라일은 멘도시노에서 자랐고, 그곳의 피서객들 소유인 고급 보트의 페인트 칠을 벗기거나 잔디 깎는 일을 했다. 그러나 그렇게 의미 없는 일을 하는 자신의 처지가 영 못마땅했다. 그는 명성을 좇는 타입은 아니었지만 어떤 식으로든 자신을 성장시키지 않는 일은 절대로 하고 싶지 않았다. 이십사 시간을 더 살고 난 후에는 전날보다 더 나은 사람이 되어 있어야 한다는 게 그의 지론이었다. 그는 닻에 발목이 묶인 채 바다 위를 힘겹게 날아다니는 갈매기가 된 심정이었다. 닻의 사슬을 잡아끌며 어떻게든 거기서 벗어나 자유롭게 날아오르려고 안간힘을 쓰는 갈매기.

그는 어머니와 그 친구들이 코디 마르크스라는 이름을 언급하는 것을 들었고, 코디가 지은 집에 관한 이야기가 나올 때마다 상당한 존경의 분위기가 감도는 것을 눈치 챘다. 어머니의 친구들은 지성과 예술적 재능에 있어서는 다들 한다 하는 사람들이었지만, 실질적인 결과를 뚝딱 생산해 내는 종류의 기술은 가지고 있지 못했다. 그러므로 그들은 코디처럼 그런 결과물을 생산해 낼 수 있는 사람에게 상당한 경외심을 보였다. 위대한 자동차 수리공도 마찬가지였다. 비록 코디보다는 다소 낮은 단계였지만.

전문적인 기술을 습득하고, 그것을 이용해 실용적인 가치를 지닌 물건, 오래 지속되는 물건을 만든다는 생각이 칼라일의 관심을 끌었다. 코디가 젊은 날에 지은 멘도시노의 집들은 훌륭한 건축의 본보기로 수년간 묵묵하고 꿋꿋하게 제자리를 지켜왔다. 다들 코디를 칭찬했다. 그가 잘못 만들어서 기울거나 새는 파이프는 하나도 없었다. 계단의 난간은 절대 느슨해지지 않았고, 타일은 결코 떨어지지 않았으며, 천장의 이음새는 몇 십 년이 지나도 늘어지지 않고 그대로였다.

칼라일의 집에서 코디에 관한 일화는 몇 번이고 이야기되었다. 그것들은 '코디 스토리' 그리고 '코디의 방식'으로 알려진 일화들이었다. 그 가운데 하나가 칼라일을 감동시켰다. 궁극적으로는 그의 삶을 바꿔놓았다. 그 이야기를 들려준 사람은 마을의 시인이었다. 그는 감춰진 것들과 숨겨진 의미를 볼 줄 아는 사람으로 "코디 마르크스는 멘도시노에 있는 집들의 벽 어디에 잘못 만들어진 뼈가 숨어 있는지 알고 있다."라는 말을 한 적이 있었다. 코디는 그 시인의 집을 증축해 주고 있었는데, 어느 날 시인은 코디가 벽 속에 들어갈 소나무 샛기둥을 사포로 문지르는 모습을 보았다. 그 기둥은 누구에게 보여질 리도 없었고, 사포로 문지른다고 해서 더 튼튼해진다거나 성능이 좋아지는 것도 아니어서 시인은 코디에게 왜 그런 일을 하는지 물어보았다.

코디는 일을 하기 전에 미리 가격을 정하기 때문에 샛기둥을 사포질한다고 해서 고객에게 청구되는 돈이 더 늘어나는 것은 아니었다. 시인은 그저 궁금했을 따름이었다. 코디는 파이프 담배를 피우며 자신이 방금 매끄럽게 손질한 재목을 바라보았다. 그러고는 입을 열었다. 그냥 그렇게 하는 게 더 기분이 좋기 때문이라고. 일을 좀더 완벽하게 마무리 짓는 기분이 든다고. 그게 다였다. 그게 바로 코디의 방식이다.

그 이야기를 들은 다음날, 칼라일은 코디 마르크스를 찾아나섰다. 코디의 부인은 그가 러시안 협곡을 향해 솟아 있는 마을 북동쪽의 언덕 위에 새 집을 짓고 있는 중이라고 말해주었다. 칼라일은 그곳을 향해 자전거 페달을 밟았다. 코디의 낡은 픽업 트럭이 언덕 위에 주차되어 있는 게 보였고, 집 안에서 그의 망치질 소리가 들렸다. 그는 혼자서 일하고 있었다. 하루나 이틀 정도 무거운 물건을 운반해 줄 우둔한 덩치들을 고용할 때를 제외하면 그는 늘 혼자서 일했다.

칼라일은 한쪽으로 비켜나 노인이 작업하는 모습을 지켜보았다. 눈앞에 전설적인 존재가 있다는 생각에 몸이 떨렸지만 마음을 다잡으려고 노력했다. 코디는 파이프 담배를 피우는 대신 부드러운 콧노래를 흥얼거리며 문을 손질하고 있었다.

일이 분 뒤 연귀이음통(목재를 연귀가공하기 위해 사용하는 연장: 옮긴이)을 쓰려고 몸을 돌리고서야 그는 소년을 보고 뒤로 한 발짝 휘청거렸다.

코디는 육십대 후반이었기에 칼라일은 그가 놀라서 심장마비라도 일으키면 어쩌나 걱정되었다. 그러나 다행히 코디는 아무 이상도 없었다.

"여긴 무슨 일이냐, 꼬마야?"

칼라일은 중대한 부탁을 하러 온 터라 긴장이 되었지만, 몇 마디 말은 할 수 있었다.

"선생님하고 함께 일하면서 목수가 되고 싶습니다."

"난 도움은 필요없다. 어차피 도와주지도 못하겠지만."

코디는 연귀이음통 위로 몸을 기울이더니 자신이 작업중인 문에 붙일 몰딩 하나를 잘랐다. 그러고는 이미 문 위에 가로 질러 있는 수평 조각과 아귀가 잘 맞는지 확인하기 위해 몰딩을 가져다대었다. 칼라일에게는 두 조각이 완벽하게 들어맞는 것처럼 보였다. 그러나 코디는 바지 뒷주머니에서 품질 좋은 사포 반 장을 꺼내 아까 자른 자리를 문질렀다. 이제야 만족스럽게 들어맞았는지 그는 못으로 몰딩을 고정시키고, 나중에 구멍을 막을 것을 대비해 못머리구멍을 팠다.(나사못이 마감면 위로 돌출하지 않도록 드릴로 구멍 윗부분을 넓히는 것: 옮긴이) 그는 칼라일을 마치 구석에 세워둔 한 통의 나무 방부제처럼 내버려둔 채 일에 몰두했다.

이윽고 코디가 입을 열었다. 쌓여 있는 몰딩 더미를 간추리며, 고개도 들지 않은 채.

"너 윈 맥밀런 아들이지?"

"네."

"몇 살이냐?"

"열두 살이오."

"그럼 가서 잔디 깎는 일이나 하거라."

칼라일은 변성기에 접어들어 말하는 도중 한 옥타브씩 치솟곤 하는 자신의 목소리를 가다듬고, 어제 연습했던 문장을 말했다.

"전 손으로 할 수 있는 일, 오래 남는 물건을 만드는 일을 배우고 싶습니다. 기술을 배워서 장인이 되고 싶어요."

그는 자신이 한 말이 지나치게 고상하고 형식적인 것 같아 걱정스러웠다. 목소리가 끽끽거려서 더욱 그랬다. 하지만 그것이 그가 할 수 있는 최선이었다. 게다가 '장인'이라는 말을 언급한 것은 적절한 선택이었다.

"영어에서 장인이란 말이 거의 사라졌다는 걸 모르나보구나."

칼라일은 아무 말도 하지 않았고, 노인은 계속 몰딩을 뒤적거렸다.

인생을 살다보면, 내가 원하는 것을 줄 수도 있고 주지 않을 수도 있는 힘을 소유한 사람이 내리는 충동적인 결정, 그 희박하면서도 중대한 결정에 의해 미래가 판가름나는 순간이 있다. 칼라일에게는 그날 아침이 바로 그런 순간이었다. 코디는 몰딩을 고르며, 콧노래를 부르며, 생각을 했다.

"너 풋볼이나 뭐 다른 운동을 하니?"

"아뇨. 시간도 없고, 그런 일에는 어차피 관심도 없어요."

"그럼 매주 토요일과 학기중의 방과 후에는 시간이 있겠구나."

칼라일의 맥박이 20포인트나 올라갔다.

"네, 선생님."

코디는 다시 길고 가느다란 나무 조각 더미를 뒤적이며 고개를 숙인 채 말했다.

"육 주 전쯤 내가 일하던 곳 맞은편에서 잔디를 깎고 있는 널 본 적이 있다. 잔디 깎는 기계가 닿지 않는 곳에 있던 잔디 몇 포기를 네가 엉금엉금 기어가 손으로 뽑는 모습이 인상적이었지."

그는 잠시 얼굴을 들고 칼라일을 바라보았다.

"목수일에서는 말이다, 마무리가 제일 중요해……. 뭐 인생에서도 마찬가지지만. 또 하나 중요한 목표는 모든 목수들에게 뼛속 깊이 서늘한 공포를 주는 문구지. 바로 '표면을 다듬어라.' 는 거야. 대부분의 사람들은 표면을 제대로 다듬지 않지만 그게 바로 훌륭한 장인 기술과 인생의 특징이라 할 수 있지. 그러니까 네가 앞으로 세상을 살아가는 데든, 목수가 되는 데든 표면 다듬기와 제대로 마무리 짓기, 그리고 이 두 가지 사이에 있는 모든 일을 제대로 해낸다면 넌 무엇이든 할 수 있어. 장인이란 첫째로 마음가짐의 문제고, 기술은 그 다음이다. 알아듣겠니?"

"네, 선생님. 무슨 말씀이신지 잘 알겠어요."

코디는 몸을 일으켜 소년을 정면으로 힐끗 바라보았다.

"시간당 1달러씩. 우선 청소부터 하거라. 그게 표면 다듬기와 마무리 짓기, 둘 모두의 과정에서 가장 중요한 일이니까. 내일 아침 일곱 시까지 일할 준비를 하고 여기로 오너라. 내 차로 널 데리러 가는 게 좋겠니?"

"아닙니다, 선생님. 전 자전거가 있습니다."

전설의 인물은 콧노래를 부르며 또 다른 몰딩을 문에 대보았다. 칼라일은 그것을 그만 가보라는 신호로 받아들였다. 집으로 향하는 자전거의 페달이 빨라지고 호흡은 가빠졌다. 가슴이 벅차올랐다. 칼라일은 벌써 장인이 된 기분이었다. 코디 마르크스와 함께 있으면 누구나 그런 기분을 느끼게 된다. 이제 드디어 닻의 사슬에서 벗어난 것이다.

윈 맥밀런은 그 계약이 다소 불만스러웠다. 코디에게 나쁜 감정이 있어서가 아니라 칼라일이 보통 잔디를 깎거나 보트를 수리할 때도 시간당 1달러 이상을 받았기 때문이다. 아들의 수입은 늘 쪼들리는 집안 형편에 중요한 보탬이 되어주고 있었다. 그러나 왜 아들이 코디와 함께 일하고 싶어하는지 듣고 난 후에는 아들을 이해해 주었다. 그제서야 그녀의 얼굴에 미소가 떠올랐다. 칼라일은 그 순간 어머니의 미소와 어머니가 해준 말을 평생 잊지 못할 것이다.

"멘도시노가 배출한 최고의 목수가 되거라, 칼라일. 그게 네가 원하는 거라면. 집안 살림은 어떻게든 꾸려갈 테니까."

칼라일의 인생에서 가장 행복했던 시절은 코디와 함께 일하며 보냈던 시절이다. 그는 점차 노인을 사랑하게 되었다. 그의 솜씨, 그의 인생관, 그가 만든 뛰어난 작품 때문이기도 했지만 단순히 그 이유만은 아니었다. 칼라일에게는 아버지가 없었고 코디 부부에게는 자식이 없었다. 따라서 두 사람의 관계는 자연스럽게 부자 관계로 흘러갔다. 처음에는 감히 생각조차 할 수 없는 일이었지만 시간이 흐를수록 칼라일도 코디가 자신을 아들처럼 여기고 있다고 믿게 되었다. 그 시대의 여느 남자들처럼 코디는 자신이 알고 있는 지식을 누군가에게 물려줘야 한다고 느꼈고, 그 누군가가 바로 칼라일이 된 것이다. 두 사람이 함께 일하는 동안, 그는 칼라일에게 자신이 아는 모든 것을 가르치기 위해 최선을 다했다. 자신이 아는 전부를.

코디에게서 받은 처음 두 번의 급료로 칼라일은 코디가 입는 것과 똑같은 군청색 멜빵 바지 작업복과 황갈색 셔츠를 샀다. 그해 크리스마스, 칼라일의 어머니는 코디가 쓰는 것과 거의 똑같은 검정색 도시락과 빨간 금속 보온병을 선물로 주었다. 그 다음해부터 지금까지 사실상 그의 점심과 커피는 그 닳아빠진 도시락과 보온병이 나르고 있다. 그것은 그가 목수 일을 배우던 시절의 유물이다. 코디 마르크스의 힘 있는 손과 늘 아들을 이해해 주던 어머니를 추억하는 방법이기도 하다.

코디 밑에서 일했던 첫 이 년 동안, 그는 코디를 '선생님'

또는 '마르크스 씨'로만 불렀다. 그것은 도제 수업을 받는 것과 같았으므로 사부님에게 존경을 표해야 마땅했다.

칼라일의 열네 번째 생일날, 두 사람은 시내에 있는 아름답고 고풍스런 약국 내부를 개조하는 중이었다. 칼라일은 아침 여섯 시 반까지 그곳에 도착해야 했다. 그는 코디의 '일곱 시'는 사실 여섯 시 반을 의미한다는 것을 진작에 알게 되었다.

칼라일은 여느 때와 마찬가지로 "안녕하세요, 마르크스 씨."라고 인사했다. 다행스럽게도 변성기였던 그의 목소리는 차츰 낮아지기 시작해 이제는 바리톤 영역의 가장 위쪽에 해당하는 차분한 음색을 갖게 되었다.

코디는 그날 아침의 첫 담배를 피우기 위해 파이프를 꾹꾹 채워넣고 있는 중이었다. 그는 파이프에 불을 붙이며 칼라일이 있는 쪽으로 고개를 돌렸다. 담배를 빨아올리는 숨결 사이로 그가 질문을 던졌다.

"오늘이 네 생일이지?"

어찌된 영문인지 그는 칼라일의 생일을 알고 있었다.

"네, 선생님."

칼라일은 싱긋 웃었다. 자신이 열네 살이라는 사실이 자랑스러웠고, 코디 마르크스 밑에서 일한다는 게 자랑스러웠으며, 빠르게 싹터가는 자신의 실력이 자랑스러웠다.

코디는 허리를 구부려 마룻바닥에서 종이 봉투를 집어들었다. 그가 꺼낸 것은 뻣뻣하고 연한 갈색의 새 가죽 연장벨트였다. 벨트를 건네받자, 벨트에 달린 다양한 주머니들 안에 낡았지만 쓸 만한 연장들이 꽂혀 있는 것을 볼 수 있었다.

"생일 축하한다, 칼라일. 너랑 함께 일해서 나도 무척 기쁘다는 말을 하고 싶구나. 그건 그렇고, 이젠 네 급료를 1달러 50센트로 올려줘야 할 것 같다. 그리고 하나 더, 앞으로는 나를 '코디 할아버지'라고 불러줬으면 좋겠다. 자, 이제 이 천장 이음새를 제대로 한번 맞춰보자꾸나. 또 작품을 만들어야지."

연장벨트를 매는 칼라일의 눈에 눈물이 고였다. 코디가 의도한 바이기도 했지만, 그 선물은 현재 그가 오르고 있는 쉽지 않은 등반길에서 한 단계 더 나아갔음을 나타내는 상징이었기 때문이다. 목수의 기술을 배우고 이해하는 기나긴 등반길. 그의 눈물이 의미하는 또 하나는 코디가 방금 자신이 '그의 밑에서'가 아니라 '그와 함께' 일한다고 말해준 때문이었다. 그건 매우 중요한 문제였다.

세월이 흘렀다. 늦은 가을 오후면 아직 닫히지 않은 창문과 미처 달지 못한 문들 사이로 고등학교 밴드부의 음악 연습 소리가 들려왔다. 저녁까지 일하는 날이면 풋볼 경기장에서 들려오는 군중들의 함성과 아나운서의 목소리도 있었다. 여름 오후, 칼라일은 멘도시노의 박공벽 위에서 해변을 바라보곤 했다. 그곳에서 아이들은 부모의 보트를 타고 바다를 항해했다. 하지만 그런 광경은 칼라일의 마음을 흔들지 못했다. 사실 그는 그들 중 누구와도 자신의 처지를 바꾸고 싶지 않았다. 그는 자신의 두 손으로 영원히 남을 무언가를 창조하고 있었다. 칼라일이 캘리포니아의 멘도시노 전역을 돌아다니며 코디 마르크스를 돕고 싶었던 이유도 그 때문이다. 그들은 표면을 다듬고, 마무리를 짓고, 그 두 과정 사이에 있는 일이라면 무엇이든 했다. 무엇보다 중요한 것은 제대로 했다는 것이다. 철저한 인내심을 갖고 일하며 칼라일은 코디의 방식을 따랐다. 코디의 트럭이 마을을 지나갈 때면 사람들은 군청색 멜빵 바지에 황갈색 셔츠를 입고 운전하는 코디가 그와 똑같이 입은 소년과 이야기하는 모습을 보고 미소를 지었다.

칼라일은 고등학교를 졸업할 때까지 계속 늙은 목수와 일했고, 스탠퍼드대학에 진학해서도 이학년이 될 때까지는 파트 타임으로 일했다. 코디가 혼자 할 수 없는 일을 맡으면, 칼라일은 팔로알토에서 버스를 잡아타고 멘도시노로 달려갔다. 버스를 타고 가는 동안 그는 전공 서적을 공부했다. 손가락 사이로 움직이는 훌륭한 목재의 감촉, 일이 끝났을 때 뒤로 물러서서 작품을 감상하는 즐거움에 비하면 책 속의 지식은 너무도 보잘 것 없다고 생각하며.

코디는 은퇴를 거론하기 시작했지만 칼라일은 곧이듣지 않았다. 그러던 목요일 오후, 어머니에게서 전화가 왔다. 어머니는 부드러운 목소리로 머뭇거리며 코디 할아버지가 돌아가셨다고 말했다.

"사람들이 머클 씨의 낡은 집에서 할아버지를 발견했대. 그곳에서 옷장을 만들고 계셨다는구나."

스무 살을 앞둔 어느 봄날, 저무는 태양이 지평선을 향해 달리고 있었다. 칼라일은 방에 틀어박혀 꼬박 두 시간을 쉬지 않고 울었다. 책들이 산더미처럼 쌓인 책상을 주먹으로 조용히 내리치면서. 코디 할아버지가 자신에게 물려주려고 했던 가르침에 비하면 이 책의 지식들은 모두 합쳐봐야 덧없는 헛소리일 뿐이다. 그 순간, 칼라일은 결심했다. 일단 공부를 마치고─어머니를 위해─그 다음에는 코디의 방식을 따르며 살겠노라고.

코디가 쓰던 연장들과 고물 트럭은 칼라일에게 유산으로 남겨졌다. 애나 마르크스는 눈물이 그렁한 눈으로 칼라일에게 그 물건들을 건네주었다. 칼라일이 자리를 뜨려 했을 때는 양손으로 그의 손을 붙잡고 이렇게 말했다.

"칼라일, 넌 지난 팔 년 동안 우리 집의 주요 화젯거리였단다. 매일 저녁마다 남편은 너에 관한 이야기를 들려줬지. 네가 얼마나 잘 따라오는지, 네가 얼마나 착한 아이인지, 그리고 네가 훌륭한 청년으로 성장하는 것을 지켜보는 게 얼마나 즐거운지 말이야. 네가 우리 남편과 똑같은 작업복에 셔츠를 입고 나타난 날이 있었지? 그날 퇴근한 남편은 식탁에 앉더니 '애나, 내게 아들이 생긴 것 같소.' 라고 말했단다. 그 이후로 그이는 늘 널 아들처럼 생각했어. 너를 얼마나 자랑스러워했는지 모른단다. 널 얼마나 아꼈던지. 남편은 진정으로 널 사랑했어."

칼라일은 고개를 끄덕였다. 이미 알고 있던 사실이었지만 애나의 입으로 직접 들으니 기뻤다.

"저도 할아버지를 사랑했어요, 마르크스 부인. 그분이 절 사랑했던 것만큼이오. 할아버지는 제 인생의 자리와 목표를 찾게 해주셨고, 전 앞으로 할아버지의 방식을 따라 살 거예요."

낡은 트럭은 코디가 여러 차례 조이고, 닦고, 수리한 덕분에 여전히 새것처럼 잘 달렸다. 칼라일은 그 낡은 트럭을 타고 두 사람이 함께 일했던 집들을 바라보며 몇 시간이고 멘도시노 마을을 천천히 돌았다. 집을 지으면서 두 사람이 함께 만들었던 그 모든 장부(장부구멍에 끼워넣기 위해 판재를 가늘게 만드는 것: 옮긴이)와 장부구멍, 주먹장맞춤, 경사면, 합성 각도들……. 하나하나가 생생하게 기억났다.

칼라일은 트럭을 멈추고 눈물을 닦았다. 코디 할아버지의 목소리가 들려오는 듯했다. "그것보다 좀더 나은 방법이 있을 것 같구나, 칼라일." 이것은 칼라일이 뭔가 잘못했을 때마다 부드럽게 지적하던 할아버지의 말이었다. 그는 운전대에 머리를 묻고 자신을 훌륭한 장인으로 이끌기 위해 최선을 다했던 노인을 생각했다. 트럭 안에서는 삼나무, 동인도산 마호가니, 온두라스산 마호가니와 코디의 파이프 담배 냄새가 뒤섞인 냄새가 났다. 추억이 물밀 듯이 밀려왔다. 수없이 많은 추억들이.

최근까지도, 특히 정교한 작업을 할 때면 칼라일은 자신도 모르게 콧노래를 부른다. 그러다 잠시 콧노래를 멈추고 허리에 두른 낡은 연장벨트를 쓰다듬는다. 수십 번 수선하고, 그의 손과 목재에서 떨어진 기름들로 얼룩진 벨트를 쓰다듬으며 그는 코디 할아버지를 생각한다. 그 노인이 칼라일 맥밀런이라는 외롭고 조용한 소년을 위해 어떻게 표면을 다듬어놓았는지.

샐러맨더 근처의 개인 소유지에 있는 이 낡아빠진 집은 코디 마르크스를 기리며 짓는 일종의 기념비가 될 것이다. 칼라일은 윌리스턴 플레이스를 코디 할아버지에게서 배운 훌륭한 가르침들을 대변하는 것으로 만들겠노라고 결심했다. 장인 기술의 전통을 따라 이 버려진 집을 영원히 남을 만한 튼튼한 집으로 바꾸어놓을 것이다.

칼라일은 습관적으로 일을 서둘러 대충 마무리를 짓는 자신의 모습을 발견하게 되었다. 이는 마무리 짓기의 의미 따위에는 눈곱 만큼도 관심없는 사람들과 개발업자들을 위해 일하면서 몸에 밴 나쁜 습관이었다. 그런 자신을 발견할 때마다 그는 작업 속도를 늦췄다. 코디의 기준을 따르지 않았다고 생각되면 다 뜯고 처음부터 다시 시작했다. 무섭게 으르렁대는 고원의 눈보라를 맞으며, 트럭 속에서 새우잠을 자면서 만들어가는 집이라면 제대로 만들어야 했다.

제일 먼저 시작한 곳은 지붕이었다. 가을이면 지붕에 이을 삼나무 너와를 비교적 저렴한 가격에 구할 수 있다. 폴스시티의 목재 하치장에는 주문받았던 프로젝트가 취소되는 바람에 무더기로 쌓인 목재들이 있었고, 칼라일은 기대했던 것보다 훨씬 싼 가격에 목재를 구입할 수 있었다. 그들은 칼라일에게 직접 제일 좋은 것을 골라가게 했다. 캘리포니아와 비교한다면 공짜나 다름없는 가격이었다.

윌리스턴 플레이스 내부에 서서 천장을 올려다보니 서까래와 덮개가 보였다. 단열재를 넣을 만한 공간이 없었으므로 공간을 마련하기 위해서는 지붕 전체를 들어올려야만 했다. 칼라일은 그 작업이 이번 집수리에서 가장 힘든 일일 뿐 아니라 가장 중요한 일이 되리라는 걸 알고 있었다.

일단 낡은 지붕널과 그 아래 깔린 썩은 덮개를 뜯어내는 일부터 시작했다. 대부분의 서까래는 상태가 좋지 않았기에 가마에 말린 두께 0.6미터, 폭 3.6미터의 목재로 대체시켰다. 서까래를 올리고 수선한 뒤 그 위에 두께 0.3미터, 폭 0.9미터의 목재를 못으로 박았다. 그런 다음 방청못(표면에 아연을 도금처리해 녹스는 것을 방지한 못: 옮긴이)을 이용해 너와를 깔기시작했다. 그리고 서까래와 그 위를 가로지른 목재를 사포질했다. 그냥 건너뛸까 하는 마음이 들기도 했다. 사포질한 것을 알아줄 사람은 자기 자신과 코디 할아버지뿐일 테니까. 하지만 그 정도면 충분하다는 생각이 들었다.

주로 사용하게 될 생활 공간 위로 큼지막한 채광창을 만들고, 휴식을 취할 침실 위로는 달빛이 새어 들어올 수 있는 조그만 채광창을 만들었다. 더운 날에는 안쪽에서 문을 열 수있었다.

그 일이 끝나자 칼라일은 내부 바닥 작업에 착수해 보존처리가 잘 된, 이중 제혀쪽매 방식(모서리가 요철 모양으로 되어

163

있어 마루널이 서로 끼게 하는 접합법:옮긴이)으로 바닥을 깔았다. 마루널은 근처 농가에 쌓여 있던 것으로 거의 공짜나 다름없는 가격에 얻었다. 나중에 그 위에 좋은 나무를 깔 계획이었다. 지금으로서는 혹독한 날씨를 이겨낼 만한 바탕바닥을 마련하는 게 더 중요했다.

벽판은 상태가 나빴다. 애초부터 싸구려 재질을 쓴 데다가 그 후로 거의 보수를 하지 않았기 때문이다. 코디 할아버지는 이렇게 말했을 것이다. "누군가 날씨에 버티지 못할 집을 만들겠다고 작정한 것 같구만." 칼라일은 벽판을 모조리 뜯어냈다. 옆에 발라진 회반죽까지 전부. 덕분에 이 집은 마치 새 모자와 새 신발만 신은 채 벌거벗고 서 있는 사람처럼 돼버렸다.

집을 수리하는 동안 차가운 초가을 비가 이십 일 동안이나 내렸다. 그럼에도 그는 비옷을 입은 채 뜯어내고 두들기는 작업을 계속했다. 트럭의 헤드라이트나 가스 랜턴을 켜둔 채 밤 늦게까지 일하는 경우도 있었다.

노인의 말대로 샐러맨더 주민들은 칼라일이 하는 일을 보려고 차를 타고 오기 시작했다. 그는 손님들을 공손하게 맞이하며 최선을 다해 그들의 질문에 대답했지만 말하는 동안에도 일손은 멈추지 않았다.

지붕이 우산이라면 벽판은 비옷이나 다름없다. 오래 가면서도 보수할 필요가 없는 집을 만들고 싶었기에 칼라인은 값비싼 북미서부산 연필향나무나 아메리카 삼나무로 마루를 깔기로 결정했다. 갓 베어낸 나무는 쓰지 않는다는 원칙도 지키

기로 했다. 수요에 맞추기 위해 큰 나무들을 마구잡이로 베어
내는 일에 찬성하지 않았기 때문이다. 물론 목재 하치장에 가
면 압축 목재로 만든 두께 1.2미터, 폭 2.4미터 표준 규격의
삼나무 단판(로타리나 슬라이스 절삭으로 제조되는 얇은 목재 시
트: 옮긴이)이 있다. 그러나 편하게 살라며 단판을 쓰라고 말
했던 방문객에게 칼라일은 이렇게 대답했다.

"단판이라면 캘리포니아에서 일하던 시절에 평생 쓸 양을
다 썼어요. 제 타입은 아니에요. 게다가 딱따구리가 다 쪼아
서 부숴버릴 수도 있어요."

샐러맨더 마을에 사는 어느 전직 목수는 훈수를 둔답시고
찾아와 쓸데없는 충고만 잔뜩 늘어놓았는데, 이미 다른 사람
들에게 신물나게 들어온 이야기들이었다. 그러나 지금 헐고
있다는 사냥꾼 오두막에 관한 이야기만큼은 귀담아 들었다.
늙은 전직 목수는 오십 년 전에 그 오두막을 짓는 일에 참여
했는데 그때 내부 마감에 썼던 질 좋은 삼나무를 여전히 기억
한다고 했다. 칼라일은 그 즉시 차를 몰고 달려가 철거 담당자
와 가격을 흥정한 끝에 원하던 것을 얻어냈다. 사실 그곳에는
샤워 부스에 욕조까지 만들 수 있을 만큼 삼나무가 남아돌았
다. 남쪽 벽에 부착시킬 예정인 아트리움식 온실을 만들기에
도 충분해 보였다. 하지만 삼나무의 반질반질한 웃칠을 사포
로 벗겨내고, 나무를 원래 상태로 되돌려놓는 게 우선이었다.

10월 중순이 되어 벽판 공사는 거의 끝났다. 리버모어 목
재 하치장에서 유리섬유로 만든 단열재 뭉치들이 배달되었

다. 사흘 전 첫눈이 내린 걸 생각하면 딱 맞게 도착한 셈이었다. 첫눈이 내린 날은 어쩔 수 없이 트럭에서 자야 했다.

파트너도 생겼다. 노란 털을 갖고 있고 오른쪽 귀가 짓이겨진 커다란 수고양이가 일주일 전부터 근처를 어슬렁거렸다. 처음에는 점심을 얻어먹고 다음에는 저녁을 얻어먹더니 그후로는 아예 눌러앉아 버렸다. 녀석은 낮이면 늘 꽁무니를 따라다녔고 밤에는 칼라일과 함께 트럭 안에서 잤다. 칼라일은 고양이를 관찰했고, 고양이는 칼라일을 관찰했다.

"이봐, 덩치야. 너한테는 덤프 트럭이란 이름이 어울릴 것 같구나. 너만 괜찮다면 그걸 네 이름으로 하자."

덤프 트럭이 노란색 눈동자를 깜박였다. 칼라일은 빙긋 웃었다.

토요일의 황혼 무렵, 칼라일은 집 주위를 돌며 자신의 작품을 흐뭇한 눈으로 바라보았다. 아주 오랜만에 스스로에게 뿌듯한 기분이 들었다. 코디 할아버지는 헨리 워턴 경(영국의 시인: 옮긴이)이라는 사람이 삼백오십 년 전에 했던 말을 즐겨 인용하곤 했었다. "잘 지어진 건물은 세 가지 조건을 갖춰야 한다. 실용성, 견고함, 즐거움." 앞의 두 조건은 성공적으로 만족시켰고, 그의 머릿속에는 세 번째 조건을 위한 꽤 근사한 계획이 세워져 있다. 그는 예전 시절로 돌아갈 것이다. 코디 할아버지와 함께 보냈던, 좀더 고요하고 분별 있는 시절로.

칼라일은 배가 고팠지만 너무도 피곤했다. 방수천으로 덮어둔 음식 저장고 안에서 콩 통조림 같은 것을 꺼내와 가스 버너로 요리해 먹을 기력조차 없었다. 대니스에 간다 해도 서둘러야 문 닫기 전에 간신히 도착할 시간이었다. 아무래도 땅콩버터를 바른 샌드위치에 과일, 후식으로 초콜릿이나 먹어야 할 것 같았다.

덤프 트럭과 함께 이 우울한 결정을 고려하고 있는 동안 그는 집 아래의 오솔길을 내려다보았다. 노을 속에서 놀랍게도 갤리 데브루가 걸어오고 있었다. 한 손에는 커다란 피크닉 바구니를, 다른 손에는 보온병을 든 그녀는 바퀴 자국에 걸려 비틀거리기도 했다. 지난 몇 주 동안 대니스에 자주 들러 갤리와 더 친해지긴 했지만, 정말 뜻밖이었다.

그녀는 걸음을 멈추더니 자꾸만 눈 밑으로 내려오는 카우보이 모자를 고쳐 썼다. 칼라일은 갤리를 마중나갔다.

"안녕, 갤리. 이게 어쩐 일이에요."

그녀의 얼굴이 붉게 달아올랐다. 무거운 짐을 들고 오느라 힘들었는지 약간 숨을 몰아 쉬고 있었다. 그녀는 청바지에 샬린 잡화점의 폐업 세일에서 산 셔츠, 겨울용 데님 재킷을 입고 있었다. 모자 아래로 몇 가닥의 머리칼이 흘러내린 모습은 아주 멋졌다. 약간 나이 든 로데오대회의 마스코트 아가씨 같았다.

"안녕, 목수 아저씨. 이 오솔길을 차로 올라와도 되는지 어떤지 잘 몰라서요. 잭은 이번 주말에 사냥 친구들과 함께 총쏘기 놀이를 하러 떠났어요. 사슴이나 꿩을 잡는 거겠죠. 아님 벌새든지. 뭐가 됐든지 간에 달리거나 날개를 퍼덕거리며 날아가는 건 뭐든 쏴버릴 거예요. 목장 근처의 육식동물들을 없애고 생태학적 균형을 위해 야생동물을 골라 죽인다는 핑계를 대지만, 사실 그 사람들이 하는 건 술 마시고 차 타고 돌아다니는 거예요. 트럭 안에서 쏴 죽일 수 있을 만한 동물들을 겁주고 다니면서요.

남편은 자기가 없는 동안에 나더러 어린 말들을 데리고 나가 운동을 시키라고 하더군요. 밤색 말을 타고 나가 열심히 운동을 시키다가 이게 뭐하는 짓인가 싶더라고요. 그때 문득 새로운 이웃이나 방문해 보자는 생각이 떠올랐죠. 또 당신은 힘든 일을 하는 사람이니까 분명 로켓 연료만큼 강력한 효과를 줄 음식이 필요할 거고요."

이곳에 오게 된 사연이 숨김 없이 줄줄 쏟아져 나왔다.

"갤리, 정말 친절하네요. 마침 통조림 콩과 땅콩버터의 장점을 비교하던 중이었어요. 그런데 당신이 이 어둠을 뚫고 자비의 전령사가 되어 나타난 거죠."

칼라일은 갤리에게서 바구니를 받아 들었다.

갤리는 웃으면서 소매로 이마의 땀을 닦았다. 급격히 기온이 떨어지는 저녁이었는데도 그녀는 살짝 땀을 흘리고 있었다.

"이곳을 다녀간 사람들이 당신에 관한 소식을 꾸준히 전해 주고 있죠. 당신은 그들 모두를 놀라게 했어요. 처음에는 당신이 지붕에서 떨어져 첫눈이 오기 전에 캘리포니아로 꽁무니를 뺄 거라는 쪽에 내기를 거는 사람이 많았거든요."

바구니 안에는 두툼한 햄 세 조각, 감자 샐러드, 코울슬로, 애플파이, 집에서 만든 빵 등 식사 일체가 들어 있었다. 거기에 여섯 병들이 밀러 한 팩까지. 맛있기로 소문난 갤리의 커피는 보온병에 담겨 있었다.

두 사람은 형태를 잡아가고 있는 칼라일의 꿈의 집 근처를 한 바퀴 돌았다. 칼라일은 갤리가 관심도 없어할 집수리의 세세한 것들까지 일일이 설명해 주었다. 그러나 여자들은 원래 소년의 꿈을 잘 참아주는 법. 그가 손가락으로 아메리카 삼나무와 전나무를 쓰다듬으며 설명하는 동안 그녀는 미소를 띤 채 고개를 끄덕였고, 가끔씩 똑똑한 질문도 던졌다.

그들은 집 안으로 들어가 데크 위에 서서 큼직한 채광창 너머로 펼쳐진 노을을 바라보았다. 붉게 타오르는 노을 위에는 비행운이 사선으로 길게 그려져 있었다. 힘든 식당일에다 말들까지 돌보느라 그녀도 자신 못지않게 피곤하다는 것을 칼라일은 알고 있었다. 그러나 그녀는 전혀 피곤한 내색을 하지 않았다. 그런 모습은 그녀가 전과 다르게 느껴지게 했다. 단순한 우정 이상의 감정이 얽힌, 특별한 친구로 느껴지기 시작한 것이다.

"당신한테 보여주고 싶은 게 있어요."

칼라일은 갤리를 벽난로 앞으로 데려가 왼쪽 돌면에 새겨진 글자를 가리켰다. 거기에는 '시야울라'라고 씌어 있었다.

"벽난로의 찌든 때를 닦다가 발견했어요. 윌리스턴 씨가 새긴 게 분명해요. 저번에 당신이 시야울라라는 여사제에 관한 전설을 이야기해 줬잖아요."

"이건 정말 귀신이 곡할 노릇이네요, 칼라일. 왜 윌리스턴 씨가 새겼을 거라고 생각하는 거예요?"

"모르겠어요. 그래도 왠지 이 집의 분위기가 다르게 느껴지지 않아요?"

"난 더 이상 생각하기 싫어요. 그 이야긴 그만 해요."

밤은 점점 쌀쌀해져 칼라일은 벽난로에 불을 피웠다. 덤프트럭이 벽난로 앞에서 자는 동안 두 사람은 목재 더미 위에 앉아 웃고, 이야기하고, 갤리가 가져온 음식을 먹었다. 갤리는 그 음식을 들고 울프벗과 많은 것들을 지나 붉은 비포장도로를 달려왔다. 가능성을 절반쯤은 포기한 채 나이를 먹어가는 한 여자에 대한 혼란스런 생각들로 그 길을 지나왔다. 그녀는 테 없는 해군 모자를 쓰고 있는, 캘리포니아에서 온 남자를 바라보았다. 그는 그녀만큼이나 머리가 길었고, 그 긴 머리를 가죽끈으로 깡총하게 묶고 있었다. 다시 웃으니 기분이 좋았다.

저녁식사 후, 칼라일은 더 많은 장작을 벽난로 속에 집어던졌고, 두 사람은 잠시 아무 말 없이 앉아 있었다. 그들은 주석 컵에 담긴 커피를 마시며 불꽃을 응시했다. 아직 벽판 공사를 마치지 못한 빈 공간 사이로 포실한 눈가루가 새어 들어왔다. 갤리는 양쪽 팔꿈치를 무릎에 괴고, 몸을 앞으로 기울인 채 양손으로 컵을 받쳐들고 여러 생각에 잠겨 있었다.

그녀가 그곳을 떠나던 자정 무렵, 북서쪽으로 5킬로미터

가량 떨어진 울프벗 꼭대기에서 작은 불꽃이 너울거렸지만 칼라일은 그것을 보지 못했다.

다음날 아침, 집 앞의 붉은 비포장도로로 평소보다 많은 차량이 지나갔고, 그 가운데는 군보안관 차 몇 대와 앰뷸런스도 포함되어 있었다. 칼라일은 무슨 일인지 궁금했지만 괜히 알아보느라 시간을 빼앗기고 싶지 않았다. 자정이 가까워질 무렵, 액셀 루커의 차가 집 앞에 멈춰 섰다. 차 밖으로 나오며 그가 물었다.

"무슨 일이 있었는지 들었나?"

"아뇨. 차들이 많이 지나가는 걸로 봐서 무슨 일이 생겼나 보다고 짐작은 했어요."

"잭 데브루와 그의 술 친구들이 어제 울프벗 기슭으로 사냥을 갔다는군. 그런데 어쩌다가 트럭 안에서 총이 발사돼 잭의 얼굴 절반이 날아가버렸다네. 잭은 그 자리에서 즉사했고."

"저런 세상에! 그게 언젠데요?"

"오후 다섯 시 반쯤이었다지."

"잭과 인사를 나눈 적은 없어요. 그냥 멀리서 보기만 했죠. 하지만 갤리와는 잘 아는 사이인데 정말 끔찍하네요."

"글쎄, 그렇다고도 할 수 있고 아니라고도 할 수 있지. 마을 사람들 의견이 대부분 그래. 잭은 심각한 주정뱅이였는데 갈수록 증상이 심해졌거든. 이 근처의 멍청한 녀석들은 늘 술과 총을 끼고 살지. 몇 년 전, 그녀석들이 내 땅에서 송아지한 마리를 쏴 죽인 이후로 난 절대 내 땅에서는 사냥을 못 하도록 했어. 사슴 사냥철이면 집 근처에서 늘 총알이 쌩쌩거리는 소리가 들렸거든."

칼라일은 남편이 죽어갔을 시간에 갤리가 음식 바구니와 보온병을 들고 자신을 찾아왔던 일을 생각했다. 왠지 모르게 죄책감이 느껴졌다. 마치 자신이 그 사건에 연루라도 된 것처럼.

"아무도 갤리를 찾을 수가 없었어. 어딜 다녀왔는지 꽤 늦게서야 집으로 돌아왔거든."

액셀은 그 말을 하며 칼라일을 바라보았다. 어젯밤 매주 한 번씩 다녀오는 리버모어에서의 장보기를 마치고 아내와 함께 집으로 돌아오는 길, 칼라일의 집 앞 오솔길에 갤리의 브롱코와 비슷한 차가 주차되어 있는 것을 본 기억이 났기 때문이다.

칼라일이 아무 말도 하지 않자 액셀이 말을 이었다.

"갤리는 이번 일을 참 잘 받아들이고 있는 것 같더군. 하지만 대니스에 있던 노인네들이 뭐라고 했는지 아나? 울프벗에서 일어나는 일은 어느 것 하나 우연이 아니라는 거야. 아무리 그렇게 보이더라도 말이야. 울프벗의 전설에 관해 모르는 게 없는 한 노인은 이렇게 말하더군. '울프벗에서 일어나는 일에 우연은 없어. 다만 그렇게 보일 뿐이지. 언제나.'"

제8장

피리 부는 사나이

함박눈은 10월 말까지도 소식이 없더
니, 어느 한밤중 포근히 내리기 시작해 새 삼나무 너와 위에
소복이 쌓였다. 새벽녘에 바람이 일자 공사가 덜 끝난 창문과
문에 임시로 고정시켜 놓은 플라스틱 종이가 퍼득거렸다. 칼
라일은 그 소리에 잠이 깨었다. 그는 벽난로에 불을 피우고,
잼을 발라 빵 몇 조각을 먹은 뒤 불 위에 걸쳐둔 주전자의 커
피가 끓기를 기다렸다.

그는 오늘 이중 유리창의 첫 번째 유리를 끼울 예정이었다.
그러나 이런 날씨에는 이 주 전 버몬트에서 도착한 고성능 난
로 먼저 설치해야 할 것 같았다. 난로가 도착했던 그날, 한 인

디언이 찾아왔다. 칼라일은 어떻게 하면 125킬로그램의 무쇠 덩어리를 픽업 트럭에서 꺼내 수컷으로서의 자존심을 짓밟히지 않은 채 집으로 무사히 운반할 수 있을지 생각하고 있었다. 몸통에 '데피안트(Defiant, 거만하다는 뜻: 옮긴이)'라고 찍힌 그 난로는 이름처럼 거만하게 트럭 바닥 위에서 쉬고 있었다.

칼라일은 그 인디언을 본 적이 없었고, 그가 오는 소리도 듣지 못했다. 인디언은 마치 풍경의 일부인 것처럼 트럭 한쪽에 서 있었다. 얇게 눌러 편 주석 같은 얼굴, 노란 야생클로버처럼 가냘픈 몸, 데님 재킷과 청바지, 오래된 카우보이 부츠, 칼라에 얼룩이 묻은 흰 셔츠를 입고서. 곧게 뻗은 검은 머리칼은 칼라일만큼 길었고, 부적 같은 구슬띠가 둘러진 챙이 넓은 모자를 쓰고 있었다.

인디언은 아무 말 없이 난로를 바라보았다. 늙고 검은 눈동자는 문제를 파악하고, 칼라일을 파악했으며, 우주를 파악했다.

"더럽게 무겁네요."

칼라일이 난로를 바라보며 말했다. 인디언은 고개를 끄덕였다.

"이 길쭉한 널빤지와 가로대 두 개로 트래버이(인디언들의 운반기구: 옮긴이)를 만들 수 있을 거요."

인디언이 한 말은 그것뿐이었다. 그걸로 충분했다. 칼라일은 문제가 해결되었다는 걸 알았다.

인디언은 쉰 정도 되어 보이는 것 같기도 하고 일흔 정도

되어 보이는 것 같기도 했다. 어느 쪽이 맞을지 분간할 수 없었다. 그러나 그는 체구에 비해 강단이 있고 힘도 셌다. 두 사람은 트럭에서 난로를 끌어내 널빤지 위에 올려놓은 뒤 계단까지 이동시켰다. 칼라일은 아직 손보지 못한 포치의 썩은 나무 바닥 위를 조심스럽게 걸어갔다.

그는 인디언에게 맥주 한 병을 권했다. 두 사람은 트럭 뒤에 올라타 다리를 앞뒤로 흔들며 맥주를 마시고, 짧은 이야기를 나눴다. 인디언은 이 집과 칼라일이 하는 일에 지대한 호기심을 가지고 있었다. 이곳에서 긍정적인 마법의 기운이 느껴진다고 했다.

"당신이 집수리를 하는 모습에서 왠지 조상에 대한 강렬한 숭배의 감정이 느껴졌소. 왜일까요?"

칼라일은 약간의 전율을 느끼며 인디언을 향해 고개를 끄덕였다. 그는 오랫동안 어느 누구에게도 코디 할아버지의 이야기를 한 적이 없었다. 그러나 이 인디언이라면 그 이야기를 이해해 줄 거라는 생각이 들었다. 그래서 이야기하기 시작했고, 그가 말하는 동안 인디언은 가끔씩 천천히 고개를 끄덕였다.

칼라일의 이야기가 끝나자 인디언이 말했다.

"집이 완성되면 내가 한번 들러서 이 신성한 땅에 바치는 좋은 주문을 외워주리다. 수잔나도 데려오겠소. 그녀를 아시오?"

"글쎄요."

"수잔나는 샐러맨더 곡물창고 근처의 작은 집에 사는 백인 여자요. 겉모습은 백인일지라도 사고방식은 보통 인디언들보다 더 인디언적이지. 그녀에게는 그녀만의 비전이 있소. 그건 인디언의 비전은 아니오. 인디언으로 태어나지 않은 이상 그렇게 되기는 불가능하니까. 하지만 그녀의 비전은 인디언의 비전과 많이 닮았소. 그녀는 강력한 마력을 가지고 있으니 당신이 코디 마르크스에게 헌사하는 이 집을 위해 좋은 주문을 외워달라고 부탁하겠소."

"당신이 말하는 사람이 누군지 알 것 같군요. 정식으로 인사한 적은 없지만."

칼라일은 인디언이 누구를 말하는지 정확히 알았다.

그날 이후 인디언은 사나흘에 한 번씩 들러 공사가 어떻게 진행되는지를 점검하기 시작했다. 언제나 걸어왔고, 언제나 혼자였다. 가끔씩 리틀샐러맨더 강에서 잡은 신선한 농어나 메기를 가져와 장작불에 구워 두 사람의 점심을 만들기도 했다. 또 가끔은 칼라일이 일하는 동안, 양반다리를 하고 마루 위에 앉아 작은 나무 피리를 연주했다. 칼라일은 그 선율이 좋았다. 이곳의 분위기와 묘하게 들어맞았다. 피리 부는 법을 가르쳐달라고 했더니 다음번에 인디언은 피리를 선물했다.

"우선 이렇게 잡은 다음, 여기 있는 구멍에 입을 대고 아주 부드럽게 불어봐요. 처음에는 연주하려고 하지 말고, 구멍 위에 손가락을 대서 음정을 만들려고도 하지 마시오. 그저 당신의 가슴을 아프게 할 정도로 맑은 음색이 흘러나오도록 하는 데만 정신을 집중하시오. 그렇게 하기까지도 몇 달이 걸릴 테지만 내가 도와주겠소. 피리 가락에서 외로운 한 마리 코요테의 이미지가 떠오른다면 제대로 한 거요. 잘 있어요, 건축가. 다시 오리다."

그 후로도 몇 년간 알고 지냈지만, 인디언은 칼라일을 늘 '건축가'라고만 불렀고 칼라일도 그를 '피리 부는 사나이'로만 불렀다. 인디언이 이름을 말해주지 않았기 때문이다. 인디언은 그런 호칭에 개의치 않는 것 같았다.

벽돌 쌓기는 칼라일의 주력 분야는 아니었지만, 집 북서쪽 구석에 벽의 절반까지 올라오는 멋진 벽돌 방열재를 쌓아 올렸다. 리버모어 시청에서 포장도로로 바꾸기로 결정한 오래된 돌길에서 가져온 그 벽돌은 벽을 보호할 뿐 아니라, 난로가 꺼진 뒤에도 난로에서 방출되는 열을 오랫동안 흡수해 줄 것이다. 벽돌이 충분히 남아 있었기에 난로를 올리고 주변에 충분한 여유 공간을 둔 두 단짜리 화로를 만들 수 있었다.

집 밖에 눈이 쌓이는 동안 그는 벽을 따라 종이 봉지 열일곱 개를 가지런히 늘어놓았다. 봉지에는 난로를 설치하는 각 단계마다 필요한 부품들이 들어 있었다. 코디 할아버지는 부품을 많이 다루는 일을 할 때 늘 이런 식으로 하라고 가르쳤다. 코디 할아버지는 이렇게 말했다.

"사람들은 부품을 바닥에 쏟아버리고 필요한 게 있을 때마다 그 속을 뒤지곤 하지. 그건 효율성이 떨어질 뿐 아니라, 작은 부품들은 우리가 눈을 돌리는 사이에 달아나버리는 성향이 있어. 그런 식으로 달아나버린 부품들을 모두 합하면 물건 하나는 만들 수 있을 걸. 일단 해야 할 일을 여러 단계로 나눈 다음, 각각의 단계에 필요한 부품들을 봉지에 하나씩 담는 거야. 그럼 모든 게 제대로 되지."

열일곱 단계, 열일곱 개의 봉지. 이틀간 비협조적인 금속과 씨름하고, 여기저기 손을 베인 끝에 난로가 완성되었다. 그것도 아주 적절한 시기에. 고원 지대에서 흔한 현상이지만, 마침 고기압이 물러가고 강렬한 햇살과 급격한 기온 하강을 동반한 폭풍이 불어닥쳤기 때문이다. 칼라일은 난로에 약한 불을 지폈다가 식히기를 여러 차례 반복했다. 주석을 잘 달래놓아야 처음으로 큰불을 지폈을 때 금이 가는 일이 없기 때문이다. 그런 후에야 그는 처음으로 큰불을 지폈다. 난로는 원래 소모량의 두 배에 달하는 가스를 먹어가며 잘 타올랐고, 집안 전체를 훈훈한 열기로 채워주었다. 칼라일은 창문의 마지막 유리를 달기 시작했다.

가을은 변덕스러워 눈은 내린 지 나흘 만에 녹아버렸다. 이제 현관문만 달면 집은 사방이 막히게 된다. 현관문이 될 나무는 심이 단단한 마호가니이다. 벽판 재료로 쓴 삼나무를 얻어온 사냥꾼 오두막의 쓰레기 더미 위에 내동댕이쳐져 있던 것이었다. 칼라일은 일손을 멈추고 잠시 휴식을 취했다. 그는 커피가 가득 든 컵을 놓아둔 채 옆의 문지방에 앉아 초원 너머를 바라보았다.

검은 모자 하나가 오솔길을 따라 올라오고 있었다. 모자 아래로 어깨에 작은 북을 둘러멘 인디언이 있었고, 여자가 있었다. 그녀는 라벤더 빛깔의 모직 드레스에 긴 부츠 차림이었다. 어깨에는 검은 숄을 걸쳤고, 왼쪽 골반 위에 매듭지어져 있는 연갈색의 장식끈은 무릎 위까지 내려와 있었다. 머리에는 그 끈과 한 쌍인 머리띠를 둘렀다. 그들이 이야기를 나누며 성큼성큼 걸어오는 동안, 그녀의 은목걸이에 반사된 햇빛이 그들을 앞질러 달리고 있었다.

"어이, 건축가."

"어이, 피리 부는 사나이."

"오늘 수잔나 벤틴을 데려왔소."

칼라일은 자기 앞에 내밀어진 손을 잡으며 그녀를 바라보았다. 그녀처럼 생긴 사람은 본 적이 없었다. 아름답기는 했지만 그건 미국적인 아름다움이나 유명한 영화배우, 혹은 잡지 표지를 장식하는 아름다움과는 거리가 멀었다. 차분하면서 느릿하고, 그러면서도 쉽게 잊혀지지 않는 아름다움이었다.

그녀의 입술은 도톰하고 윤곽이 뚜렷했으며, 광대뼈는 튀어나오고, 턱은 약간 뾰족했다. 그리고 이 모든 것을 감싸고 있는 숱이 많은 적갈색 머리칼이 그 아름다움을 배가시켰다. 왠지 모르게 그녀는 완전하며 스스로 그런 완전함을 인식하고 있다는 기분이 들었다. 그것을 고요한 아름다움, 혹은 주저하는 고상함이라고 표현할 수도 있을 것이다. 그러나 어떤 말을 가져다 붙인들 그 표현의 부정확함에 애가 탈 것이다.

그녀가 풍기는 분위기는 어떤 말로도 표현될 수 없었다.

칼라일은 그녀를 어떤 범주에도 포함시킬 수 없었다. 지금까지 대부분의 시간을 캘리포니아에서 보내면서 그는 자신이 모든 부류의 여성을 보았다고 생각했다. 하지만 수잔나는 오로지 그녀만이 속해 있는 범주를 만들어냈다. 그녀는 차분하게 그를 똑바로 바라보며 살짝 미소 지었다.

인디언은 칼라일이 작업중인 문의 가장자리를 한 손으로 쓸어내리기도 하고, 위아래로 살펴보며 상태를 점검하면서 말했다.

"수잔나와 난 어제 이야기를 했소. 우린 이 집의 공사를 완수하려는 당신의 노력이 오늘쯤 끝날 것 같다고 결정했는데 우리의 추측이 옳은 것 같군. 안 그렇소?"

"때맞춰서 잘 오셨습니다. 일단 이 문만 달면 이 집은 모든 날씨에 완벽히 대응하게 될 테니까요."

"정말 잘된 일이오, 건축가. 당신이 일하는 동안, 수잔나는 그녀의 축복 의식을 준비하고 나는 내 의식을 거행하겠소. 나는 수잔나에게 작년에 우리 집을 축복해 주었던 그 특별한 의식을 거행해 달라고 부탁했소. 그녀는 꺼렸지만, 내가 당신에 대한 이야기를 많이 해줬지. 이제는 그녀도 내 부탁을 들어주는 셈치고 그 의식을 해주기로 했소."

"정말 영광이군요."

칼라일은 좀더 길게 말하고 싶었지만 수잔나가 앞에 있으니 왠지 긴장이 되었다.

수잔나와 인디언이 집 안으로 들어갔다. 칼라일은 코디 할아버지가 썼던 낡은 대패들 가운데 하나를 집어들고 문의 가장자리 군데군데를 좀더 다듬었다. 점검하고, 대패질하고, 사포질하고, 다시 점검하기를 반복하자 마침내 부드럽고 또렷한 딸깍 소리와 함께 문이 완벽하게 닫혔다. 그는 수잔나 벤틴을 보고 싶은 충동을 오 초마다 느꼈지만, 일에 집중하라고 스스로를 다그쳤다.

"의식을 치르기 위해 벽난로를 써도 될까요, 칼라일?"

그녀의 목소리는 부드럽고 자신감 넘치는 저음이었다.

"물론이죠. 불을 피워드릴까요?"

"괜찮다면 제가 직접 하고 싶은데요."

"그렇게 하시죠. 두 분은 필요한 게 있다면 뭐든지 하세요."

그녀가 불을 지피는 동안, 칼라일은 연장들을 치우고 바닥을 쓸었다. 집은 모두 나무로 만들어졌지만 마치 콘크리트로 지은 것처럼 단단했다. 빈틈이 없고 속이 꽉 차 있으며, 그 자체의 힘을 가지고 있었다. 집 안에 서서 주위를 둘러보면 누구나 그걸 느낄 수 있었다. 꼬박 두 달 반이 걸려 지은 집이다. 칼라일은 즐거웠다. 사실 자랑스러울 정도였다. 이 집은 굳건하게 남아 영원히 이 자리를 지킬 것이다. 밖에서 인디언이 노래를 부르며 집 주위를 도는 소리가 들렸다.

"헤이-아-아-헤이! 헤이-아-아-헤이!"

축복 의식이 끝나자 인디언은 칼라일이 권하는 맥주를 받아 마셨다. 수잔나가 원하는 대로 붉은 포도주를 건네자 그녀는 공손히 감사의 인사를 했다.

유리창을 통해 저물어가는 햇빛이 비스듬히 들어오며 공기 중에 떠도는 먼지 입자들을 비췄다. 칼라일은 맥주 한 병을 따서 배가 불룩한 나무 술통 위에 앉았다. 목재 하치장 뒷마당에서는 이런 통들이 세 개나 있었는데 칼라일이 부탁하자 그냥 가져가라고 했다. 캘리포니아에서는 전원풍의 인테리어 용품을 취급하는 가게에서 80달러에 팔리는 통들이었다.

사방에 어둠이 내렸고, 칼라일은 두 번째 맥주를 마셨다. 그러고는 수잔나가 레이스로 짠 가방에서 작은 주머니들을 꺼내 불 근처에 반원형으로 늘어놓는 모습을 간간이 바라보았다. 이 집은 아미시교도들의 헛간처럼 기둥과 들보 구조로 지어졌다. 칼라일은 이런 구조를 좋아했다. 기둥과 들보가 지붕의 무게를 모두 지탱하고 있는 덕분에 벽이 아무런 하중도 받지 않았다. 따라서 복잡하게 헤더(목재 상인방의 일종: 옮긴이)와 교차들보를 손대지 않고서도 어느 정도 벽을 이동시킬 수 있었다. 그는 집안의 벽들을 모조리 허물어 탁 트인 실내 공간을 연출했다. 윌리스턴이 만든 벽난로만이 뒷벽에서 삼분의 일가량 떨어진 곳에 홀로 서 있었다.

집 안에 빛이라고는 벽난로 불빛이 전부였다. 커다랗고 따뜻한 불. 인디언은 벽에 등을 기대고 앉아 책상다리를 한 채 무릎 위에 북을 올려놓았다. 북이 울리기 시작했다. 인디언은 손가락으로 부드럽고 편안하게 북의 가죽을 두드렸다. 북소리가 빈 공간에 울려퍼졌다. 연주는 오 분쯤 계속되었다.

이제 인디언은 주문을 외우기 시작했고, 수잔나는 벽난로 뒤로 사라져 보이지 않았다. 칼라일은 이 의식을 즐기고 있었다. 자신이 지은 집 안에 앉아 자부심을 느끼며 인디언의 노랫소리에 귀 기울였다. 일 년 전이었다면, 그는 인내심을 잃고 이 의식이 빨리 끝나기만을 바랐을 것이다. 하지만 이곳에 와 공들여 집을 고치기 시작하면서 그의 성격도 차분하게 바뀌었다. 지난 몇 달간 그의 맥박마저 느려졌을 정도로.

칼라일은 잠시 코디 할아버지가 이런 미신을 어떻게 받아들일지 생각해 보았다. 코디 할아버지도 기뻐하셨을 거라는 결론이 났다. 코디 할아버지의 관심사는 사람들이 생각하는 목적에 부합하는 집을 짓는 일이다.

인디언은 마침내 좀더 세게 북을 두드렸다. 북소리는 점차 커졌고 그의 주문 소리도 높아졌다. 마침내 벽난로 뒤에서 수잔나 벤틴이 나타났을 때, 칼라일은 들고 있던 맥주캔을 떨어뜨릴 뻔했다. 은으로 된 매 장식이 달린 목걸이와 그것과 한 쌍인 커다란 링 귀고리를 제외하면 완전히 벌거벗고 있었기 때문이다.

그녀는 자신이 벌거벗었다는 사실을 조금도 부끄러워하지 않았다. 그것만은 분명했다. 그녀는 벽난로 앞으로 천천히 걸어가더니 다리를 모은 채, 아직 칠도 되어 있지 않고 단열재만 군데군데 못으로 고정시켜 둔 들보들을 향해 양팔을 들어 올렸다.

그녀의 몸은 마치 거장 조각가의 작업실에서 막 나온 것처럼 보였다. 열정이 넘치던 사춘기 시절 그의 환상 속에 등장했던 모든 여자들이 하나로 합쳐져 살아 숨쉬는 여자로 탄생한 듯했다. 그녀는 이제 벽난로 앞에서 춤을 추기 시작했다. 아무것도 깔리지 않은 바닥 위를 천천히 도는 그녀의 발끝에서는 아무 소리도 나지 않았고, 긴 머리칼은 불빛을 받으며 넘실거렸다.

춤을 추면서 그녀는 바닥에 놓인 작은 주머니들 위로 우아하게 허리를 구부려 주머니 안에 담긴 여러 종류의 가루를 불속에 집어던졌다. 불꽃은 초록색으로 변했다가 푸른색으로, 다시 진한 황토색으로 변했다. 인디언은 계속 주술을 외웠고 그녀는 자신만의 주술로 그의 노래에 답하기 시작했다. 마침내 북소리와 두 사람의 목소리는 거친 조화를 이루며 하나로 융합되었다.

그녀의 몸은 불빛과 땀으로 번들거렸다. 칼라일 역시 그녀의 등줄기와 가슴을 타고 흘러내리는 땀을 느낄 수 있었다. 그녀는 이제 더 큰 동작으로 힘차게 춤추기 시작했다. 맨발이 마룻바닥을 내리치고, 귀고리는 불빛에 반사되어 반짝거렸다. 칼라일은 그녀를 안고 싶다는 욕망과 두 사람이 만들어낸 마법에 사로잡혀 정신이 몽롱해지는 상태를 오락가락했다.

의식은 계속 진행되었고, 칼라일은 자신이 변하는 것을 느끼기 시작했다. 뭔가가 집 안을 휘젓고 돌아다니며 그를 찾고 있었다. 영상과 소리들이 그에게 크게 다가오기 시작했다. 춤추는 여인, 불빛, 여인, 주름진 손과 낡은 북, 불빛, 여인. 그녀는 마치 플라멩코 댄서처럼 인디언의 북소리에 맞춰 박수를 치기 시작했다. 그녀의 눈동자가 칼라일의 눈동자를 붙들어매며 그의 눈 속에 머물렀다. 그녀는 투명한 호박색 조각상이 되었고, 그는 그녀의 허파를 드나드는 숨결과 핏줄을 타고 흐르는 포도주를 볼 수 있었다. 그는 이 모든 것을, 그가 발견한 순간에 사라져버리는 투명한 영원성을 향해 변해가는 과정을 잠시나마 볼 수 있었다.

박자가 최고조에 달하자 북소리가 멈추었다. 수잔나는 벽난로 뒤로 우아하게 걸어갔다. 사방은 침묵뿐이었다. 칼라일은 인디언을 바라보았다. 그의 고개는 떨궈져 있고, 손은 정지해 있었다. 들리는 소리라고는 장작이 타들어가는 소리뿐이었다.

몇 분 뒤, 수잔나 벤틴이 옷을 입은 채 벽난로를 돌아나왔다. 인디언이 자리에서 일어났다.

"이 벽난로는 축복을 받았고, 이 장소는 이제 신성한 곳이 되었소. 우리는 나무와 벽돌뿐 아니라 당신, 건축가를 위해서도 기도했소. 일하는 당신의 손이 여섯 가지 힘에 의해 인도받기를, 그리고 코디 마르크스에 대한 당신의 헌정이 그가 원하는 대로 완성되기를 기도드렸소. 이리로 걸어나가 이 집을 기쁘게 해주시오."

인디언은 북을 둘러메며 현관문을 열어주었다. 정신을 차린 칼라일은 두 사람에게 고맙다고 말한 뒤, 트럭으로 데려다주겠다고 했으나 그들은 거절했다. 그는 두 사람이 마당의 등불을 지나 오솔길 아래로 사라지는 모습을 지켜보았다. 눈발이 가볍게 흩날리기 시작했다. 인디언과 여인, 그녀를 감싼 긴 숄, 그녀의 머리 위에 후드처럼 씌워진 숄의 한쪽 끝자락. 샐러맨더에서 13킬로미터 떨어진 곳에서 그들은 눈 속으로, 그들만이 이해할 뿐 칼라일은 절대로 이해하지 못하는 의식의 다른 영역으로 사라져갔다.

침낭을 펴서 벽난로 가까이 자리를 잡던 칼라일은 벽난로 위에 참피나무로 만든 작은 조각상이 놓여 있는 것을 발견했다. 그것은 머리칼이 불타오르는 벌거벗은 여인이었다. 나중에 인디언은 그것이 로마신화에 나오는 벽난로의 여신 베스타를 표현한 것이라고 말해주었다. 수잔나의 부탁으로 그가 만든 조각이었다.

칼라일은 침낭 속에 들어가 아까 봤던 여인의 몸을 생각했다. 팽팽하게 조여진 염소 가죽을 연주하는 주름진 손의 선율에 맞춰 춤출 때 불빛에 반짝이던 그녀의 몸. 몸을 돌릴 때면 가슴에 맺혀 있다 단비처럼 떨어지던 그녀의 땀방울. 축복과 의식에 대한 자신의 무지함을 한탄하며, 그는 그저 그녀를 안고 싶다고 생각했다.

제9장

추수감사절의 저녁식사

추수감사절이 돌아왔다. 칼라일이 고원에서 맞는 첫 번째 추수감사절이었다. 셀마 엥글스트롬 할머니가 병원에서 퇴원해 다시 대니스를 운영했다. 갤리는 셀마 할머니를 도와 갈 곳 없는 어르신들과 나이에 관계없이 추수감사절 만찬을 즐기지 못하는 모든 사람들에게 무료로 식사를 대접했다. 셀마 할머니가 그날의 영업을 마치자 갤리는 식당을 나섰고, 두 시가 약간 넘었을 무렵에는 칼라일의 집 앞 오솔길로 차를 몰고 있었다. 햇빛이 쨍한 추운 날이었으며, 3쿼터에서 시카고 베어스가 뒤지고 있었다.

"즐거운 추수감사절이에요, 칼라일. 초대해 줘서 고마워요."

갤리가 미소 지으며 말했다. 그녀는 그동안 잭의 죽음과 관련된 일들을 처리하고 팔기 위해 목장을 내놓느라 바쁘게 지냈다. 대니스와 장례식장에서 몇 마디 주고받은 걸 제외하고 두 사람은 잭이 죽은 그날 밤 이후로 거의 이야기를 나누지 않았다. 이틀 전, 칼라일은 그녀에게 추수감사절 저녁을 함께 먹지 않겠냐고 제안했다.

칼라일은 벽난로에 설치한 쇠꼬챙이에 작은 칠면조 한 마리를 끼워넣었다. 그 모습을 지켜보던 갤리가 말했다.

"잘 될까요? 약간 불안정해 보이는데."

"세상엔 잘 되는 일도 있고, 안 되는 일도 있죠. 이 장치는 그런 연속성의 한가운데 놓여 있는 거예요. 뭐랄까, 우리 인생하고 비슷하죠. 이 방법이 안 먹히면 널빤지로 십자가를 만들어 이 새를 매달아 화형에 처해야죠. 저녁은 땅콩버터 샌드위치로 때우고요."

"그렇다면 잘 되기를 기도해야겠네요."

갤리가 웃으며 말을 이었다.

"땅콩버터는 괜찮지만, 십자가에 못 박는 거랑 전직 로데오 선수와 결혼하는 건 정말 싫어하거든요. 이런, 괜한 소리를 했네요. 난 아직 상중(喪中)인데 왜 그런지 통 그런 기분이 안 들어요. 잭은 한때 좋은 남자였지만, 마지막엔 그보다 훨씬 못한 사람이 되어버렸거든요."

칼라일은 벽난로 근처에 쪼그리고 앉은 채로 갤리를 올려다보았다.

"요즘 새로 나온 에티켓 책에는 공식 거상(居喪) 기간이 훨씬 짧아졌다고 하더군요. 그러니 당신도 스스로를 비난할 필요는 없어요."

모터의 플러그를 꽂자 칠면조가 꼬챙이 위에서 완벽하게 균형을 잡은 상태로 천천히 돌아갔다. 그는 갤리를 올려다보며 어깨를 으쓱하더니 양 눈썹을 들썩이며 씩 웃었다.

"자, 어떻습니까?"

"당분간은 십자가를 만들지 않아도 되겠는데요."

칠면조가 돌아가는 동안, 그는 붉은 포도주에 버터와 마늘 약간을 섞어 만든 소스를 칠면조 표면에 발랐다. 갤리는 구운 감자를 알루미늄 호일에 싸서 석탄 뒤쪽에 집어넣은 뒤, 샐러드를 준비했다. 칼라일은 라디오를 만지작거렸지만 마음에 드는 채널이 없자 대신 비발디 테이프를 집어넣었다. 그는 난롯가에 나무 술통 두 개를 갖다놓고, 오늘을 위해 사온 수입 맥주를 땄다. 두 사람이 술통 위에 앉아 있는 동안, 꼬챙이가 칠면조 무게를 못 이겨 신음소리를 냈다.

갤리는 좋아 보였다. 완전히 다른 사람 같았다. 다들 잭이 죽은 뒤 그녀가 훨씬 보기 좋아졌다고 떠들어댔다. 물론 잭의 죽음은 슬프고도 비극적인 사건이었지만,(그것도 잭에게만 해당될 뿐, 갤리에게는 해당되지 않는 이야기라고 몇몇 사람들은 조용히 덧붙였다.) 갤리는 무거운 짐에서 해방된 사람처럼 보였다. 딱 보기 좋을 만큼 살도 붙고, 오랫동안 얼굴에 드리워 있던 피곤함과 슬픈 기색도 사라졌다.

지금까지 칼라일이 본 갤리는 늘 목장 작업복 차림이었다. 하지만 오늘은 몸매가 잘 드러나는 검은 모직 바지에 연한 노란색 터틀넥 스웨터를 입고 있었으며, 머리는 뒤로 틀어 올려 세 개의 빗핀으로 고정시켜 두었다. 칼라일은 낡은 작업용 부츠를 신고 있었지만, 오늘을 위해 산 초록색 격자무늬 플란넬 셔츠가 빛바랜 황갈색 코듀로이 바지와 꽤 잘 어울렸다.

"이제 어떻게 할 겁니까? 목장을 팔려고 내놓았다고 들었는데."

칼라일이 물었다.

"글쎄요, 일단은 어떻게든 팔려고 노력중이에요. 판다 해도 남는 건 없지만. 두 번이나 담보로 잡혔었거든요. 잭이 그의 아버지에게서 목장을 물려받을 때만 해도 빚은 전혀 없었어요. 하지만 사 년간 목장을 운영하면서 꽤 힘든 시기를 보냈고, 그때 처음으로 담보를 잡혔어요. 그러다가 잭의 머리에 자신이 뛰어난 도박사일지도 모른다는 생각이 떠오른 거예요. 그는 또다시 목장을 담보로 잡히고, 이 모든 빚을 청산할 만큼의 돈을 벌어오겠다는 생각으로 라스베이거스에 갔죠. 그곳에 한 달간 머물다가 마침내 빈털터리가 되어서 돌아왔어요. 포커로 다 날려버린 거죠.

일단 목장이 팔리고 난 후에는 뭘 해야 할지 잘 모르겠어요. 아마도 캐스퍼나 비스마르크로 이사를 가서 일자리를 찾아야겠죠. 다시 대학에 들어갈지도 몰라요. 대학 공부를 마치지 못했다는 사실이 언제나 마음에 걸렸거든요. 그땐 고등학교 역사 선생님이 되려고 했었죠."

칼라일은 아무 말도 하지 않았다. 이 순간에는 그가 끼어들 필요가 없었다.

"난 잭에 대해 나쁘게 말할 처지가 아니에요. 처음 만났을 때 그이는 해적과 카우보이를 합쳐놓은 듯한 정말 낭만적인 사람이었죠. 젊었을 때 그이는 아주 훌륭한 로데오 선수였어요. 그런데 심한 부상을 입는 바람에 그만두게 됐죠. 그 후론 사람이 완전히 달라져버렸어요. 그이는 목장 일을 좋아하는 척하면서 그 일로 성공하려 했지만, 정말로 좋아하는 일은 황소를 타는 일이었어요. 소질도 있었고요. 처음 그이를 만났을 때 그이가 펄쩍펄쩍 뛰어오르는 황소를 길들이는 모습이 얼마나 멋있었는지 몰라요. 난 그이를 사랑했기 때문에 그와 결혼했고, 오랜 세월이 흐른 뒤에도 그이를 사랑하려고 노력했죠. 하지만 그이는 내게서, 그리고 모든 것에서 멀어져 갔어요. 가까이하는 건 오직 술 친구들뿐이었죠."

술 친구 이야기가 나오자 갤리는 잭이 죽은 지 이 주 후, 하브 거스리지에게서 전화가 걸려왔던 일이 기억났다. 그는 데이트를 신청했고, 그녀는 거절하면서 더 이상 전화하지 말라고 쏘아붙였다. 그는 껄껄 웃더니 요란스럽게 전화를 끊어버렸다.

그녀는 약간 힐끔거리는 시선으로 칼라일을 바라보았다.

"당신은 결혼한 적 있나요? 아픈 곳을 건드린 거라면 못 들은 걸로 해줘요."

"그럴 리가요. 난 결혼한 적 없어요. 어머니껜 큰 불효를 저지른 셈이죠. 칠 년 전쯤 결혼할 뻔한 적이 있긴 해요. 초등학교 선생님이었는데 남부 일리노이 출신이었죠. 그녀는 아주 어릴 때 결혼하고 이혼한 뒤, 중서부에서 베이 에리어(샌프란시스코를 둘러싼 인근 도시를 일컫는 지명: 옮긴이)로 이사를 왔죠. 우린 한 이 년쯤 만났는데 당시 난 결혼을 몹시 두려워하던 터라 우리 관계에 진전이 없었죠. 그러던 어느 여름에 그녀는 다른 선생님들과 함께 동부로 놀러갔다가 스미소니언 박물관에서 한 박물학자와 눈이 맞아버렸어요."

칼라일은 잠시 말을 멈추고 갤리를 바라보았다.

"제니에게는 떠돌이 목수보다 박물학자와 사귀는 게 훨씬 잘된 일이죠. 그건 의심의 여지가 없어요. 하지만 아직도 그녀가 생각나요. 가끔씩, 불쑥불쑥 말이죠. 참 좋은 여자였는데."

칼라일은 세인트 폴리 걸을 한 모금 마시고 라벨을 바라본 뒤, 말을 이었다.

"여기 출신인가요? 그러니까 어린 시절을 여기서 보냈냐고요."

"아뇨, 난 아이오와 출신이에요. 아이오와 북부에 있는 작은 마을에서 태어났죠. 아버지는 몇 해 전에 돌아가실 때까지 그곳에서 철물점을 운영하셨어요. 어머니는 현재 미네소타의 오스틴으로 이사하셔서 요양원 같은 곳에 계시죠. 어머니는 그곳이 마음에 드시는 것 같아요. 하지만 인생의 말년을 그런 곳에서 보내야 한다고 생각하면 난 차라리 내 인생의 마감 날짜를 정해두고 싶어요. 한 쉰 살 정도? 생각해 보니 그리 많이 남지도 않았네요."

"내 친구 버디 림스와 난 죽음과 은퇴에 대해 이야기할 때마다 '바보처럼 죽지 않기'에 대해 말하곤 했죠."

"재미있네요. 그런데 바보처럼 죽지 않기라는 게 무슨 뜻이에요?"

"우린 절대 맞이하고 싶지 않은 죽음에 대한 목록을 만들었죠. 일순위는 병원에서 죽는 거예요. 그렇게 죽고 싶진 않아요. 두 번째는 K마트 앞에서 남자 속옷 세일 광고를 넋 놓고 보다가 71년형 캐딜락 꽁무니에 치여 죽는 거죠."

갤리는 웃음을 터뜨렸다.

"세 번째는 아까 당신이 말한 것과 비슷한 건데 좋은 양로원에서 뚱뚱한 예순일곱 살의 로터리 회원(Rotarian)이 밀고 있던 회전식(Rotary) 잔디 깎는 기계에서 날아온 파편에 맞아 죽는 거죠. 지금 말하고 보니까 별로 재미없게 들리네요. 오클랜드 술집에서 이 목록을 만들 땐 참 재미있었는데. 술 마시면서 하는 얘기는 뭐든 좀더 재미있어지죠."

"그럼 어떤 게 멋있게 죽는 걸까요?"

갤리가 여전히 킥킥거리며 물었다.

"글쎄요, 그건 생각해 내기가 쉽지 않더라고요. 지금까지 내가 지은 집들 가운데 최고로 훌륭한 집을 지으며 마지막 지붕널을 박은 후 지붕에서 떨어져 죽는 거죠. 아님 아프리카 초원에서 가슴 한복판에 창을 맞고 죽거나 뭐 그런 식이에요. 지금 말하니까 꼭 애들이 술에 취해 객기 부리는 소리처럼 들리네요. 좀 창피한데요. 게다가 삶과 죽음에 대한 이 오만한 태도는 나이를 먹을수록 조금씩 바뀔 겁니다. 이제 그만 다른 이야기를 하죠."

"남자가 가끔씩 아이처럼 굴어서 나쁠 건 없다고 보는데요. 언젠가 철이 들기만 한다면요. 내가 생각하기에 대부분의 남자들은 그 다음 단계로 넘어가지 못 하는 것 같아요."

"맞아요. 어른이 된다는 건 별로 재미없는 일이거든요. 그러니까 우린 가능한 그 일을 오래 미뤄두려고 하죠. 할 수만 있다면 영원히라도."

"여자들이 왜 모르겠어요. 남자랑 살면서 늘 보아온 게 그런 모습인데."

갤리가 싱긋 웃었다.

"그럴 겁니다. 제가 늘 하는 말이지만, 철없는 남자들을 이해하기 위해서는 기계의 부품을 이해해야 해요."

"기계의 부품이오? 자세히 설명해 봐요."

갤리가 미소 지었다. 칼라일은 벽난로 앞에 쪼그리고 앉아 불 속에 장작을 더 집어넣으며 어깨 너머로 말했다.

"남자들은 기계 부품을 좋아해요. 어떤 종류든 간에요. 우린 가방도 좋아하죠. 왜냐하면 부품을 담아둘 만한 뭔가가 있어야 하거든요. 그런 다음, 부품을 간추려 그것을 가방에 꾸린 후 어딘가로 훌쩍 떠나는 걸 좋아하죠."

"그거 정말 맞는 말인데요. 나도 잭이랑 이십 년간 살아봐서 잘 알죠."

"멘도시노에서 살던 어린 시절에, 그러니까 네댓 살쯤 됐을 거예요, 난 장난감 수레가 갖고 싶었죠. 어머니는 약간 걱정하셨던 것 같아요. 하지만 자선 바자회에서 쓸 만한 수레를 찾아내셨죠. 바퀴 하나가 고장 나 기우뚱거렸지만 난 상관없었어요. 그건 내 기계 부품들을 싣고 다닐 수단이었으니까요. 난 바이스며 드라이버, 망치, 그 외 잡다한 물건들을 모두 그 안에 넣어 끌고 다녔죠.

그 모습을 보신 어머니도 더 이상 걱정하지 않으셨어요. 내가 어른이 된 후로 어머니는 그 일을 가지고 농담을 하곤 했죠. '칼라일, 지금 네 트럭은 네가 어릴 때 갖고 놀던 수레와 똑같구나. 크기만 커졌을 뿐이지 네 물건들을 몽땅 싣고 끌고 다니는 폼이 똑같잖아.' 어머니 말씀이 맞는 것 같아요."

"기계 부품에 관한 당신의 포괄적인 이론은 남자의 행동에 대해 많은 걸 설명해 주네요."

불꽃이 타닥타닥 소리를 내며 갤리의 미소 위로 빛을 드리웠다.

"잭에게도 가방과 부품이 있었어요. 단지 그는 부품을 한 가방에서 다른 가방으로 옮기는 걸 좋아했죠. 일종의 도미노 효과처럼요. 그리고 나면 어딘가로 훌쩍 가버렸죠. 사냥이나 낚시를 하러."

"네, 부품을 다시 싸는 것도 중요한 부분이죠. 그렇게 되면 부품을 다룰 일이 훨씬 더 많아지거든요."

칼라일은 냉장고를 열고 맥주 두 병을 더 꺼내 옆에 두었다.

"당신이 자란 그 작은 마을에서는 당신이 분명 홈커밍(풋볼
팀이 있는 고등학교에서 결승전을 치른 밤에 열리는 파티 : 옮긴이)
퀸으로 뽑혔겠죠?"

갤리가 다시 미소 지었다.

"제가 첫 번째 수상자였죠. 아버지는 그런 건 다 사기라고
하셨어요. 왜냐하면 퀸으로 뽑힌 사람은 풋볼팀의 쿼터백하
고 데이트할 수 있었거든요. 아버진 제가 이미 남몰래 쿼터백
과 사귀고 있다는 사실을 모르셨던 거예요. 아버지는 왕년에
우리 마을에서 이름을 날렸던 유명한 풋볼 선수였거든요. 그
러니 도저히 말할 수가 없었죠. 세상에, 정말 까마득한 옛날
일이네요. 부질없고 철없던 시절의 일이죠."

물론 그 당시에는 전혀 부질없고 철없는 일로 생각되지 않
았다는 걸 그녀는 알고 있다. 동창회가 끝난 뒤 그녀와 쿼터
백은 여섯 개들이 맥주를 사가지고 엘크 지류가 강으로 흘러
들어가는 지점으로 갔다. 둘은 아직 차가운 강물 속에 들어가
알몸으로 수영을 했다. 그러나 지금 와서 생각해 보면 부질없
고 철없는 짓이었다. 쿼터백은 서툴렀으며, 그녀도 마찬가지
였다. 전반적으로 우아함과는 거리가 먼 데이트였다. 그렇지
만 그런 것도 추억이 되는 법이다. 비록 회상할 때 약간 마음
은 아플지라도.

오후가 되자 칼라일은 두 개의 모탕(나무를 패거나 자를 때

받쳐놓는 나무토막)을 방 한가운데 가져다놓은 다음 그 위에 널빤지를 올려 즉석 테이블을 만들었다. 남쪽 창을 통해 저녁 햇살이 들어왔고, 칠면조는 꽤 잘 구워졌다. 라디오에서 음악이 흘러나오는 동안 덤프 트럭은 이미 부엌에서 자기 몫의 접시를 차지하고 있었다. 갤리와 칼라일의 대화는 주로 이 마을에 관한 것이었고, 그러다 우연히 칼라일의 입에서 리버모어시 경계선에 있는 낡은 댄스홀의 이야기가 나왔다. 갤리가 저무는 햇살을 바라보았다.

"칼라일, 거긴 내게 너무나 특별한 곳이에요. 우리 거기 가요. 어두워지려면 아직 시간이 남았어요. 삼십 분이면 갈 수 있거든요. 당신에게 자세히 보여주고 싶어요. 설거지는 갔다 와서 하자고요."

"좋아요. 트럭에 시동을 걸죠."

이십오 분 뒤, 그들은 작은 호수 기슭에 자리 잡은 플래그스톤 댄스홀 옆에 차를 세웠다. 건물은 낡은 데다 제대로 보수가 되지 않아 셔터가 내려져 있었고, 바람 부는 을씨년스런 일몰 속에 칠이 벗겨진 채로 서 있었다. 보통 댄스홀처럼 크지는 않았다. 옥외 화장실이나 식당 등을 모두 포함해도 대략 180평 정도였다.

"구운 지 하루 지난 미세스 맥클린의 파이처럼 생겼네요, 그렇죠?"

갤리가 웃으며 말했다. 칼라일은 고개를 끄덕이며 뒷문에 난 틈새를 들여다보았다. 그가 볼 수 있는 것이라곤 낡고 커다란 싱크대뿐이었다. 예전에 부엌으로 쓰였던 곳이 분명하다. 그는 건물 주변을 돌며 또 다른 틈이 없는지 찾아보았다. 지붕과 다른 곳에 뚫린 구멍들을 통해 충분한 빛이 들어오고 있어서 그는 춤을 출 수 있는 플로어와 그 주위로 둥글게 배열된 칸막이 좌석의 어슴푸레한 윤곽을 볼 수 있었다.

"우리가 처음 결혼했을 때 잭이 춤추러 날 이곳에 데려오곤 했었죠."

칼라일은 고개를 돌려 어슴푸레한 햇빛 속에 서 있는 그녀를 바라보았다. 바지와 스웨터를 입고, 그 위에 가벼운 격자무늬 담요를 걸친 그녀는 날씬하고 멋져 보였다. 회색이 약간 섞인 검은 머리칼 몇 가닥이 그녀의 얼굴 위로 흩날렸다. 칼라일은 이십 년 전쯤의 어느 여름밤, 이 플래그스톤 댄스홀에 와 있었을 그녀의 모습을 상상해 보았다. 갤리가 서 있는 뒤쪽의 호수는 가장자리에 얇은 얼음이 얼어가기 시작했고, 호수에서 불어오는 매서운 칼바람 때문에 그녀의 얼굴은 핑크빛으로 변해 있었다.

"이곳에서 예쁜 드레스를 입고 밤새 춤을 추던 소녀 시절의 내 모습을 상상하기 힘들 거예요."

그건 질문이 아니었지만, 칼라일에게는 질문으로 들렸다.

"전혀 힘들지 않아요, 갤리 데브루. 어쨌거나 좀더 이야기해 봐요."

"내가 이곳에 이사 왔을 무렵에 이 댄스홀은 이미 한물간 상태였죠. 하지만 잭과 나는 자주 왔어요. 대개 금요일 밤에요. 컨트리 밴드가 연주하는 날이 그날이었거든요. 난 가끔씩 잭에게 빅 밴드가 연주하는 토요일에도 데려가 달라고 했죠. 우리 아버지가 옛날 밴드 음반은 모두 소장하고 있었거든요. 그래서 난 어린 시절에 늘 도시(Dorsey) 밴드나, 글렌 밀러, 아티 쇼 같은 사람들의 음악을 들으며 자랐어요. 잭은 그런 음악을 좋아하지 않았어요. 맞춰서 춤추기가 힘들다고 했죠. 하지만 그이가 정말로 싫어했던 건 빅 밴드가 연주하는 날에 오는 사람들이었어요. 그이와 완전히 다른 부류였거든요. 잭은 가끔씩 조그만 스트링 넘버를 매는 걸 제외하면 넥타이를 거의 매지 않았으니까요. 그런데 빅 밴드가 오는 날에는 대부분 정장을 차려입은 사람들이 왔어요. 하지만 잭도 가끔씩은 토요일에 날 데려왔죠. 그러고는 그가 일명 '그링고 뮤직'이라고 부르는 음악에 맞춰 텍사스 투스텝을 밟을 수 없다고 밤새 투덜거렸어요."

칼라일은 댄스홀의 벽에 기대며 웃음을 터뜨렸다. 그리고 밴드가 〈스타더스트〉를 연주했을 때 잭이 어떤 표정을 지었을지 상상했다. 갤리는 한창 신이 나서 빠르게 떠들어댔다. 마치 칼라일이 아니라 바람에게 이야기를 들려주는 것처럼. 칼라일은 그녀가 계속 말하도록 내버려두었다.

"저 큰 셔터들이 매달려 있고, 달빛을 받아 반짝이던 호수가 기억나요. 천장에 달린 화려한 조명이 플로어와 춤추는 사람들 위로 깜빡거렸죠. 그리고 토요일 밤이면 밴드들이 옛날 노래를 연주했어요. 〈석양의 세레나데〉〈안개 낀 날〉〈별빛

속의 스텔라〉 같은 것들이오. 그 토요일 밤의 밴드 이름이 뭐였는지 알아요? 글렌 보이어스 허니 드리머스(Glenn Boyers' Honey Dreamers)였다니까요. 정말 이상하죠?"

그녀는 씽긋 웃었다. 거기 서서 추억들을 풀어내며, 다시 거닐어보고 싶었던 낡은 현관들 사이를 왔다 갔다 하는 그녀의 모습은 아름다울 정도였다.

"1960년대 중반에는 모든 게 빨리 변했어요. 그 흐름을 따라가기 위해 이곳에서도 대부분 로큰롤 밴드들이 연주했죠. 그런데 왠지 모르게 이곳의 인기가 시들해지더니 결국엔 1966년에 문을 닫았어요. 여기서 성대한 고별식이 열렸는데 수십 년간 이곳에서 연주했던 많은 연주자들이 다시 모여 마지막으로 연주했죠. 사람들은 그 하룻밤을 위해 플로리다와 캘리포니아에서까지 차를 몰고 왔어요. 난 겨우 스물다섯이었고, 이곳 출신은 아니었지만 당시 여기서 참 많은 밤들을 보냈죠.

마지막 순서로 밴드가 〈올드 랭 사인〉을 연주했던 게 기억나요. 사람들은 다들 울었어요. 잭만 빼고요. 잭은 〈샌안토니오 로즈〉가 마지막 곡이 되기를 바랐거든요. 그이는 술에 취해서 계속 '새애애앤아아안토니니오오로즈를 한 번 더 연주하란 말이야!'라고 고함을 질러댔죠. 그날 밤의 연주자들은 아마도 평생토록 〈샌안토니오 로즈〉는 한 번도 연주해 본 적이 없었을 거예요. 하지만 잭은 밴드가 무대를 떠난 뒤에도 계속 그렇게 소리를 질러댔어요."

갤리는 잠시 말을 멈추고, 그날 밤 두 사람이 댄스홀을 나선 뒤에 있었던 일을 생각했다. 그녀는 옷을 벗어던진 채 그의 무릎에 앉아 트럭을 운전했고, 그의 손은 그녀의 몸을 더듬었다. 두 사람은 집으로 이어지는 여키스 카운티 도로를 따라가며 몸을 앞뒤로 흔들어댔다. 그녀는 잠시 진지한 표정을 지었다.

"그때 난 잭을 사랑했어요, 칼라일. 정말로 그랬어요. 그이는 모든 소녀들의 꿈이었거든요."

"그랬을 거예요. 당신에게 들은 이야기로 봐서 충분히 이해가 가요."

"하지만 난 그이를 미워하게 됐어요. 그건 옳지 못해요."

갤리의 눈에 눈물이 고였다. 바람 때문에, 어쩌면 추억 때문에. 그녀는 다시 추억 속으로 돌아갔다. 빅 밴드가 연주하는 〈얼리 오텀〉이 들리고, 플로어에 불빛을 드리우던 조명이 눈에 선하며, 소녀 때의 기분이 다시 느껴졌다. 카우보이, 아니 카우보이와 해적이 합쳐진 듯한 남자의 어깨가 듬직하게 느껴지고, 그가 자신을 돌아볼 때 열린 창문 너머를 내다보며, 호숫가를 부드럽게 찰싹이는 따뜻한 물결 위로 쏟아지는 달빛을 바라보며, 이 모든 것들이 절대 변하지 않을 거라고 생각했던 그 소녀 시절을.

칼라일은 그녀를 보며 미소 지었다.

"언제 한번 춤추러 가요. 생각 있어요?"

그녀가 다가와 장갑 낀 손으로 그의 얼굴을 감쌌다.

"좋고말고요."

그녀는 그렇게만 말했다. 두 사람은 시동을 걸어 히터를 따뜻하게 틀어둔 차로 천천히 걸어갔다.

두 사람은 함께 설거지를 했고, 칼라일은 커피를 끓였다. 그리고 임시로 만든 테이블 너머로 미소를 주고받으며 좀더 이야기를 나눴다. 그는 갤리 데브루가 아주 좋은 여자라고 생각했다. 그는 갤리에게 남은 칠면조를 약간 싸주었고, 두 사람은 그들이 살고 있는 광활한 대지를 바라보며 현관 앞에 서서 일이 분 정도 이야기를 나누었다. 갤리는 이제 칼라일을 하나의 가능성으로 생각하지 않고 한 남자로, 좋은 남자로 생각했다. 그의 약점이 무엇이든 그녀가 아는 한 그는 강한 사람이었다. 마음 한편으로는 오늘밤을 함께 보내고 싶기도 했다. 무엇보다 누군가 함께 있어줄 사람이 필요해서였다. 하지만 왠지 옳은 일 같지 않았다. 그녀는 아직 누군가에게 거절당할 마음의 준비도 되어 있지 않았다. 게다가 칼라일이 자신을 어떻게 생각하고 있는지 잘 알지 못했다. 그녀는 발꿈치를 들고 손으로 그의 얼굴을 감싸며 부드럽게 키스했다.

"잘 자요, 칼라일. 추수감사절 만찬 고마워요. 정말 멋졌어요. 플래그스톤에 데려가준 것도 고맙고요. 다녀오고 나니 한결 기분이 나아졌어요. 덕분에 잭과 행복했던 시절이 생각나 그이에 대해서나 우리가 함께한 세월에 대해 훨씬 좋게 느껴지네요. 오늘밤 집에 가서 그 일에 대해 좀더 생각해 보고 싶어요. 과거의 잭을 생각하는 데만 집중할 거예요. 최근에 함께 살았던 또 다른 잭에 대해서는 잊을래요."

칼라일은 그녀의 머리를 쓰다듬으며 허리를 숙여 키스했다. 그러고 나서 다시 허리를 펴고 말했다.

"잘 자요, 갤리. 운전 조심하고요."

갤리는 현관 계단을 내려가다가 다시 뒤를 돌아 엄지와 검지로 그의 셔츠 깃을 잡았다.

"칼라일 맥밀런, 난 당신과 함께 있는 게 좋아요. 당신이 내게 해주는 키스도 좋고요. 언젠가 내 상황이 좀더 정리되면 서로에 대해 좀더 자세히 알아가자고 제안할지도 몰라요. 만약 내가 그런 제안을 하거든 화내지 않았으면 좋겠어요."

"갤리, 당신의 말에 내가 화를 내는 일은 없을 거예요. 자, 이제 칠면조를 가지고 얼른 집으로 가요. 방금 당신이 한 제안을 내가 먼저 하기 전에."

그녀는 브롱코의 시동을 걸고 오솔길을 내려갔다. 칼라일은 그녀가 어두운 도로를 향해 차를 돌리는 것을 보았고, 브롱코의 미등이 시야울라와 수호신이 산다는 곳을 지나 북쪽으로 사라지는 것을 보았다. 차가 떠난 후, 그는 무심코 북서쪽을 바라보다가 이내 다시 한 번 바라보았다. 그러고는 안으로 들어가 쌍안경을 가지고 나와 그곳에 초점을 맞췄다. 울프벗 기슭에서 조그만 불길이 타오르고 있었다.

제 **10** 장

눈 오는 밤

추수감사절 다음의 토요일은 평년 기온답지 않게 따뜻해서 사람들은 올겨울을 쉽게 넘길 수도 있겠다는 희망을 품어보았다. 그러나 새로 형성된 폭풍우가 바로 그들을 강타했다. 칼라일은 집 공사에 쓸 나무를 찾아 리틀샐러맨더 강으로 갔다. 그는 모래톱을 쑤시고 다니며 강가로 쓸려온 나무 조각을 찾아다녔다. 그때 어디선가 모닥불 냄새가 나더니 이윽고 수잔나 벤틴의 모습이 보였다.

강이 좁아진 지점으로 양옆에 6미터 가량의 깎아지른 듯한 절벽이 솟아 있는 곳이었다. 그녀는 튀어나온 절벽 아래 앉아 강물을 바라보고 있었는데 앞에는 조그만 모닥불이 타오르고 있었다. 뭔가에 깊이 집중하고 있는 것처럼 보여서 칼라일은 그녀를 방해하고 싶지 않았다. 그리고 솔직히 그녀와 단둘이 있는 게 왠지 거북했다. 칼라일은 여자와 스스럼없이 어울리는 성격이었지만, 이 여자에게는 그를 불안하게 만드는 뭔가가 있었다. 물론 그의 집 마루를 가로지르며 춤추던 그녀의 모습도 여전히 그를 불안하게 했다.

수잔나에게 축복 의식을 거행하도록 설득하는 과정에서 인디언은 칼라일에게 과분할 만큼의 우주적인 지각을 부여했다. 칼라일이 알기로는 그랬다. 그녀와 인디언이 그의 집과 건축가라 불리는 그에게 부여한 선함에는 완벽하게 성숙한 의식이 자리 잡고 있을 터였다. 그런데도 그는 그녀를 갈망했다. 벌거벗은 채 춤추던 그녀의 몸에 대한 기억이 그의 뇌리에서 사라지지 않았다. 그 이미지는 그가 짓고 있는 집의 어두운 구석에서 아직도 울려퍼지는 메아리에 의해 더욱 선명하고 날카롭게 다듬어졌다. 인디언의 북소리와 아무 손질도 하지 않은 바닥을 내리치던 그 맨발의 울림은 효력을 상실하지 않은 채 무한히 계속될 기세였다.

그러나 수잔나 벤틴은 아무때나 전화를 걸거나, 찾아갈 수 있는 그런 부류의 여자가 아니었다. 그녀는 접근할 수 있을 것 같으면서도, 접근하기 힘든 사람처럼 보였다. 그녀에게는 그런 잣대가 통하지 않았다. 또한 그는 그녀와 인디언이 아마도 그가 이해할 수 없는 차원의 뭔가 강력한 방식으로 서로 맞물려 있을 거라고 생각했다. 수잔나가 인디언의 여자인지 아닌지는 확실하지 않았다. 그러나 그는 두 사람 모두를 좋아하고 존경했으며, 둘 사이를 방해하고 싶은 생각은 없었다. 설사 그것이 가능하다 해도.

그가 수잔나를 방해하지 않고 다시 강 상류로 올라가야겠다고 생각했을 때, 수잔나가 이쪽으로 고개를 돌렸다. 그녀는 잠시 그를 바라만 보더니 이내 미소를 지으며 인사를 건넸다.

"안녕, 칼라일."

마치 그가 올 줄 알았다는 듯한 말투였다.

그는 그녀에게 다가갔다.

"방해했다면 미안해요. 그럴 생각은 아니었는데."

"방해하지 않았어요. 이리 와서 앉아요. 앞으로 이렇게 좋은 날은 흔치 않을 거예요."

그는 긴 원피스 차림이 아닌 다른 옷을 입고 있는 수잔나를 처음으로 보았다. 그녀는 낡고 편안해 보이는 청바지에 베이지색 스웨터, 암녹색 등산용 파카, 그리고 여러 곳을 돌아다닌 듯한 등산 부츠를 신고 있었다. 뒤로 땋아 늘어뜨린 적갈색 머리칼은 그녀의 등을 타고 거의 허리까지 내려왔다.

"집수리는 어떻게 돼가요?"

"좋아요, 아주 잘 돼가요. 오늘은 계단 난간으로 쓸 만한 특별한 부목(浮木)을 찾아 나온 길입니다."

"여기서 강 상류로 1.6킬로미터쯤 가면 강이 구부러지는 곳이 있어요. 만조가 되면 거기에 나뭇가지들이 수북히 쌓였다가 물이 빠진 후에 그대로 남죠. 아직 거기 안 가봤죠?"

"네, 한번 들러봐야겠네요. 고마워요."

"어디 출신이세요, 칼라일? 자동차 번호판은 캘리포니아로 돼 있던데."

"태어난 곳은 멘도시노지만, 지난 십오 년간 베이 에리어에서 살았죠."

"나도 멘도시노에 한 번 가본 적이 있어요."

그녀는 강물 위로 흘러가는 마지막 나뭇잎들을 바라보았다. 갈색으로 둥글게 말린 나뭇잎들.

"언제요?"

수잔나 벤틴은 입술을 오므리고 하늘을 쳐다보며 생각했다.

"육 년 전에요. 그곳이 좋다고 해서 시애틀에서 내려가는 길에 들렀어요."

"그럼 시애틀 출신인가요?"

그녀는 고개를 돌려 그를 바라보았다.

"아뇨, 난 아마도 전 세계 출신일 걸요."

절벽 주변으로 강물이 콸콸거리며 흘러갔다. 매 한 마리가 서쪽 멀리서 날아올랐다. 하늘 높이, 외롭게. 살랑거리는 바람이 수면 위로 잔물결을 만들었다.

"여행을 많이 했나보군요."

"네, 많이 했죠. 어머니는 제가 네 살 때 돌아가셨어요. 아버지는 늘 이곳저곳 돌아다니는 학자셨고요. 보조금과 계약서로 먹고살며 세상을 떠도는 인류학자셨죠. 전 아버지를 따라다녔어요."

그녀는 나뭇가지의 끝을 강물 속에 담그고 그것이 만들어내는 작은 소용돌이를 바라보며 잠시 어린 시절을 회상했다.

엉덩이 밑의 바위가 살을 찌르자 칼라일은 자세를 약간 바꿨다. 그녀는 나뭇가지를 강물 속에 던져버리고는 그것이 물살에 휩쓸려 강 하류로 떠내려가는 것을 지켜보았다.

"정말 신기하면서도 특별한 어린 시절이었죠. 여기 여키스 카운티에는 어쩌다 오게 된 거예요, 칼라일?"

"미친 듯이 돌아가는 세상을 피해 이곳으로 흘러 들어오게 됐죠. 여기는 조용하고 탁 트인 곳이라 기분전환 삼아 여기 정착해 뭔가 가치 있는 것을 만들어보기로 했어요."

"당신 집은 좋아보이더군요. 당신이 피리 부는 사나이라고 부르는 사람에게서 당신이 하는 일에 대해 많이 들었어요. 내가 그 집을 보기도 전에 말이죠."

"그거 고마운 일이군요. 두 사람이 우리 집에서 해준 의식에 대해선 정말 고맙게 생각하고 있어요."

수잔나가 그에게 미소 지었다.

"그 의식을 보고 어떤 감정이 생기던가요? 옛날에 동아프리카에서 한 번 본 적 있는 샤머니즘 의식을 내 멋대로 본뜬 거예요. 베스타 여신상은 내 아이디어였고요."

그가 뭐라고 대답할 수 있을까? 그가 정말로 느끼는 감정, 그 북소리와 그녀의 몸에 대해 사실대로 이야기할까? 그는 비겁하게도, 잘 피해갔다.

"글쎄요, 지금까지 내가 본 어떤 것과도 많이 다르더군요."

수잔나 벤틴은 그를 향해 슬쩍 미소 지었다.

"네, 분명 그렇죠. 하지만 그걸 보고 어떤 감정이 생겼냐고 묻는 거예요."

진실을 말해야 할 순간. 그의 심장이 요동쳤다. 그는 숨을 내쉬고 강 건너를 바라보며 그녀의 시선을 피했다.

"솔직히 말해서 그건 지금까지 내가 보거나, 듣거나, 읽어온 어떤 것보다도 에로틱했어요. 그게 내가 할 수 있는 가장 솔직한 표현이네요."

말하고 나니 마음이 한결 후련해져 칼라일은 고개를 돌려 그녀를 바라보았다. 녹색 눈동자가 조용히 그의 눈을 응시했다.

"그럴 의도로 한 건 아니지만, 이해는 가요."

그녀가 눈을 깜박였다.

"솔직히 말해서 의식을 진행하는 도중에 저도 그와 똑같은 감정을 느꼈어요. 처음 시작할 땐 그렇지 않았는데 말이죠. 아버지와 여행을 다니고, 전통문화 속에서 많은 시간을 보내다보니 전 제 자신이나 타인의 벗은 몸을 편안하게 받아들이게 됐어요. 가끔은 내가 벌거벗었다는 사실을 잊고 그걸 당연하게 생각할 정도로요. 하지만 인정할 건 인정할게요. 당신이 나를 바라보는 시선과 그 의식 이면의 분위기를 나도 느꼈어요. 당신처럼요. 남자와 여자는 그걸 피할 수 없는 것 같아요. 유전자의 끌림이랄까. 태곳적부터 있었던 현상이죠."

칼라일은 약간 불안정한 자세로 일어섰다.

"해가 지네요. 두 시간 후면 어두워지겠어요."

"어두운 게 싫으세요?"

"아뇨, 하지만 아직 탐험이 끝나지 않았거든요. 부목을 찾아야 해서."

"원하는 걸 찾으시길 바라요. 이야기 즐거웠어요."

"고맙습니다. 저도 즐거웠어요."

그는 다시 강가로 걸어갔다. 그가 왼쪽 어깨에 기다랗고 연한 회색 부목을 짊어진 채 현관 포치에 발을 내디뎠을 때는 밤이 깊어진 후였다. 수잔나는 아직 절벽 밑, 강가의 모닥불 앞에 앉아 있었다. 그녀는 칼라일 맥밀런에 대해, 거의 매일 밤 찾아와 그녀가 이해하려고 애쓰는 무언가를 향해 몰고 가는 낯선 옛 감정들을 생각했다.

고원에서 처음으로 맞이한 그해 겨울은 칼라일이 지금껏 겪었던 겨울 가운데서 가장 좋았다. 압축된 햇살의 짧은 낮. 아침이면 화창하고 코끝이 쨍하게 추웠다가, 오후에는 회색빛으로 잔뜩 찌푸리곤 했다. 아늑한 집에 따뜻한 난로까지 갖춘 칼라일은 이제 집 내부를 손보았다. 그것이 그가 집 짓는 과정에서 가장 좋아하는 부분이기도 했다. 집 안 구석구석 그의 애정이 미치지 않은 곳이 없지만, 장인의 솜씨가 가장 쉽게 드러나고 발휘될 수 있는 곳은 역시 내부공간이었다.

추수감사절이 끝난 뒤, 갤리는 일꾼을 고용해 목장을 맡기고 잠시 딸에게로 갔다. 세 번째 아이를 임신한 딸이 매우 힘든 시간을 보내고 있었기에 갤리가 딸의 집에 머물면서 도와 줘야 했다. 그녀는 칼라일에게 크리스마스카드를 보내 그와 함께 보낸 시간이 그립고, 아기가 태어나는 2월 초에 돌아갈 거라고 썼다.

농작물의 추수가 끝난 11월에 액셀 루커는 칼라일을 위해 어떤 날씨에도 끄떡없는 전천후 도로를 깔아주었다. 어느 날 칼라일의 집에 들른 액셀은 큰 도로 옆에 서서 엉망이 되어버린 집 앞 오솔길을 바라보고 있는 칼라일을 보게 되었다. 가을비가 내린 데다 여러 차들이 지나다니면서 그 길은 깊게 파인 4미터짜리 진흙 바퀴 자국이 되어버린 것이다.

액셀이 트럭 창문으로 몸을 내밀며 말했다.

"안녕한가, 이웃사촌. 집 앞까지 아주 좋은 길이 났구만."

칼라일이 고개를 끄덕였다.

"여기 서서 이걸 어떻게 해결해야 할지 고민하고 있던 중 이에요."

"문제없어. 자네가 거스리지 형제들 상점에서 자갈만 주문 해 두면 내 조그만 불도저로 여길 한 번 밀어주겠네. 하루이 틀이면 끝날 거야."

실제로 액셀은 그 일을 이틀 만에 해치웠다. 빗물에 촉촉 히 젖은 오솔길에는 자갈이 고르게 깔려 있었다. 칼라일은 사례비를 지불하려 했지만, 액셀은 받지 않았다.

"농작물을 수확하고 나면 난 으레 뭘 할지 궁리하면서 빈 둥거리느라 마누라를 돌아버리게 만든다네. 그러고 나면 이번에는 마누라가 날 돌아버리게 만들지. 내가 먼저 마누라를 돌아버리게 만들었으니까. 그러니 자네 집 앞에 길을 깔아주는 건 우리 부부에겐 서로 휴가를 갖는 셈이지. 언젠가 내가 집을 고칠 일이 있으면 자네가 대신 해주게. 그러니 그때까진 신경 쓸 거 없어."

폭설이 내린 다음날, 칼라일은 액셀의 커다란 스타이거 트랙터가 오솔길에서 정면적재기로 눈을 퍼내 길 옆으로 치우고 있는 것을 보았다. 칼라일이 밖으로 나오자 액셀이 붉게 상기된 얼굴로 손을 흔들었다. 한눈에 보기에도 무척 즐거워 보이는 표정이었다. 자신이 조종하고 있는 무쇠 기계의 파워를 느끼며 아내와 떨어져 보내는 짧은 휴가를 즐기고 있는 게 분명했다.

갤리는 2월 5일에 캐스퍼에서 돌아왔다. 집에 도착한 지 한 시간이 지난 늦은 오후에 그녀는 칼라일에게 전화했다.

"안녕, 목수 아저씨, 잘 지냈어요?"

"갤리! 목소리를 들으니 좋네요. 난 아주 잘 지내요. 평상시처럼 망치질하고, 톱질하면서 지내죠. 따님은 어때요?"

"이젠 좋아졌어요. 건강한 손자를 받아주고, 대충 정리해준 다음에 이곳으로 왔죠. 이젠 돌봐야 할 아이들이 없다는 사실이 너무 좋네요. 딸애는 정신없이 바빠요. 앞으로 십팔 년 정도는 계속 그럴 테죠. 칼라일, 보고 싶어요. 집에 오는 길에 커스터 델리에서 먹을 걸 좀 샀어요. 저녁으로 파스트라미(훈제 쇠고기)에 맥주 한잔 할 생각이 있으면 들를까 하는데 어때요?"

"나야 좋죠. 언제든 오기만 하세요."

"좋아요. 오랫동안 집을 비워둬서 좀 치워야 할 것 같아요. 한두 시간 걸릴 텐데 괜찮겠어요?"

"그럼요. 이따 봐요."

갤리 데브루는 낡은 이동식 욕조에서 목욕을 했다. 머리를 틀어올리고 거품으로 뒤덮인 따뜻한 물속에 누워 있었다. 이 맘때의 시골 날씨는 우중충한 데다 이 고원을 시베리아로 만들어버리는 겨울의 기세를 지속시키려 잔뜩 벼르고 있었다. 욕실 창문 너머로 하늘이 보였다. 물기를 머금은 채 낮게 드리운 회색 하늘은 축 처지고, 불길해 보였다.

집에 돌아오니 좋았다. 그녀는 그렇게 욕조에 누운 채로 잠시 생각에 잠겼다. 처음엔 딸을, 다음엔 자신의 인생과 앞으로의 계획을, 다음엔 칼라일 맥밀런. 그녀는 수도꼭지 위에 발가락을 올리고 행복한 듯이 꼼지락거린 뒤, 면도기를 집어들었다. 다리를 말끔히 면도하고 욕조에서 나오자 유달리 여성스러워지고, 약간은 사악한 여자가 된 듯한 기분이 들었다. 잭이 그녀를 헤픈이라고 부르던 데이트 초창기처럼, 플래그스톤 댄스홀에서 차를 타고 돌아오던 밤 알몸으로 잭의 무릎 위에 앉아 있었던 그날 밤처럼.

갤리의 브롱코가 오솔길을 올라오는 소리가 들렸을 때 칼라일은 사다리 위에 있었다. 그녀가 문을 두드리자 그가 소리쳤다.

"들어와요! 하지만 문 열 때 사다리를 조심해요!"

갤리는 머뭇거리며 문을 열다가 문에 사다리가 닿는 것이 느껴져 문 안쪽을 들여다본 후, 열려진 틈 사이로 들어갔다. 그녀는 칼라일을 올려다보았다.

"그 위에서 뭐하는 거예요?"

칼라일은 그녀를 내려다보며 씩 웃었다.

"작은 다락방을 만들기로 했거든요. 금방 내려갈게요. 마지막으로 난간에 못 몇 개를 박고, 못머리구멍만 파면 돼요."

갤리는 부엌으로 가 종이 봉지에서 음식을 꺼내 냉장고에 넣었다. 그녀는 칼라일의 엉덩이를 바라보았다. 그는 몸을 쭉 편 채로 오른손에는 망치를 들고 왼손으로는 못을 고정시키고 있었다. 챙 위에 '자이언트'라고 씌어진 야구모자를 뒤로 돌려 썼고, 그 아래로 갈색 머리가 길게 늘어져 있었다. 바지 밖으로 삐져나와 있는 플란넬 셔츠 자락, 소매는 팔꿈치까지 걷어 올려져 있었다. 그녀는 망치를 겨냥하고 있는 그의 팔뚝을, 구부러지는 근육을 지켜보았다. 망치질 세 번 만에 못이 제자리로 들어갔다. 빈틈없이, 완벽하게. 그는 연장벨트로 손을 뻗어 펀치를 꺼내 못머리구멍을 팠다.

사다리에서 내려온 칼라일은 미소를 지으며 갤리에게 걸어가 그녀를 껴안았다. 그의 오른손에서 망치가 달랑거렸다.

"잘 있었어요, 갤리? 만나서 반가워요."

갤리도 그를 껴안았다. 그에게서 톱밥과 땀 냄새가 났다. 그녀는 그의 등의 근육을 느끼며 아무 생각 없이 그의 셔츠

자락을 바지 속으로 집어넣었다. 남자의 셔츠 자락을 집어넣어 주는 일은 친밀함의 표현이라고 그녀는 생각했다. 갤리는 뒤로 물러나 그를 보고 미소 지었다.

"보고 싶었어요, 칼라일."

"나도요, 갤리. 당신이 떠난 뒤로 얼마나 적적했는지 몰라요. 덤프 트럭은 이 겨울을 잠으로 나겠다고 결심한 것 같았죠."

"괜찮은 전략이네요. 동물들은 겨울을 잘 지내는 법을 알죠. 우린 어떻게든 겨울과 싸우려고 하는데 말이죠. 배고파요?"

"아뇨. 하지만 목은 마르네요."

"내게 맡겨줘요. 파스트라미와 호밀빵, 코울슬로 등을 사면서 세인트 폴리 걸도 집어왔거든요. 돈 좀 썼죠. 그래도 환영 파티잖아요."

커스터 델리에서 장을 보며 여섯 개들이 버드와이저를 냉장고에서 꺼내던 그녀는 세인트 폴리 걸을 봤고, 칼라일이 추수감사절에 사왔던 맥주가 그것이었다는 사실을 기억해 냈다. 그녀는 버드와이저를 다시 냉장고에 집어넣고, 세인트 폴리 걸을 꺼내들었다. 사치를 부린다는 기분을 느끼며 오늘밤 칼라일이 집에 있기를 바랐다.

"칼라일, 의자가 생겼네요. 그것도 세 개나. 이건 접는 의자잖아요."

"네. 다른 해결책을 찾아낼 때까지는 교회 지하실 의자를 쓸 거예요. 가구에 관해서라면 한동안은 기능이 디자인을 우선하는 법이니까요. 게다가 이 의자들을 보면 어릴 때 토요일마다 교리문답을 다녔던 기억이 나요. 우리 어머닌 할아버지가 믿었던 장로교회를 버리고 성당에 다니셨죠."

"어땠어요?"

"수녀님들은 질문에 대답 못 하면 자로 우리 손가락을 세게 내려쳤어요. 간단한 질문들이었어요. 예를 들면 '신은 누구냐?' 하는 것들이죠. 십오 년 뒤에 철학교수님도 기말시험에 똑같은 질문을 하셨는데 난 여전히 답을 모르겠더라고요. 아직까지도 모르겠어요."

그는 의자에 앉아 몸을 쭉 뻗고, 앞에 있는 의자에 양다리를 올려놓았다. 오른쪽 다리에 왼쪽 다리를 포갠 채로. 그는 몸을 앞으로 숙여선 가죽 연장벨트를 풀어 마루에 내려놓았다.

"그래서 철학교수님의 질문에 뭐라고 썼어요? 아니면 그냥 공란으로 남겨뒀나요?"

"아뇨. 시험 기간 내내 그 질문에 대해 생각하면서 뭔가 어려운 의견을 생각해 내려고 했지만 소용없었어요. 결국에는 그냥 간단하게 '신은 존재한다.' 라고 썼죠."

"그래서요?"

"B 플러스를 받았어요."

갤리가 미소 지었다.

"현명한 처사예요, 칼라일. 대부분의 사람들은 실없는 소리를 늘어놓으며 열여섯 페이지는 썼을 거예요. 당신의 대답은 당신이 일하는 방식과 똑같네요. 지나치지 않고 딱 적당한 게."

그녀는 부츠를 벗고, 의자 위에 책상다리를 한 채 무릎에 턱을 괴고 그를 바라보았다. 그녀는 하얀 양말 속에서 발가락을 꼼지락거렸다.

"학교는 어딜 다녔어요?"

"스탠퍼드요."

"와, 엄청 대단한 데잖아요. 비싸기도 하고."

"장학금을 받았어요. 정부보조금도 받고, 아르바이트로 목수일도 했죠. 일이 잘 풀렸어요."

"졸업은 했어요?"

"네, 어머니를 위해서요. 어머니를 기쁘게 해드리고 싶었거든요. 그래서 계속 다녔죠."

"전공은 뭐였는데요?"

"처음엔 기계공학이었어요. 공부는 할 만했지만, 재미가 없더라고요. 그래서 미술로 바꿔서 그래픽 디자인을 공부하고, 부전공으로 영문학을 했죠. 그런 대로 괜찮았어요. 하지만 내가 되고 싶은 건 오로지 목수였죠. 어릴 때 코디 할아버지랑 일한 후로 쭉이오. 내가 전에 얘기했던 바로 그 할아버지 말이에요."

그는 씩 웃으며, 세인트 폴리 걸을 쭉 들이켰다.

"난 샤워 먼저 해야 할 것 같네요. 아직 공사가 끝나지 않은 욕실에서도 샤워를 할 수 있다니까요. 원한다면 기다리는 동안 음악을 듣고 있어요. 부엌 카운터 위에 테이프가 쌓여 있어요."

순간, 갤리는 "당신이 면도하는 걸 지켜봐도 돼요?"라고 묻고 싶었다. 연애 시절, 그녀는 잭이 면도하는 모습을 지켜보는 게 좋았다. 남자가 면도하는 모습에는 살짝 육감적인 뭔가가 있었다. 그러나 갤리는 미소 지으며 그렇게 말하고 싶은 충동을 참고 아무 말도 하지 않았다. 그녀는 테이프를 골라 그 중 하나를 칼라일의 조그만 카세트 라디오에 집어넣었다. 윌리 넬슨의 기타 연주가 나오며 덧없이 흘러가 버린 시간을 노래하기 시작했고, 그 후에는 〈스타더스트〉로 넘어갔다. 샤워 소리가 배경음처럼 깔렸다.

그녀는 손에 맥주병을 든 채 집 안을 둘러보았다. 칼라일은 절제와 소박함, 우아함에 대한 감각이 있었다. 그리고 집 짓는 일에 관한 한 진정한 완벽주의자였다. 창틀은 어찌나 완벽하게 짜여졌는지 이음새를 찾아낼 수 없을 정도였다. 기껏해야 머리칼만 한 금이 가 있는 게 전부였다. 작은 다락방을 짓기로 한 건 좋은 생각이었다. 갤리는 다락방으로 이어지는 구부러진 계단의 난간을 보며 감탄을 금치 못했다. 부목으로 만든 게 분명한데도 껍질을 벗기고 사포로 문질러 강철처럼 매끈하게 손질해 놓았다. 벽난로의 맨틀피스는 두께 1.2미터, 폭 1.8미터, 길이 1.5미터의 떡갈나무로 만들어져 있었다. 맨틀피스의 바깥쪽 가장자리에는 비대칭형의 우아한 조가비가 길게 새겨져 있었다.

그녀는 맨틀피스 위에 놓인 낯선 조각상을 발견했다. 머리가 불꽃처럼 타오르는 벌거벗은 여자였다. 그녀는 조각상을 쥐고 자세히 들여다보며 손가락으로 찬찬히 쓰다듬었다. 조그만 젖꼭지에서부터 완벽한 곡선을 이루는 엉덩이까지. 그녀는 조각상을 제자리에 두고, 벽난로의 돌벽에 새겨진 글자 '시야울라'를 보며 몸을 약간 떨었다.

칼라일은 청바지에 빨간 스웨터, 회색 모직 양말, 모카신 차림으로 욕실에서 나왔다. 그는 벽난로 앞으로 걸어가 장작을 넣는 문을 열었다. 그리고는 큼지막한 하얀 떡갈나무 장작 두 개를 불 속에 넣고, 입구를 칸막이로 막았다.

"벽난로를 단열재로 막아놨어요. 굴뚝으로 열이 너무 많이 빠져나가더군요. 대신 이렇게 난로 문을 열어두면 그런 대로 벽난로 역할을 하죠. 효율성을 너무 신경 쓰지 않는다면요. 지금의 나처럼."

불가에서 먹는 파스트라미 샌드위치와 코울슬로. 허물없는 잡담. 터져나오는 웃음. 배경음악은 윌리 넬슨에서 제리 제프 워커로 이어졌다. 맥주와 〈미스터 보쟁글스〉. 영원과 가까운 어딘가를 향해 몸을 뻗은 난로의 불빛과 대지. 갤리는 맨틀피스 위의 조각상에 대해 물었다.

"내가 피리 부는 사나이라고 부르는 인디언인데 전에 당신에게 이야기했을 거예요, 그 인디언과 수잔나 벤틴이 우리 집을 축복해 주러 왔었어요. 일종의 집들이 선물로 작은 조각상을 가져왔죠. 로마신화에 나오는 벽난로의 여신 베스타를 의미한대요."

갤리의 마음속에서 뭔가가 고개를 쳐들었다. 수잔나 벤틴, 마녀인지 뭔지 한다는 여자. '질투'라 불리는 여성의 오랜 기본적 특질이 마음속에서 콸콸 흘러나왔다. 전에도 이런 감정을 경험한 적이 있었다. 잭이 폴스시티에서 온 예쁘고 어린 아가씨들과 블루스를 추는 모습을 지켜보았을 때. 더 어린 시절로 거슬러 올라가면 고등학교 시절, 쿼터백이 다른 여자애에게 관심을 가질 때도. 얇고 뜨거운 독기로 변하는 질투심. 태곳적부터 시작된 여자의 본능. 최고의 남자, 가장 우수한 남자, 종족의 생존에 필요한 최고의 자질을 갖춘 남자를 두고 벌이는 경쟁. 점잖지 못한 감정이었지만 어쩔 수 없었다.

칼라일은 그녀의 눈빛 혹은 표정이 달라지는 것을 보았다.

"오래 있진 않았어요. 그냥 한두 시간 정도 들러서 축복 의식을 해주었죠. 친절한 사람들이에요. 그들이 하는 의식을 내가 모두 이해했는지는 잘 모르겠지만."

수잔나 벤틴의 둥근 가슴에서 떨어지던 단비에 대해서는 아무 말도 하지 않았다.

바람이 일었다. 휙 소리를 내던 낮은 바람은 억눌린 포효로 변해 희미해졌다가 다시 찾아와 머물렀다. 그러나 집 안은 따뜻했다. 자정이 조금 지났을 때 갤리가 현관문을 열고 밖을 내다보았다.

"칼라일, 눈 오는 것 좀 봐요!"

두 사람 모두 이야기하는 데 정신이 팔려 날씨를 확인할 생각조차 못했다. 비가 섞인 눈이 두 시간 전부터 소리 없이 펑펑 쏟아지고 있었다. 대지는 이미 두께가 80센티미터나 되는 새 옷을 입었다. 눈은 현관 근처까지 높게 쌓여 있었다.

"아무래도 오늘밤엔 여기서 자고 가야겠는데요."

칼라일이 그녀의 어깨 너머를 내다보며 말했다.

"이런 날씨를 뚫고 운전하고 싶은 사람은 아무도 없을 걸요. 게다가 당신 차는 울프벗 로드를 따라 집까지 가는 건 고사하고 오솔길도 내려갈 수 없을 거예요."

그녀는 현관문을 닫고, 문에 몸을 기댔다. 청바지와 하얀 양말, 노란 터틀넥 스웨터를 입고 그렇게 선 채 칼라일 맥밀런을 보고 미소 지었다. 추수감사절에 입었던 것과 똑같은 스웨터, 조심스럽게 싸서 비닐봉지에 넣어 보관해 두는 유일하게 좋은 스웨터였다. 은회색 머리칼이 몇 올 섞인 검은 머리에 너울거리는 벽난로의 불빛이 비쳤다.

다른 많은 여자들처럼 갤리 데브루도 스스로를 과소평가하고 있었다. 절세미인은 아니었지만 그녀에게는 날씬하고 긴 다리가 있었다. 잭이 불렀던 대로 약간 헤퍼 보이는 분위기. 상냥한 눈과 예쁜 얼굴.

칼라일은 갤리에게 다가가 오른쪽 팔을 뻗어 그녀의 목을 잡았다. 엄지손가락으로 귀 근처를 만지며 천천히 그녀의 살갗을 문지르고 미소를 지었다. 좋은 피부결, 부드럽고 따뜻한 피부. 그녀는 그의 손에 박인 굳은살을 느낄 수 있었다.

갤리는 손가락으로 그의 볼과 코, 눈꺼풀을 쓰다듬었다. 그는 그녀 위로 몸을 숙이며 그녀를 문에 밀어붙이고 천천히, 부드럽게 키스했다. 그녀도 그에게 키스했다. 처음에는 그와 똑같이 부드럽게, 그 다음은 열정적으로. 아주 오랜만에 느껴보는 열정. 그녀는 양팔을 목수의 목에 두르고, 몸을 밀착시키며 한쪽 다리로 그의 다리 하나를 휘감았다. 스웨터를 들어올려 그의 등 근육을 쓰다듬다가 이내 앞면을 올리고 그의 가슴에 키스했다.

"칼라일, 난 당신을 너무나 원해요. 언제나 그 일을 생각하고, 상상하고, 꿈꿔왔어요."

그녀가 약간 숨이 찬 목소리로 속삭였다. 그의 손이 그녀의 긴 머리칼을 움켜쥐었다.

그는 그녀를 안아올렸다. 그의 목에 감은 팔을 풀지 않은 그녀를 안고 거실을 지나 벽난로 뒤의 침실로 갔다. 그녀를 침대에 눕히고 가슴과 배에 키스하기 시작했다. 언제나 그렇듯이, 마침내 옷을 벗는 과정이 모두 끝나자 두 사람은 이내 자신들이 원하는 지점에 도달하게 되었다.

두 사람은 처음에는 약간 서툴었지만 시간이 갈수록 차츰 능숙해졌다. 그는 양팔로 자신의 몸을 받친 채 그녀를 내려다보았다. 그녀를 일으켜 침대 위에 앉히고 자신의 다리로는 그녀의 몸을, 그녀의 다리로는 자신의 몸을 휘감게 했다. 그는 그녀의 머리칼을 애무했고, 그녀는 고개를 약간 젖힌 채 목덜미와 귀를 간질이는 그의 혀를, 어깨를 가볍게 무는 그의 이를, 머리칼을 천천히 쓰다듬었다가 다시 주먹으로 꼭 움켜쥐는 그의 손을 느꼈다.

이것으로 갤리 데브루의 길고 외로운 나날은 끝났다. 이 먼 곳에서, 그녀의 몸 안에 있는 칼라일 맥밀런의 온기와 함께 그날들은 막을 내렸다. 아, 그가 몸 안으로 들어온 느낌이 얼마나 좋은지. 그녀는 자신도 모르게 몸을 들썩였다. 두 사람의 배가 맞부딪혔다. 그가 뭐라고 말하는 소리가 들렸지만 그녀의 귀에는 들리지 않았다. 그녀가 들을 수 있는 것은 오로지 그의 숨소리와 뒤섞인 자신의 숨소리뿐. 그녀는 가슴을 스치는 그의 긴 머리칼을 느낄 수 있었다. 갤리 데브루는 그렇게 다시 자기 자신이 되어가고 있었다.

칼라일은 오늘밤 일이 거의 완벽할 정도로 예정되어 있었음을 깨달았다. 갤리는 그의 몸 아래서 작아지고 부서질 듯한 자신을 느꼈다. 고원 지대와 광활한 시골의 냄새와 맛을 느꼈다. 그는 계속 느리고 부드럽게 움직이며 그녀가 그를 느끼고, 그가 그녀를 느낄 수 있도록 했다. 그렇게 느린 기쁨의 상태를 오랫동안 유지했다. 함께 춤을 추거나 먼 여행을 떠날 때처럼 상대와 가장 친밀감을 느낄 수 있는 그런 순간이었다. 부엌에서는 다니엘이 비행기를 타고 떠났다고 노래하는 엘튼 존의 목소리가 들렸다.

섹스가 끝난 뒤, 침대에 누운 칼라일은 욕실의 열린 문 틈새로 갤리의 벗은 뒷모습을 볼 수 있었다. 그녀는 머리를 빗질하며 아까 제리 제프가 불렀던 옛날 노래를 조용히 흥얼거리고 있었다. 기차를 기다리는 무법자에 관한 노래. 덤프 트럭이 가릉거리며 침대 주위를 어슬렁거렸다.

잠시 후, 두 사람은 다시 침대에 들어갔다. 그리고 섹스가
아닌 사랑을 나누었다. 갤리는 칼라일을 올라타고, 그를 내려
다보며 미소 지었다. 칼라일도 미소를 지으며 그녀의 가슴을
어루만졌다. 그냥 흘려보내요. 부엌에서 음악이 흘러나왔다.
그냥 흘려보내요. 그녀는 등을 젖혔고, 그의 손은 그녀의 배
위에 머물렀다. 멀고 먼 시골, 멀고 먼 그곳, 바다처럼 물결치
는 바람과 우뚝 솟은 산, 목수와 갤리 데브루.

다음날, 두 사람은 손을 잡은 채 아침을 먹었다.

"있잖아요, 칼라일. 정말 너무나 오랜만이었어요. 그렇게
사랑을 나누는 게 얼마나 좋은지 까맣게 잊고 있었다니까요.
우리가 좀 오랫동안 굶주려서 더 그런 것 같긴 하지만. 그렇
다고 나쁠 건 없죠."

칼라일은 오렌지 마멀레이드를 바른 토스트 한 조각을 흔
들어댔다.

"갤리, 두 사람이 사랑을 나누는 일에서라면 언제나 굶주
리게 마련이에요."

그녀는 미소 지었다.

"난 오늘 아침에 결정을 내렸어요. 당신이 아직 잠든 동안
난 침대에 누워서 남은 인생을 뭘 하면서 살고 싶은지 생각했
어요. 어제 캐스퍼에서 이곳으로 오는 길에 스페어피시에 있
는 대학에 들러서 복학하려면 뭐가 필요한지 물어봤거든요.
그쪽에서는 예전에 내가 버미지에서 공부했던 것을 감안해

이 년 반만 더 공부하면 역사 선생님이 될 수 있다고 했어요. 돈을 보조해 줄 펠로십이라는 것도 있대요. 농장만 팔린다면 다시 공부할 수 있을 거예요. 이번 가을부터요. 어떻게 생각해요? 마흔이 다 된 여자가 학교에 가는 게 멍청한 짓일까요?"

"아뇨, 갤리. 멍청하지 않아요. 똑똑한 짓이에요. 아주 똑똑해요."

"여기서 고작 두세 시간밖에 떨어지지 않았어요. 그러니까 우린 가끔 주말에 볼 수 있을 거예요. 그렇죠?"

"물론이죠. 내가 그곳으로 가도 되고, 당신이 여기로 와도 되고, 중간에서 만나도 되죠. 잘 될 거예요."

갤리는 테이블을 돌아가 칼라일의 무릎에 앉았다. 그러고는 그의 머리를 쓰다듬으며 그를 바라보았다.

"있잖아요, 당신이 아니었다면 난 다시 공부할 생각도 못했을 거예요. 당신은 자기 인생을 바꿨잖아요. 그걸 보고 나도 내 인생을 바꾸기로 했어요. 당신이 내게 영감을 준 거죠. 난 새 사람이 된 것 같아요, 칼라일. 모두 당신 덕택이에요."

그녀는 머리를 비스듬히 기울였다.

"이게 무슨 소리죠? 트랙터 같은데."

"아마 액셀 루커의 스타이거 트랙터일 거예요. 못하는 게 없는 좋은 이웃사촌이죠. 트랙터를 잘 다룰 뿐 아니라 우리 집 앞 길에서 눈도 치워주거든요."

칼라일은 문을 열고 액셀에게 손을 흔들었지만, 액셀은 이미 눈을 다 치워 길 양옆에 쌓아둔 후 울프벗 로드를 타고 아내에게 돌아가는 중이었다.

"흠, 이것만은 분명해요, 칼라일 맥밀런. 어젯밤에 여기서 있었던 일은 그다지 오랫동안 비밀로 남지는 않을 거예요. 액셀이 대니스에 들르고 나면, 식당 구석에서 사람들이 킬킬거리며 내 브롱코가 눈을 80센티미터나 뒤집어쓰고 당신 집 밖에 주차되어 있었다는 이야기를 할 테니까요. 그건 그렇고, 이만 가봐야겠네요. 셀마에게 오늘 출근하겠다고 했거든요. 내 차는 사륜구동이니까 읍내까지 갈 수 있을 거예요. 사실 어젯밤 눈 오는 걸 처음 알았을 때 곧장 출발만 했어도 집에 갈 수 있었다고요."

갤리가 입술 한쪽이 뒤틀린 미소를 지었다.

"그럴지도 모르죠. 하지만 난 우리 집에서 자고 가는 게 현명한 처사라고 생각했어요."

"나도요. 빗자루 있어요, 목수 아저씨? 차 위의 눈을 쓸어내야겠어요."

"당신이 부츠를 신는 사이에 내가 하죠."

포치에 앉아 있던 덤프 트럭은 공기의 냄새를 맡아보고, 앞발에 묻은 눈을 털어내더니 그 자리를 핥아댔다. 브롱코는 눈을 말끔히 털어냈다. 갤리는 미소 지었다.

"가끔 대니스에 들러요, 칼라일. 셀마가 안 볼 때 내가 살짝 특별 서비스를 줄 테니까요."

"대니스에서요? 카운터 위에서? 아님 냉장고에 기대서?

어디서요?"

"지난밤 이후로는 당신이 원하는 곳이라면 어디든지요, 목수 아저씨."

"좋아요. 곧 찾아가죠. 당신 제안을 받아들이겠어요."

어제 내린 눈에 반사되어 햇빛이 눈부시게 빛났다. 갤리가 양팔로 그를 껴안자 칼라일도 그녀를 껴안았다.

그녀의 브롱코는 사륜구동임에도 불구하고 좌우로 조금씩 비틀거리며 울프벗 로드로 진입해 이내 샐러맨더를 향해 방향을 틀었다. 칼라일은 집 안으로 들어갔고, 덤프 트럭이 그의 뒤를 따랐다. 적어도 십오 년 만에 가장 좋은 기분을 느끼며 그는 연장벨트를 허리에 둘렀다. 그리고는 커피를 한 모금 마신 뒤 사다리를 올라갔다. 덤프 트럭은 꼬리를 등 위로 말아올리고, 갑자기 야성적인 기운에 사로잡혀 다락방으로 향하는 계단을 뛰어 올라갔다. 그리고는 깜박거리는 눈으로, 가릉거리며 난간 사이로 칼라일을 바라보았다.

제 **11** 장

오픈 하우스

노인은 나보다 스무 살이나 많았는데도 음주에 있어서는 나보다 기운이 넘쳤다. 열한 시가 다 될 때까지 주인은 계속 바 뒤에 서 있고, 영업이 끝날 기미가 없자 나는 말했다.

"여러 가지 말씀 정말 감사합니다. 하지만 너무 힘들게 해 드리고 싶진 않군요. 내일이나 모레 여기서 다시 뵙는 게 어떨까요."

"난 걱정하지 말게. 이렇게 좋은 술을 마실 기회는 자주 오지 않으니까. 게다가 나 같은 늙은이는 당장 내일 죽을지도 모르거든."

나는 녹음기에 새 테이프를 집어넣었다.

"칼라일 맥밀런이 이 마을에 온 지 이틀째 되던 밤, 그가 우리 집 창문을 바라보며 손을 흔들었을 때 나도 손을 흔들기는 했지만 정말 깜짝 놀랐다네. 따지고 보면 그렇게 놀랄 일도 아니었는데 말이야. 그날 아침 난 대니스에서 그를 자세히 살펴봤는데 곧 그가 비범한 젊은이라는 걸 알았거든. 눈빛이 남달랐어. 제 나이에 비해 훨씬 나이를 먹은 눈빛이었지. 마치 그동안 많은 것을 보고, 겉으로 드러나는 것보다 훨씬 많은 것을 알고 있는 사람처럼.

그래서 그해 겨울, 중급 눈보라가 잠잠해진 뒤 스무 시간쯤 지났을 때 난 대니스에 앉아 거기 비치해 둔 『하이플레인스 인콰이어러』를 읽고 있었지. 그건 우리 주의 대표 신문이나 다름없는 신문이거든. 멀 백비가 유일한 직원인 샐러맨더의 도로청소과가 눈을 깨끗이 치워둔 덕에, 모닝커피 손님들은 눈보라로 하루 결석한 뒤 다시 대니스에 모일 수 있었어.

갤리가 점심 손님 맞을 준비를 끝마쳤을 때 모닝커피 손님들은 폭풍에 대해 이야기하고 있었지. 그녀가 잠시 부엌으로 들어가자, 액셀 루커가 몸을 수그리더니 자기 테이블과 그 옆 테이블에 앉은 사람들에게 새로 알게 된 사실을 말해주었어. 어제 칼라일의 집 앞 오솔길의 눈을 치워주러 갔을 때 갤리의 브롱코가 거기 세워져 있었다고 말이야. 그것도 차 위에 정확히 그날 내린 양만큼의 눈이 쌓인 채로.

그들의 논리력으로는 상당히 버거운 일이었지만, 마을 사람들은 갤리가 눈이 내리기 시작했을 때부터 칼라일의 집에 있었던 게 분명하다는 사실을 추론해 냈다네. 우리 샐러맨더 고등학교의 기하 선생님이 말씀하셨듯이 '입소 팩토((Ipso facto, 그 사실 자체로)' 갤리가 눈이 내리기 전에 칼라일의 집에 도착해 그곳에서 하룻밤을 보냈다는 뜻이지.

그것만으로도 칼라일과 갤리는 10점 만점의 샐러맨더 부도덕 저울에서 8점을 차지하기에 충분했어. 먹는 일이 가장 큰 즐거움인 시골에서는 그 저울이 이런 사건을 평가하는 가장 일반적인 방법이라네. 교회 부녀회가 이 소식을 접했을 때는 그것이 진지하지 못한 관계라는 점에서 또 1점이 부과되었지. 그렇게 되자 사람들은 이제 그 사건의 양과 질에 대해 추측하기 시작했어.

그 외에도 대니스의 카운터에 죽치고 앉아 있는 사람들의 말에 의하면, 갤리가 칼라일에게 미트 로프와 핫터키 샌드위치를 줄 때마다 그의 접시에 으깬 감자 한 덩어리가 덤으로 얹혀 있었다는 거야. 그게 결정타였지. 그걸로 10점 만점 저울의 맨 꼭대기에 달린 벨이 요란하게 울리며 머트의 주유소를 들썩이게 했고, 그 후로도 며칠간 그 여운이 메인스트리트를 맴돌았어.

사람들 관찰하기 좋아하는 구경꾼들은 갤리의 전반적인 행동이 변하고 평소보다 훨씬 더 친절해졌다고 했지. 한 마디로 말해서 증거가 사방에서 넘쳐났고, 만장일치로 칼라일과 갤리가 현재 연인이라는 결론에 도달하게 되었어. 억지소리 잘

하는 바비 에킨스라면 아마도 또 다른 식으로 말했을 테지만. 갤리와 칼라일의 문제가 잠잠해지자 샐러맨더 사람들은 예전처럼 좀더 재미없는 주제들로 관심을 돌렸지. 죽음과 정치 같은 거 말이야.

하지만 난 토요일 저녁 여섯 시 무렵이면 갤리가 대니스의 문을 닫고—토요일에는 그 시간에 영업이 끝나거든—차에 피크닉 바구니와 커다란 보온병을 싣는 것을 봤다네. 그러고는 마을 서쪽으로 차를 몰고 나가는 것도 지켜봤지. 혼자서 리틀샐러맨더 강으로 피크닉을 갈 리는 없고, 아마도 칼라일 맥밀런에게 가는 거겠지."

노인은 슬리피스 스태커 모텔에 들어오는 두 명의 카우보이를 향해 고개를 까닥이며 인사를 건넸다. 그 뒤를 이어 채석장 주인이자 여자들과의 관계가 끝날 때마다 그걸 자랑스럽게 떠벌리는 하브 거스리지가 들어왔다. 하브는 노인을 향해 손을 흔들었고, 노인은 무덤덤한 어조로 "하브."라고만 대답했다.

노인은 나를 바라보더니 하브를 향해 고갯짓을 하며 말했다.

"정확히 어떻게 했는지는 모르겠지만, 내가 저 녀석 채석장에서 돌을 파다 다친 뒤에 놈이 내 보험금을 빼돌려 버렸어. 개자식 같으니. 어쨌거나 아까 이야기로 돌아가서, 칼라일 맥밀런이 그 집을 완성하는 데는 일 년이 약간 넘게 걸렸어. 하루 종일, 매일 일하면서 말이야. 물론 돈을 벌기 위해 여기저기서 약간씩 다른 일을 하고 다니긴 했지. 쓸모없는 우편물을 가지러 우체국에 갔다가 대니스에 들러 사람들 이야기를 듣다보니 나는 그 집의 진행 상황에 대해 꽤 상세히 알 수 있었어. 다리가 불편한 데다 별 쓸모도 없는 늙은이한테도 나름대로 장점이 있게 마련이지. 왠지는 몰라도 사람들은 내 앞에서 거리낌 없이 이야기하거든. 마치 내가 그 자리에 없는 것처럼 무슨 말이든 하지. 어차피 나같이 노쇠한 늙은이는 소문을 퍼뜨릴 말상대조차 없다고 생각하나봐. 하지만 그건 실수야. 나 같은 늙은이는 사람들이 뭐라고 떠들어대든, 어떻게 생각하든 콧방귀도 안 뀌거든. 진실을 알고 싶나? 그렇다면 늙은이와 꼬마에게 물어봐.

많은 사람들이 칼라일을 귀찮게 하면서 공사를 마치면 집을 볼 수 있냐고 물어봤지. 그래서 마침내 작년 여름, 칼라일은 『샐러맨더 센티널』에 작은 공고를 실었어. 다음 토요일과 일요일, 정오에서 저녁 여섯 시 사이에 집을 구경하고 싶은 모든 사람들에게 자기 집을 공개하겠다는 내용이었지. 갤리는 내게 칼라일의 집을 보고 싶은지, 보고 싶다면 자기 차로 태워주겠다고 말했어. 난 지난 이 년간 마을을 나간 적이 한 번도 없어서 그녀의 제안을 받아들였지. 칼라일의 집을 보고 싶기도 했고, 그냥 시골 경치를 보고 싶기도 했어.

그건 충분히 다녀올 만한 가치가 있는 여행이었지. 갤리는 마시 잉글리시와 함께 인자한 안주인 역할을 해냈어. 마시는 갤리네 집이 있는 길의 아래쪽에 사는 여자였는데, 갤리를 도와주러 왔지. 두 사람은 커피와 쿠키를 대접했고, 올챙이를 구경하러 개울로 달려가는 아이들을 위해서는 펀치를 준비했어. 갤리의 설명에 따르면 연령, 인종, 종교가 각기 다른 257명의 사람들이 집을 구경하러 와서 넋을 잃고 봤다더군. 늙은 이들을 본 독수리 서너 마리가 집 근처를 배회하긴 했지만 말이야. 칼라일은 세심하게도 휠체어가 들어올 수 있는 경사로와 다른 편의시설을 설치해 놓았다네. 우리같이 몸이 약간 불편한 사람들도 집 안으로 들어올 수 있도록.

캐시와 알로 그레고리안이 왔고, 다들 어린 미르나가 얼마나 빨리 크는지 한 마디씩 했지. 르로이와 올리, 해먼드 부인도 왔어. 휴이와 프랜 스베르슨 부부도 왔고, 비니 위커스는 오지 않았지. 인디언과 수잔나 벤틴은 방문객들이 모두 떠난 둘째 날 찾아와 뒤처리를 도왔다네.

바비 에킨스는 '염병할, 집이 다 거기서 거기지 뭐. 난 안 갈 거야.' 라고 말했지만, 결국엔 그녀석도 왔지. 그러고는 찍 소리도 없이 존경스런 눈초리로 집 안을 둘러보더군. 칼라일의 솜씨에 대한 소문은 남동쪽으로 64킬로미터나 떨어진 폴스시티까지 퍼져 그 먼 곳에서 찾아온 사람들도 몇 명 있었어. 폴스시티에 있는 『베터 홈즈』와 『가든 리얼리티』 잡지사에서도 소문을 듣고 진상 파악을 위해 세실 맥클린이라는 기자를 보냈지. 아울러 이젠 집 공사가 끝났으니 혹시 칼라일에게 그 집을 팔 의향이 있는지 알아보라고 했어. 세실은 칼라일에게 이 집을 팔 목적으로 지은 것인지, 그렇다면 신원을 밝힐 수는 없지만 자신이 이 집에 관심을 가질 만한 구매자를 알고 있다고 말했지. 칼라일은 웃으며 그럴 생각은 없지만 어쨌든 고맙다고 말했어. 그러고는 고개를 절레절레 흔들며 걸어갔지.

칼라일의 솜씨 덕분에 당장이라도 허물어질 듯했던 윌리스턴 플레이스는 지금껏 내가 본 집 가운데 최고의 집으로 변해 있었어. 그 집과 주위 환경이 마치 잘 만들어진 하나의 장식장 같은 외관과 느낌을 가지고 있었다네. 나는 특히 그가 최근에 깔았다는 낙엽수로 만든 마룻바닥이 인상적이었어. 그건 샐러맨더고등학교의 체육관 바닥을 뜯어온 거였거든. 난 그 바닥 위에 서서 1934년 1월, 카운티 토너먼트 결승전에서 리버모어 치프팀을 참패시켰던 내 언더핸드 슛을 회상했지.

마룻바닥 다음으로 내 마음에 들었던 건 집의 남쪽 벽을 따라 지어놓은 작은 온실이었어. 그곳은 집 내부와도 연결되어 있었고, 외부의 문을 통해서도 들어갈 수 있었지. 그렇게 작은 공간은 아니었어. 집을 따라 세로로 쭉 이어졌으니까 한 3미터 정도 되었을 거야. 바닥에는 벽돌을 깔고, 집의 다른 부분과 마찬가지로 아메리카 삼나무로 벽을 만들었지. 그리고 지붕은 나무 테두리가 둘러진 5.4미터의 유리창을 격자 세공 배열로 해서 경사지게 만들었어. 칼라일은 적설량, 강우 유출량 등을 계산했고, 좀더 작은 크기의 유리들을 적당한 각도로 기울임으로써 유리 지붕은 깨지기 쉽다는 대니스 남자들의 우려를 일축해 버렸지.

그때쯤 수잔나와 갤리는 어느 정도 친구가 되어 있었고, 그

두 사람의 도움을 받아 칼라일은 온실에 온갖 종류의 화초들을 걸어놓았어. 거기다 화분에 담긴 식물과 꽃들도 들여놓았지. 또 다섯 명이 먹고도 남을 야채를 키우는 미니 정원도 있었다네. 칼라일이 수잔나 벤틴에게서 빌린 원예책에서 아이디어를 얻었다더군.

이 식물들 사이사이로 작은 벤치들이 흩어져 있어서 거기 앉아 식물들이 자라는 모습을 구경할 수 있었지. 나는 고무나무 뒤에 앉아 있었는데, 우연히 앨마 힉먼이 주위를 둘러본 후 커다랗고 빨간 토마토를 자기 가방에 집어넣는 걸 봤다네. 난 거기 있었지만, 앨마는 날 못 본 게지.

지금쯤이면 자네도 이 근방의 새 집들이—얼마 없긴 하지만—대부분 폴스시티의 할인 트레일러회사에서 만든 이동식 집(공장에서 미리 만들어 살 곳으로 배달되는 집 : 옮긴이)이거나, 역시 폴스시티의 그레이트 웨스트 컴퍼니에서 만든 조립식 주택이라는 걸 알았을 거야. 여기는 워낙 공간이 남아도는 곳이라 사람들은 집을 여러 개의 작은 방으로 나누고, 집의 절반에만 와글와글 모여 있는 걸 좋아하는 것 같아. 사람들은 아마도 자기 집에 거실, 식당, 부엌, 그리고 침실 세 개 등이 있다는 말을 하고 싶었던 것 같아. 그렇게 말하면 꼭 상류층 사람이 된 것처럼 들리잖아. 라디오 광고 같은 걸 들어봐도 그렇고.

충분히 납득할 만한 일이지. 그런데 칼라일의 집에 방이 딱 두 개밖에 없다는 사실에 사람들은 충격을 받았어. 하나는 아메리카 삼나무로 만든 샤워부스가 딸린 욕실이고, 다른 하나는 그 외의 나머지 방들이 합쳐진 공간이었지. 한 마디로 말해서 그 집은 무척 단순했어. 또 다른 말로 표현하자면, 트여 있었지. 어떻게 보면 세이커교도들의 집을 모방했다고 할 수 있어. 그리고 가구의 상당부분은-가구라고 해봐야 많지 않았고 대부분 그가 직접 만든 거였지만-사용하지 않을 때는 벽에 걸려 있었지.

칼라일은 멋지게 구부러진 계단을 통해 올라갈 수 있는 다락방을 만들었어. 리틀샐러맨더 강에서 발견한 길고, 굴곡진 부목으로 난간을 만들고 말이야. 그 집은 기본적으로 커다란 방 하나로 이루어진 셈이었지만, 그런 기분이 들진 않았어. 칼라일이 화분이며 책꽂이를 잘 배열해 공간을 나눠놓았거든.

여자들은 감탄사를 연발하며 그의 부엌을 칭찬했어. 특히 그가 여기저기서 재료를 긁어모아 만든 장식장은 대단했지. 그의 은식기와 접시, 그 밖의 다른 물건들은 다소 잡다했어. 바자회나 폴스시티 자선단체 행사장에서 찾아낸 물건들이었으니까. 하지만 그에게는 좋은 물건을 고르는 안목이 있었지.

집은 아메리카 삼나무를 재활용해서 지어진 덕분에 전체적으로 윤기 나는 황금빛 호박색을 띠고 있었다네. 곳곳이 반짝거리고, 멋있고, 따뜻해 보였어. 어딘가에 앉아서 책을 읽거나 벽에 걸린 다섯 줄짜리 밴조를 집어들고 싶게 만들어졌지. 하지만 몇몇 사람들에게는 마음에 거슬리는 점이 한 가지 있었어. 그건 바로 맨틀피스 위에 있는, 야성적인 머리를 한 벌거벗은 여자의 작은 조각상이었지. 그 조각상은 교회의 여성 신도들을 화나게 했고, 그들은 차를 타고 집으로 돌아가는 내내 그것에 대해 떠들어댔지. 하지만 젊은 여자들은 그렇게 생각하지 않았어. 그 조각상을 본 뒤로 칼라일에게 집에 대해 더 많이 물어봤지. 시종일관 미소를 띤 채로 말이야.

뒷문으로 나가면 예닐곱 명은 충분히 들어갈 만큼 커다란 나무 욕조가 딸린 데크가 있었어. 쌍안경을 가지고 다니는 꼬마들은 칼라일이 없을 때 갤리와 수잔나가 함께 욕조에 들어간 걸 봤다고 말했지. 길에서 약간 어정쩡한 각도로 봤기 때문에 확신할 수는 없지만 말이야. 수잔나와 갤리가 함께 있을 때 마시 잉글리시도 끼어 있었다고 말하는 아이도 있었지.

그 데크에는 나무로 만들어진 통로가 이어져 있었어. 지상에서 1.8미터 정도 올라간 것으로 13미터의 발판 위에 놓여 있었는데 그 길을 따라가면 작업장이 나오지. 작업장은 폭 3미터, 길이 4.5미터로 색깔과 세부 구조는 물론 널빤지로 만든 지붕까지 집과 조화를 이루고 있었어. 이 작은 건물 안에는 접었다 폈다 할 수 있는 작업대, 찬장, 칼라일의 모든 연장을 걸어둘 수 있는 갈고리가 있다네. 칼라일 맥밀런은 가지고 있는 연장이 아주 많았으니까.

그 밖의 흥미로운 건 칼라일의 박쥐집이었어. 대부분의 사람들이 박쥐에 대해 가지고 있는 이미지라고 하면, 어느 여름날 엄마가 빗자루를 흔들며 거실을 돌아다니고, 다른 가족들은 양팔로 머리를 가린 채 광견병이며 드라큘라에 대해 소리를 지르는 모습이지. 하지만 칼라일은 박쥐들이 곤충을 잡아 먹는다는 걸 알고 있었어. 따라서 곤충이 없는 깨끗한 정원을 유지하는 한 가지 방법은 박쥐를 이웃으로 삼는 것이라는 사실도. 그 점을 염두에 두고 칼라일은 집 앞 떡갈나무 위에 박쥐집을 지었지. 박쥐들이 이사 오려면 시간이 좀 걸릴 거라면서. 하지만 결국엔 박쥐들이 찾아왔어.

현관 위에는 상징 하나가 깔끔하게 새겨져 있었지. 대부분의 사람들은 그게 무슨 의미인지 묻기를 꺼려했어. 아마도 무슨 대답을 들을지 두려웠던 게지. 그 상징 아래에는 '코디를 위해서' 라고 새겨져 있었어. 칼라일은 그게 무슨 뜻인지 묻지 않아주었으면 좋겠다고 했고, 다들 그의 의견을 존중했어. 옛날에 잘나가는 부동산 중개업자였던 세실 맥클린만이 그렇게 외관을 손상시키면 집 값이 상당히 떨어진다고 한마디했지.

어쨌거나 참 즐거운 주말이었어. 이틀 연달아 온 사람도 있었어. 두 번째 올 때는 피크닉 도시락을 싸가지고 말이야. 우리 마을의 환경단체에서는 칼라일이 작은 댐을 설계하도록 도와줬어. 시내를 막아 1,200평 정도의 멋진 연못을 만든 거지. 사람들은 연못가에 앉아, 늘 텔레비전만 보면서 사느라 몇 년 동안 만나지 못했던 이웃들과 이야기를 나눴지.

물론 나도 이틀 내리 갔어. 둘째 날엔 셀마 엥글스트롬의 차를 타고 말이야. 난 주로 연못가에 앉아서 잔디의 감촉을 느끼고, 연못을 바라봤다네. 난 교통수단이 없기 때문에 샐러맨더 마을에 갇혀서 지내다시피 했거든. 그렇게 햇빛 아래 앉아서, 칼라일의 집 맞은편 숲을 맴도는 작은 매들을 바라보니 기분이 좋더군. 그게 무슨 매인지는 잘 몰라도 아주 옛날에 봤던 기억이 나. 최근에는 통 못 봤지.

칼라일은 사람들에게 설명하고, 손가락으로 가리키고, 질문에 대답하는 그 모든 과정을 즐기는 것 같았어. 그가 가끔씩 갤리를 살짝 만지는 걸 눈치 챈 사람들도 있었지. 바비 에킨스는 아무도 보는 사람이 없다고 생각한 칼라일이 갤리에게 다가가 그녀의 엉덩이를 만지는 걸 봤다고 주장했어. 바비는 전에 갤리에게 한두 번 접근한 적이 있었다더군. 이른바 '경험이 적은' 여자를 더 선호하긴 해도 말이지. 하지만 갤리는 그의 손등에 뜨거운 커피를 부어버렸다지. 순전히 실수였다고 우기면서 말이야.

폴스시티에서 온 사람들은 완전히 다른 부류였지. 아무래도 그곳은 군소재지에 대학도 있고, 몇몇 공장을 유치하는 데 성공했으니까. 의사며 다른 분야의 전문가들이 대부분이었어. 칼라일의 소문을 듣고 폴스시티의 『옵저버』에서는 집을 보고 오라고 한 기자를 보냈어. 사진을 찍기 위해 사진작가까지 딸려서 말이야. 그들은 칼라일과 집에 대해 칭찬 일색인 기사를 썼고, 칼라일을 이 지역의 가장 위대한 목수 가운데 하나라고까지 칭했지.

그 이후로 칼라일에게는 폴스시티와 그 인근 지역에서 일이 쏟아져 들어왔어. 사람들은 그의 느리고 철두철미한 작업 방식을 참아내야 하지만, 결과는 그럴 만한 가치가 있다고 말했지. 그는 육 주 가운데 사 주만 일했기 때문에 그에게 일을 맡기기 위해서는 그가 준비될 때까지 기다려야 했어. 또한 그에게 자기가 원하는 게 뭔지 말하거나, 심지어는 인테리어잡지의 사진을 보여주는 일은 절대 하지 말아야 한다고도 말했어. 우리가 할 수 있는 일은 그저 새로 짓게 될 집이 우리 인생에서 어떤 역할을 해주기를 바라는지 말하는 것뿐이야. 그런 다음에는 폴스시티의 한 의사 부인의 말처럼, '뒤로 물러서서 그에게 모든 것을 맡겨. 그럼 그가 당신에게 완벽한 집을 만들어줄 거야.'

여자들이 그가 일하는 모습을 지켜보길 좋아한다는 소문도 있었어. 그가 일할 때면 늘 빨간색이나 노란색 두건을 두르고, 정말로 멋진 손가락을 가지고 있다고들 했지. 여자들은 창문 너머로 그의 길고 마른 몸을 바라보며, 제대로 근육이 잡혔다고 생각했어. 브리지(카드 놀이의 일종: 옮긴이)클럽에 나온 한 여자는 칼라일이 나무를 쓰다듬는 모습이 마치 여자를 애무하는 것 같다고 말했어. 그 말이 돌고 돌면서 칼라일에게는 더 많은 일거리가 들어왔지. 물론 칼라일 본인은 그런 사실을 까마득히 몰랐지만.

대체로 이 코디라는 사람은, 그가 누구든 간에, 여키스 카운티에 상당한 영향을 미쳤어. 아니 그 이상이었지. 사람들이 자신들의 집을 짓는 방식을 다시 생각하기 시작했으니까. 비록 샐러맨더 주민들은 조립식 주택이나 이동식 주택에 살고 있었지만. 칼라일의 취향이 '너무 캘리포니아적'이라거나 '

너무 비싸다'고 말하는 사람들도 있었어. 사실 그가 집을 고치고, 가구를 만들고, 생활용품을 들여놓아 자신의 프로젝트를 완성시키는 데 4,000달러 미만이 든다는 것은 잘 알려진 사실이었는데도 말이야. 지방 목재소와 건축 부품 공급업자들은 그 액수가 너무 적어 걱정하기도 했어. 하지만 전혀 그럴 필요가 없었지. 휘어지기 직전의 새 나무며 다른 허접한 물건에 소비자가격을 몽땅 지불하는 머저리들은 항상 있게 마련이니까.

비록 칼라일은 샐러맨더 주민이 아니었고 앞으로도 절대 그렇게 될 리 없었지만, 적어도 많은 마을 사람들로부터 존경을 받았지. 그는 지리적으로나 정신적으로나 우리와 동떨어져 있었어. 그렇다고 해서 그가 불친절하다거나 건방지다거나 그런 건 절대 아니야. 그냥 그가 보통 사람들과 다른 우선순위를 가진 사람이라는 걸 알 수 있거든. 그냥 알 수 있어.

그렇다고는 해도 그는 토요일마다 갤리를 르로이스에 데려갔어. 토요일은 게이브 오루크가 아코디언 연주를 하는 날이거든. 게이브는 옛날 폴카며 투스텝, 컨트리송 등 사람들이 좋아하는 노래를 연주했지만 열 번째 곡만은 반드시 자기가 좋아하는 곡을 연주했어. 처음에는 야유꾼들이 '그 쓰레기 같은 곡은 뭐야, 게이브?' 하고 소리쳤지. 그러자 게이브는 그 야유꾼을 가만히 바라보며 아주 조용히 말했어. '이건 탱고다. 이 멍청한 자식아.' 그 이후로는 더 이상 아무도 묻지 않았어.

게이브는 파리를 해방시킨 미군 가운데 하나였고, 군대가 동쪽으로 이동한 뒤에도 계속 파리에 남아 그곳을 지켰지. 그는 매일 밤 작은 카페들을 돌아다녔는데 어디서나 탱고가 많은 마니아들을 거느린 채 유행하고 있었어. 그는 거기서 탱고를 연주하는 법을 배운 거야. 그것도 아주 잘 연주하는 법을.

르로이스의 문이 열려 있는 여름밤이면 나는 창가에 앉아 게이브의 연주를 듣지. 음악은 손님들 위를 떠돌아 길을 건너 내 귀에까지 들려와. 옛날에 나도 파리에 있었거든. 탱고도 들었고. 나는 음악을 들으며 내가 사랑했던 프랑스 소녀를 생각하지. 그리고……."

노인은 자신의 생각을 잠시 미완성인 채로 남겨두며 침묵으로 끝을 맺었다. 그는 자기 앞에 놓여 있던 남은 호박색 진실을 마셔버리고, 잠깐 동안 이를 악물었다. 양 입술을 입 안쪽으로 꼭 말더니 손으로 숱이 얼마 없는 회색 머리칼을 쓰다듬었다. 노인이 나를 올려다보았다.

"그 여자를 얼마나 사랑했는지 모른다네. 그녀의 이름은 아멜리에였고, 그녀도 날 사랑했지. 하지만 아이크(아이젠하워 장군의 애칭: 옮긴이)는 우리를 독일로 보내 난 오랜 시간이 흐른 뒤에야 파리로 돌아올 수 있었어. 난 그녀를 찾아다녔지. 두 달간 찾아 헤맸지만 어디서도 찾을 수 없었어.

그걸로 내 위대한 열정도 끝나버렸어. 결국 난 리버모어의 한 소녀와 결혼해 딸을 낳았지만, 그 파리의 사랑과 같을 수는 없었어. 춥고 비 오던 날 그녀와 함께 파리의 다락방에 누워 있던 때와는 비교도 할 수 없지. 절대로. 난 그녀를 위해 그 빌어먹을 독일군과 싸웠어. 그래서 난 언제나 게이브가 연주하는 탱고가 좋았다네. 탱고를 들으며 샐러맨더의 메인스트리트를, 저 멀리 초원을, 사방에 깔리기 시작하는 진한 푸른색 황혼을 바라봤지. 그리고 아멜리에를 생각하고, 파리의 지붕 위로 떨어지는 빗방울과 음악 소리가 들리던 그 젊은 시절을 생각해.

게이브는 〈고엽〉도 연주했어. 〈고엽〉은 원래 프랑스 노래야. 그 친구는 그 곡을 아주 부드러우면서도 단순하고, 아주 구슬프게 연주했지. 그러면 나는 침대에 누워 아멜리에와 파리를 회상해. 그녀가 내 품에 안겨 있던 느낌을 떠올리며 그녀가 아직 살아있는지, 살아있다면 뭘 하고 있을지 궁금해한다네. 그렇게 잠 속으로 빠져들면서 내 눈가는 약간 젖어들지. 그 모든 것들이 내게서 어떻게 사라져갔는지 생각하면서."

제 **12**장

작은 매의 숲

초여름, 칼라일은 오픈 하우스 전까지
마쳐야 할 사소한 배관 문제와 전기 작업만 제외하고 집 공사
를 모두 마쳤다. 덕분에 그는 갤리와 더 많은 시간을 보낼 수
있었고, 자신의 다른 관심사에도 더 신경 쓸 수 있었다. 지난
봄에는 『마더 어스 뉴스』를 읽던 중 다섯 줄짜리 밴조를 만들
어야겠다는 생각이 떠올랐다. 그래서 기본 형태를 그리고, 연
구하고, 몇 가지 개선점을 찾아냈다. 그러던 어느 날, 한 차고
세일에서 네 줄짜리 낡은 깁슨 밴조가 케이스 채로 놓여 있는
것을 발견했다. 그는 깁슨 밴조를 분해해 톤링(Tone Ring, 밴
조의 음색을 결정하는 중요한 부품 : 옮긴이)만 빼내 자신이 직접

만든 얇은 단풍나무 림(Rim, 밴조의 틀: 옮긴이)에 집어넣은 다음, 하루 동안 빌린 목공 기계로 밴조를 마무리했다. 밴조의 목 부분은 폴스시티의 건축 현장에서 주운 마호가니 조각을 손으로 직접 조각해서 만들었고, 그 위에 정확하게 프렛을 달았다.

밴조의 음색은 꽤 괜찮았다. 책 몇 권과 테이프만으로 독학한 탓에 시원찮은 연주 솜씨였음에도 그 정도면 좋은 소리였다. 덤프 트럭도 분명 만족하는 것 같았다. 그 까다로운 수고양이가 별다른 불만을 보이지 않았기 때문이다. 갤리도 토요일 밤 둘이서 맥주 한두 잔을 마신 뒤 칼라일이 들려주는 밴조 연주를 좋아했다. 칼라일은 밴조에 맞춰 〈저 먼 곳의 길〉이나 〈버펄로 모피 상인〉을 노래했다.

노인의 말대로 칼라일은 게이브 오루크의 연주에 빠져 있었다. 토요일 밤이면 게이브는 대개 기타 연주자를 데려왔는데 그의 손가락은 사십 년 된 마틴뉴요커 기타의 흑단 지판(指板) 위를 자유자재로 오갔다. 두 사람 모두 세련된 연주자였고, 그 사실은 칼라일을 놀라게 하는 동시에 즐겁게 했다. 그는 이 고원에서 누릴 수 있는 즐거움에 대해 과소평가하고 있었음을 인정했다. 두 사람은 마을 사람들에게 익숙한 곡을 꽤 많이 연주했지만, 가끔씩 진지하게 탱고를 연주했다. 처음에 칼라일은 자기 귀를 믿을 수가 없었다. 이건 진짜 탱고였다. 아르헨티나나 파리의 클럽에서 직접 듣는 듯한 탱고 연주가 이 샐러맨더의 르로이스에서 울려퍼지는 것이다.

어렸을 때 칼라일의 집에 종종 들르던 사람 가운데 루이스라는 남자가 있었다. 그는 기름을 발라 뒤로 넘긴 검은 머리에 약간 건방진 구석이 있는 탱고 댄서였다. 어느 날 밤, 칼라일은 빨간 감초 뿌리를 씹으며 루이스가 거실에 모인 사람들에게 탱고란 우주적 의미가 담긴 유일한 춤이라고 설명하는 것을 들었다. 루이스의 말에 따르면, 탱고 동작은 여성에 대한 남성의 지배를 의미한다고 했다. 그런 지배가 자연에 대한 남성의 잔인한 태도로까지 이어지며, 이는 여성의 자연적 본능과 대조되는 것이라고도 했다. 강의를 채 끝마치기도 전에 루이스는 반쯤은 논리정연한 이론을 만들어냈다. 탱고에만 있는 독특한 동작 속에서 모든 역사와 우주의 양상을 발견할 수 있다는 것.

루이스의 강의를 들었을 때 칼라일은 열한 살이었다. 강의가 끝난 후, 루이스는 자신의 주장을 뒷받침하기 위해 거실에서 직접 탱고 시범을 보였다. 그의 파트너는 기꺼이 지배받고 싶어하는, 적어도 칼라일의 순진한 눈에는 그렇게 비쳤던 육감적인 수채화가였다. 그러나 그 일을 회상하며 칼라일이 가장 흥미롭게 생각한 점은 루이스가 우주에 대한 자기만의 이론을 갖고 있었다는 점이다. 물론 그것이 과학 시간에 배운 것과 완전히 다르다는 건 인정한다. 하지만 적어도 루이스에게는 이론이 있었다. 진지한 과학자들이 그것을 믿고 안 믿고는 별개의 문제였고, 윈 맥밀런의 친구들은 그 이론에 감동을 받은 것 같았다. 그러나 루이스의 관심사는 그런 이론이 아니었다. 당시 칼라일은 그런 것들을 충분히 짐작할 수 있는 나이였다. 루이스는 수채화가와 탱고를 추는 데 훨씬 더 관심이 있었고, 결국엔 성공한 셈이었다.

그로부터 몇 년 후, 칼라일은 훗날 회상할 때마다 몸서리를 치게 만드는 어리석은 짓을 저지르고 말았다. 코디 할아버지에게 루이스의 이론을 말하면서, 그 이론이 맞다고 생각하는지 물어보는 만용을 부린 것이다. 코디 할아버지는 그를 바라보더니 파이프에 담배를 채워넣으며 두 가지를 말했다. 첫째, 우주에 관해서건 탱고에 관해서건 자신은 별로 생각해 본 적이 없다는 것. 둘째, 칼라일이 트럭에서 내려 연귀이음통을 가져다주면 고맙겠다는 것. 그 후로 칼라일은 더 이상 그에 대해 생각하지 않았다.

게이브는 탱고를 완벽하게 연주했다. 칼라일이 즐겨 말하듯, 제대로 연주했다. 그의 음악에는 분명한 여백이 있었으며, 최소한으로 절제되어 있었다. 훌륭한 기술에 대한 헨리 워턴 경의 기준처럼 실용성, 견고함, 즐거움이 있었다. 처음 게이브가 탱고를 연주했을 때 마을 사람들은 야유를 보냈지만, 얼마 후 그들은 그가 진지하게 탱고를 연주하고 있다는 것을 알게 되었다.

칼라일은 아코디언이란 악의가 있는 악기라고 믿었다. 어떤 소리와도 어울릴 수 없는 독특한 음색을 가지고 있기 때문이다. 밤이 깊어가고 르로이스가 한산해지면, 갤리와 칼라일은 천천히 멋지게 춤을 추었다. 게이브는 오래된 명곡들을 알고 있었기 때문에 갤리는 그를 좋아했다. 그녀는 〈스타더스트〉와 〈난 당신을 기억해요〉같이 옛날 플래그스톤 댄스홀에서 들었던 좋은 노래들을 신청했다. 게이브는 그 곡들을 모두 알고 있었다.

칼라일은 언제나 가장 좋아하는 곡 가운데 하나인 〈고엽〉을 신청했다. 코디 할아버지가 마무리의 순간에 장식장을 쓰다듬는 것과 똑같은 방식으로 선율을 쓰다듬는 게이브의 독특한 연주는 칼라일의 가슴을 갈가리 찢어놓았다. 기타 연주자는 단조 선율 속으로 조용히 들락날락거리며 게이브의 연주에 풍부한 화음을 덧붙였고, 때로는 짧고 빠른 연주로 받아쳐 게이브의 아코디언 연주를 완성시키기도 했다.

그리하여 칼라일은 샐러맨더라고 하는 마을에 정착하게 되었다. 그와 갤리는 르로이스에서 춤추고, 시골길을 드라이브했으며, 코디 기념관에서 사랑을 나누고, 서로를 위해 요리하고, 큰 봉지에 팝콘을 담아 리버모어의 자동차 극장에 갔다. 그녀가 부탁하면 칼라일은 벽에서 다섯 줄짜리 밴조를 내려 기본적인 크로우해머 기법으로 연주했다.

우리 아버지는 여키스 카운티의 농부였다네.
1만 평의 땅을 갖고 있었고
늘 속마음을 중얼거리셨지.

한 번은 충동적으로 트럭의 시동을 걸고, 방수천으로 덮여 있는 상자에 가방 두 개를 실은 뒤 라스베이거스까지 1,583킬로미터를 달려갔다. 갤리는 라스베이거스에 가본 적이 없었다. 잭은 언젠가 데려가겠다고 약속했었지만, 끝내 그 약속을 지키지 못했다.

그들은 바르바리 코스트라는 호텔에 머물며 블랙잭을 했다. 한창 혈기 넘치던 시절, 칼라일과 버디는 정기적으로 샌프란시스코에서 라스베이거스나 리노로 달려가 블랙잭을 하곤 했었다. 토요일 늦은 오후, 그는 어깨 위에 갤리의 손을 얹은 채 25달러 테이블에 그린칩을 내려놓았고, 육 초마다 패를 내보이는 아이린이라는 여자 딜러와 일대일 대결을 펼쳤다. 그리고 십 분 만에 25달러를 900달러로 불려놓았다.

이렇게 잘 풀리는 카드 게임에는 바흐의 순수함과 정숙한 섹스의 정수가 담겨 있다고 칼라일은 생각했다. 패가 불리하게 나오자 그는 칩을 돈으로 바꾸고, 갤리를 비싼 가게로 데려가 새 드레스와 신발을 사주었다. 그날 밤, 새 옷을 입어 날씬하고 세련돼 보이는 갤리와 스탠퍼드대학에 다니던 시절의 옛날 옷-회색 트위드 재킷, 진회색 바지, 흰 셔츠, 줄무늬 넥타이-을 입은 칼라일은 갤리가 잡지에서나 보았던 우아한 작은 레스토랑에서 식사를 했다.

저녁식사 후, 칼라일은 전에 약속했던 대로 진짜 나이트클럽에 그녀를 데려갔다. 블랙잭을 하고, 저녁을 먹고, 춤을 추는 동안 칼라일이 가장 즐거웠던 것은 행복해하는 갤리를 보고, 그녀의 나지막한 웃음소리를 듣고, 고급 레스토랑의 메뉴

앞에서 당황하는 그녀의 모습을 지켜보는 것이었다. 그날 밤 늦게 두 사람은 달콤한 사랑을 나누었다. 갤리는 그의 귀에 자신이 얼마나 행복한지, 그를 얼마나 원하는지 속삭였다. 그도 똑같이 느꼈기에 그녀에게 그렇게 말해주었다. 다음날, 그들은 샐러맨더를 향해 차를 몰았다. 트럭 라디오의 노래를 따라 부르고, 그들 앞으로 점점 가까이 다가오는 서부 산맥을 바라보면서.

8월이 되자 갤리는 짐을 꾸려 스페어피시로 떠나 공부를 시작했다. 칼라일에게 편지도 썼다.

'정말 꿈만 같아요. 다시 열여덟 살로 돌아간 것 같아. 풋볼 시합에 가서 우리 학교 응원가까지 불렀다니까요. 날 보러 와요, 목수 아저씨. 보고 싶어요.'

시간이 지나면서 칼라일은 자신이 오직 한 가지 목적 때문에 샐러맨더에 왔음을 깨닫게 되었다. 이른바 '발전'이라는 경제적 거인을 피하는 것. 그는 그 거인이 자신을 알아보지 못하기를, 자신이 여키스 카운티에 제정신을 유지한 채 남아 있도록 내버려두고 지나가기를 바랐다. 칼라일은 나름대로 해결책을 찾아냈다고 생각했다. 나서지 않고, 좋은 직업을 갖되 지나치게 일하지 않으며, 욕하지 않고, 좋은 여자를 찾는 것. 매사를 간단히, 복잡하게 만들지 않는 것이다. 이 방법은 효과가 있는 것 같았다.

그리고 T-호크에게 관심이 생기기 시작했다. 그는 윌리스턴 플레이스에 온 첫날부터 작은 매들이 날아다니는 걸 알고 있었다. 집을 고치는 동안, 매들은 그의 머리 위를 맴돌거나 길 건너 작은 숲의 높다란 가지 위에 앉아 있었다.

육안으로 보기에 새들은 다 똑같아 보인다. 그 깃털과 약간의 신비로움, 그리고 자신들의 임무를 수행하기에 편하도록 설계되었다는 점까지. 덤프 트럭이라는 이름을 가진 고양이의 관심을 불러일으키는 것도 새들의 임무 가운데 하나였다. 여키스 카운티에서 칼라일의 관심을 끈 작은 매들은 마치 덜 자란 것처럼 일반 매에 비해 작았다. 하지만 녀석들은 자라는 기미가 보이지 않았고, 숲 근처를 배회하는 큰 매도 보이지 않았다. 매일 쌍안경으로 관찰한 결과, 칼라일은 그런 사실들을 확인할 수 있었다.

그는 새에 대한 일반적인 개론을 다룬 책을 샀다. 하지만 그 책에는 나와 있지 않았다. 다음에는 맹금류에 대해 좀더 세분화된 책을 샀다. 여전히 나와 있지 않았다. 이번에는 폴스시티 도서관에서 오로지 매만을 다룬 책을 빌렸다. 그 책의 247페이지에 실린 내용은 그를 살짝 몸서리치게 만들었다. 그것은 '팀머맨스 호크' 또는 'T-호크'로 불리는 이 작은 약탈자에 대한 간략한 개요였다. 그 설명에 따르면 T-호크는 대략 빨간꼬리매의 절반 크기였다. 개요는 이렇게 마무리 지어졌다.

한때 북부 그레이트 플레인스에서 흔한 것으로 알려졌던 T-호크는 이제 서식지를 잃고 멸종한 것으로 간주된다. 이유는 알 수 없지만 이 새는 특정한 숲에 강한 애착을 갖고 있으며, 새들에게서 공통적인 현상인 텃세를 부리기보다는 주기적으로 무리를 지어 다니는 행동을 보인다. 지방 서식지의 붕괴는 T-호크 거주지의 붕괴와 같은 의미인데, 그 후로 그들이 종족 번식을 거부하고 새로운 거주지를 찾아 이주하지 않았기 때문이다.

칼라일은 이 구절을 다시 한 번 읽고, 자신이 '멸종'이란 단어를 처음 들었을 때 그 느낌이 얼마나 싫었는지 기억해 냈다. 그 단어를 큰 소리로 발음하면, 마치 망치로 차가운 강철을 두드리는 느낌이 든다.

그는 책에 실린 T-호크의 그림을 자세히 본 다음, 쌍안경으로 자신의 머리 위를 날고 있는 새를 관찰했다. 이 두 과정을 몇 차례 반복했다. 그리고 그때부터 흥분되기 시작했다. 그의 다음 행보는 폴스시티대학의 과학부를 뒤지고 다니는 일이었다. 한 생물학자가 그의 이야기에 관심을 보였다. 처음에는 회의적이었으나 이야기를 듣고 난 후에는 꽤 흥분했다. 그날 늦게 아주 거창한 쌍안경을 들고 칼라일의 집을 찾아오기까지 했다. 그의 이름은 다릴 무어였다.

다릴 무어는 새를 바라보았다. 칼라일의 책을 들여다보고, 자신의 책을 보다가 다시 새를 쳐다보았다. 그는 이 모든 과정을 신중하게 여러 번 반복했다.

"칼라일, 아무래도 당신이 중요한 발견을 한 것 같군요."

그가 책에서 얼굴을 들더니 작은 숲 쪽을 바라보며 말했다.

"학회에서는 T-호크가 몇 년 전에 사라졌다고 믿고 있어요. 저 작은 녀석들, 더 정확히 말해 부테오 티머마니스는 19세기 동물학자인 H. L. 팀머맨의 이름을 땄죠. 처음으로 저 새들을 독립적인 종으로 밝혀낸 사람이거든요. 제가 보기엔 저 숲에 암수 한 쌍과 새끼들이 있는 것 같아요. 매는 아주 영토 지향적인데, 저 숲은 한 쌍 이상의 매가 지내기엔 공간이 충분하지 않거든요. 물론 가끔씩 무리를 짓는 행동을 보이기도 하지만. 당장 조류학자를 데려와야겠습니다."

칼라일은 다릴 무어를 바라보며 말했다.

"이렇게 하죠. 저 새들을 발견한 건 당신으로 합시다. 만약 저게 정말로 그 새라면요. 난 이 일에서 빠지기 위해 최선을 다할 겁니다. 정말이지 무슨 학회 같은 곳에 가서, 포치에 앉아 맥주를 마시며 내 고양이의 의견을 묻고 있다가 아무 생각 없이 어쩌다 저 새들을 보게 되었네 어쩌네 설명하는 일만은 죽어도 하고 싶지 않아요."

생물학자는 항의하려 했지만, 칼라일이 막았다.

"무어 씨, 저 새의 정체를 궁극적으로 밝혀낸 사람은 당신이잖아요. 난 그냥 짐작만 했을 뿐이죠. 난 종신교수가 될 사람도 아니니, 어쩌면 이 일은 당신에게 도움이 될 수 있어요. 하지만 내겐 아무 소용도 없죠. 그냥 친구에게서 저 숲에 작은 매가 살고 있다는 정보를 들었고, 당신은 과학자적 육감에 이끌려 이곳에 와본 걸로 해두죠."

"그건 정말로 옳지 못한 일입니다."

다릴 무어는 약간 충격을 받은 것처럼 보였다.

"좋아요. 그럼 당신이 오기 전까지 난 아예 이 새를 보지 못한 걸로 해둡시다. 이젠 모두 당신 거예요, 무어 씨. 다 가져가세요."

"글쎄요, 고맙군요. 그게 진심이라면요."

"진심이고말고요. 이제 당신이 아는 전문가에게 전화해 그 사람과 함께 공동으로 논문을 작성하세요. 당신에게는 아주 즐거운 일이 될 겁니다. 나도 내 나름대로 즐거울 거고요."

한동안 코디 기념관 앞에는 자동차들 때문에 먼지가 잦아들 날이 없었다. 대부분이 사륜구동과 지프로, 한쪽에 무슨무슨 학회 소속이라는 글씨가 씌어 있었다. 칼라일은 이 소동이 T-호크를 방해하는 건 아닌지 걱정되기 시작했다. 다릴 무어도 동감했다. 그리하여 그는 매 전문가들의 범람을 진압할 수 있는 방법을 찾아보기로 했다.

결국 이 새로운 발견에 대한 논문이 씌어졌다. 그러나 작은 약탈자들의 마지막 피난처일지도 모를 곳을 최대한 보호하기 위해 정확한 지리적 위치를 밝히는 일은 보류되었다. 그리고 칼라일은 더 이상 팔보다 긴 망원렌즈와 노트북을 갖고 다니는 과학자들에게 자신이 차를 타고 지나갈 수 있도록 제발 집 앞 오솔길에서 비켜달라는 말을 하지 않아도 되었다.

칼라일과 다릴 무어는 T-호크의 숲이 있는 땅을 사는 일에 관심을 가졌다. 알고 보니 그곳은 정부 소유였는데 정부에서는 팔고 싶은 마음이 없었다. 그 땅의 대부분이 방목을 위해 임대되었기 때문이다. 하지만 소동은 일단락되었고, T-호크는 행복해 보였으며, 그래서 다릴 무어와 칼라일은 땅을 매입하는 노력을 그만두기로 했다. 그러나 무어는 맹금류협회와 손잡고 T-호크를 멸종위기 동물 목록에 올리기 위해 일하기 시작했다.

조류학자들은 만약 T-호크 한 쌍이 아직 존재한다면 다른 T-호크들도 더 있을 거라고 추론했다. 인근 지역을 이 잡듯 뒤진 끝에 여키스 카운티 160킬로미터 반경 내에서 두 마리가 더 발견되었다. 그게 전부였다. 짝을 지은 여섯 마리와 그들의 새끼, 합쳐서 총 열다섯 마리였다. 이 작은 매들의 생존은 잠자리를 타고 날아가는 것만큼이나 아슬아슬했다.

칼라일은 행복한 남자였다. 그에게는 갤리가 있었고, 유용한 직업이 있었다. 머리 위로는 T-호크가 있고, 포치 난간에는 덤프 트럭이 있으며, 부를 노래도 있었다. 게다가, 솔직히 말해서 그는 아직도 가끔씩 수잔나 벤틴을 생각했다. 그건 모든 남자들의 속성이었다. 그리고 수잔나는 확실히 생각할 만한 가치가 있는 여자였다. 칼라일의 온실을 설계하고, 온실 내부를 함께 꾸미는 과정에서 갤리와 수잔나는 친구가 되었다. 해진 뒤의 여름밤, 칼라일이 가끔 폴스시티에서 일을 마치고 집에 돌아와보면 데크 위의 욕조 안에 있는 두 여자를 볼 수 있었다. 그들은 와인을 마시고 시끄럽게 떠들어대며 덤프 트럭을 성가시게 하고 있었다.

수잔나의 벗은 몸에 대해서라면, 칼라일은 바쁜 일상에 밀려서라기보다 스스로를 보호하기 위해 그 일에서 시선을 돌리기로 했다. 그녀에 대한 감정은 일 년 전의 그날 밤 이후로 마음에서 떠나지 않았다. 그녀와 인디언이 집에 잠복해 있을지 모를 악령을 쫓아내고, 좋은 기운을 불러들인 그날 이후 한 번도. 갤리와 수잔나는 별개의 문제였다. 어느 한쪽이 낫다는 차원이 아니라 완전히 다른 거라고 그는 스스로에게 말했다.

어느 순간, 그는 자신을 바라보는 수잔나를 보았다. 그러나 시선이 마주치자 그는 고개를 돌려버렸다. 나중에 옷을 입고 포치에 나타난 수잔나와 갤리는 뽀얀 얼굴에 기운이 넘쳐 보였다. 수잔나는 언제나 〈윕푸어윌 존(Whippoorwill John)〉을 불러달라고 했고, 그는 밴조를 꺼내 주저하는 바리톤 음성을 끄집어냈다.

윕푸어윌 존
그는 달빛처럼 빠르게
캐년랜드를 달려간다네.

그럴 때면 종종 석양 속에서 인디언이 나타나 네 사람은 모여 앉아 T-호크와 집 주변을 야간 순찰하는 덤프 트럭을 바라보았다. 밤은 그렇게 깊어갔다.

칼라일은 울프벗을 둘러싼 이야기들과 전설에 매료되었다. 늦여름의 어느 비 오는 날, 갤리가 스페어피시로 떠나기 직전, 그녀와 함께 트럭을 주차시키고 초원을 가로질러 울프 벗으로 걸어갔다. 울프벗은 1.6킬로미터 가량 떨어져 있었다. 그날은 칼라일이 처음 어키스 카운티에 도착한 날과 무척 흡사했다. 차가운 빗줄기, 울프벗의 정면에 걸려 낮게 드리운 구름.

"고분들은 어디 있죠?"

칼라일이 물었다.

"반대편에 있을 거예요."

갤리는 우의의 모자를 뒤집어쓰며 몸을 떨었다.

"칼라일, 난 이곳이 소름끼쳐요. 여긴 잭이 죽은 곳과 꽤 가깝다고요. 그 점도 신경 쓰여요."

칼라일은 울프벗의 암벽을 올려다보았다. 960미터 위에 정상이 있었다.

"그 대학교수가 떨어진 데가 어디죠?"

갤리는 심기가 불편한지 떠날 태세였다.

"그 교수는 고분을 찾아다녔고, 그가 떨어진 곳은 울프벗이 아니에요. 반대편에서 북서쪽으로 800미터쯤 가면 더 작은 산이 있어요. 아마 그 산에서 떨어졌을 걸요."

칼라일은 울프벗 주위를 둘러보고 고분도 보고 싶었지만, 갤리는 그럴 생각이 없어 보였다.

"보고 싶으면 가서 보고 와요. 난 트럭에서 기다릴게요."

"아니, 됐어요. 나중에 혼자 다시 오죠. 당신이 왜 여기를 불안해하는지 충분히 이해할 수 있어요."

"난 원래 미신을 믿는 사람은 아니지만 잭을 포함해서 많은 사람들이 여기서 죽었다는 게 정말 이상한 우연 같아요. 사람들의 마음속에 남아 있는 옛날이야기들도 그렇고요. 그리고 시야울라라는 여사제와 수호신인지 뭔지에 관한 이야기도요. 그걸 생각하면 정말 몸에 소름이 돋는다니까요."

그들은 아까와 다른 길을 걸어 트럭으로 돌아오다가 도로를 향해 있는 표지판을 지나게 되었다. 거기에는 '접근 금지. 오라 주식회사 소유지.'라고 적혀 있었다. 칼라일은 한동안 그 표지판을 들여다보았다.

"회사 이름치고는 좀 이상하군요, 안 그래요?"

"네, 이곳과 관련된 게 다 그렇죠, 뭐."

비는 가벼운 안개로 바뀌었고, 칼라일은 앞 유리를 쓱 닦은 다음 와이퍼를 껐다. 그는 다시 울프벗을 바라보았다. 산의 앞면과 꼭대기를 떠도는 자욱한 구름과 안개에 휩싸여 있었지만, 흐릿한 윤곽은 볼 수 있었다.

"갤리, 저거 봤어요?"

"뭐요?"

"사람인지는 모르겠지만 울프벗 꼭대기에서 뭔가 움직이는 걸 본 것 같아요."

그는 트럭에서 나와 잠시 서 있었다. 열린 문에 손을 그대로 얹은 채.

"분명 저 위에서 뭔가를 봤어요. 그게 그 수호신일까요?"

"그만 해요, 칼라일. 그만 가요. 난 정말로 여기를 떠나고 싶어요."

그들은 너무 멀리 떨어진 탓에 산 정상에서 들려오는 피리
소리를 듣지 못했다. 그러나 날씨가 맑았다면 아마도 춤추는
여자는 볼 수 있었을 것이다.

제 13 장

고속도로 건설 계획

오픈 하우스가 끝난 후, 칼라일의 전화기가 울리기 시작했다. 하루에 두세 번쯤. 리버모어의 교장 선생님은 집을 증축하고 싶어했고, 폴스시티의 의사 부인은 새 부엌을 원했으며, 생화학자는 집 한 채를 짓고 싶어했다. 코디의 방식: 1. 적당한 가격에 일을 잘 해주면 평생 일이 떨어지는 일은 없을 것이다. 2. 가능하면 일을 선별해서 하라. 솜씨만 훌륭하다면 사람들은 당신을 기다려줄 것이다.

갤리가 대학으로 떠나고 집 공사도 끝나자 칼라일은 코디에게서 훈련받은 방식대로 목수일을 하기 시작했다. 그리고 지금까지 어떻게 그렇게 엉터리로 일해올 수 있었는지 또 한 번 의아해했다. 하지만 그는 알고 있었다. 지름길의 유혹, 언제나 그게 문제라는 것을. 그는 정중하게 일을 선별했고, 혼자 할 수 있거나 하루 단위로 고용할 수 있는 일꾼의 도움이 약간만 필요한 일들을 맡았다. 그리고 연장들을 깔끔하게 실은 트럭을 몰고 여키스 카운티의 도로를 달렸다. 그의 꿈도 함께.

칼라일은 현재의 삶이 만족스러웠다. 그는 마침내 방황을 멈추고 휴식을 취하게 된 방랑자였다. 아찔할 정도는 아닐지라도 충분히 만족스런 날들이었다. 수잔나와 인디언, 덤프 트럭과 함께 연못 주변에 쌓인 눈 위를 뽀득뽀득 걸어다니며 얼음 밑의 송어가 어떻게 태어난 곳으로 돌아갈지 궁금해하던 1월의 어느 저녁, 그가 느꼈던 감정도 바로 그것이었다.

그로부터 사흘 뒤, 새로운 주간(州間) 고속도로의 계획이 발표되었다. 칼라일이 대니스에 들어섰을 때 레스터 가게 이층의 노인은 늘 앉는 자리에 앉아 있었다. 노인은 칼라일 앞으로 『하이플레인스 인콰이어러』 한 부를 내밀었다.

"맥밀런 씨, 아무래도 당신이 이 기사를 봐야 할 것 같군요."

칼라일은 대문짝만 하게 실린 헤드라인을 바라보았다. '고원 지대의 고속도로 계획안 제출.' 그는 검지로 고속도로 노선을 따라가며 두 번째와 세 번째 페이지로 신문을 넘겼다. 고속도로는 뉴올리언스의 북서쪽에서 비스듬히 출발해 삐뚤삐뚤 대각선을 그리며 알버타의 캘거리까지 이어져 있었다.

길이 비뚤어진 이유는 리틀록, 캔자스시티, 그리고 오마하를 지나기 위해서였다. 신문에는 그림까지 실려 있었다. 가운데에 잔디가 깔린 중앙 분리대가 있는, 폭 275미터에 달하는 사차선 도로가 어떻게 주를 가로지르는지를 아주 상세하게 보여주고 있었다.

고속도로는 폴스시티와 리버모어를 거쳐, 샐러맨더에서 9.6킬로미터 떨어진 곳을 지나 칼라일의 집 앞 오솔길까지 가차 없이 올라갔다. 그리하여 칼라일의 땅과 T-호크들이 사는 작은 숲을 관통한 다음, 북서쪽으로 구부러져 갤리의 땅 한복판을 지나갔다. 다른 손님들은 칼라일의 얼굴에 불신과 분노가 교차하는 모습을 지켜보았다.

"칼라일, 원한다면 이 신문을 가져가요."

셀마 엥글스트롬은 긴장된 얼굴로 말했다.

칼라일은 하루 종일 지도를 들여다보고, 함께 실린 네 가지의 기사를 읽고, 생각에 잠겼다. 고속도로는 폴스시티 남동쪽에서 급격히 부자연스럽게 꺾여 있었다. 일부러 그 지역과 리버모어를 지나가기 위해서였다. 칼라일은 그 점이 의심스러웠기 때문에 한층 더 화가 났다. 그는 전에도 캘리포니아에서 이 쓰레기 같은 지도를 본 적이 있었다. 하지만 누군가 노선을 변경시켰다. 그리고 그런 일에는 대체로 돈 문제가 연루되어 있게 마련이다.

고속도로와 관련해 칼라일이 모르는 게 있다면 그것은 이런 프로젝트가 일사천리로 추진된다는 사실이다. 이미 여섯 개의 주와 캐나다에서 하청업자들을 상대로 임시 입찰이 이뤄지고 있었다. 첫 번째 공청회는 두 달 후 열릴 예정이었고, 그 자리에서 현재의 예상 노선에 대한 토론이 진행될 것이다. 산업이나 토양 모두 침식되고 물도 사라지고 있는 이 고원 지대에는 무슨 조치가 필요했다. 그것도 당장. 그것이 공식적인 정책 노선이었다.

사방에서 냄새나는 돈이 유출되고 모든 사람에게 떡고물이 떨어졌다. 상원의원들과 하원의원들은 고속도로 건설이 그들의 선거구에 가져다줄 경제적 이익에 마음이 부풀었다. 게다가 송수관을 통해 북극의 석유가 캘거리까지 운반되면, 뉴올리언스 정제소까지는 트럭으로 운반할 수 있고, 그것으로 텍사스 및 다른 만에서 감퇴하는 석유를 보충할 수 있게 된다. 트럭 운송업자와 석유회사, 뉴올리언스는 이익을 얻게 되는 것이다.

섬 개발이 그랬던 것처럼 이 프로젝트도 진행될 수밖에 없는 몇 가지 요소를 갖고 있었다. 아직 북극에서 석유를 유출하는 제안은 승인되지 않았지만, 석유를 운송하기 위한 고속도로에 그렇게 많은 돈을 쏟아붓는데 이제 와서 어떻게 그 제안이 거절될 수 있겠는가? 그리고 만약 북극이 약탈당한다면, 석유는 어딘가로 운반되어야만 한다. 따라서 고속도로 건설은 필수적이다.

게다가 이 프로젝트는 노동조합을 포함해 굴착 인부들, 굴착 장비를 만드는 회사, 트럭 제조업체 등등 이득을 얻게 될 많은 분야에서 지지를 얻었다. 그러나 칼라일은 북극의 굴착 작업이 정말로 부수적인 일인지 의심스러웠다. 고속도로란 개념에는 그 고유의 내면적 관성이 있었으며, 아스팔트가 반드시 열반의 세계를 열어주리라는 막연한 믿음이 숨어 있었다. 우리 주에 고속도로를 지나가게 하라, 그러면 모든 게 좋아질 것이다.

떡고물은 환경주의자들에게도 떨어졌다. 고속도로 프로젝트에는 액셀 루커와 갤리 데브루의 땅을 모두 사들여 영양과 물소 복지로 만드는 일도 포함되어 있었다. 나중에 그곳은 영양 국립공원이 될 것이다. 이렇듯 모두에게 이익이 돌아갔다.

행운을 잡은 주지사들은 흥분에 겨워 고속도로 찬성 발언으로 신문을 도배해 가며 고속도로가 경제 발전에 미치는 힘을 엄청나게 미화시켰다. 그들은 관광산업이 발전하고, 작은 마을들이 살아나며, 큰 도시는 더 커지고, 인구가 증가할 것이라는 전망을 내놓았다. 그 환호성은 몇 페이지에 걸쳐 계속 이어졌다.

칼라일은 기사를 읽은 다음, 다시 한 번 읽었다. 가슴이 답답했다. 그날 밤, 스페어피시에 있는 갤리에게서 전화가 왔다.

"칼라일, 고속도로 일은 정말 유감이에요. 당신이 입을 피해를 생각하니 하루 종일 눈물을 참느라 혼났어요. 아까 셀마와 통화했는데 마을 사람들은 모두 이번 일이 샐러맨더를 구원해 줄 거라고 믿고 있대요."

"갤리, 이런 말을 하긴 싫지만 샐러맨더는 이미 죽었어요. 다만 그 사실을 모르고 있을 뿐이죠. 9.6킬로미터 밖으로 그 까짓 아스팔트 도로 하나가 지나간다고 해서 이 마을이 발전하는 건 아니에요. 단지 폴스시티에 있는 쇼핑센터까지 운전하고 가기가 쉬워지겠죠. 셀마와 다른 사람들은 그 쓰레기를 믿고 싶겠지만, 그건 사실이 아니에요. 내 말이 심할지는 몰라도 이건 그저 내 꿈을 박살내는 또 다른 방법에 불과하다고요. 그리고 난 그런 일을 하는 사람들이며, 온 세상을 아스팔트와 콘크리트, 싸구려 물건의 사막으로 바꾸려는 그들의 명백한 의도에 넌덜머리가 나요."

갤리는 잠시 침묵을 지키다가 조용히 입을 열었다. 그녀의 어조는 다소 방어적이었다.

"이건 정말 복잡한 문제예요, 칼라일. 당신은 연장을 들고 일거리가 있는 곳이면 어디든 갈 수 있어요. 하지만 대부분의 사람들은 그렇지 못하죠. 우리도 살아남아야 하잖아요. 난 내 땅을 들고 다른 곳으로 갈 수 없어요. 게다가 파산 선고를 받기 일보 직전이라구요. 셀마도 대니스를 들어 딴 곳으로 옮길 순 없어요. 하지만 당신은 다른 곳에 또 집을 지을 수 있잖아요, 안 그래요?"

"난 다른 곳에 지을 수 있어요. 하지만 T-호크는 그렇지 못해요."

"하지만 사람과 새 가운데서 어떤 게 더 중요하냐고 한다면,"

칼라일은 갤리의 말을 잘랐다.

"다시 한 번 말할게요, 갤리. 이 고속도로는 대니스나 샐러 맨더에 아무런 도움도 되지 않아요. 하청업자들, 시멘트 공장, 당신, 그리고 액셀―만약 그가 땅을 팔고 싶다면요. 아마 다른 선택의 여지는 없을 테지만―외에 조금이라도 이익을 얻는 사람이 있다면 그건 이미 잘살고 있는 도시들뿐이에요. 거기다 스터키스(주로 고속도로 주변에 자리 잡은 싸구려 레스토랑 체인 : 옮긴이)와 라마다(호텔 체인 : 옮긴이), 텍사코(석유회사 : 옮긴이), 그리고 이 지구를 온통 균질화하려고 혈안이 된 사람들이겠죠."

"하지만 이건 우리 마을의 유일한 기회예요, 칼라일. 이곳에 또 무슨 가능성이 있겠어요?"

"내가 이 방면의 전문가였다면 우리 집 앞에서 옐로스톤까지 사람들이 줄을 섰겠죠. 내가 아는 건 단 두 가지예요. 첫째, 고속도로는 샐러맨더에 도움을 주기보다는 해를 끼친다. 둘째, 이 프로젝트는 어딘가 구린 냄새가 난다. 요란한 트럼펫 소리 뒤에서 기분 나쁜 음악이 연주되고 있어요. 직감으로 알 수 있다고요. 그리고 이 고속도로는 대니스의 손님이 늘어나는 것과는 아무 관계가 없어요."

길 맞은편에서 하루 일과를 마친 T―호크가 집으로 돌아가고 있었다. 풀숲 사이로 귀뚜라미가 지나다니고, 공기는 서늘했다. 칼라일은 완벽하게 짜임새가 맞춰진 창문을 통해 핑크색과 오렌지색으로 물들어가는 노을을 힐끗 바라보았다.

"갤리, 내가 이런 일에 편견을 가지고 있다는 건 인정해요. 하지만 요즘 돌아가는 세태를 보면 정말 억지스러운 뭔가가 있어요. 이 쓰레기 같은 고속도로뿐 아니라 사방에서요. 고속도로, 콘도, 날림으로 짓는 새 집들, 패스트푸드, 몸에 나쁜 음식, 사실은 아무에게도 필요하지 않은 쓸데없는 물건들로 가득 찬 쇼핑몰, 이 모든 것들이오. 자본주의는 쓰레기주의로 변하고 있고, 우린 이 나라를 망치고 있어요."

칼라일은 이제 완전히 폭발해 화를 내고 있었다. 그는 갤리에게, 이 세상에게 화가 났다.

"누군가 우리에게 많을수록 좋다는 인식을 심어주었지만, 뭐가 많아야 좋은지는 아무도 말하지 않아요. 그냥 많기만 하면 된다는 식이죠. 적은 건 나쁘니까 그냥 많은 게 좋은 거고, 그걸로 끝이에요. 우리는 지금 우리가 잘하고 있다고 생각하지만, 사실은 장기적 결과는 전혀 고려하지 않고 있죠. 지금 하고 있는 일을 객관적으로 바라보는 능력조차 바닥난 것 같아요. 우리에게는 미래 계획 부서랄까, 먼 앞날을 내다볼 줄 아는 사람이 필요해요. 나도 모르겠어요. 내겐 이 모든 일들이 납득되지 않아요. 내가 아는 거라곤, 이 나라는 분노할 수 있는 능력을 잃어버렸을지 몰라도 난 그렇지 않다는 것뿐이에요. 더 이상은 못 참아요, 난 나 자신과 T-호크를 위해 고속도로와 싸울 거예요. 나보다는 새들을 위해서."

갤리는 다시 침묵을 지켰다. 전화선이 잠시 끊긴 건 아닌지 생각될 정도였다. 그러나 칼라일은 그녀의 숨소리를 들을 수 있었다. 그녀는 분명 생각에 잠겨 무슨 말을 할지 망설이고 있는 것 같았다.

"칼라일, 뭐라고 말해야 할지 모르겠네요. 코디 기념관이 없어지는 일에 대해서는 정말로 유감스러워요. 진심으로요. 당신은 자신을 위한 에덴동산을 창조했는데 고속도로가 깔리면서 그곳이 파괴된다고 생각하면 눈물이 날 정도예요. 하지만 난 당신처럼 세상이 돌아가는 방식에 대한 분노는 없어요. 설사 분노한다 해도 세상을 바꿀 수 있을 만큼 강하지도 않고요. 당장 그곳으로 달려가 당신을 안아주고 싶지만, 내일 시험이 있어요."

"적어도 고속도로가 당신의 문제는 해결해 줬군요, 갤리. 땅이 팔렸잖아요. 그건 좋은 일이죠."

"앞으로 어떻게 할 거예요?"

"모르겠어요. 이런 일에 관해서라면 전사처럼 싸우는 스탠퍼드대학의 교수가 있어요. 작년 여름 동창회보에서 그 교수에 관한 기사를 봤죠. 그분께 전화해 볼까 해요."

"난 그만 가서 시험공부를 해야겠어요. 이번 주말에 올 수 있어요?"

"모르겠어요. 솔직히 말해서, 지금은 내 곁에 오지 않는 게 나을 거예요. 그러니까 가지 않는 게 최선이겠네요. 마음이 바뀌면 전화할게요."

"좋아요."

그녀가 시무룩하게 대답하며 말을 이었다.

"토요일 밤엔 약속이 있지만 당신이 온다면 취소할게요. 칼라일?"

"네."

그가 대답했다. 그의 목소리는 거칠고 조급했다. 마치 갤리와 통화하는 것 말고 다른 중요한 일들을 해야 한다는 듯이.

"내가 당신 걱정 많이 한다는 거 알죠?"

칼라일은 한숨을 내쉬며 태도를 누그러뜨렸다.

"알아요, 갤리. 나도 마찬가지예요. 시험 잘 봐요."

제 **14** 장

공모자들

폴스시티에 있는 자신의 사무실에
서 레이 다전은 여러 명의 지방 사업가들에게 연설을 하고 있
었다.

"여러분, 이번이 진정한 사업을 할 수 있는 기회라고 제가
말하지 않았던가요? 여러분의 좋은 친구 레이를 믿으라고 말
했었죠? 제 말대로 이곳에 고속도로가 생길 겁니다. 그리고,"

"레이, 아직 확실히 결정된 건 아니지 않소. 우리가 신문에
서 본 바로는 그 계획이 그저 '제안된' 노선이라고 하던데."

한 남자가 끼어들었다. 레이 다전은 자신만만한 미소를 지
어 보였다.

"고속도로는 계획대로 이곳을 지나가게 될 겁니다. 상원의 원이자 워싱턴에서 고속도로 제정회 회장으로 있는 내 친구 잭 휨스가 보장했습니다."

다전은 불룩 튀어나온 배 위에 양손을 포갠 채 가죽 회전의자를 앞뒤로 흔들었다. 그는 자신이 가진 힘이 만족스러웠고, 그 힘이 앞으로 더 커질 것을 생각하니 한층 더 만족스러웠다.

"우리가 그 땅을 모두 사들여도 나중에 절대 문제가 없을 거라고 장담합니까?"

이번에는 폴스시티의 의사가 물었다. 다전은 코웃음을 치며 오른손을 느긋하게 공중에서 흔들어 그들의 두려움을 날려버렸다.

"어차피 일어날 일로 몇 명이 돈 좀 버는 게 뭐가 잘못입니까. 성경에도 나와 있지 않습니까. 계속 나아가 번성하라."

다전은 잠시 말을 멈추고, 그 말이 정말로 성경에 나온 말인지 기억해 내려 했다. 분명 본 것 같다는 확신이 들었다. 아무도 그의 말을 정정하는 사람이 없자 그는 말을 이었다.

"우리의 예상이 『하이플레인스 인콰이어러』의 공식 기사로 실리지 않은 건 우리에겐 당연히 잘된 일입니다. 자, 이제 걱정은 그만 하고 구입한 땅들을 어떻게 나눌지 다시 한 번 검토합시다. 그래야 우리가 이 많은 땅을 산 걸 사람들이 눈치 채지 못할 테니까요."

화물운송회사 사장은 질 레밍턴의 왼쪽에 앉아 이야기하며 저녁 내내 그녀의 가슴을 감상했다. 그의 시선은 그녀의 얼굴과 깊게 파인 네크라인 사이만 오고 갔다. 그는 계속 주절댔고, 그녀는 지루했지만 얼굴에 반쯤 즐거운 미소를 고정시킨 채 관심 있는 척했다.(참나, 이 남자는 정치와 사업 얘기 말고는 할 말이 없나?)

무엇보다 질 레밍턴은 잭 휩스 상원의원이 이런 소규모 모임에 자신을 초대했다는 사실이 기뻤다. 상원의원이 대표하는 보수적인 사람들과 그의 부인은 질 레밍턴을 이런 레스토랑에 데려오는 것을 반대했다. 그러나 상원의원은 비교적 안전한 상황이라고 판단될 때 그녀를 데려가 사람들에게 자랑하는 걸 좋아했다. 그의 보좌관은 오늘밤이 비교적 안전하다고 판단했다. 보좌관은 단지 상원의원이 그녀에게 관심이 있고, 그 관심이 정치적으로 위험을 불러일으킬 수 있다는 이유만으로 질을 싫어했다.

질의 오른편이자 테이블의 상석에는 상원의원이 앉아 식탁 위로 몸을 기울인 채 뉴올리언스의 도로 건설자와 이야기하고 있었다.

"아니, 별다른 문제는 없을 겁니다. 고원에 사는 그 가난뱅이들은 절박한 처지라서 어떤 도움이든 감사히 받을 걸요. 그보다는 루이지애나 습지대와 국립공원 가장자리로 고속도로가 지나가는 북부에서 환경주의자들이 문제를 일으킬 가능성이 있어요. 하지만 어떻게든 해결할 수 있을 겁니다. 난 아직도 은밀히 공공사업 운수위원회의 표를 모으는 중입니다. 하지만 내년쯤에는 최종 노선을 발표할 준비를 해야겠죠. 물론 그 노선은 우리가 이미 결정한 대로 되겠지만요."

"최종 압력을 넣는 데 돈이 필요하다면 말씀만 하십쇼, 의원님."

도로 건설자가 제안했다.

"고맙습니다. 아마 돈이 필요할 겁니다. 그때 연락드리죠. 어쨌거나 우리가 다 알아서 할 겁니다. 상공회의소에 있는 칼 애이커스가 절 위해 앞장서고 있습니다. 칼은 필요할 때 상대방의 엉덩이를 걷어차는 법을 알고 있죠. 겉으로는 크리스천으로 다시 태어났네 어쩌네 하지만, 그 뒤에 숨어 있는 건 진짜 악당이죠."

휨스 상원의원은 재떨이에 시가의 재를 턴 뒤, 절레절레 고개를 흔들며 가식적인 웃음소리를 냈다.

"그 가난한 촌놈들은 앞으로 산업을 유치할 수 있을 거라는 꿈을 꾸고 있겠지만, 멕시코 무역협정이 어떤 타격을 미칠지 알게 되면 아마 게거품을 물 겁니다. 멕시코인들은 거의 공짜나 다름없는 돈으로 일해주니까요. 그 협정으로 인해 그런 코딱지만 한 마을들은 아마 점점 더 땅속으로 파묻힐 겁니다. 하지만 어차피 죽어가는 마을이었으니까, 이 일과는 완전 별개의 문제죠."

테이블의 양옆에 앉아 있던 사람들은 다들 찬성의 뜻으로 고개를 끄덕였다.

"칼 애이커스가 뭐라고 했더라?"

휨스 상원의원은 잠시 말을 멈추고 천장을 바라보았다. 시가에서 피어오르는 연기가 크리스털 샹들리에 사이를 통과해 천장에 떠다녔다.

"일본과 유럽에 수출할 제품을 만들기 위해 멕시코 노동력을 이용하는 미국의 공업 기술. 그 친구는 그걸 리오그란데 (미국과 멕시코의 국경을 이루는 강: 옮긴이) 발의권이라고 불렀죠. 그럴싸하죠?"

질 레밍턴은 영양처럼 생긴 머리를 비스듬히 기울인 채 화물운송회사 사장이 떠들게 내버려두고 자신은 상원의원의 말을 들으며 고개를 끄덕였다. 사장은 잘 훈련된 질의 응수를 기대하며 그녀의 가슴을 바라보았다. 오늘밤 질은 눈요깃감이었고, 그녀도 그 사실을 알고 있었다. 질은 자신의 역할이 싫었지만, 동시에 상원의원이 서쪽 촌구석이라든가 다른 지어낸 이름으로 부르는 그 고원에서 죽을 때까지 살지 않아도 된다는 사실이 기뻤다.

"털리도에 가본 적 있어요, 질?"

사장이 능글맞게 웃으며 말했다. 그녀의 머릿속에 '이미 물어본 질문임!'이라고 씌어진 빨간 깃발이 펄럭거렸다. 잭 휨스가 그녀를 바라보았다.

"아뇨. 가본 적 없어요. 좋은 곳인가요?"

이걸로 십 분간은 화물운송회사 사장이 아무 생각 없이 떠들어댈 수 있을 거라고 그녀는 생각했다. 질은 상원의원을 힐끗 바라보았다. 시가 연기를 내뿜으며 그가 윙크를 보냈다.

화물운송회사 사장은 그녀의 가슴을 바라보고 재충전되어 이야기를 계속했다.

"아가씨, 아무래도 당신을 그곳에 한 번 데려가 보여줘야겠군요."

그의 이야기가 계속되는 동안, 멕시코에서 출발한 비행기가 미합중국 상공회의소 의장인 칼 애이커스를 싣고 덜레스의 활주로에 내려앉았다.

질 레밍턴이 오하이오에 있는 털리도의 아름다움에 대해 교육받은 다음 날, 기독교 기업인 조찬 모임에서 남은 여독을 말끔히 날려버린 칼 애이커스는 국회의사당 사무실로 활기차게 들어섰다. 무역협정을 위해 멕시코인들이 오고 있었고, 그는 국경을 따라 죽 늘어서게 될 공장들의 모습을 생생히 그릴 수 있었다. 건방진 유럽인들과 시끄럽게 떠들어대는 조그만 일본인들을 제쳐버릴 수 있는 기회다.

"안녕, 질."

"안녕하세요, 애이커스 씨. 돌아오셔서 반가워요. 여행은 어땠어요?"

"최고였어, 질. 정말 최고. 게시판의 동향은 좀 어때요?"

칼 애이커스의 세상에서는 모든 것이 언제나 최고였다. 첫 번째 결혼은 실패로 끝나고, 두 번째 결혼도 실패를 향해 치닫고 있으며, 보석 체인점에 했던 투자 실패로 파산할 가능성이 있는데도 불구하고. 지난 육 년간 그의 밑에서 일하며 질은 최고라는 말이라면 넌더리를 내게 되었다.

"도착한 순서대로 책상에 올려뒀어요, 애이커스 씨. 하이 플레인스 개발회사의 플래니건 씨가 몇 번 전화하셨어요. 휨스 상원의원님도 전화하셨는데 당장 할 말이 있다는군요."

"의원님께 연결시켜 줘요. 그 다음에는 플래니건에게 전화하고."

상원의원은 온통 땀에 젖은 채 승마를 즐기고 있었다. 질레밍턴과 밤새 즐기고 난 뒤에는 늘 승마를 했다. 그는 우렁찬 목소리로 칼을 불렀다.

"칼, 자네 친구 빌 플래니건을 당장 그 빌어먹을 서부로 보내 레이 다전을 만나고 오라고 하게. 그놈이 누구건 간에. 그리고 그 개자식이 이 프로젝트 전체를 망쳐버리기 전에 당장 진정시키라고 해. 할란—그 지역에서 선출된 스틱 상원의원 말일세—말로는 다전이 지난주에 발표가 나기 전부터 사람들을 모집해 예정 노선을 따라 몰래 땅을 사들이고 있다는군. 할란 말대로라면 일 년 넘게 그 짓을 해왔다는 거야. 빌어먹을, 플래니건이 그놈에게 그렇게 일찍 노선을 보여준 게 잘못이었어. 설사 다전이 주 고속도로 위원이라 해도 말이야."

상원의원의 격한 말투에 칼 애이커스는 몸을 움찔거렸다. 담배를 끊고 독실한 기독교인으로 변하기 전의 자신의 말투와 비슷했다.

"레이 다전이 누굽니까? 한 번도 들어본 적이 없는데요. 옛날에 플래니건이 제 전화응답기에 남긴 메시지에서 얼핏 그 이름을 언급한 것 같긴 하지만요."

"레이 다전은 정말로 악질일세, 칼."

잭 휨스가 대답했다. 할란 스턱의 말에 따르면, 레이 다전은 뇌물을 먹여놓은 자기만의 활동 영역 내에서 움직이는 남자로 세상이 변하고 있다는 사실을 이해하지 못하는 구식 남자들 가운데 하나였다. 명석한 두뇌의 소유자는 아니지만 잔머리를 잘 굴렸고, 아주 비열한 성격이라서 사람들을 협박해 자신이 원하는 대로 만들곤 했다. 다들 그에게 대항하기를 꺼렸는데, 그에게는 눈곱만큼도 양심의 가책이란 것이 없어 어떤 추잡한 일이든 거리낌 없이 해치웠기 때문이다. 오래전, 그는 할란 스턱과 경합했던 폴스시티의 한 여자 후보를 1차전에서 떨어뜨렸다. 그녀는 마약쟁이였고, 남편이 보는 앞에서 푸에르토리코인 기타리스트와 섹스를 했다고 주장하는 익명의 전단지를 뿌린 덕택이었다.

"그건 모두 거짓말이었어. 하지만 아무도 다전이 한 짓이라는 걸 밝혀낼 수 없었지. 또 다전은 할란의 선거본부에 많은 돈을 기부했어. 할란이 내 좋은 친구란 건 자네도 알잖나. 난 또 다전이 올프벗 근처에 엄청난 땅을 갖고 있다는 사실을 우연히 알게 됐다네. 십오 년 전에 산 땅이라고 할란이 그러더군. 그 근처의 개울가에서 금의 미량원소와 관련된 뭔가가 발견됐대. 그 두 가지가 어떻게 맞아떨어졌는지는 나도 잘 모르지만."

"좋습니다, 의원님. 당장 플래니건에게 전화를 걸어서 알아보죠."

칼 애이커스는 전화를 끊고, 질에게 빌 플래니건과 연결시켜달라고 부탁했다.

"하이플레인스 개발회사의 앤드루스 부인입니다."

"미합중국 상공회의소의 애이커스 씨께서 플래니건 씨와 통화하고 싶어하십니다."

질은 앤드루스 부인이 누구든 그녀가 상원의원과 관계를 가진 적이 있을지 궁금했다.

앤드루스 부인은 상원의원과 관계를 가진 적이 없었다. 비록 텔레비전에서 그런 사건들을 몇 번 보기는 했어도. 고등학교 졸업 파티에서 무분별하게 한 남자와 놀아났던 걸 제외하면 그녀의 인생에는 오직 남편뿐이었다. 그 남편과는 이미 십년 전에 사별했다.

마거릿 앤드루스는 기운이 없었다. 어젯밤 사위가 태평하게 풋볼 중계를 보고 있는 동안, 밤새 딸아이를 도와 손자의 기저귀를 갈아주느라 바빴기 때문이다. 그녀는 딸이 미용학교를 그만두고 누가 봐도 분명한 백수건달과 결혼했을 때 이결혼이 실수라는 걸 알았다. 그러나 세상의 모든 어머니들과 마찬가지로 딸의 결혼이 잘 풀리기를 바랐다. 지금까지도.

"플래니건 씨는 지금 통화중이십니다. 전화 드리라고 할까요?"

"통화가 끝나면 애이커스 씨에게 전화해 주세요."

"그렇게 전하죠."

"고맙습니다. 안녕히 계세요."

"안녕히 계세요."

질은 칼 애이커스의 방으로 부저를 울렸다.

"플래니건 씨는 지금 통화중이라는데요. 통화가 끝나면 전화할 겁니다."

"고마워요, 질."

칼 애이커스는 책상 압지 위에 펜을 톡톡 두드렸다. 십 분 뒤, 빌 플래니건이 전화했다. 애이커스는 전화기를 들고, 최대한 미소 짓는 목소리를 끄집어냈다.

"빌, 잘 지냈나? 연락이 늦어서 미안하네. 의회에 들렀다가 일주일간 멕시코에 다녀왔거든. 일명 리오그란데 발의권을 추진시키고 왔지. 여긴 계획대로 잘 진행되고 있네. 자유당에서 싼 노동력과 환경 문제로 난리법석을 피우고 있긴 하지만.

어쨌든 자네에게 고속도로 프로젝트에 대해 좀더 알려주고, 그쪽 일은 어떻게 돼가는지 알아보려고 전화했네. 여기 일은 빠르게 진행되고 있어. 내가 예상했던 것보다 훨씬 빨리. 휨스 상원의원이 이 문제에 관해 칼을 빼들고 방해가 되는 건 모조리 제거하고 있다네. 이제 캐나다 쪽도 합류했고, 뉴올리언스도 석유업자와 화물운송업자들이 국제연합회를 조직하는 걸 도와주고 있지.

문제는 연방 경제 기획자들과 엔지니어들이야. 기획자들은 고속도로를 새로 만드는 건 고사하고 기존의 도로를 유지할 돈도 부족하다고 징징대고 있어. 엔지니어들 문제는 또 틀려. 그 사람들은 폴스시티와 리버모어를 노선에 포함시키기 위해 고속도로가 우회하는 것에 반대하고 있거든. 이틀 전에 의원님이 직접 가서 그들과 이야기하고 왔지. 그 사람들에게 앞으로 십 년간 아스팔트를 깔아 돈을 더 벌고 싶다면 이 프로젝트에 매진하는 게 좋을 거라고 했다는군. 그게 먹힌 것 같아. 불평하는 소리는 여전히 들리지만, 그래도 일을 시작했다고 하는 걸 보면."

"도로가 샐러맨더를 지나갈 가능성은 있나요?"

"아니. 자네가 부탁한 대로 말은 꺼내봤어. 그런데 엔지니어들이 그 일에 관해서만큼은 결사반대하더군. 그래서 그만뒀지. 어쨌거나 그 작은 연못은 말라가고 있고, 도로가 깔린다고 해도 아무런 도움이 안 된다는 걸 자네도 나도 알고 있지 않나. 지금으로선 우린 예정된 노선을 고수하고 있어. 예정대로라면 샐러맨더에서 9.6킬로미터 떨어진 곳을 지나 리버모어 북서쪽 산야를 거쳐서, 42번 도로를 가로질러 비포장도로를 따라 북쪽으로 올라갈 걸세. 우리가 전에 이야기했던 대로 말이지. 리버모어를 벗어난 뒤에는 탁 트인 시골을 가로지르는 거니까 땅을 구입하는 비용도 적게 들겠지. 다른 일들은 어떤가? 무슨 문제는 없나?"

"샐러맨더 건이 잘 해결되었더라면 좋았을 테지만, 어떻게든 그 사람들을 속여 넘길 수 있을 겁니다. 고속도로로 인한 파급 효과가 마을에 이익이 될 거라고 말해야죠. 비록 서쪽으로 9.6킬로미터나 떨어져 지나가긴 해도. 도로가 자기들 땅을 가로지르는 걸 알면 농부들과 목장 주인들은 난리를 치겠지만 우리가 처리할 수 있습니다. 그것 말고 문제가 될 만한 일이 하나 더 있습니다. 수족 인디언들이 울프벗 주위를 신성한 땅으로 생각한다는 말이 있더군요. 비록 자기들 소유의 땅은 아니지만요. 오래전에는 그들 소유였는데 정부와 금광업자들이 빼앗았대요. 하지만 인디언들은 아직도 그 땅을 자기들 땅으로 생각한답니다. 다른 개발 프로젝트 때도 이와 비슷한 문제들이 있었지만, 어떻게든 해결했어요. 뇌물을 좀 먹이면 될 겁니다. 트럭 가득 실린 맥주를 나눠주거나 뭐 그런 식으로요."

"잘됐군. 이보게 빌, 내가 전화한 가장 큰 이유는 고속도로 노선을 따라 땅을 사들이고 있다는 레이 다전이라는 친구 때문이야. 당장 그 일을 중지시켜야 해. 아니면 적어도 지금보다 훨씬 더 은밀히 진행시키던가. 자네 지역에 고속도로가 지나가게 된 데는 분명 다전의 덕이 크지. 하지만 그가 행동을 조심하지 않으면 프로젝트 전체가 날아가거나 최소한 중단될 수도 있네."

"저도 소문을 듣기는 했어요, 칼. 당신이 레이 다전에 대해 들은 나쁜 소문이 무엇이든 그건 모두 사실일 뿐 아니라 실제는 훨씬 더해요. 게다가 그는 주 고속도로 위원이죠. 사실 전 그자와 같은 차에 타는 것조차 싫어요. 함께 이야기하는 것만으로도 그가 뭐라고 꼬집어 말할 수 없는 식으로 누군가를 속이고 있다는 기분이 들거든요. 그자는 고속도로 이야기가 나올 때마다 입술을 핥고, 향수를 뿌린 양손을 비벼대죠. 구제불능에다가 할란 스틱의 열렬한 지지잡니다. 어쨌거나 제가 그에게 입 좀 다물고 있으라고 말해볼게요."

"휩스 상원의원 말로는 다전이 울프벗이라는 곳 근처에 토지를 소유하고 있다던데. 무슨 금과 관계가 있다고 하더군. 거기에 대해 아는 거 있나?"

"아뇨. 하지만 한번 알아볼게요."

"좋아, 자네만 믿겠네. 빌, 다른 전화가 온 것 같아 끊어야겠네. 자네에게 이곳 상황을 알려주고 싶었어. 믿음을 잃지 말고, 계속 연락을 주게. 만사가 지금대로만 진행된다면 두 달 후에 최종 고속도로 계획안을 발표할 수 있을 거야."

"그거 다행이군요. 당신의 도움은 정말 고맙게 생각하고 있어요. 언제 한 번 만나서 당신이 말하는 멕시코 무역협정과 그게 이곳에 어떤 영향을 미칠지에 대해 이야기하고 싶군요."

"물론이지. 하지만 내가 휩스 상원의원께 물어본 바로는 자네 지역에 어떤 부정적인 영향도 미치지 않을 거라고 했네. 오히려 상원의원은 그게 밀을 수출하는 또 다른 길을 열어줄 거라고 보고 있어. 그만 끊어야겠네, 빌."

전화기의 불빛이 꺼지며 빌 플래니건의 통화가 끝났음을 암시했을 때, 마거릿 앤드루스는 여전히 손자를 생각하고 있었다. 앞으로 사위가 가족들을 부양하기 위해서 어떤 직업을 갖는 게 좋을지 걱정하는 중이었다. 이곳에서는 모든 게 무너지고 있다. 일자리는 사라지고, 사람들은 떠난다. 하지만 플래니건 씨는 그녀에게 곧 좋은 시기가 올 거라고 말했다. 그 말을 할 때 윙크까지 했다. 그녀는 그를 믿었고, 그 말이 사실이기를 바랐다. 창문을 통해 고원의 가을 햇살이 손등 위로 떨어졌다. 그녀는 겨울이 멀지 않았다는 사실을 알고 주먹을 꼭 쥐었다.

그녀는 사위가 샐러맨더에 있는 거스리지 형제의 채석장에서 일하고, 밤에는 리버모어에 있는 슬리퍼스 스태거 모텔의 술집을 어슬렁거리는 대신 대학에 가기를 바랐다. 추운 겨울이 닥쳐오면 아마도 일자리를 잃게 될 것이고, 그 후에는 맥주를 마시며 텔레비전 게임쇼나 볼 것이다. 기회만 있으면 자기도 게임쇼에 나가 상금을 탈 수 있다고 고래고래 소리를 지르며 집안을 휘젓고 다닐 것이다.

시내에 있는 스리벗대학에 다닐 수 있도록 수업료를 내주겠다고 제안했을 때, 사위는 피식 웃으며 차의 기름을 갈기 위해 나가버렸다. 딸에게도 똑같은 제안을 했었지만 딸은 미용학교에서 자기가 원하는 머리 모양을 하고 다니는 법만 배우면 된다고 말했다. 임신이 모든 것을 바꿔놓았다. 마거릿 앤드루스는 다가올 겨울을 다시 생각했다. 비록 그녀의 손에 내리쬐는 햇살이 아직 따뜻하기는 해도.

제 15 장

위협

"당신의 짐작대롭니다. 그들은 토지수용권을 이용해 당신을 쫓아낼 겁니다."

스탠퍼드대학의 교수인 환경경제학자는 고원 어딘가에 산다는 칼라일 맥밀런이라는 남자와 통화중이었다.

"수정헌법 제5조에 따르면 공정한 배상이 주어지는 한 공공의 이익을 위해 사유지를 압류할 수 있습니다. 게다가 고속도로 통행권을 얻는 문제에 관해서라면 법안이 꽤 상세하게 기록되어 있죠. 교통부 장관에게는 그럴 권한이 있어요. 법안을 그대로 인용해 보자면, '미합중국의 이름으로 구입, 기부, 유상 몰수, 혹은 미합중국 법에 일치하는 다른 방법에 따라 그런 토지를 구입하고, 출입하며, 소유할 수 있다.' 여기서 법에 일치하는 다른 방법이라는 건, 당신에게 보상은 해야 하지만 그 토지를 가져갈 수 있다는 뜻입니다."

"그럼 제가 할 수 있는 일은 아무것도 없겠군요."

"다른 방어책을 써야죠. 사실 당신은 공격을 해야 합니다. 당신이 한 말로 봐서 누군가 노선을 손댄 것 같군요. 그런 경우야 전에도 수없이 있었죠. 우리가 토목 관련 데이터를 신중히 검토한 후, 그들에게 왜 그 노선을 선택했는지 증명하라고 하면 최소한 절반 정도는 대답을 듣지 못합니다. 내가 가진 자료들을 보내드리죠. 이 일을 어떻게 처리할지 좋은 아이디어가 떠오를 겁니다."

교수는 빨간 배낭 파란 배낭을 멘 학생들이 창문 옆을 지나가는 것을 바라보다가, 호주 멜버른에서 열리는 회의에 참석하기 위해 구입한 비행기표를 힐끗 바라보았다.

"그리고 T-호크라는 새가 있다고 하셨죠? 그 새에 대해 좀더 말해보세요."

칼라일은 자신과 다릴 무어가 새의 정체를 밝혀낸 것과 그 후로 진행된 일에 대해 설명했다.

"그 새들이 멸종위기 동물 목록에 올라 있나요?"

교수가 물었다.

"아뇨. 다들 그 새가 이미 멸종되었다고 생각했거든요. 하지만 지금 후보로 등록되어 있습니다. 맹금류협회가 추진하고 있는 중이에요."

칼라일은 전화박스의 벽에 몸을 기댔다. 그는 한 변호사의 가든 룸을 증축하기 위해 폴스시티에 온 참이었다. 일에 집중하려고 했지만, 고속도로에 대한 분노가 파도처럼 일어났다가 가라앉기를 반복했다.

"그것 참 유감이네요."

교수가 한숨을 쉬며 말을 이었다.

"멸종위기에 처했거나 멸종위협을 받고 있는 동물들은 이런 상황에서 강력한 무기가 될 수 있습니다. 그게 멸종위기종에 관한 법령이 갖는 힘이죠. 분명 고속도로는 그들의 서식지를 파괴할 테니까요. 하지만 이 점을 말해둬야겠군요. 고속도로 건설의 제1법칙은, 두 지점 간의 최단거리는 항상 숲을 통과해야 한다는 겁니다. 문제는 단지 멸종위기 동물 목록의 후보에 있는 종을 보호하는 입법상의 권한은 없다는 것입니다. 게다가 한 종을 그 목록에 올리는 과정도 매우 길고 불확실해요. 최근 보고에 따르면 정부가 현재 보호 신청이 들어와 있는 모든 동식물을 검토하는 데만도 구십사 년이 걸린다는군요. 멸종위기국의 자금과 인원이 적은 것도 한 이유겠죠.

그뿐 아니라 이런 일들을 처리하는 야생동식물보호국(FSW)은 엄청난 정치적 압력을 받고 있습니다. 설사 그 새를 목록에 올린다고 해도, 고속도로 건설을 중지시킬 수 있을지는 미지수예요. 최근 목록에 올라간 동물들 중 삼분의 일은 계속 숫자가 감소하고 있거든요. 게다가 FSW는 대부분의 자금을 유명 동물들에게만 쓰죠. 대머리독수리처럼 섹시하고 대중에게 인기가 높은 동물들에게만요. 당신의 새가 그런 범주에 속할지는 의심스럽군요."

모든 상황이 칼라일에게는 우울하게 들렸다.

"그럼 어떻게 하는 게 좋을까요?"

"처음에 발표된 환경영향 평가서가 잘못되었다는 사실을 구체적으로 밝혀낸다면 고속도로 사업을 중단시킬 수 있는 가능성이 꽤 높습니다. 적어도 당분간은요. 과거에도 그런 전례가 있어요. 만약 당신에게 돈이 좀 있다면 우선 평가서에 기초해 고속도로 건설을 잠정적으로 중단시킬 법원의 금지 명령을 받아내세요. 그런 다음, 그 새들을 멸종위기 동물 목록에 올리기 위한 소송을 준비하는 거죠. 만약 새들이 목록에 올라가면 당신은 이긴 거나 다름없어요. 난 분명 '다름없다' 라고 했습니다. 법적, 정치적 헛소리를 지껄여서 그 목록을 무효화시킬 수 있는 여지는 얼마든지 있으니까요. 하지만 아까 말했듯이 그건 강력한 무기가 될 수 있죠. 소송 비용은 이삼만 달러쯤 될 텐데 그 정도 돈이 있나요?"

"아뇨."

"맹금류협회에서 그런 일에 쓸 돈이 있을까요?"

"잘 모르겠어요. 하지만 스리벗대학의 생물학자인 다릴 무어 말로는 맹금류협회에서도 금지 명령 신청을 언급했다고 하더군요. 그러니 아마 그들에게는 돈이 있을 거예요."

"좋아요. 거기서부터 시작하세요."

교수는 그렇게 말하며 손목시계의 시간을 확인하고, 멜버

른행 비행기 티켓을 만지작거렸다.

"이 문제의 환경적 측면은 맹금류에 맡기세요. 그 일에는 높은 수준의 전문지식과 신속히 대응할 수 있는 능력이 필요하니까요. 또 순전히 환경 문제만 가지고 주 정부의 프로젝트가 중단된 사례는 매우 드물어요. 당신은 고속도로 노선에 집중해서 왜 현재 예정 노선이 최상의 선택이 아닌지 보여주는 겁니다. 그게 당신의 최고 전략이에요. 맥밀런 씨, 난 두 시간 안에 호주행 비행기를 타야 하기 때문에 지금 나가봐야 합니다. 행운을 빌게요. 비서에게 아까 말한 자료들을 당신에게 보내라고 하죠. 고속도로 노선 선정 과정을 정확하고 상세하게 분석한 내용입니다. 도움이 필요하면 언제든 또 전화주세요."

"대단히 감사합니다, 와인슈타인 교수님. 전망이 약간 어둡기는 하지만, 그래도 큰 도움이 됐습니다."

"도움이 되었다니 기쁘군요. 열심히 해보세요. 그놈들은 총명함과 끈기를 싫어합니다. 그런 자질을 다룰 준비가 되어 있지 않거든요. 하지만 한 가지 경고해 두죠. 이런 일은 굉장히 힘듭니다. 많은 돈이 걸려 있고, 사람들은 오로지 돈에만 신경 쓰거든요. 나 같은 경우는 대개 이런 전쟁을 치를 때 최소한 R등급 정도는 예상하고 뛰어듭니다. 그만 끊어야겠소. 행운을 빕니다."

힘들다. 교수는 이번 일이 힘들 거라고 했다. 그리고 사흘 뒤, 교수의 말은 사실로 밝혀지기 시작했다. 다릴 무어와 맹금류협회가 그 빌어먹을 새들 때문에 고속도로 건설을 중단시키려 한다는 소문이 돌았다. 칼라일 맥밀런도 폴스시티 도서관에 죽치고 앉아 하이플레인스 고속도로와 관련된 모든 서류를 연구하고, 고속도로가 지나가는 걸 막기 위해 무슨 짓이든 할 작정이라는 소문도 돌았다.

수요일 밤 누군가 칼라일의 우편함을 차로 들이받았다. 다음날에는 '캘리포니아로 돌아가라, 이 호모야! 넌 여기 있을 필요 없어.'라고 적힌 익명의 편지가 도착했다. 그날 밤 걸려온 전화에서는 귀에 거슬리는 험악한 목소리가 "당신 고양이를 집 안에 들여놓는 게 좋을 거야."라고 속삭였다.

"빌, 대체 거기서 무슨 일이 생긴 건가?"

연방 상공회의소의 칼 애이커스는 폴스시티의 하이플레인스 개발회사 사장인 빌 플래니건과 통화중이었다.

"두 시간 전 휩스 상원의원한테 전화를 받았네. 고속도로가 지나는 길에 있다는 새들과 우리를 성가시게 하는 무슨 목수 때문에 잔뜩 열받아 있더군. 대체 무슨 일이야?"

"일이 어디서부터 꼬인 건지 모르겠어요, 칼. 몇 개월 전에 칼라일 맥밀런이라는 작자가 캘리포니아에서 이곳으로 이사 왔다는군요. 왜 그런 미친 짓을 했는지는 모르겠어요. 그러고는 우리 예정 노선 한가운데에 떡하니 새 집을 지어놓은 거예요. 사실은 아주 낡은 집이었는데 그가 완전히 개조한 거죠. 물론 그의 변기 아래로 고속도로가 지나갈 줄은 꿈에도 몰랐겠죠. 게다가 집을 아주 잘 고쳐놓았나 봐요. 폴스시티 신문인 『옵저버』에 그렇게 실렸더군요. 그를 '위대한 장인'이라고까지 칭했으니까. 그의 집이 공개된 오픈 하우스에 한 삼백 명은 다녀갔대요. 이젠 우리 주 변호사와 의사들의 절반은 그에게 일을 맡기고 싶어해요. 우선은 거기까지요."

"빌어먹을 놈의 그 작자 이름이 뭐라고?"

"맥밀런. 칼라일 맥밀런이오."

"좋아, 맥밀런. 그 작자의 엉덩이를 아스팔트와 함께 도로 밑에 묻어버리자고. 그자는 자기가 뭐에 치였는지도 모를 거야. 걱정 말게, 빌. 이 정도는 식은 죽 먹기야."

"글쎄요, 마을 사람들은 자기들 스스로 이 문제를 해결할 수 있다고 생각하는 것 같습니다. 맥밀런에 대한 반감이 상당히 높고, 그를 협박하는 사건도 있었으니까요."

"빌, 우린 왜 항상 그런 머저리들을 상대해야 하는 거지? 그런 멍청이들은 문제 해결에 전혀 도움이 되지 않을뿐더러 사람들의 이목만 집중시킬 뿐이야. 자네가 그들을 설득할 방법이 있는지 알아보게. 그들에게 이 일에서 물러나라고 해. 맥밀런 정도는 우리가 얼마든지 처리할 수 있으니까. 또 다른 문제는 뭔가?"

"그 친구가 집을 고치는 동안 집 건너편에 있는 작은 숲에서 희귀한 새를 발견한 것 같습니다. 알고 보니 모두가 멸종한 걸로 알고 있던 매라더군요."

"이런, 젠장."

하느님과 더 나은 삶에 대한 칼 애이커스의 헌신은 이렇듯 극도로 긴장된 순간에는 사라지곤 했다.

"그 새가 멸종위기 동물 목록에 올라 있나?"

"모르겠어요."

"아무리 토지 수용권이 있다 해도, 멸종위기 동물은 완전히 다른 문제야. 테네시에서 진행됐던 텔리코 댐 프로젝트가 시어(민물고기의 일종: 옮긴이) 때문에 사 년이나 중단된 사례가 있지 않나. 왜 우리가 이걸 모르고 있었지? 잠깐만, 내 파일에 환경영향 평가서가 있네. 내가 읽어볼 때까지 기다리게."

침묵. 1,930킬로미터 떨어진 곳에서 조용히 종이 넘기는 소리만 들렸다.

"좋아, 지금 서류를 검토하고 있네. 인디언 고분에 대한 이야기는 있지만, 그건 레이 다전이 소유한 사유지에 있군. 그는 우리 편이니까 문제가 안 되고. 새에 관한 이야기는 전혀 없는데. 언제 발견했대?"

"제가 알기로는 얼마 되지 않았어요. 아마 두세 달쯤?"

"환경영향 평가서 초안은 일 년 전에 조용히 작성되었네. 그래서 이 매들이 언급되지 않았는지도 모르지. 게다가 어차피 이런 평가서는 눈속임용이니까. 야생동식물보호국에 전화한 다음에 다시 자네에게 전화하겠네. 믿음을 잃지 말게. 뭔가 알아내는 대로 전화하지."

"좋습니다. 고마워요, 칼. 아, 하마터면 잊을 뻔했네요.

EWU라는 과격한 환경단체가⋯⋯."

애이커스와 플래니건이 이야기하고 있는 동안, 칼라일은 하이플레인스 개발회사를 지나 샐러맨더로 차를 몰고 있었다. 그의 의지는 확고하고 요지부동이었다. 그는 영원히라도 싸우리라 결심했다.

칼라일 맥밀런의 결심이 단호했을지는 모르지만, 다음에 나열할 사람들도 거의 쓰러질 만큼 화가 나 있는 상태였다. 연방 상공회의소의 칼 애이커스, 하이플레인스 개발회사의 빌 플래니건, 제리 그래밧을 포함한 다른 다섯 명의 주지사, 열두 명의 상원의원, 너무 많아서 거론조차 할 수 없는 미합중국 하원의원들, 캐나다 경제 개발 관료들, 여러 정유 및 화물운송회사 간부들, 시멘트 하청업자들, 여러 노동조합들, 여키스 카운티의 거의 전 주민, 그리고 하이플레인스 고속도로에 돈을 투자한 모든 사람들.

그들은 모두 칼라일 맥밀런에게 화가 나 있었다. 칼라일은 자신들의 고속도로가 지나갈 길에 그 유명한 집을 지었다. 게다가 T-호크까지 발견했다. 스리벗대학의 다릴 무어 교수에게 새에 대해 말하기까지 했다. 다릴 무어는 맹금류협회라는 단체와 손을 잡았고, 매들이 멸종위기 동물로 보호받을 때까지 즉시 고속도로 공사 중지 명령을 해줄 것을 요구하고 있다. 만약 그 매들이 멸종위기 동물로 판결된다면―소송이 성공하면 그렇게 될 가능성이 매우 높다―고속도로 공사는 중지될 것이고, 그대로 묻혀버릴 것이다. 적어도 대대적인 재검토가 있을 것이고, 그러면 그동안 모인 자금은 다 사라져버릴 것이다. 그러던 차에 칼라일은 지금까지 아무도 생각조차 해본 적이 없는 일, 즉 고속도로 노선에 이의를 제기할 계획이라는 소문이 돌았다. 고속도로 지지자들의 불만은 거대한 솥으로 모아져 한바탕 휘저어진 다음 홈통을 통해 아래로 흘러갔다. 이미 독극물로 변해버린 그것은 곧장 칼라일을 향해 가고 있었다.

사업가이자 개발업자인 레이 다전 역시 화가 나 있었다. 그는 오른쪽 새끼손가락에 다이아몬드반지를 낀, 흉포함의 화신이었다. 십오 년 전, 윌리스턴이라는 노인이 울프벗 근처의 개울에서 금의 미량원소를 발견한 사건이 있었다. 다전에게 신세를 진 적이 있는 여키스 카운티의 보석감정사는 윌리스턴이 자신의 사무실을 찾아온 바로 그날 다전에게 전화를 했다. 다전은 3,000달러를 주고 윌리스턴에게서 땅을 구입했다. 결국 1872년에 제정된 광산법에 따라 다전은 울프벗과 1,800여 평에 달하는 근처의 땅을 헐값에 구입할 수 있었다. 사실 그 일이 쉽지만은 않았다. 인디언들이 자신들의 고분이 있는 공공 소유지가 사유지로 넘어가는 것을 반대했기 때문이다. 그러나 레이 다전은 정치적 연줄을 이용해 결국 뜻을 이루었다.

그가 맨 처음 보냈던 금광 기술자들은 산에서 떨어지는 바위에 깔려버렸다. 그러나 레이 다전은 끄떡하지 않았다. 아내에게 말했던 대로 "그 멍청이들이 절벽 가까이에서 야영을 하지 말았어야" 했다.

두 번째 조사팀은 좀더 신중했고, 임무를 완수했다. 그들은 작은 암맥에서 금이 발견되기는 했지만 많은 돈을 써가며 발굴할 만큼의 가치는 없다고 보고했다. 또한 그들이 텐트 안에 있을 때 밤마다 이상한 날갯짓 소리가 들리고, 산 정상에 의식용 불을 피운 증거가 있으며, 그 위의 바위에 이상한 상징이 조각되어 있다고 말했다. 그러나 레이 다전은 오로지 금에만 관심 있을 뿐 자신이 '인디언 마법과 다른 짓거리'라고 부르는 것들에는 관심이 없었다.

그리하여 이 1,800여 평에 달하는 바위투성이의 메마른 땅은 그에게 애물단지가 되어버렸고, 그는 천하의 바보가 아닌 이상 아무도 사가지 않을 쓸모없는 땅을 생각할 때마다 이를 갈았다. 사업가란 돈을 만들어내는 사람이지 쓰는 사람이 아니다. 그것이 그의 지론이었다. 게다가 그는 그 쓸모없는 땅에 꼬박꼬박 세금까지 지불하고 있다.

땅을 구입한 지 이 년 뒤, 역시 그의 소유지인 다른 산에서 인디언 고분을 둘러싸고 꽤 큰 소동이 일어났다. 그곳을 조사하고 가능하면 발굴까지 할 수 있게 해달라는 한 인류학자의 부탁은 별다른 손해를 미칠 것 같지 않았다. 게다가 다전은 다른 프로젝트로 몹시 바쁘던 참이었다. 그리하여 그는 그곳에서 진행되는 일을 계속 보고하라는 조건으로 인류학자에게 발굴 작업을 허락하는 허가서를 써주었다. 그러자 차츰 이 신성한 인디언 땅을 소재로 뭔가 돈을 벌어볼 수도 있겠다는 생각이 들었다. 그 후에 인류학자가 산에서 떨어져 죽은 사건은 아주 유감스런 일이다. 하지만 발굴이 잠시 중단된 틈을 타 그는 허가를 취소하고 그 땅에서 학자들을 내쫓아버렸다.

처음에는 인디언 고분들로 무엇을 해야 할지 몰랐다. 그러나 고속도로 계획은 그에게 기막힌 아이디어를 주었다. 상업 활동을 위해 토지를 재구분하고 테마파크를 세우는 것이다. 그는 그것에 '인디언 미스터리랜드'라는 이름을 붙였다. 고분 몇 개를 파내고, 발굴된 유물들을 전시하는 작은 박물관을 세우고, 큐레이터를 고용해 박물관 투어와 귀신 이야기를 해준다. 관광객들은 새 고속도로를 지나가다 잠시 들러서 뼈와 단지들을 보고 귀신 이야기를 듣는다. 그러다보면 그가 세운 식당에서 식사를 할 것이고, 아이들은 그가 만들어놓은 놀이 기구를 탈 것이다.

동부의 큰 여행사에서는 벌써부터 여행 상품을 만들어 그에게 추천 이름까지 보냈다. '버펄로 사냥' '전쟁 파티' '파우 와우' '나쁜 마법' 등등. 그는 그 이름들이 마음에 들었다. 컨설턴트가 해준 두 가지 제안도 마음에 들었다. 하나는 남녀노소가 모두 즐길 수 있는 '미스터리랜드 미로'를 만드는 것이고, 또 하나는 속성으로 결혼을 해치울 수 있는 교회를 만드는 것이다. 주법(州法)을 살짝만 비틀면 가능한 이야기이다. 레이 다전 앞에는 숱한 가능성들이 고원처럼 펼쳐졌다. 그 가운데는 인디언들이 가짜로 공격하는 마차 여행과 모텔 건설도 포함되어 있었다. 그 모텔을 '위그웜(인디언의 오두

막집 : 옮긴이) 모텔'로 부르리라. 재료는 녹인 콘크리트, 모양은 티피(인디언들이 사는 원뿔형의 천막 : 옮긴이)로 해야지. 지하에 식당을 만들어 인디언 의식도 보여줄 것이다. '티피에서 자고, 지하에서 식사하세요.'를 모텔의 로고로 하자.

모든 게 착착 들어맞았다. '제로니모의 은신처'라는 기념품 가게를 열어 온 가족이 쓸 수 있는 장신구와 모카신도 팔 것이다. 동료 하나가 제로니모는 수족이 아니라 아파치족이며, 남서부에서 활동했다고 말참견을 했다. 다전은 시시콜콜한 것까지 따지는 동료의 태도에 화가 나 그를 노려보았다.

"알게 뭐야. 그럼 다른 이름을 붙이면 되지. 상관없어. 관광객들이 그 차이를 알기나 할 것 같아? 신경도 안 쓸 걸."

레이 다전은 불법으로 취득한 인디언 유물을 거래할 수 있는 통로가 있다는 점도 알아냈다. 그리하여 그는 몇몇 박물관과 수집가들에게 연락을 했고, 그들은 모두 다전이 발굴한 유물을 은밀히 구입하는 일에 관심을 보였다. 유물에 테마파크, 게다가 그와 동료들이 고속도로 노선을 따라 몰래 구입한 땅들은 그의 돈줄이 되어줄 것이다. 늘 그랬듯이 그는 이번에도 자신의 탐욕을 위해 모든 것을 변경시킬 것이다. 이 나라의 과거와 현재를 만드는 것은 바로 그런 대담한 생각이라고 레이 다전은 생각했다.

그런데 바로 그때, 자신의 땅에 전혀 다른 형태의 금이 묻혀 있다고 생각하던 그 시점에, 외지에서 굴러 들어온 맥밀런이라는 선동가가 몇몇 사람과 손잡고 고속도로 건설에 반대하기 시작한 것이다. 다전의 첫 번째 목적지는 트윈벗대학 학장인 랄프 가이글의 사무실이었다.

"랄프, 자네 대학에 있는 그 생물학 선생 있잖나. 이름이 다릴 무어라고 했던 것 같군. 그 친구는 고속도로에 대한 태도를 바꾸는 게 좋을 걸세. 세상에는 그가 연구해야 할 다른 새들이 아주 많다고 전해주게. 또 그가 어머니를 양로원에 보내는 문제로 대출받으려고 하는 은행에 내가 이사로 있다는 말도 해주고. 잊지 말고 꼭 전해야 하네, 랄프. 그러고 보니 자네 대학에 새 건물을 짓기 위해 자금을 모을 때가 되지 않았나?"

"네, 사실은 그 문제로 상의를 드리려던 참이었어요. 무어 일은 걱정 마세요. 제가 그 친구에게 알아듣게 이야기할 테니까요. 게다가 우리 학교 교수들은 주립대학처럼 종신 재직권이 있는 것도 아니거든요."

"잘됐군. 자네라면 알아서 해줄 거라 믿었네. 우리 마누라들이 계속 시내로 나가 브리지 경기에 입고 갈 비싼 옷을 사기 위해서라도 우리가 이곳의 경제를 발전시켜야 하지 않겠나. 남자는 자기가 쓰는 돈 정도는 책임질 줄 알아야 하니까, 안 그런가?"

레이 다전은 자리에서 일어나 랄프 가이글과 악수했다.

"자금 확보를 위해 필요한 게 있으면 언제든지 말하게. 비서에게 우편으로 수표를 보내라고 할 테니."

이틀 뒤, 할란 스틱은 매월 자신의 선거구민과 함께하는 정보 수집 모임을 위해 폴스시티에 도착했다. 그 선거구민이라는 것이 대개는 레이 다전 한 사람으로 이루어지기는 했지만.

"진정하게, 레이. 이런 일에는 시간이 걸리는 법이야. 이건 법과 행정 절차에 관계된 문제라는 거 잘 알잖나."

"난 법에는 관심이 없네. 행정 절차에도 관심 없어. 내가 관심 있는 건 오로지 비즈니스야. 내가 고속도로 근처의 땅을 사느라 돈을 얼마나 퍼부었는지 아나? 오랫동안 자네를 상원의원 자리에 앉히고도 남을 돈이야. 지난번 선거에서 자네에게 준 기부금이 2만 달러가 넘네. 내가 그런 거금을 준 이유는 민주주의를 실현시키는 일에 관심이 있어서가 아닐세. 그건 자네도 알고 나도 알아. 하이플레인스 개발회사에 있는 우리 친구 빌 플래니건이 말하더군. 이번 고속도로 건설에 앞장서고 있는 잭 휨스 상원의원이 기술자들을 불러다가 새들의 서식지를 피할 수 있도록 노선을 변경할 수 있는지 알아보고 있다고. 할란, 절대 그런 일이 일어나지 않을 거라고 약속해주게. 다음주 초까지는 자네에게서 그 약속을 들어야겠네."

기술 책임자는 고속도로 노선 변경에 대한 휨스의 요청을 신중히 검토했다.

"휨스 의원님, 하이플레인스 고속도로 노선을 다시 한 번 살펴봤습니다. 새들이 문제를 일으키는 곳을 피해갈 수도 있습니다. 하지만 거대한 도로는 하나의 시스템이라서 한 부분이 바뀌면 다른 부분도 바뀌어야 하죠. 그건 이 고속도로를 리버모어와 폴스시티 서쪽으로 64킬로미터를 이동시켜야 한다는 뜻입니다. 그건 우연히도 애초에 공사 비용 면이나 차량의 이동 시간 면에서 우리가 더 효율적이라고 제안했던 원래 노선이기도 하구요. 현재 노선으로는 폴스시티와 리버모어를 지나가기 위해 우회해야만 하니까요. 그럼 새들의 서식지를 피해가는 대체 노선을 진행시킬까요?"

"아닐세. 노선을 변경시켰다가는 내 절친한 친구 할란 스틱 상원의원이 아주 곤란해질 거야. 당분간은 내버려두게."

잭 휨스는 전화기를 내려놓고, 보좌관에게 연결된 부저를 눌렀다.

"할란 스틱에게 전화하게."

"스틱 상원의원은 지금 플로리다에 계십니다. 번호를 남기기는 했는데 연락되기는 어려울 거라고 했어요. 그래도 전화해 볼까요?"

"아니. 그럼 상공회의소의 칼 애이커스를 연결해 줘."

전화기에서 칼 애이커스의 목소리가 들렸다.

"안녕하십니까, 의원님. 무슨 일이시죠?"

"할란과 통화할 수 없어서 자네에게 전화했네. 하이플레인스에 있는 자네 친구에게 고속도로 노선 변경안은 중단시켰다고 말하게. 하지만 이번 고속도로를 위한 자금을 모으는 일은 민감한 문제라는 말도 해주게. 게다가 공공사업 운수위원회의 몇몇 사람들도 고속도로를 지지하는 일에 다소 동요하기 시작했단 말일세. 자네 친구들이 조심하지 않으면, 고속도로 건은 아예 물거품이 될지 몰라."

"알겠습니다. 하이플레인스 개발회사의 빌 플래니건에게 그렇게 전하죠. 칼라일 맥밀런이라는 친구를 둘러싸고 약간의 폭력과 협박 행위가 있는 것 같습니다. 빌 플래니건은 지금 그 일의 진상을 파악하는 중입니다."

"제발, 칼. 그곳 사람들은 이런 일 하나도 제대로 처리하지 못하는 건가? 머저리들 같으니라고."

"안전벨트를 매시는 게 좋을 겁니다, 의원님. 일이 점점 더 재미있어질 테니까요. 그게 맞는 표현인지는 모르겠습니다만. EWU라는 단체를 들어보신 적 있으십니까? '이유'라고 읽는데 지구전사연합(Earth Warriors United)이라나 뭐라나 하는 것의 약자더군요. 빌 플래니건이 전화하기 전까지는 저도 몰랐습니다. 서부 어딘가에서 결성된 과격한 환경단체라는데 이번 일에 끼고 싶어 안달하고 있답니다. 이틀 전, 그 단체 회원 세 사람이 낡은 밴을 타고 샐러맨더로 들어가 여기저기 쑤시고 다니기 시작했답니다. 소문으로는 만약 고속도로가 T-호크 서식지를 통과한다면 샐러맨더의 배수탑을 폭파시켜 버릴 거랍니다. 게다가 그건 시작에 불과하고요. 제가 그 단체의 한 멤버에게서 듣기로는, 이곳에서 벌어지고 있는 일에 사람들의 이목을 집중시키기 위해서라도 어쨌거나 배수탑은 폭파시킬 거랍니다.

이 단체의 리더는 조지 리딕이라는 남자입니다. 이자는 작년, 텍사스 정유회사의 한 간부가 자기 집 수영장에서 놀고 있는 동안 그의 집에 쓰던 모터 기름을 가져다 부은 혐의를 받고 있습니다. 사건이 있던 밤, 그 집은 사방이 기름투성이였고, 간부와 그의 부인도 기름을 몽땅 뒤집어썼죠. 여키스 카운티에 잠입한 EWU 회원 가운데 아직 리딕은 포함되어 있지 않습니다. 적어도 아직까진. 제가 들은 바로는 리딕은 현재 다른 사고에 연루되어 있다는군요. 소문대로라면 정말 악질입니다."

"만약 새들과 다전의 말썽으로도 모자라 그런 일들까지 생긴다면 장담하건대 위원회에서는 고속도로 자금을 다른 곳으로 돌려버릴 걸세. 그렇게 되면 나도 더 이상 손쓸 수가 없어. 조사팀을 사무실로 불러 EWU에 대해 알아보도록 하겠네. 여키스 카운티에서 고속도로 공청회가 열리는 게 언제인가?"

"2월 중순에 리버모어에서 열립니다. 플래니건은 맥밀런이 이 설명회에서 말썽을 일으킬 거라고 생각하고 있죠."

"우리가 상대하는 그 빌어먹을 녀석은 대체 누군가, 칼? 정확히 뭐하는 작자야?"

"플래니건 말로는 정말 질긴 놈이라고 하더군요, 의원님. 조용하면서 영리하고, 자기가 하는 일에 신념을 가지고 있으면서, 철저히 사전 조사를 하고 있답니다."

"어떻게 그놈을 압박할 방법이 없겠나? 경제적으로 압력을 가하면 어때? 그자 직업은 뭐야? 누구에게서 돈을 빌려 쓰지?"

"저희도 똑같은 생각을 했습니다, 의원님. 그래서 플래니건에게 물어봤죠. 플래니건이 조사한 바에 의하면, 맥밀런은 현재 자신의 땅을 사면서 2,000달러쯤 빚진 것을 제외하면 빚이 없답니다. 직업은 목수인데 솜씨가 대단하다고 하더군요. 그 방면에서 솜씨가 너무 훌륭하고, 또 독립적으로 일하기 때문에 그를 배척하기는 힘듭니다. 폴스시티 변호사와 의사들은 너도나도 자신의 집을 그에게 맡기고 싶어하고, 이 근방에서 그의 솜씨를 따라올 자가 없다고 생각하니까요.

그것 말고도 또 있어요, 의원님. 레이 다전이란 친구 아시죠. 플래니건이 그 친구에 대한 대표적인 농담을 이야기해 주더군요. 다전은 사람의 몸에서 태어난 게 아니라, 처음부터 다 자란 상태로 계약서를 흔들며 유막(油膜)을 타고 세상에 온 거라고요. 정말 맞는 말인 것 같아요. 다전은 주 고속도로위원을 하면서 손에 넣은 내부 기밀을 이용해, 일 년 넘게 고속도로 노선을 따라 토지를 구입해 왔습니다. 뿐만 아니라 맥밀런을 도와주는 무슨 대학의 교수라는 사람에게 고압적인 술수까지 사용했죠.

그래서 어떻게 됐는지 아십니까? 그 후로 며칠 뒤, 맥밀런이 폴스시티에 있는 다전의 사무실에 들렀다는군요. 그는 사무실 안으로 들어가, 책상 위로 몸을 내밀면서 이렇게 말했답니다. 다전의 비서에게만 들릴 정도로 아주 조용히, 아주 부드럽게요. '다전 씨, 난 당신이 무슨 수를 썼는지 다 알고 있습니다. 이 일이 끝나기 전에 당신은 감옥에 처박혀 오 년에서 십 년간 푹 썩게 될 겁니다. 당신은 이미 게임의 규칙을 정했어요. 나로선 아무 이의도 없지만, 대신 인정사정 봐주지

않을 겁니다. 어디 당신 규칙대로 싸워보자고요.'

농담이 아닙니다, 의원님. 정말로 그렇게 말했답니다. 그리고 어떻게 됐는지 아십니까? 플래니건의 말에 따르면 그 이후로 레이 다전이 아주 조용해졌다는군요. 맥밀런은 고속도로 노선이 조작되었으며, 다전이 내부 정보를 이용해 자신과 동업자들에게 이익이 되는 노선을 따라 땅을 구입한 것이라고 의심하고 있는 게 분명합니다. 맥밀런은 이 일을 밀어붙일 겁니다. 아마 우리 목까지 조르겠죠."

"이런 빌어먹을."

상원의원은 잠시 침묵을 지키며 생각에 잠겼다.

"이보게, 다른 상황이었더라면 나는 맥밀런이란 친구를 좋아했을지도 모를 거라는 생각이 드는군. 하지만 지금 상황으로서는 우린 그자를 잘 붙잡아두거나 입단속을 해둬야 하네. 그리고 그러기 위한 최선의 방법은 가능한 빨리 고속도로를 깔아버리는 거야. 그러면 다들 새나 다전, 맥밀런에 대한 일은 잊어버리고 자기들 일이나 할 테니까."

칼 애이커스와의 통화가 끝나자, 잭 휨스는 달력을 힐끗 바라보고–엿새 후면 1월도 끝이다–창문으로 걸어가 차도를 내려다보았다. 러시아워가 거의 끝나가고 있었다. 그는 지금 칼라일 맥밀런이라는 목수는 고원에서 무엇을 하고 있을지 궁금했다.

그 순간, 칼라일은 제리 그래밧 주지사에게서 온 편지를 읽고 있었다.

친애하는 맥밀런 씨

우선, 우리 주민들이 자연과 조화를 이루며 살아갈 수 있는 건강한 환경을 조성하고, 그와 동시에 고원 지대의 경제를 발전시키는 일에 저 역시 선생님만큼이나 지대한 관심이 있다는 사실을 분명히 밝혀두고 싶군요. 꼭 한 번 만나 우리의 공동관심사를 의논하고 싶습니다. 따라서 주 고속도로 위원이신 레이 다전 씨의 제안에 따라 제 비서에게 선생님과 연락해 우리 세 사람이 함께 모일 수 있는 약속을 잡도록 하겠습니다. 하루 바삐 해결되어야 할 이 문제에 대해 행복한 타협안을 찾아낼 수 있을 것입니다. 우리가 함께 모일 수만 있다면, 모든 게 잘 되리라 생각합니다.

당신의 충실한,

제리

주지사 제리 그래밧

덤프 트럭은 고개를 돌려 구겨진 편지가 부엌 쓰레기통을 향해 날아가는 것을 지대한 관심을 가지고 지켜보았다. 조금 전 한 무리의 사람들이 현관문을 두드리며 이 커다란 수고양이를 성가시게 한 사건이 있었다. 칼라일이 현관으로 나가보니 리버모어 시민후원클럽에서 왔다는 네 명의 남자가 서 있었다.

그들은 어슬렁거리며 자신을 소개했고, 그 중 한 사람이 대변인 역할을 했다.

"맥밀런 씨, 당신도 우리처럼 사업가 아닙니까. 그렇다면 이번 고속도로가 당신에게도 일거리를 많이 가져다줄 겁니다. 경제가 발전할 테니까요. 지금 당신의 태도는 좀 비이성적이라고 생각하지 않습니까?"

칼라일은 그들을 빤히 바라보았다. 그들이 이토록 무지하다는 사실을 믿을 수가 없었다. 그들은 그가 하고 있는 일, T-호크에게 닥칠 일에 이토록 무감각하단 말인가? 분명 그런 것 같았다. 칼라일은 그들에게 약간의 연민마저 느껴졌다. 그는 두 번 숨을 내쉬고, 하늘을 바라본 뒤, 다시 그 사람들을 바라보며 "아뇨."라고 말했다. 그러고는 공손히 고개 숙여 인사한 뒤, 문을 닫았다.

그래밧 주지사의 편지가 쓰레기통 가장자리에 부딪혀 순간적으로 비틀거리다가 쓰레기통 안으로 들어가는 순간, 온실의 유리창이 깨지는 소리가 들렸다. 처음에는 다람쥐 한 마리가 유리창 지붕 위로 떨어진 거라고 생각했다. 그러다 총소리가 들리자 칼라일은 바닥에 엎드렸고, 재빨리 기어가 겁에 질려 놀란 덤프 트럭을 창틀에서 끌어내렸다. 온실 유리창을 맞추는 세 번째 총소리가 들리자 그는 꿈틀거리는 고양이를 품에 안고 가능한 낮게 몸을 숙였다. 그 후로는 조용해졌지만, 몇 분간 그대로 바닥에 엎드려 있다가 몸을 일으켜 창문 구석으로 밖을 내다보았다. 아무것도 없었다.

스탠퍼드대학의 교수는 이번 일이 힘들거라고, R등급이 될 거라고 말했다. 그의 말이 옳았다. 망가진 온실을 바라보고 화분들을 나른 뒤, 칼라일은 온실 문을 닫고 난로 옆에 앉았다. 온실을 고쳐봤자 헛수고만 하게 될 것 같았다. 덤프 트럭이 무릎 위로 뛰어올라 자리를 잡고 가르릉거렸다.

다음날, 여키스 카운티의 보안관 대리가 칼라일의 온실을 점검했다.

"누군가 길에서 라이플총을 쏜 것 같군요. 도랑에서 발견된 탄피로 봐서 30구경에서 발사된 겁니다. 아주 강력한 무기죠. 이 정도면 표적을 명중시킬 수 있습니다. 이 근방 남자들은 꽤 솜씨가 좋은 저격수들이죠. 만약 그들이 당신을 노렸다면, 아마 우린 지금 이렇게 이야기하고 있지도 못할 겁니다. 조사는 해보겠지만, 지금으로선 당신은 이 지방에서 별로 인기 있는 사람이 아니에요. 내가 당신이라면 매사에 조심할 겁니다."

제 **16** 장

조지 리딕

수잔나 벤틴에게는 많은 남자들이 접근
했고, 그 중 대다수가 실패했는데 그 가운데는 조지 리딕이라
는 남자도 포함되어 있었다. 하이플레인스 고속도로 계획이
발표되기 몇 해 전의 일이다.

유랑자 생활에도 나름대로의 코드가 있다. 살면서 한 번이
라도 목적을 찾는 것 외에 아무 목적 없이 느슨하고 자유롭게
여행해 본 사람이라면 기호와 상징에 대해 알게 되기 마련이
다. 오래 계속된 여행과 불규칙한 잠이 가져다주는 분명한 피
로의 증거. 오후 햇살이 먼지 낀 창을 통해 비스듬히 들어오
는 사막의 한 카페에서 당신의 의자 옆에 놓인 굽이 닳은 신

발과 낡은 배낭. 천천히 커피를 마시고, 담배를 세고, 찬찬히 동전을 세며 이 정도면 충분하다고 확인하는 모습. 당신에게 필요한 것은 오로지 긴 신음 소리와 함께 문을 활짝 열어젖히고, 당신을 다음 목적지 또 그 다음 목적지로 데려다 줄 버스뿐.

캘리포니아 연안 아래에 위치한 애리조나의 토폭에서 수잔나 벤틴은 오지 않는 버스를 기다리고 있었다. 버스가 서는 그레이시 카페는 그레이시와 수잔나, 검은 수염을 기른 덩치 큰 남자를 제외하면 텅 비어 있었다. 남자는 커피를 마시며 수잔나가 있는 쪽을 두 번 바라보고, 길의 기호와 상징을 눈치 챘다.

금전등록기 뒤의 벽에 걸린 전화기가 울리자 그레이시가 전화를 받았다. 잠시 뒤, 그녀는 수잔나가 앉아 있는 곳으로 걸어왔다.

"아가씨, 정말 미안한데 버스가 킹맨에서 고장이 나 내일이나 돼야 온다네요. 토폭에는 잘 곳이 없지만, 니들스까지 나가면 거기서 숙소를 찾을 수 있을 거예요."

도보 여행이라는 게 원래 그런 법이다. 수잔나 벤틴은 이런 일을 넘겨버리는 법을 배웠고, 대신 해결책을 찾아내려고 골몰했다. 살면서 이와 비슷한 궁지에 처한 적이 여러 번 있었다. 금요일 밤 델리에서 출발하는 팬암 비행기는 모두 예약된 상태였고, 다음 비행기는 다음 주 화요일에나 있었다. 브뤼셀에서 남쪽으로 80킬로미터쯤 떨어진 시골 역에서 갑자기 기차가 멈춰버린 적도 있었다. 브뤼셀 역은 겨울 폭풍 때문에 오도 가도 못하는 열차들로 가득 찬 상태라서 승객들은 거기서 내릴 수밖에 없었다. 아버지가 몰던 트럭이 올두바이에서 160킬로미터 떨어진 곳에서 고장이 나기도 했었다.

그녀 앞에 놓인 찻주전자는 거의 비어 있었다. 수잔나는 얼마 남지 않은 뜨거운 물을 찻잔에 다 따라버리고 자신의 선택권에 대해 생각했지만, 거의 없는 것이나 다름없었다. 밖에서는 세 남자가 낡은 차에 앉아 웃고 도로에 침을 뱉어대며 가끔씩 그녀를 바라보았다. 낮이 짧은 겨울이라 삼십 분만 있으면 해가 지고 모하비 사막의 햇살은 급격히 사라질 것이다. 혼자 하는 여행에는 나름대로의 장점이 있었지만, 여자 여행자에게 이런 상황은 결코 그 장점 가운데 하나는 아니었다. 남자라면 아무렇지도 않게 밖으로 걸어나가 타이어 한두 개를 걷어차본 뒤, 저 남자들 중 한 명에게 돈을 지불하고 니들스까지 태워달라고 했을 것이다. 하지만 여자에게는 다소 위험 부담이 있었다. 불공평하지만 어쩔 수 없는 일이다. 수잔나도 그런 사실이 싫었지만, 이해할 수 있었다.

카운터에 앉아 있던 덩치 큰 남자가 그녀 쪽으로 걸어왔다.

"아가씨, 난 플래그스태프에 갑니다만 상황이 곤란하다면 내가 니들스까지 태워다주겠소."

그녀는 그를 올려다보았다. 아까 커피를 주문하던 그의 태도는 매우 공손했었다. 약간의 위험 부담. 그녀는 위험이 어느 정도일지 생각하고, 다시 그를 바라보며 말했다.

"고맙습니다. 정말 감사드려요. 보답으로 돈을 지불하고 싶은데요."

"그럴 필요 없습니다. 그렇게 먼 거리도 아니니까요. 내 이름은 조지 리딕이오."

그는 그녀의 배낭을 집어들고, 그녀를 위해 카페의 문을 열어주었다. 두 사람은 그의 밴을 향해 걸어갔다. 밖에 서 있던 남자들은 타이어를 발로 차고, 도로에 침을 뱉어대며 서로에게 윙크를 해댔다. 악의에 가득 찬, 다 알고 있다는 태도로. 수잔나와 리딕이 지나가자 한 남자가 수잔나가 들을 수 있도록 큰 소리로 말했다.

"기회가 있을 때 그 귀염둥이에게 잘 해두는 게 좋을 거야. 자네 뒤엔 바로 우리가 대기하고 있으니까."

리딕은 수잔나의 배낭을 내려놓고 그 남자를 향해 돌아서더니 냅다 얼굴을 휘갈겼다. 얼굴을 맞은 남자가 비틀거리며 바닥에 주저앉을 만큼 세게. 차에 비스듬히 기대고 있던 다른 두 남자는 몸을 똑바로 세웠다. 호르몬이 용솟음치며 쓰러진 동료, 사막에서의 명예 같은 것들이 떠올랐다. 리딕은 그들을 바라보며 씩 웃고, 그들이 공격해 오기를 기다렸다. 그러나 아무 움직임도 보이지 않자 리딕은 배낭을 집어들고 수잔나를 위해 차문을 열어준 다음, 그녀의 발밑에 배낭을 내려놓았다. 수잔나는 몸이 살짝 떨리는 것을 느꼈다. 남자의 거칠고 즉각적인 폭력이 그녀를 두렵게 만들었다.

차에서는 시가 연기 냄새가 났다. 연장들이 흩어져 있고,

낡은 커피컵들이 뒷좌석에 굴러다녔다. 그는 시동을 걸며 그녀를 흘끗 바라보았다.

"무례한 녀석들과 소동을 피워 미안합니다. 잘난 척하는 녀석들을 워낙 못 참는 성격이라."

뱃속의 뻣뻣함이 약간 줄어들긴 했지만 아직도 속이 편치는 않았다. 그녀는 무릎 위로 양손을 꼭 쥐고, 이야기를 나누는 게 긴장을 푸는 데 도움이 될 거라고 생각했다.

"플래그스태프에 사세요?"

"아뇨, 그곳에서 남쪽에 있는 산속에 삽니다. 세도나라고 하는 곳 근처죠. 들어봤어요?"

"네. 한 번 지나친 적이 있어요. 아주 아름답던데요."

"목적지가 어딥니까?"

"뉴헤이븐 코네티컷이오. 아버지가 돌아가시기 전에 거기 살았어요. 몇 가지 처리해야 할 부동산 문제가 있어서요."

"원한다면 플래그스태프까지 데려다줄 수도 있어요. 거기서는 어디 가는 버스나 쉽게 찾을 수 있을 겁니다."

세 시간 뒤, 그들은 플래그스태프 외곽에서 남쪽으로 향했고, 수잔나는 산속에 있는 그의 집으로 갔다. 거기서 보낸 두 달 동안 그는 그녀에게 손가락 하나 대지 않았으며, 그럴 시도조차 하지 않았다. 조지 리딕은 자신에게서 한시도 떠난 적 없는 분노에서 비롯된 금욕적인 삶을 살았다. 그런 삶에 섹스는 더 이상 존재하지 않았다.

그곳에서 지내는 동안 그녀는 그가 중요한 일을 처리하기 위해 외출한다는 것을 알고 있었다. 이따금 리딕이 싫어하는 사람과 단체에 가해진 끔찍한 폭력 사건을 다룬 신문기사를 보았고, 그녀는 기사 뒤에 감도는 어둠의 존재를 늘 인식하고 있었다. 그의 이름을 언급하는 소문이나 기사는 없었지만, 그녀는 그것이 리딕이 한 짓이라는 걸 알았다. 고무가 하얗게 닳은 타이어와 녹이 떨어지는 펜더가 달린 낡은 밴의 우주에서 비롯된 복수의 분노. 레밍턴 12구경의 펌프 산탄총과 더 짧아진 총신의 9밀리미터짜리 바레터 피스톨은 방수포에 쌓인 채 그의 손이 쉽게 닿는 운전석 뒤에 놓여 있었다.

리딕은 얼룩이 묻은 카키색 바지에 낡은 플란넬 셔츠, 낙하산병들이 신는 부츠를 신었다. 검은 야구모자에는 '지구 전사'라고 직접 수놓은 글씨가 씌어 있고, 낡은 야전 재킷의 오른쪽 가슴 주머니에 검은 테이프 한 줄을 붙여 인쇄되어 있는 이름을 가렸다. 입에는 항상 시가를 물고, 회색 얼룩이 있는 무성한 검은 수염은 고개를 살짝만 숙여도 그의 가슴을 스쳤다.

조용한 시위에서 점잖은 불복종, 과격한 폭력 행위에 이르기까지 급진주의 환경 노선에서 조지 리딕은 타의 추종을 불허했다. 그는 차원이 달랐다. 그를 알고 지내는 동안 수잔나는 그런 사실을 이해하게 되었다. 야만적이면서도 인정사정 보지 않고 목표를 추구하는 그의 태도는 그녀를 두렵게 하는 동시에 매혹시켰다. 거의 섹시할 정도로.

그는 시에라클럽(지구 생태자원을 보호하는 운동을 벌이는 단

체: 옮긴이)을 정치가라고, 300달러짜리 파타고니아 재킷을 입은 바비와 켄 인형이라고 했다. 플래닛파이어(PlanetFire)의 여름 집회, 남서부에 있는 발전소의 전송선을 폭파시키려다 실패한 사건을 생각해 보라. 리딕은 그들을 아마추어라 비웃었다. 그들은 에드워드 애비(미국의 대표적인 생태주의 작가: 옮긴이)를 읽고, 어둠 속에서 게임을 하며, 환경 파괴의 장본인이 아니라 과학기술의 상징물이나 공격하는 쓸모없는 단체라고 했다. 이런 말을 한 적도 있었다.

"난 다른 모든 대안이 실패했을 때 나타나는 사람이오. 내가 하는 일이 존경받을 일은 아니지만 누군가는 해야만 하는 일이지. 만약 예방이 불가능하다면 응징이 최선의 차선책이야. 그리고 응징을 분명하고 강력하게 한다면, 예방까지 될 수 있는 거요. 두려우니까."

리딕은 생사를 넘나드는 전선에서 싸웠던 적이 있었다. 두 개의 퍼플 하트(참전 용사에게 주어지는 훈장: 옮긴이)와 다른 훈장들. 그는 몇 년 전에 그것들을 모두 쓰레기통에 던져버렸다. 그는 전쟁터에 있었다. 거머리들과 독사, 말라리아, 무기와 쌀을 가지고 캄보디아 정글 아래로 매끈하게 닦인 길을 뛰어가는 작은 사람들. 그 시절, 위기의 순간이 닥치면 M-16은 제대로 작동하질 않았다. 그리하여 리딕은 12구경 레밍턴 펌프 산탄총을 몰래 구입해 가지고 다녔다. 그는 톱으로 총신을 짧게 잘라 사용했고, 정글을 누비고 다니며 살인 기계가 되었다. 경제 개발과 생물공학을 위해 세상을 안전한 곳으로 만들고 다녔다.

조지 리딕에게 미래란 오늘 오후나 오늘밤, 길어야 그 다음 날까지 존재할 뿐이다. 그에게는 자연을 더럽히는 공장의 배수관과 굴뚝에서 나오는 오염 물질을 다시 간부 사무실로 돌려보내는 일 이외의 다른 인생 계획은 없었다.

조지 리딕에게는 자신의 방식이 있었고, 그래서 그 방식대로 했다. 당신이 세운 공장의 배수관에서 나온, 인플루엔자로 가득한 더러운 물을 마셔본 적이 있는가? 공장 굴뚝에서 긁어낸 더러운 물질로 가득 찬 비닐봉지 안에서 숨을 쉬어본 적은? 엄격한 미국 환경법을 피하기 위해 당신이 마타모르스(미국과 멕시코 접경지역: 옮긴이)에 세웠던 바로 그 공장 말이다.

당신의 참치잡이 어선이 일주일 전 그물 안에서 질식시킨 돌고래, 썩어서 구더기가 우글거리는 그 돌고래의 노란 살코기를 먹어본 적이 있는가? 만약 당신이 조지 리딕에게 제대로 걸린다면 이 모든 일들을 경험하게 될 것이다. 분명히 그렇게 될 것이다. 좋은 호텔과 깔끔한 연간 보고서들이 넘치는 비즈니스 세계는 당신에게 이렇듯 악의에 가득 찬 원초적인 힘, 조지 리딕을 다루는 법을 준비시키지 않았을 것이다. 그리고 그를 만난 후에는 좋은 물을 마시고, 깊이 호흡하고, 음식을 꼭꼭 씹어 먹게 된다. 바레터가 당신의 사타구니를 찌르고, 당신이 아끼는 12기통 재규어가 낱낱이 분해되는 소리를 듣고, 재갈이 물린 아내가 머리는 완전히 삭발된 채 밍크코트 조각을 삼키려고 하는 모습을 보게 된다면 저절로 그렇게 될 것이다.

조지 리딕이 다녀간 곳에는 정신적으로 큰 충격을 받은 회사 간부와 정부 관리자들이 속출했고, 그들 중 대다수는 리딕과 단 한 번의 만남 이후로 은퇴해 버렸다. 카리브 해의 고급 리조트에서는 해변에 비치된 의자들 사이로 조지 리딕에 대한 이야기가 떠돌았다. 하룻밤에 1,400달러나 하고 섬의 원주민들이 다가오지 못하게 한다는 점비 베이의 빌라조차도 리딕이 잠입하겠다고 마음만 먹는다면 당신을 안전하게 지켜 줄 수 없다. 사람들은 손에 럼 펀치를 든 채 그렇게 쑤군댔다. 뜨거운 태양 아래서도 살짝 몸을 떨며.

조지 리딕은 부자들은 자신이 일으킨 문제들로부터 거의 피해를 입지 않는다는 사실을 알고 있다. 피해를 입는 것은 다른 사람들과 동물들이다. 그러고는 늘 현실에서 동떨어진 추상적인 용어만 늘어놓는 변호사들의 변론을 통해 번번이 빠져나간다. 조지 리딕은 당신이 내린 결정의 결과를 당신이 직접 감수하도록 만들 것이다. 신체적으로든 정신적으로든. 사람들은 조지 리딕은 당신이 저지른 일의 예상치 못한 결과이며, 당신의 영혼과 인격이 그에게 침입당한 후에는 똑같은 짓을 저지르기 전에 심각하게 생각해 봐야 한다고들 말한다. 리딕이 수잔나에게 말한 대로 "나는 단지 어떤 사람들이 내린 잘못된 결정의 또 다른 결과를 제공할 뿐"이다.

그렇다. 조지 리딕은 전사였고, 지금도 여전히 차에 '악당들을 응징하라!' 라고 씌어진 스티커를 붙이고 다니는 전사이다. 만약 그가 세운 규칙들을 위반한다면, 그가 올 것이다. 당장은 아니더라도 결국에는 올 것이다. 그리고 가끔씩 모하비사막을 지날 때마다 그는 수잔나 벤틴을 생각했고, 그런 여자와 함께 사는 꿈을 꾸곤 했다.

제 **17** 장

공청회

노인이 말했다.

"나는 칼라일과 내가 갤리를 좋아하는 것 외에 다른 공통점이 있다는 걸 알게 되었지. 그건 우리 둘 다 양복을 쫙 빼입고 지역공동체 대표입네 자칭하는 사람들을 좋아하지 않는다는 거야. 자네도 그 패거리들을 알 거야. 찾기 쉽거든. 신문에 실린 사진을 보면 그들은 늘 비열한 미소를 짓고, 시장이나 주지사 혹은 다른 양복쟁이 뒤에 서서 인간의 기술력, 부의 신, 그리고 기술자 군단에게 바쳐진 현대판 성소의 커팅식에 참가하곤 하지.

내가 그들을 싫어하는 가장 큰 이유는 그들이 언제나 너무

나도 빌어먹게 활기에 넘친다는 거야. 날 오해하지는 말게. 이 세상은 행복이 심각하게 결핍되어 있고, 난 좋은 활기라면 적극 찬성이야. 하지만 그 사진들을 자세히 들여다보면 그들의 깨끗한 치아 위로 '돈'이라는 글자가 찍혀 있는 것을 볼 수 있을 걸세. 아무리 상태가 안 좋은 사진이라도 그 글자는 여지없이 드러나지. 그들의 넘치는 활기는 리틀샐러맨더 강 위로 저무는 아름다운 노을을 바라보거나, 또 하루를 살게 된 것에 대한 감사의 마음에서 나오는 게 아니야. 지금보다 훨씬 더 많은 돈을 벌게 될 거라는 달콤한 꿈에서 비롯된 거지. 그들이 그 많은 돈으로 뭘 할 건지는 나도 잘 몰라. 아마 그들도 잘 모를 거야.

내가 또 하나 깨달은 것은 이런 커팅식이 늘 자연 파괴와 관계되어 있다는 거야. 양복을 쫙 빼입은 이 소군단들은 특히 고속도로, 댐, 핵폐기물 처리소, 거대한 다리 같은 프로젝트를 좋아하지. 자신이 아닌 다른 납세자들이 돈을 대고, 자연에 어마어마한 피해를 입히는 종류의 정말 거창한 계획 말이야. 그들은 이런 문제에 대해 이야기할 때 '발전'이라는 단어를 많이 쓰지. 요새는 '경제 개발'이란 단어로 대체되긴 했지만.

그자들은 비밀이 누설되었을 때, 다시 말해 프로젝트가 완수되었거나, 너무 많이 진행돼서 멈출 수 없는 단계에 이르렀을 때만 양복을 쫙 빼입고 나타나지. 초기 단계에서는 스파이 활동을 벌이고, 음모를 꾸미느라 많이 나서지 않아. 그래야 프로젝트가 완전히 무르익어 모습을 드러내고, 건설에 착수

할 준비가 되었을 때 일반 대중들을 깜짝 놀라게 할 수 있으니까. 게다가 그렇게 놀래키는 작전은, 프로젝트의 건설 비용과 관련해 거대기업이 이익을 얻는 것에 대해 건방지게 의문을 제기하는 사람들을 한방 먹이는 효과까지 있거든."

나는 노인의 말에 미소 지으며, 그의 아침식사 접시 옆에 놓여 있는 조그만 카세트테이프를 확인했다. 나도 그런 양복쟁이들을 본 적이 있다. 누구나 보았을 것이다. 노인은 반숙으로 요리된 계란 프라이를 먹고 커피를 한 모금 마신 뒤 말을 이었다.

"어떤 종류건 반대 의견을 다루기 위한 주된 방법은 공청회라고 하는 가짜 민주주의를 행사하는 것이지. 리틀샐러맨더 강을 가로지르는 거대한 댐을 짓는다는 이야기가 나왔을 때 나도 그 자리에 갔었어. 이보게, 그런 계획은 관료, 엔지니어, 그리고 소수의 세력가들에 의해 정해져. 이미 모든 게 정해진 후, '시민들의 의견을 경청한다' 는 이름도 고상한 명분 아래 공청회가 열리는 거야.

하지만 거물급들에게 시민의 생각 따위는 필요 없어. 일반 시민들이 너무 많은 의견을 제시하고, 댐과 고속도로 공사에서 누가 진짜 이득을 보는지 같은 어려운 질문들을 던진다면, 그런 공사는 절대 실행되지 못할 거야. 공청회는 사람들로 하여금 자신도 의견을 내놓았다고 착각하게 만드는 교활한 방법이지. 실제로 공청회에서 사람들은 의견을 내놓으니까. 다만 그들의 의견은 최종 결과에 아무런 영향도 미치지 못하고,

따라서 아무런 쓸모도 없을 뿐더러 아무런 가치도 없다는 사실을 모를 뿐이야.

정책 입안자들은 그 점을 알고 있어. 따라서 공청회란 시민들이 정책자들의 원대한 꿈을 망치지 못하게 하면서 그들로 하여금 자신도 의견을 내놓았다고 믿게 하는 교묘한 줄다리기란 말일세. 공청회에서 지방 의원들이 객석에 앉아 자신들도 평범한 시민인 척하는 것도 그 때문이지. 그들의 또 다른 역할은 진짜 문제아들을 찾아내는 거야. 그래서 그들의 신원을 파악한 후, 타지에서 온 주요 책임자에게 보고하는 거야.

당연히 칼라일 맥밀런은 즉시 그들의 관심을 끌었다네. 칼라일은 나머지 양떼들과 달리 누구에게도 겁을 먹지 않았거든. 적어도 내게는 그렇게 보였어. 뿐만 아니라 그는 전문가들이라면 치 떨리게 싫어했지. 이런 종류의 사기극에서는 전문가들이 중요한 존재라는 사실을 알고 있었던 거야. 공청회에서 평범한 사람들이 던지는 질문이라고 해봐야 아주 단순하지. '리틀샐러맨더 강에 댐을 쌓고, 고원에서 동쪽 비탈까지의 물을 모두 끌어내는 것 말고 덴버 사람들이 쓸 다른 수자원을 찾아낼 수는 없는 겁니까? 그 강은 낚시하기에 좋아서 그곳이 망가지는 걸 싫어하는 사람도 있거든요.'

이쯤 되면 양복쟁이들은 기어를 한 단계 올리지. 이건 아주 정교하게 짜여진 각본이야. 엄청나게 많은 이익이 걸려 있기 때문에 그냥 운에 맡길 수는 없는 노릇이거든. 공청회 사회자는 이런 식으로 말해. '그 문제라면 전문가이신 래리 소프트

웨어 박사님께 넘겨야겠군요. 박사님은 매사추세츠 기술주의 협회의 엔지니어부를 담당하고 계십니다. 아울러 그 협회는 지난 2,000년간 이와 관련된 문제를 연구해 왔으며, 아이비리그 졸업생들로 이루어진 460명의 연구진, 그리고 이 마을보다 큰 컴퓨터를 가지고 있습니다.'

맨 앞줄에 앉아 있는 래리 박사 옆에는 플라스틱 용수철로 장정된 대략 스무 권의 서류 책들이 놓여 있게 마련이야. '보고서'라 불리는 것들이지. 전문가 래리 선생은 자리에서 일어나 이 서류 더미에 손을 올려놓고 말하지. '여러분 모두가 이 보고서들을 읽고, 고려해 볼 시간을 가지셨더라면 좋았을 텐데요. 제12권 116페이지에서 290페이지까지 이 프로젝트의 편익비용 분석이 실려 있습니다. 물론 제15권과 제16권, 아울러 이 보고서의 두 권짜리 부록에 있는 유용한 주석들에도 우리의 다준거결정 모델이 나와 있습니다. 그 안에는 우리의 대안들과 우선순위로 삼은 기준들, 우리가 이런 기준들에 부과한 유용성의 비중, 우리의 기준에서 본 각각의 대안들이 갖는 예상 결과 등이 포함되어 있습니다. 그리고 제11권에서는 우리의 할인율이 정해진 과정도 볼 수 있을 것입니다. 이 모든 자료를 바탕으로 우리는 거대한 크로대드290FXZ 컴퓨터에 18억 2,000만 개의 가상 시나리오를 작동시켰고, 가능성 지수를 계속 조정하고 실험하면서 변수의 변화에 대한 모델의 민감성을 검사하고 있습니다. 분명하게 실행 가능한 유일한 대안은, 리틀샐러맨더 강에 댐을 지어 덴버 사람들이 세

차와 테마파크 건설에 필요한 물을 확보하는 방법뿐입니다.'"

노인은 고개를 저으며 말을 이었다.

"이제 내가 한 가지 물어보겠네. 리틀샐러맨더 강에서 낚시하기를 좋아하는 시민이 래리 박사와 그의 거창한 컴퓨터, 그리고 수백 명의 연구진보다 똑똑할까? 절대 아니지. 래리 박사의 정신적 관장이 진행되는 동안, 우리의 낚시꾼은 애초에 일어선 것 자체가 미안해 죽을 지경이었어. 그는 보고서를 읽지 않았어. 게다가 그는 그런 자료를 들이파는 것보다 농어 낚시를 더 좋아하는 친구야. 그러니 그런 서류가 있다는 걸 알았더라도 읽지 않았을 거야. 하지만 그는 자신이 너무 멍청해 보이지 않도록 가끔씩 고개를 끄덕이며 그냥 거기 서 있지. 그러는 동안 래리 박사가 정말로 하고 있는 말은 '난 어떻게든 이 계획을 성사시킬 거다, 이 두꺼비 자식아. 그러니 입 닥치고 자리에 앉아.'라는 것임을 은연중에 깨닫게 되면서 말이야.

뿐만 아니라 이 프로젝트 뒤에는 주지사가 있어. 사회자는 삼 분마다 그 말을 되풀이하지. 따라서 지금 우리가 진행시키는 프로젝트가 무엇이든 그건 옳을 수밖에 없는 거야. 주지사란 사람은 일을 잘 알아서 하기 때문에 주지사가 된 것 아니겠어? 주지사처럼 똑똑한 사람이 추진하는 일에 반대한다는 것 자체를 불편하게 여기는 사람들도 있지. 마치 자신이 반애국자가 된 것 같아서 말이야. 그래서 그들은 단지 주지사가 후원하고 있다는 이유만으로 어떤 헛소리든 철석같이 믿어버리지.

아까도 말했듯이 문제는 칼라일 맥밀런이 전문가들에게 전혀 기죽지 않는다는 거야. 오히려 그 반대지. 그는 전에 캘리포니아에서도 이런 사기 행각을 본 적이 있었어. 따라서 우리 주의 믿을 만한 신문이 새로운 고속도로에 대해 황홀경에 빠져 있을 때 칼라일은 두 번째 페이지에 실린 지도를 봤고, 자신에게 문제가 생겼다는 걸 알았지. 신문에는 뉴올리언스에서 캘거리까지의 예상 노선을 보여주는 전체 지도뿐 아니라 주별로 세분화시킨 작은 지도들도 실려 있었거든. 바로 그 지도에서 본 거야. 굵직한 선이 샐러맨더의 북서쪽에 위치한 칼라일의 3만 6,000여 평의 땅과 그 맞은편 숲 한가운데를 뚫고 지나가는 것을.

지도 옆에는 우리 주의 경제 발전 부서에서 협찬해 준 기사가 실려 있었어. 새 고속도로가 우리에게 가져다줄 주체 못할 이익에 대해 상세하게 묘사한 거였지. 이 프로젝트 이면에 있는 가장 주된 계획은 아직 개발되지 않은 북극의 유전과 캘거리 사이에 건설될 원유 수송관에 고속도로를 연결시킨다는 거였어. 그러면 급유 트럭 운전사들이 그 싼 원유를 경제 사정이 힘든 텍사스와 뉴올리언스에 있는 정제소까지 운반할 거야. 이 얼마나 멋진 생각이야. 석유를 운반하기 위해 많은 석유를 사용하고, 공급처를 만들면서 스스로 수요를 창출하다니.

물론 그들이 광고하는 이익은 그뿐만이 아니었어. 이를테면 곡물과 가축들을 내다 팔기 쉽고, 이곳에 공장을 세우려는 일본의 거대한 전자회사에게 더 많은 점수를 딸 수 있다는 거지. 우리 모두가 잘 알고 있듯 그 회사는 여기에 공장을 세우고 싶어서 안달이거든. 다만 근대적인 도로 시스템이 부족하고, 잔디가 누렇게 마른 나인홀 골프장에 뱀들이 기어다닌다는 게 걸림돌이었지. 관광산업도 홍수를 이룰 거라고 하더군. 사람들이 샐러맨더를 방문하고 싶어하고, 르로이스와 우체국 같은 많은 관광지들을 이제는 훨씬 쉽게 찾아갈 수 있으니까.

레스터의 가게가 있는 건물에 고급 부티크를 입점시킬 수 있을지 모른다고 말하는 사람도 있었어. 이층에 살고 있는 한 노인네—바로 날세—를 퇴거시킬 수만 있다면 말이지. 게다가 건물주는 변호사 버니로부터 그 노인네는 집에 대해 어떠한 권리도 없으며, 따라서 퇴거시키는 것은 누워서 떡 먹기라는 말도 들었지.

하지만 난 그 문제에 대한 해결책을 마련해 두었어. 날 퇴거시키려고 쳐들어온다 해도 걱정하지 않네. 내겐 계획이 있거든. 1944년 겨울, 내가 유럽 전역을 돌아다니며 모은 기념품들 가운데 수류탄이 있어. 아직 작동하냐고? 아마 그럴 거야. 설사 작동하지 않는다 해도, 사람들을 깜짝 놀라게 하는 것만으로 실제 폭발 못지않은 충격을 줄 수 있을 거라고 생각하네.

난 그 모든 것을 머릿속으로 그려보며 작전을 짰지. 대충 이런 식이야. 난 수류탄의 안전핀을 뽑아 무릎에 숨겨놓은 채 계단에 앉아 있을 거야. 난 수류탄의 레버를 잡고 있을 거고, 수류탄에 실을 매달아 내 뒤에 숨겨놓은 빗자루에 묶어놓을 걸세. 우리 마을의 보안관이자 퇴거 담당자인 용감한 프레드 멈브리펙이 선두에 서서 사람들을 끌고 계단을 올라오겠지. 프레드 뒤에는 변호사 버니가 있고, 비니 뒤에는 어리석은 아이디어 때문에 돈을 다 날려버릴 위험에 처한 돈벌이의 귀재들이 따라올 테고.

'여기 위임장이 있네.'라고 말할 프레드의 목소리가 귀에 선하군. 사람들은 다들 프레드 뒤에 있는 계단에 줄줄이 늘어서 나를 바라볼 거야. 프레드가 위임장을 꺼내들려고 할 때 난 빗자루 손잡이에 매달린 내 작은 선물을 흔들어댈 거고, 그럼 수류탄이 사람들 코앞에서 왔다 갔다 할 테지. 난 '이걸로 엿이나 먹어라!'라고 소리 지를 거야. '모두 죽여버릴 테다. 목숨은 신의 손에 달린 것!'이라고 말할까 생각도 해봤어. 두 번째 문장은 옛날 군대에 있을 때 우리 소대 하사관이 잘 쓰던 말이야. 너무 진부한 표현이라는 건 인정해. 돌격대원들이 정말로 우리 집 계단을 올라오는 순간에 더 나은 말이 생각나면 좋을 텐데. 아마 그렇게 될 거야. 프레드가 무릎을 꿇고, 변호사 버니가 자기 뒤에 있는 뚱뚱한 양복쟁이를 발로 차는 게 보이거든. 이 모든 상상이 내겐 영감을 주지. 정말이야.

또 이야기가 딴 데로 샜구만. 요점은, 이 거대한 고속도로에서 기대되는 장점 목록이 끝없이 이어졌고, 거의 매일같이 신문에서 반복되었다는 거야. 그것도 모자라 수요일에는 주간신문인 『샐러맨더 센티널』이 유치한 기사로 고속도로의 장점을 한층 부풀렸지. 비록 이 주 연속으로 지도가 거꾸로 실리긴 했지만.

이제 '하이플레인스 애비뉴'라고 불리는 고속도로에 대한 마을 사람들의 기대치가 어느 정도인지 이해가 갈 거야. 샐러맨더는 죽어가고 있었으니까. 나는 지난 십오 년간 이 마을이 서서히 죽어가는 것을 지켜봐 왔어. 샐러맨더의 죽음은 내가 관찰을 시작하기 훨씬 전부터 시작되었지. 진짜 문제는 이 환자를 살리기 위한 대책이 있냐는 거야. 난 전문가는 아니지만 내 생각으로는 해결책이 없어. 우린 이미 도를 훨씬 지나쳐버렸거든. 완전히 재로 변해버린 건 아니지만, 더 이상의 연소는 불가능해. 난 그 사실이 정말로 슬프다네. 한때는 샐러맨더도 아주 좋은 곳이었어. 어떤 면에선 아직도 그래. 하지만 요즘 점점 더 그런 확신이 들어. 에이블 올슨이 1896년 이곳에 정착한 이래 이곳에서의 삶은 처음부터 빌린 거라는 확신. 그는 리틀샐러맨더 강을 따서 이 마을의 이름을 지었고, 그 강의 이름은 기병대에 의해 지어졌어. 그 기병대 친구들은 매니페스트 데스티니의 깃발을 흔들며 이곳을 휩쓸었는데 꽤 많은 원주민들을 학살했지. 백인 정착민들을 위해 이곳을 깨끗이 청소해 준 셈이야.

역사적 맥락에서 볼 때 인디언들이 정말 용감하다는 건 인정해. 하지만 코네티컷의 워터타운에 사는 벤자민 버클리 호치키스가 발명한 37밀리미터 회전포나 리처드 조던 개틀링이 발명한 속사포의 적수가 되지는 못했지. 백인들은 그 화력을 앞세워 인디언들과의 조약을 깨버리고, 칭기즈 칸 뺨칠 만큼 영토를 약탈했지. 선교사들은 또 어떻고. 그들은 이교도들에게 기독교만이 구원으로 가는 진실한 길이라고 설득하는 데 열을 올렸어.

마침내 인디언들을 진정으로 몰락시킨 건, 그들의 주요 자원이었던 들소들을 모조리 죽이면서였어. 기병대는 1863년 북부 들소의 마지막 무리를 싹 쓸어버렸지. 육군, 용병, 그리고 삼림지대에서 수족의 오랜 적수였던 크리족과 연합해서 말이야. 빌어먹을 정부는 인디언들을 위협하는 데 기여한 들소 사냥꾼들의 공로를 인정해 훈장까지 줬다니까.

하지만 난 아직도 어린 시절에 살았던 샐러맨더가 기억나. 이곳이 '웨스트 리버 컨트리'라고 불리던 시절이었지. 토요일 밤이면 농부들과 목장주들이 마을로 나왔어. 용돈 벌이 삼아 상점에 들러 달걀이나 닭 몇 마리를 팔고 식료품이며 미장원, 철물점 등이 늘어선 거리를 거닐었지. 우리는 토요일 밤을 '딸과 계란의 밤'이라고 불렀어. 그날 농부들이 마을에 가져오는 게 그 두 가지였거든.

마을 악단은 공원의 작은 정자에서 음악을 연주했고, 사람들은 빨간색과 하얀색, 파란색 수레에서 팝콘을 사 먹었어. 〈성조기여 영원하라〉 같은 애창곡들을 들으며 팝콘을 우물거렸지. 아이들은 여기저기 뛰어다니고, 노인들은 이야기를 나누고, 간간이 연주되는 복잡한 댄스곡은 결국 새로운 커플들을 탄생시켰지. 하지만 그동안에도 시간은 흐르고 있었고, 우리 어음에 대한 이자는 쌓여가고 있었던 거야. 아무도 그 사실을 몰랐지만. 우린 당연히 그 모든 행복이 영원히 계속되리라고 여겼지. 하지만 농업의 기적과 농기계의 발전을 거치며 아주 약간만 나아졌을 뿐이야.

밴드가 연주하는 옛 행진곡 〈게리 오웬〉을 따라 부르는 콧노래가 토요일 밤의 메인스트리트에 울려퍼졌고, 모든 게 아주 좋았지. 우린 검역관이 다가오고 있다는 사실을 전혀 몰랐어. 그는 마르고 터프했으며 야윈 얼굴을 하고 있었지만, 멀리 떨어져 있던 탓에 우린 아직 그를 알아보지 못했어.

자네는 이곳이 삼중고에 시달리고 있다는 걸 이해해야 하네. 그건 분명해. 얕은 토양층에 짧은 풀, 게다가 물 부족까지. 초기 지도 제작자가 이곳을 '그레이트 아메리칸 데저트(Great American Desert)'라고 부른 건 다 이유가 있어서야. 제국 건설의 꿈이 없었다면 아마 이곳에 사람이 살지도 않았을 걸. 하지만 정부는 기병대가 떨어뜨리고 간 매니페스트 데스티니 깃발을 주워 여러 남자들에게 건넸지. 그들은 그 깃발을 흔들며 깃발 뒤에 그려진 해골 그림을 모든 사람에게 보여줬어.

하지만 정부는 여러 집회령에 따라 우리에게 땅을 주면서 게임을 계속했지. 비용이 많이 드는 관개수로를 만들고, 이미 넘쳐나는 농작물을 위한 보조금까지 쥐여주면서 말이야. 뭔가 하라고 뇌물을 받으면 사람들은 자연히 그 일을 하게 되는 법이야. 정부는 대수층을 다시 채우려면 백 년도 넘게 걸린다는 사실도 모른 채 대수층의 물을 빼 쓰라고 격려했어. 그 결과 대수층은 오랫동안 고갈되었지. 토양도 마찬가지였어. 잘못된 농사법과 지나친 방목 때문에 바람에 휩쓸려가거나 강물에 떠내려가도록 내버려두었지. 문제는, 물과 토양에 관한 한 몇 가지 기본 법칙이 있다는 거야. 한 번 쓰고 나면 더는 없다는 거지. 적어도 아주 오랫동안.

동부의 한 대학에서 온 교수는 '이제 모든 게 끝났습니다, 여러분.'이라고 말했지. 그동안 이곳의 토양과 물이 겪어온 과정을 봐서는 길어야 삼십 년밖에 안 남았다는 거야. 그는 이 지역을 차라리 '들소 공원' 같은 걸로 만들자고 제안했어. 정부가 주민들을 다른 곳으로 이주시키고, 고속도로 근처의 마을을 제외한 나머지 지역을 자연으로 돌려보내는 거지. 이 지역을 인간보다 더 잘 관리할 줄 아는 들소나 다른 동물들에게 맡기자는 거였어.

개인적으로는 난 그 의견이 꽤 마음에 들어. 물론 모든 사람이 내 생각에 동의하는 건 아니지만. 그 잘난 교수에게 당장 그가 속한 아이비리그로 돌아가지 않으면 쫓아내겠다고 협박하는 사람들도 있었거든. 바비 에킨스는 그 교수를 '왕대가리'라고 부르면서 학자들은 다들 미친놈이라고 했지. 바비는 직접 이 근처를 차로 돌아본 결과, 관개수로에서 물이 펑펑 나오고 있다고 했어.

하지만 우리가 물을 고갈시키고, 토양을 잘 망쳐놓았으며,

이 지역의 붕괴를 초래했다는 건 명백한 사실이야. 그럼에도 불구하고 미국 납세자들의 돈은 계속 우리에게 들어오고, 우린 고마운 동시에 당황해하며 그 돈을 받고 있지. 그 보조금이 우리에게 하던 일을 계속 하라고 주는 돈이라는 건 다들 알고 있어. 우리의 사랑하는 시장 조직은 우리가 하던 일을 그만둬야 한다고 말하고 있는데 말이야."

난 노인의 역사적인 연설을 중지시키고, 테이프를 바꿔 넣었다. 노인은 화장실에 가더니 새로 뽑은 커피 두 잔을 들고 돌아왔다.

"국회에서 농업 정책과 '작은 농장 살리기'라는 것에 대해 토론을 벌일 때마다 난 언제나 킬킬거리지. 작은 농장이라는 말은 도시 사람들에게 뭔가 따뜻하고 안락한 그림을 연상시키나봐. 그런 거 있잖아. 난롯가에 앉아 있는 할아버지, 마당에서 모이를 쪼는 닭들, 금요일 밤 시청 강당에서 열리는 스퀘어 댄스, 포치의 그네 의자 위에서 마시는 레모네이드. 흔히들 진정 미국적인 것이라고 말하는 구시대 가치관의 마지막 피난처 말일세.

사실 내가 생각하기에 여기 사람들은 그저 제조업에 종사할 뿐이고, 오랫동안 그래왔어. 피츠버그는 강철을 만들고, 시애틀은 비행기를 만드는 것처럼 우리는 곡물과 고기를 생산하지. 우리가 하는 일은 이를테면 정유산업이나 디트로이트의 자동차 공장과 조금도 다르지 않아. 내 말이 의심스러우면 폴스시티의 거대한 가축 공장이나 통조림 공장에 가서 동물들이 갈기갈기 찢어지는 걸 한번 보라고. 예를 들어, 액셀 루커는 240만 평이 넘는 땅을 소유하고 있고, 게다가 120여만 평을 더 임대했지. 하지만 뜰에서 모이를 쪼는 닭 따위는 없어. 사실 액셀의 집에는 뜰도 없다고.

그 친구가 사는 집은 시골풍으로 새로 지은 조립식 주택이야. 커다란 농기계를 넣어두는 또 다른 조립식 철제 창고와 곡물을 저장했다가 적당한 때 팔 수 있는 은제 저장고도 있어. 그리고 액셀 루커에게는 아무 걱정거리도 없었지. 곡물 가격이 떨어지면 곡물을 그냥 정부에 넘기면 되거든. 하지만 가격이 올라가면 추가 이익은 다른 어떤 납세자와 나눌 의무도 없지.

그건 그렇고, 액셀의 마누라는 달걀과 튀긴 닭을 꼭 리버모어에 있는 피글리위글리에서 산다네. 샐러맨더에 있는 식료품점에서는 사지 않았어. 마누라가 쇼핑하는 동안, 액셀은 시내의 중개소에서 시장 전망이 어떤지 살펴보곤 했어. 농업국 (Farm Bureau, 미국 최대의 농업단체: 옮긴이)은 특히나 그런 것에 대해 이야기하는 걸 꺼려했거든. 그들은 외로운 농부가 탐욕스런 은행가에 맞서 투쟁한다는 할리우드식 이야기를 더 좋아했지. 정작 그들의 농업지원 정책은 몇 명 남지 않은 마지막 농부들과 작은 마을까지도 궁지에 몰아넣고 있었는데 말이야.

웃기게 표현하자면, 우린 농사와 목장 경영 말고 자원고갈 산업도 벌이고 있었지. 내가 생각할 때 고갈이란 뭔가를 빼서 쓰기만 하고 다시 채워넣지 않는 거야. 우린 토양과 물을 그들의 자연스런 대체 속도를 훨씬 능가할 정도로 빠르게 소진시켜 가고 있었던 거야. 다시 말해 우리는 우리 생업의 부산물로서 일종의 채굴산업에 종사하고 있었지. 바로 흙과 물 말이야. 하지만 크게 걱정할 건 없어. 토양과 물 문제가 심각해지면, 분명 미국 납세자들이 작은 농장을 살리기 위해 우리를 도와줄 테니까. 애초에 그런 문제가 생긴 건 우리 탓인데도 말이지.

운 좋게도 우린 몇 년 전 몇몇 외부인들이 우리의 생존력에 대해 날카로운 질문을 던지기 전까지 그 모든 사실을 꽤 잘 숨겨왔어. 우리 주의 하원의원들은 더 이상 존재하지 않는, 아마 처음부터 존재하지도 않았을 목가 생활을 유지시켜야 한다는 개념을 다른 미국인들에게 꽤 잘 팔아먹었어. 그건 새빨간 거짓말이나 다름없는 아주 유용한 환상이지.

이런 나쁜 소식 외에도 세상은 샐러맨더에게 불리한 쪽으로만 돌아갔지. 너그러운 국회와 그들이 여기 쏟아 붓는 돈 덕분에 농업 규모는 점점 커지는데, 아이를 낳고 물건을 구매할 만한 마을 사람들은 점점 줄어들었어. 아이를 낳을 수 있는 젊은이들은 극소수만 남고 모두 마을을 떠났지. 마을에 아이들이 부족하면 학교도 세워주지 않아. 그리고 학교가 없으면, 그 공동체의 핵심이 없는 거나 마찬가지야. 그나마 남아 있는 얼마 안 되는 아이들은 미국의 교육이란 것을 견디기 위해 노란 스쿨버스를 타고 장거리 통학을 해야 하지. 따라서 일반 대중들의 생각과 달리 이 지방으로 새어 들어오는 돈은 우리 같은 작은 마을에는 전혀 도움이 안 돼. 이익을 보는 사람들은 대규모 농장주들과 대규모 농기업 공장을 가진 사람들이지. 계속 그런 식으로 진행되면서 조금도 나아지지 않고, 오히려 악화될 뿐이야.

이따금 샐러맨더의 상인 한두 명이 마을 사람들을 선동하려는 시도를 하기도 했어. 1976년에 잡화점을 인수했던 한 젊은 여자도 그랬지. 그녀는 개발위원회를 구성하고, 마을 사람들에게는 낯설게만 느껴지는 아이디어들을 추진했어. 대학에서 몇몇 고문을 초빙해 이 문제에 대해 연구하고, 좋은 제안을 해달라는 부탁까지 했거든. 그런데 마을 사람들은 그저 그들을 괴상한 머저리들이라고만 생각했지. 한 교수는 소위 '우리의 미래를 부트스트랩핑(컴퓨터 부팅과 관련된 전문용어: 옮긴이)하기' 라는 주장을 펼쳤는데, 우린 그게 무슨 소린지 통 못 알아듣겠더라고. 그의 주장은 우리가 정부와 경제 전문가들로부터 들었던 충고와 완전히 반대되는 것이었거든. 일반 전문가들은 한결같이 샐러맨더가 대규모 정육 공장을 유치하거나, 레이저 연구 기지를 설립하는 게 최상의 해결책이라고 생각했어.

문제는 노동력이 없고, 노쇠한 배수 시스템을 가지고 있으며, 물 공급량이 줄어드는 이 지역에 기업들이 별로 흥미를 보이지 않는다는 거지. 여러 회사의 간부들은 햇빛에 누렇게 마른 잔디와 방울뱀들이 돌아다니는 샐러맨더의 골프 코스를 보고 좀더 세련된 도시를 선택했어.

어쨌거나 마을 사람들이 폴스시티의 월마트로 쇼핑을 다니는 동안 샬린 로렌젠은 자신의 잡화점을 살려보려고 씨름했어. 그녀의 표현대로라면 샐러맨더를 '사람들이 와서 살고 싶은 곳'으로 만드려는 노력에 주민들을 동참시키려고 노력했지. 난 그녀가 내놓은 아이디어들 중에는 썩 괜찮은 것도 있었다고 생각해.

예를 들어, 샐러맨더에서는 거의 공짜로 집을 구할 수 있으니까 그녀는 우리 마을이 생활고에 시달리는 화가와 작가들에게 안식처가 될 수 있다고 생각했어. 예술가들은 마을 사람들에게 그림을 가르쳐주거나, 마을에 뭔가 좀더 지적이고 예술적인 분위기를 불어넣는 것으로 집세를 면제시키는 거야. 곡물창고와 르로이스에 모인 남자들은 그녀의 제안을 즐겁게 씹어댔지. 이 마을에 그림을 그릴 만한 곳이 있다면 그건 앨마 힉먼의 뺨과 고속도로의 노란 줄뿐이라면서.

샬린 로렌젠은 마을을 발전시킬 수 있는 다른 방법들도 제안했어. 이를테면, 새로운 배수 시스템을 만들고 자치 상수도를 재설계하자고 했지. 하지만 그러기 위해 세금을 좀 올려야 한다는 말이 나오자 아무도 관심을 보이지 않았어. 이건 내 성급한 일반화일지 모르지만, 노인이 많이 사는 마을의 문제점은 노인들이 자신들이 누리지 못할 미래에 투자하지 않는다는 거야.

샬린 로렌젠의 초대로 왔던 한 경제학교수의 말은 제법 일리가 있더군. 그는 샐러맨더가 주요 산업 시설을 끌어들일 수 없기 때문에 그런 쪽으로 노력해 봐야 시간낭비라고 했어. 대신, 이른바 '쌈짓돈 제조업'의 방향으로 나아가야 한다고 주장했지. 우리가 할 일은 폴스시티나 공업이 발달한 다른 도시의 공장을 찾아가 거기서 생산되는 큰 제품의 부품 가운데 마을 사람 두세 명이서 생산할 수 있는 게 뭔지 찾아내는 거라고 했어. 적당한 가격에 고품질의 상품을 생산하는 것은 언제나 성공하는 전략이라면서. 그는 또한 샐러맨더에 새로운 직업이 계속 생겨나는 게 중요하며, 샐러맨더를 유지시키기 위해 그렇게 많은 일자리가 필요한 것도 아니라고 했지.

아울러 우리가 이 마을을 어떤 곳으로 만들고 싶은지 결정한 다음, 그 목표를 향해 노력해야 한다고도 했어. 정부의 아낌없는 후원금과 자유방임주의 정책에 길들여진 사람들에게 그건 너무도 번거로운 일이었지. 그의 제안 가운데 샬린 로렌젠의 생각과 일맥상통하는 게 있었는데, 샐러맨더를 일종의 수도권으로 만들어 리버모어와 폴스시티로 통근하는 사람들의 거주지로 만들자는 것이었지. 그리하여 이곳을 아이를 키우면서 살기에 최고로 좋은 동네로 만들자는 거야.

그의 제안 가운데는 농기계 판매업자들이 메인스트리트의 공터에 세워둔 녹슨 컴바인(추수와 탈곡을 동시에 하는 농기계: 옮긴이)을 모두 치워야 한다는 것도 있었어. 마을의 미관을 해친다는 이유에서였지. 그건 실로 유감스러운 제안이어서 그 교수는 농기구 판매업자들은 물론 마을 사람들에게까지 미움을 샀어. 마을 사람들은 그 녹슨 농기계들이 멋진 장식품이라고 생각했거든. 그들이 못쓰게 된 농기계를 농장 근처의 계곡에 버리는 이유도 오로지 그 때문이었어. 그래야 한쪽에 버려진 1942년산 건초 갈퀴를 바라보며 늦은 오후의 즐거운 산책을 즐길 수 있으니까.

교수의 제안 목록은 우리 같은 사람들에게 끝없이 길게만 보였어. 그는 계속 이렇게 말했지. '거창할 필요 없습니다. 그냥 가능성만 보면 됩니다.' 라고. 대부분의 마을 사람들은 그 말을 이해하지 못했어. 하지만 우리는 공짜 점심을 대접받는 그를 공손히 대해주었고, 그가 대학으로 무사히 돌아가기를 기원했지.

그 후 샬린 로렌젠은 자신이나 누군가가 아이디어를 내놓을 때마다 마을 사람들이 시큰둥한 반응을 보이는 데 지치기 시작했어. 그녀의 표정을 보면 알 수 있었지. 마침내 그녀는 파격적인 가격에 남은 물건을 다 팔아치우고 잡화점의 문을 닫아버렸어. 내가 마지막으로 들은 바에 의하면 폴스시티에서 인테리어용품 가게를 하는데 장사가 아주 잘 된다는 소문이야.

어찌됐건 사람들은 모였다 하면 새 고속도로에 대해 이야기했어. 라킨 하원의원은 리전홀에서 기자회견을 열어 고속도로의 미덕과 교통 및 경제의 발전, 그리고 그것의 동료라 할 수 있는 진보에 대해 찬양했지. 심지어 고속도로가 레드빌에 있는 광산을 다시 재개시킬지도 모른다고 웅얼거리기까지

했어.

꽤 암울한 미래를 내다보았던 에이블 올슨의 후손들에게 이제 유일한 희망은 고속도로였어. 그 도로가 샐러맨더에게 어떤 이익을 가져다줄지 명확하진 않았지만, 어쨌든 모든 전문가들은 이익이 생길 거라고 말했어. 정확히 어떤 이익일지는 우리의 빈약한 상상력에 맡겨둔 채 말이야.

칼라일과 다릴 무어 교수, 거기다 T-호크의 생존에 관심이 있는 다른 외부인들 때문에 한동안은 고속도로 추진 자체가 완전히 정지되었어. 그들은 야생동식물보호국이 T-호크를 멸종위기 동물로 등록할지 말지 결정하는 동안 공사를 중단시켜 달라는 소송을 냈거든. 세련된 쇼핑몰을 비롯해 행복한 삶의 요소들을 가져다준다는 미명하에 모든 걸 말살시키려는 집단적인 노력에도 불구하고, 몇 년 전 몇몇 오지랖 넓은 사람들이 멸종이 임박한 동물은 그 서식지를 파괴할 수 없다는 법안을 통과시킨 모양이더라고.

몇 개월간 그 작은 T-호크는 심각한 장애물로 여겨졌고, 모든 신문사들이 그에 대한 기사를 써대기에 바빴지. 르로이스의 맥주잔을 앞에 두고 여러 기발한 해결책들이 탄생했어. 몇몇 남자들은 어차피 몇 마리 되지도 않으니 십 분 정도만 총을 쏴대면 멸종위기 동물이 멸종 동물로 바뀌지 않겠느냐, 그럼 더 이상 멸종위기에 처할 염려도 없다고 말했지. 나름대로 논리적인 생각이지? 하지만 이십 년간 감옥에서 썩어야 하고, 5만 달러의 벌금을 물어야 하는 위험이 있기 때문에 그

제안은 잠잠해졌어.

대신 그들은 '내가 제일 좋아하는 아침식사? 프라이드 T-호크'라고 적힌 스티커를 범퍼에 붙이고 다녔지. 그런 생각 없는 바보짓은 이 일에 무관심하던 사람들까지 흥미를 느끼게 해 이내 샐러맨더 마을의 거의 모든 주민들이 차와 상점 유리창에 그 스티커를 붙였어. 대니스의 출입문에는 레이 다전이라는 남자가 스티커를 붙였지만, 셀마가 면도칼로 당장에 떼버렸지.

불행히도 무어 교수는 그가 다니는 대학의 학장으로부터 고속도로가 분명 그 학교의 이익에 부합되는 일이며, 무어 교수 자신의 이익을 위해서라도 고속도로 건설에 찬성하는 게 좋을 거라는 말을 들었어. 그리고 그 뒤로 곧 잠잠해졌지. 하지만 그는 신념이 있는 사람이어서 이 일이 끝날 때까지 뒤에서 보이지 않게 칼라일을 도왔지.

고속도로 건은 상당히 아슬아슬해졌어. 고속도로 건설 자금이 다른 일에 쓰여질지 모른다는 소문이 돌았고, 주민들의 절망은 늘어갔지. 급기야 우리 지역의 하원의원들은 어떻게든 T-호크를 멸종위기 동물에서 제외시키는 법안에 투표하는 조건으로 캘리포니아 산타바바라 근처의 대륙붕 유전산업을 지지하기로 했어. 마침 샐러맨더의 남서쪽에서 또 다른 T-호크 두 쌍이 발견되면서 일은 더 쉬워졌지. 워싱턴에 있는 새 애호가들은 추가로 발견된 T-호크의 서식지도 파괴되어 가는 중이며, 따라서 여키스 카운티의 서식지는 반드시 보존되어야 한다고 말했어. 마을 사람들의 비명 소리가 백악관까지 들릴 듯했지만, 그건 아무 소용도 없었고 진실은 행진을 계속했지.

처음에는 고속도로가 자신들의 땅을 가로지르는 걸 반대하는 농부와 목장주들이 칼라일 편에 섰어. 하지만 그들도 자신이 급진적인 환경주의자들과 한편이라는 사실을 약간 불편해했지. 뿐만 아니라 마을 사람들에게 '티버드'라고 놀림을 당할까 두려워했어. 그건 마을 사람들이 칼라일을 몰래 부르는 이름이었거든.

고속도로가 자신들의 땅을 관통하거나 근처에 오는 것을 반대하는 그룹을 이끄는 사람은 액셀이었어. 하지만 정부에서 땅을 사들이는 대가로 돈을 지급한다는 사실을 알게 되자, 자리에 앉아 계산을 해봤어. 여기 남자들이 말하는 대로 잔머리를 굴린 거지. 그 후한 보상금이면 아내 얼린과 함께 플로리다에서 노후를 보낼 수 있었고, 그건 두 사람이 꿈꾸던 바이기도 했어. 액셀이 반대 의견을 철회하자, 연합 노선도 자연히 무너졌어. 액셀은 자신이 더 이상 칼라일의 집 앞 오솔길의 눈을 치워주지 않는다는 사실도 떠들고 다녔지.

칼라일 혼자 싸운 거나 다름없긴 했지만, 그래도 완전히 혼자였다고 말하면 서운하지. 목장을 운영하던 마시와 클로드 잉글리시 부부가 그의 편이었거든. 하지만 그들은 어차피 우리 마을의 아웃사이더나 다름없었어. 그들은 '전체론적 자원 경영'이라는 믿음에 깊이 빠져, 이곳의 목초지를 십 년 이상 방목이 가능하도록 재건하고 보존해야 한다고 주장하고 다녔지. 우리 인간은 신이 창조한 모든 것을 지배할 수 있다는 창세기를 들으며 자란 사람들에게 그런 이야기는 사탄의 믿음과 비슷하게 들렸어. 게다가 그 사상은 한 아프리카인이 만들어낸 거였고, 아프리카인이 뭘 제대로 알겠어. 하지만 클로드와 마시는 이 싸움이 계속되는 내내 친절하게도 칼라일을 초대해 여러 번 식사를 대접했고, 자신들의 입장을 바꾸지 않았어. 이는 결국 정부로 하여금 그들에게 여러 가지 합법적인 가혹 행위를 가하도록 만들었지.

칼라일과 그의 동지들은 몇 달간 고속도로 추진을 중단시켜 두긴 했지만, 그들의 선택권은 점차 줄어들고 있었어. 그리고 나는 리버모어고등학교 체육관에서 열리는 마지막 공청회가 가볼 만한 가치가 있다고 생각했지. 칼라일이 마지막으로 남겨놓은 무기가 뭔지 봐야 할 것 아닌가. 그래서 나는 클로드 잉글리시에게 넌지시 운을 띄웠고―사실은 굽실거렸다고 하는 게 맞겠군―클로드는 돌아오는 화요일 밤에 나를 데려가겠다고 했어.

나는 공청회가 대단한 충격전이 될 것 같아서 내 낡은 헬멧을 쓰고 갈까 생각했지. 그냥 재미로 말이야. 하지만 그랬다가 괜히 사람들에게 내 정신 이상의 빌미만 주게 될까 두렵더군. 그러잖아도 사업가들은 고속도로를 타고 샐러맨더로 올 관광객들을 위해 레스터 건물에서 날 쫓아낼 기회만 노리고 있는 참인데 말이야. 가장 두려운 건 그들이 여키스 카운티

보호시설로 날 보내버리는 거야. 그래서 난 가능한 눈에 띄지 않게 얌전히 행동하기로 했지.

공청회가 있던 날 밤, 클로드와 마시는 나를 데리러 왔어. 수잔나 벤틴도 우리와 함께 갔지. 난 수잔나와 말하는 건 고사하고 가까이서 본 적도 없었던 터라 함께 차를 타고 가는 시간이 즐거웠어. 정말 좋은 여자더군. 지금까지의 내 삶과 내가 살았던 시대에 대해 많은 질문을 했고, 내가 사소한 농담을 한두 개 했더니 진심으로 재미있어하더라고.

그녀는 내가 생각했던 것과 달리 전혀 쌀쌀맞지 않았어. 나 같은 늙은이도 수잔나와 함께 차를 타고 가려니 가슴이 두근거리던 걸. 그녀에게는 쉽사리 잊혀지지 않는 뭔가가 있어. 마치 세상 모든 것을 다 통달한 듯한 분위기랄까. 그리고 바라보는 것만으로도 즐거운 사람이야. 좋은 그림을 볼 때처럼 말이지. 내가 조금만 더 젊었으면 싶더군. 뭐 그런 생각이야 순간적인 거고, 난 느긋하게 앉아 상쾌한 2월 저녁의 드라이브를 즐겼지."

나는 노인이 지금까지 계속 말하느라 약간 지쳤다는 걸 알 수 있었다. 그래서 내일까지 잠시 쉬고, 그동안 나는 들은 것을 기록하기로 했다. 다음날 저녁 여덟 시쯤에 나는 노인을 다시 만나 내가 마실 맥주와 그가 마실 위스키를 샀다.

"어디까지 했더라?"

우리가 칸막이 좌석 안에 자리를 잡자, 그가 물었다.

"어르신과 수잔나 벤틴, 마시와 클로드 잉글리시 부부가 리버모어에서 열리는 공청회에 가는 길이었어요."

그는 고개를 끄덕이며 위스키를 한 모금 마신 후, 생각을 정리했다.

"음, 다시 이야기를 이어가자면, 체육관은 찜통이었고 냄새도 고약했지. 히터가 펄펄 끓고 있어서 사람들은 부채질을 해댔어. 사람들의 요구에 따라 학교 수위가 체육관 옆문을 열어 시원한 공기가 들어오게 했어. 하지만 문가에 앉은 사람들이 춥다고 불평하기 시작하자 문을 닫아버렸지. 그래서 350명의 사람들은 탐욕과 칼라일 맥밀런을 향한 적의, 오래된 운동복 냄새로 가득 찬 공기를 마셔야만 했지. 회의의 기본 법칙들도 체육관 공기만큼이나 숨이 막혔어. 각자 일 분 삼십 초 동안 말할 수 있고, 말할 수 있는 기회는 오직 한 번뿐이어서 어떤 식의 솔직한 토론도 불가능했지.

제일 먼저 R. M. '고속도로 밥' 호킨스가 성명서를 읽는 것으로 시작됐어. 그는 물을 한 모금 마신 뒤, 자신을 우리 주의 건축업자협회 부회장이라고 소개했어. 그는 고속도로 건설에 들어갈 돈과 그가 '승수 효과'라고 부르는 현상으로 인해 파생될 스물일곱 가지의 부산물을 지적했지. 또한 백만 달러짜리 도로 하나를 건설할 때마다 예순일곱 명의 인부들이 다양한 일자리에 고용될 수 있으며, 이는 단순히 고속도로 하나를 짓는 것만으로 우리 동네에 4,500개의 일자리가 생겨난다는 뜻이라고 했어. 그는 '우리 경제의 위대한 원동력이 고속도로 건설이라는 점은 의문의 여지가 없습니다. 그런 경제적 이익의 파도를 계속 물결치게 하는 것은 바로 진짜 펌프 프라이머(콘크리트 공사에 사용되는 기계: 옮긴이)입니다.' 라는 말로 연설을 맺었어.

그 순간, 클로드 잉글리시가 자리에서 일어났어. 만약 건설업이 그렇게 많은 이득을 낳는다면 왜 정부에서 매년 수십 개의 피라미드를 지어 모든 사람의 문제를 해결하지 않았겠냐고 반박했지. 많은 사람들이 웃음을 터뜨렸어. 그들은 클로드가 고속도로에 반대한다는 걸 알고 있었지만, 그래도 그는 오랫동안 여기 살았던 사람이고 약간의 농담은 괜찮았던 거야. 사회자는 의사봉을 내려치며 정숙을 요구했지.

고속도로 밥의 호언장담과 클로드의 발언에 이어진 이야기들은 고속도로를 찬성하는 말들뿐이었어. 폴스시티 상공회의소, 여키스 카운티 개발위원회, 리버모어 자치단체, 농업국, 그리고 하이플레인스 개발회사. 하이플레인스 개발회사에서 나온 빌 플래니건은 진지한 얼굴로 자신의 연구팀이 이번 프로젝트에 대한 장단점을 신중히 검토해 보았다고 말했지. 또 단점이 있다 한들 별로 많지 않다고 했어.

그러자 마시 잉글리시가 일어나 전문가들을 향해 부드러운 총탄을 발사했어. 마시는 여러 사람들 앞에서 말하는 데 익숙하지 않았던 터라 목소리가 약간 떨렸지. 작은 농장을 보존하고, 도로 건설을 위해 땅을 빼앗지 말아야 한다는 게 그녀의 주요 논점이었어. 사회자가 미소를 지으며, 인풋(Input)을 줘서 고맙다고 했어. 그러면서 마시에게 농업국이 고속도로에 찬성하고 있다는 사실을 상기시키더군. 그러고는 다음 발언 지원자를 찾아 체육관 안을 둘러봤어.

잠시 정적이 감돌았지. 그리고 칼라일 맥밀런이 일어났어. 고속도로와 싸우면서 집까지 짓고 다니느라 굉장히 피곤해 보이더군. 그는 사회자의 요청대로 자신의 이름을 밝히고 마지막 수를 두었어. 보고서 제12권에 실려 있는 기준에 근거해서 왜 지금 노선이 최상의 노선인지 증명해 달라고 전문가들에게 요청한 거야. 나중에 칼라일에게 들은 바에 의하면, 그는 보고서 열다섯 권의 복사본을 모두 구해 스탠퍼드대학의 교수 지시대로 오랫동안 그것을 읽고, 계산해 보았다고 하더군.

주 고속도로 부서의 홍보담당자인 사회자는 칼라일에게 우쭐하는 미소를 지어 보이며, 노선 선정에는 대단히 복잡한 수학이 포함된다고 말했어. 칼라일의 머리로는 그 과정을 도저히 이해할 수 없으니 자리에 앉아 얌전히 입이나 닥치라는 뜻이었지. 그러자 칼라일은 전혀 불편한 기색 없이 대답했어. '전 그 계산을 이해할 수 있을 것 같은데요. 전문가들이 그걸 증명하는 걸 보고 싶습니다.'

다들 웅성거리며 칼라일에게 야유를 보냈어. 이보게, 대부분의 사람들은 수학이라는 단어조차 싫어해. 그 단어를 언급하기만 해도 일반인들은 대개 출구로 달려가게 마련이지. 그런데 칼라일이 용감하게 맞서 증거를 요구한 거야. 사람들은 그가 정말로 뻔뻔스러우며, 수학을 잘하는 잘난 새끼들이 모여 사는 캘리포니아로 돌아갔으면 좋겠다고 중얼댔지.

그 시점에서 상황은 더욱 재미있어졌어. 사회자가 추진위원회의 돌격대장인 벤델 해머 박사와 은밀히 상의를 하는 거야. 그러더니 상기된 얼굴로 약간 말을 더듬으며 그 계산을 담당한 사람들이 오늘 모임에는 참석하지 않았다고 말했어. 칼라일은 그건 자기가 알 바 아니며, 그토록 열렬히 현재 노선을 지지하고 있으니 다른 누군가라도 그 노선이 왜 최상인지 증명할 수 있어야 한다고 했어. 앞쪽에서 더 큰 웅성거림이 일어났어. 우리 마을의 지도자들이 크게 흥분한 거야.

해머 박사는 앞으로 떠밀려나와 '효용함수'니 '할인율'이니 하는 전문용어를 잔뜩 써가며 어물어물 넘어가려 했어. 하지만 칼라일은 그 말들을 다 이해했고, 보고서에 나와 있는 기준에 근거해 자기가 계산해 본 바에 의하면 서쪽으로 65킬로미터 떨어진 노선이 최상이라는 결론이 나왔다고 말했어. 그러고는 기꺼이 그 사실을 증명할 수 있다고 덧붙였지. 그 다음에 그가 한 말을 그대로 인용해 보겠네.

'이 연구에 적용된 할인율은 프로젝트의 자본비용에 훨씬 못 미칩니다. 왜 그런 할인율을 선택했는지 알려주시면 대단히 감사하겠습니다. 이건 전혀 현실적이지 못합니다. 조금이라도 현실적 수치에 근접해 보면 편익비용 비율 면에서도 그 서쪽 노선이 훨씬 낫습니다. 게다가 저는 전문가 여러분들이 할인율에 대입했던 숫자들을 사용한다 해도 서쪽 노선이 더 낫다는 것을 증명할 수 있습니다.'"

노인은 킬킬거렸다.

"공청회에 참석한 마을 사람들에게 착한 해머 박사와 칼라일 사이의 대화는 마치 광선총과 광선검으로 싸우는 안드로이드들의 싸움처럼 보였지. 나를 포함한 그 누구도 둘이 무슨 말을 하고 있는지 알아들을 수 없었어. 특히 칼라일이 상대방을 비난하며 '궤변'이라는 단어를 썼을 땐 말이야. 게다가 현재 노선에는 리버모어와 폴스시티가 포함되기 때문에 다들 그게 최선이라고 생각하는데 왜 공사비로 5억 달러가 더 들어간다고 난리를 피우는 거야? 어차피 이 나라의 납세자인 다른 시민들이 돈을 낼 텐데.

사회자는 칼라일에게 회의의 규칙을 적용시키려고 이렇게 말했지. '이미 당신 이야기는 충분히 들은 것 같군요, 맥밀런 씨.' 그러자 사람들이 박수를 쳤어. 하지만 칼라일은 그런 규칙에 조금도 동요하지 않았지. 오히려 이렇게 말했어. '난 아직 내 질문에 대한 답을 듣지 못했습니다. 여키스 카운티의 납세자로서 내게는 질문의 답을 들을 권리가 있습니다.'

자, 거기 있던 관중의 대다수가 여키스 카운티의 납세자였다는 걸 생각하게. 칼라일은 우연히 그곳의 납세자가 된 외부인에 불과해. 그건 엄연히 다른 거라고. 사람들은 칼라일에게 입 닥치고 앉으라고 소리치기 시작했고, 상황은 걷잡을 수 없는 지경에 이르렀어. 몇몇 사람들은 이 어리석은 사태에 고개를 절레절레 흔들며 코트를 입고 나가버렸어.

칼라일은 분명 해머 박사가 처음부터 잘 몰랐던 것들을 옹호하면서 박사를 꼼짝 못하게 만들었지. 착한 해머 박사는 우리에게 잔소리를 늘어놓고, 칼라일의 질문을 스물일곱 번은 반복하면서 상황을 모면하려고 했지만 결국엔 버터처럼 흐물흐물해지더군. 앞쪽에 앉은 사람들이 좀더 의논하더니 사회자는 휴정을 선언했어. 수학 전문가들과 그들을 추종하는 자본주의자들이 비엔나에서 돌아오는 다음 주 일요일에 현재 노선의 장점을 증명하기 위한 공청회를 계속하겠다면서.

모든 사람에게 다음 주 일요일까지는 아주 길게 느껴졌지. 특히 칼라일에겐 더 그랬을 거야. 신문에서는 경제 발전의 필요성과 고속도로가 그 계획에서 얼마나 중요한 연결고리가 될지 신나게 써댔지. 빌 플래니건은 고속도로가 앞으로 이십오 년간 우리 주의 경제 발전을 지속시켜 줄 것임을 보장하는 선언서까지 발표했어.

공청회가 끝난 다음날인 수요일이었지. 새끼 T-호크 한 마리가 가슴에 22구경의 총탄을 맞은 채, 철사줄에 목이 감겨 샐러맨더 우체국 앞 가로등에 매달려 있는 것이 발견되었어. 오른쪽 날개에는 크레용으로 '이 쩍쩍이가 사느냐, 우리가 사느냐!' 라고 휘갈겨 쓴 종이가 호치키스로 박혀 있었어. 『하이플레인스 인콰이어러』에서는 겨울바람에 흔들리는 죽은 매 사진을 실었어. 그런 과격한 행동을 비난하며, 현재 여키스 카운티 어디에서도 찾아볼 수 없는 차분함과 사리분별을 촉구한다는 칼럼과 함께.

칼라일이 식료품을 사려고 웹스터의 식료품점에 들르기 세 시간 전, 멀 백비가 철사줄에서 죽은 매를 잘라냈지. 칼라일이 봉지 두 개를 들고 식료품점을 나설 때, 마침 르로이스에서 나오던 바비 에킨스와 몇 명이 그를 보고 욕설을 퍼붓기 시작했어. 그들은 칼라일이 여길 떠나 더러운 히피 새끼들이 모여 사는 곳으로 돌아가야 한다고 말했지. 처음엔 그 말을 무시했지만, 바비가 식료품점의 유리문 위로 밀어붙이자 마침내 칼라일도 폭발해 버렸어. 식료품 봉투를 바닥에 내려놓고, 그만두라고 했지. 그러자 바비가 주먹을 날렸어. 하지만 빗나가서 칼라일은 바비를 맥클린 부인의 자동차 후드 위로 눕히고는 죽도록 두들겨 팼지.

그게 실수였는지 아닌지는 여전히 의견이 분분해. 하지만 결과적으로는 핵 켄불이 메인스트리트에서 칼라일을 두들겨 패게 되었다네. 칼라일도 힘은 꽤 셌지만 체구가 크다고는 할 수 없지. 핵이 요즘 살이 쪘다고는 해도 그자는 원래 칼라일보다 덩치도 훨씬 크고, 힘도 세고, 훨씬 더 비열한 놈이야. 이 소동이 벌어지기 전에 이미 술에 취해 있었고. 게다가 구경꾼들이 부추기기까지 했으니. 셀마 엥글스트롬이 비명을 지르며 대니스에서 나와, 짐 웹스터의 도움으로 싸움을 말리지 않았더라면 아마 핵은 칼라일을 죽여놓았을 거야.

짐은 식료품들을 집어주고 새 봉지를 준 다음, 칼라일을 자기 트럭에 태웠어. 그동안 르로이스와 대니스에서 쏟아져 나온 사람들은 칼라일에게 야유를 퍼부었지. 휴이 스베르슨만 제외하고. 그는 아주 슬퍼 보였어. 알로 그레고리안도 아무 말 없이 한쪽에 가만히 서 있었지. 이 모든 일이 진행되는 동안, 바비 에킨스는 계속 맥클린 부인의 차 후드 위에 널브러져 있었어. 이번만큼은 웬일로 침묵을 지키더군.

다음 주에 공청회가 재개되었어. 칼라일은 멍투성이에 몇 달 동안 통 잠을 못 잔 것처럼 보이는 얼굴로 나타났지. 이번에는 전문가들도 컴퓨터 출력물을 가져왔는데, 앞으로 건설될 고속도로보다 길더군. 그들은 그 출력물을 들어 모든 사람에게 보여주었어. 그 다음에는 엔지니어들이 나와서 기술적인 세부사항들을 다시 한 번 설명했지.

칼라일은 다시 자기 입장을 주장했어. 나중에 몇몇 마을 사람들이 속닥거린 대로 그는 마치 논리와 숫자에 근거해 전문가 집단을 박살내려고 작정한 것처럼 보이더군. 그는 그들이 내세운 기준을 따를 때 현재 노선이 최상의 선택이 아니라는 점, 그리고 그들의 할인율과 편익비용 비율이 완전히 잘못되었다고 계속 주장했지. 엔지니어들은 손으로 펜들을 만지작거리고 테이블 밑으로는 발을 꼼지락거리며, 입을 꼭 다문 채 서로를 바라봤어. 칼라일이 맞다는 걸 알고 있는 표정들이었지. 하지만 그 중 대장으로 보이는 남자는 수십 년간 정계에 몸담으며 배운 대로 상대의 타격을 잘 받아들이더군. 자네도 알다시피 문제는 칼라일이 마이크를 쥐고 있는 사람들과 논쟁을 벌이고 있다는 거였어. 그건 언제나 질 수밖에 없는 싸움이지.

게다가 사람들이 뭔가를 원할 때, 증거를 포함한 논리적 논점은 별로 중요한 게 아니게 돼. 이틀 뒤, 주 고속도로 위원회와 교통부 장관은 폴스시티와 리버모어를 지나가기 위해 심하게 우회하는 노선을 찬성하는 쪽에 투표했어. 동시에 남부의 주에서는 이미 공사가 시작되었고, 여키스 카운티에서도 날씨가 허락하는 대로 바로 공사를 시작할 거라고 발표했지. 마을 사람들은 그 뉴스에 열광적인 환호를 보냈어.

다들 그 결정이 신중한 검토의 결과이며 민주주의의 승리라는 데 의견이 일치했어. 결국 민주주의란 다수결의 원칙이 아니겠나? 대다수가 현재 노선을 지지했으니까. 몇몇 동물학자들은 이 공사가 T-호크에게 참으로 유감스러운 일이나 멸종이라는 게 원래 작별을 고하는 자연의 한 방식이라고 지적했지. 대니스에서 누군가 그런 말을 하는 걸 들었어.

고속도로 결정이 발표된 바로 그날, 『하이플레인스 인콰이어러』의 뒤쪽에는 기사 하나가 실렸어. 지질학자들의 연구에 따르면 토양 아래 대수층이 급격히 고갈되어 가는 현상 때문에 여러 농촌지역에서 지반 침하 현상이 일어나고 있다는 내용이었지. 한편 바람잡이들은 다가올 우리 주의 번영을 축하하고 찬양하는 여러 행사에 나가기 위해 양복을 벗어 세탁소에 맡겼다네."

제 18 장

눈보라 속의 열정

고속도로 공사가 결정된 지 일주일 뒤, 칼라일은 난롯가에 앉아 앞으로의 행보를 생각했다. 그의 선택권은 많지 않았다. 그냥 짐을 꾸려 이곳을 떠나는 게 최선일 듯했다.

며칠 전, 캐스퍼에서 딸과 함께 크리스마스를 보내고 있는 갤리에게서 전화가 왔다. 그녀는 고속도로 공사가 결정되었다는 이야기를 들었으며, 칼라일이 걱정되어 전화했다고 말했다. 그녀의 목소리는 부드럽고 걱정스러웠지만 두 사람 사이의 관계는 묘하게 변해 있었다. 그는 일과 고속도로 건에만 완전히 몰두해 있었고, 그녀는 공부하느라 정신이 없었다. 별로 많은 대화를 나누지는 않았어도 칼라일은 그녀에게 다른 사람이 생긴 걸 눈치 챌 수 있었다.

몇 주 전, 스페어피시와 샐러맨더 중간에 있는 한 모텔에서 만나기는 했었다. 그러나 갤리는 변해 있었고, 여전히 빠르게 변하고 있었다. 칼라일도 달라졌다. 고속도로에 대한 분노로 인해 그는 지나치게 진지해졌다. 자기 자신을 되찾은 여성으로서 갤리는 공부하며 깨닫게 된 새로운 생각들에 대해 그와 열띤 토론을 벌이고 싶어했지만, 그는 그런 훌륭한 생각들에 관심이 없었다. 아울러 갤리의 땅이 영양 국립공원의 부지로 결정됨으로써 그녀의 재정적 고민도 사라진 듯했다.

그녀는 특히 미국 식민지 시대의 역사를 가르치는 교수에 대해 이야기하고 싶어했다. 그 교수가 얼마나 똑똑하며, 수업이 끝난 뒤에도 얼마나 많은 시간을 기꺼이 할애해 그녀와 이야기를 나눠주는지에 대해. 갤리와 칼라일은 이별을 생각하고 있었고, 둘 다 그 사실을 알고 있었다. 누구의 잘못도 아니다. 어쩌다 일이 그렇게 됐을 뿐. 모텔에서 헤어질 때 그들은 필요 이상으로 서로를 오래 껴안았다. 하지만 누구도 다음에 또 만나자는 말은 하지 않았다.

칼라일이 여키스 카운티에 계속 머물러야 할 이유는 별로 없었다. 고속도로가 그의 집과 새들을 빼앗아갈 것이다. 그는 떡갈나무 장작 두 개를 벽난로에 집어넣은 뒤 난로 문을 닫고 그 곁에 앉았다. 무릎에 덤프 트럭을 안은 채 자신을 약간 처량히 여기며 다음 행보를 생각해 내려 했다. 다시 떠돌이 생활을 할 수도 있다. 다른 곳을 찾아내자. 도피도 하나의 방법이다.

그는 만들던 식탁을 마무리 지으려던 참이었다. 오래된 교회 현관문에서 떼어낸 묵직한 놋쇠 경첩을 이용해 벽에 수직으로 고정시켰다가 수평으로 내릴 수 있는 식탁을 만들고 싶었다. 그러나 사용하지 않을 때 식탁을 벽에 고정시키는 미적이면서도 기능적인 방법을 아직 찾아내지 못했다. 하지만 이게 다 무슨 소용이 있겠는가. 고속도로가 이 집을 뚫고 지나가면 다 사라져버릴 텐데. 아니야, 어쨌든 끝내자. 제대로 마무리를 지어야 해, 라고 그는 생각했다. 식탁을 마친 후에는 온실을 고치자. 이 집이 아름다운 모습으로 묻힐 수 있도록.

그는 식탁을 바라보며 아름다움과 기능 사이의 타협이라는 고전적 문제와 씨름했다. 그가 사용한 단순한 고리는 우아한 맛이 없었다. 단순한 고리가 필요하긴 했지만 뭔가 좀더 스타일이 있어야 했다. 이제 덤프 트럭은 잠을 자기 위해 식탁 위로 점프했다. 하지만 칼라일이 식탁을 위로 들어올려 문제점을 파악하려 할 때마다 자리를 비켜줘야 했다.

오후 네 시쯤 되었을까. 해가 지고 있었고, 잠을 자던 덤프 트럭은 양쪽 귀를 쫑긋 세우며 방어 태세로 돌변했다. 잠시 뒤, 눈을 밟고 지나가는 뽀드득 소리가 들렸다. 그는 조용하면서도 재빨리 창가로 다가가 밖을 내다보았다. 수잔나 벤틴이 혼자서 걸어오고 있었다. 그녀가 현관 계단을 올라오자, 칼라일이 현관문을 열었다. 가벼운 눈발이 흩날리고 있었다.

그녀는 미소를 짓고 있었지만 바람과 추위 때문에 얼굴이 상기되어 있었다.

"안녕, 칼라일. 늦었지만 새해 복 많이 받아요. 들어가도 돼요?"

"물론이죠. 수잔나도 늦었지만 새해 복 많이 받아요. 코트 걸어줄까요?"

"아뇨, 한동안 입고 있어야 할 것 같아요. 즐거운 산책이었지만 지금은 좀 춥거든요. 대신 뜨거운 차를 준다면 사양하지 않을게요."

그녀는 집 안을 둘러보았다.

"그런데 식탁을 가지고 뭐하는 거예요?"

"벽에 제대로 고정시킬 수 있는 방법을 연구중이죠."

칼라일은 차를 준비하며 부엌에서 대답했다. 그에게 수잔나는 예전만큼 어려운 존재는 아니었다. 코디 마르크스 기념관을 짓고 고속도로 전쟁을 겪는 동안 그는 완전히 주체적인 인간으로 성장했다. 그 때문인지 수잔나의 강한 자아감이 예전만큼 위협적으로 느껴지지 않았다.

그리고 일 년 전, 강가에서 나눈 대화가 두 사람 사이의 어색함을 풀어주었다. 적어도 칼라일에게는 그랬다. 그는 자신의 느낌을 솔직히, 사실대로 털어놓았고 그녀는 이해해 주었다. 게다가 지난 일 년간 그녀는 갤리 혹은 인디언과 함께 정기적으로 이곳을 찾아왔다. 따라서 그녀와 함께 있을 때 느껴지던 긴장감도 대부분 사라졌다. 대부분은. 하지만 아직도 그가 그녀에게 성적으로 끌리고 있는 게 문제였다. 그리고 그로 인한 긴장감은 절대 사라지지 않았다. 그가 기억하기로 수잔나가 그의 집에 혼자 온 것은 이번이 처음이었다.

"뭐가 문젠데요? 아, 알았다. 벽에 고정시킬 수 있는 특별한 방법을 연구중이군요."

그녀는 허리를 굽혀 경첩을 유심히 살펴보았다.

칼라일은 난로 위에 있던 주전자에서 김이 모락모락 나는 차 두 잔을 따라 그 가운데 하나를 수잔나에게 건넸다.

"곧 방법이 생각날 겁니다. 시간문제죠."

"옛날에 이라크에서 그런 식탁을 본 적이 있어요. 하지만 어떤 원리였는지 기억이 잘 안 나네요. 몸이 녹을 때까지 벽난로 옆에 앉아 있어도 되겠죠?"

수잔나는 조금씩 차를 마셨다. 그녀의 녹색 눈동자는 컵 가장자리 너머로 칼라일을 바라보고 있었다. 그녀의 코트 후드 아래로 적갈색 머리칼이 흘러내렸다. 칼라일도 그녀를 바라보았다. 그러나 수잔나 벤틴과 오랫동안 눈을 맞추는 일은 여전히 힘들었다.

"이 추운 날씨에 여기서 뭘 하고 있었어요?"

"밤새 마시와 클로드 잉글리시 부부 집에 있었어요. 정말 좋은 사람들이에요. 가끔씩 날 집으로 초대해 주죠. 칼라일도 그 사람들 알죠?"

"네, 마시에게서 바탕바닥을 사면서 처음으로 만났죠. 이번 고속도로 전쟁을 치르는 동안 몇 번 저녁식사에 초대받았어요. 좋은 사람들이죠. 똑똑하기도 하고."

"마시와 나는 원예에 관심이 많아요. 어느 날 샐러맨더 도서관에서 같은 섹션의 책을 보다가 만났죠. 잉글리시 부부는 자고 가라고 했지만 그 집에는 어린아이들이 있거든요. 전 그 집에 오래 머무르면 늘 아이들이 싫어하는 것 같다는 느낌을 받아요. 마시는 그렇지 않다고 말하지만. 게다가 산책이 하고 싶었어요. 처음엔 샐러맨더를 향해 걷다가 당신이 집에 있는지 한번 들러보자는 생각이 들더군요. 고속도로 전쟁 후에 당신이 어떻게 지내는지도 볼 겸해서요."

"와줘서 기뻐요. 저녁식사라도 대접하고 싶지만 유감스럽게도 먹을 게 전혀 없네요. 여기 앉아서 이번 주에 장을 봐오지 않은 걸 후회하던 중이었거든요."

"칼라일 맥밀런, 목수일이 당신 전공이라면 음식이 없을 때 요리하는 건 내 전공이에요. 아버지와 함께 떠돌이 생활을 하던 시절에 그런 기술을 배웠죠."

"아버지가 인류학자라고 했었죠. 맞나요?"

"네. 우린 가장 가까운 마을이 482킬로미터나 떨어진 곳에 머무른 적도 있었죠. 호주의 오지에서도 그랬고, 볼리비아의 산길에서도 그랬어요. 볼리비아에서 맞이한 크리스마스 아침에 아빠가 남은 음식을 보며 우울한 표정을 짓던 게 생각나네요. 난 겨우 열네 살이었지만, 코트를 입고 산을 올라갔죠. 그리고 마침내 한 농부에게서 꽤 사나워 보이는 닭 한 마리를 샀어요. 그걸로 야채 통조림과 감자를 이용해 요리를 만들었죠. 식료품 저장고를 좀 봐도 될까요? 남은 음식이 아무리 적다 해도 언제나 수프는 만들 수 있는 법이에요."

"그래주면 정말 고맙죠. 거기 있는 것들로 뭐라도 대충 만들어낸다면 고급 붉은 포도주 한 병을 기꺼이 제공하죠. 최악의 경우 저녁은 건너뛰고 포도주만 마시게 될지도 모르지만요."

수잔나는 미소를 지으며 코트를 벗었다.

"그럴 일 없을 걸요. 그건 제가 장담할 수 있어요."

그녀의 말대로였다. 삼십 분 뒤, 칼라일이 식탁을 노려보며 이걸 어떻게 벽에 고정시킬지 생각하고 있는 동안, 부엌에서 맛있는 냄새가 풍겼다. 벽난로에서 불과 6미터 떨어진 곳에 수잔나가 있으니 집중하기가 힘들었다. 지금 그가 서 있는 이 바닥 위에서 춤추던 그녀의 영상이 계속 그의 머릿속에 떠올랐다.

그녀는 콧노래를 불렀다. 살짝 곱슬거리는 머리칼을 늘어뜨리고, 은귀고리를 달랑거리며 어깨 너머로 칼라일을 돌아보았다.

"식탁은 어떻게 돼가요? 좋은 아이디어가 떠올랐어요?"

"한두 가지 떠오르긴 하는데 그저 그래요. 그쪽에서는 맛있는 냄새가 나는데요."

"수프 냄새예요. 식료품 저장고의 잼 병과 오래된 못이 든 병들 틈에 빵 만드는 데 필요한 재료들도 끼어 있었다는 거 알고 있었어요?"

"아뇨, 정말이에요?"

"그렇다니까요. 잠시 후면 빵을 만들 거예요. 빵 굽는 냄새에는 뭔가 근원적인 게 있어요. 태곳적부터 비롯된 뭔가요."

덤프 트럭이 그녀의 다리에 몸을 문지르며 가르릉거렸다.

"정말 그래요. 그리고 난 이 식탁을 벽에 고정시킬 방법을 찾았어요. 조각을 새긴 두께 2.5센티미터, 폭 10센티미터짜리 삼나무를 경첩으로 고정시키고, 식탁 밑에 만들어둔 받침대를 그것과 맞물리게 할 거예요."

그는 창문으로 다가가 밖을 내다보았다. 그런 다음 문을 열고 다시 내다보았다. 여자들과 폭풍은 항상 동시에 그의 집을 찾아오는 것 같았다. 그는 잠시 그 우연에 대해 생각하다, 이내 생각을 떨쳐버렸다.

"수잔나, 폭풍이 오려는 것 같아요. 심해지기 전에 샐러맨더까지 데려다줄까요?"

"아뇨, 난 수프를 만들고 빵을 구울 거예요. 폭풍이야 지나가겠죠. 당신만 괜찮다면 난 상관없어요."

여덟 시가 되자 저녁이 준비되었고, 칼라일은 식탁을 벽에 고정시키기 위한 부품들을 대충 만들었다. 이제 식탁은 약간 엉성한 채로 벽에 매달려 있었다. 그는 식탁을 내린 후 접시와 은식기, 조그만 솔방울 위에 밀랍을 녹인 작달막한 양초 두 개로 테이블을 꾸몄다. 그러고는 카세트 라디오에 테이프를 집어넣고 전등을 껐다.

"이 정도면 괜찮죠? 이곳도 꽤 괜찮아 보이네요."

"아주 우아한데요. 딱 좋아요. 가까운 곳에 테이블톱이 있으니 왠지 위안이 돼요."

카세트 라디오에서는 아스토르 피아졸라의 음악이 흘러나왔다. 탱고였다. 칼라일은 게이브 오루크가 르로이스에서 연주하는 탱고를 들은 뒤, 이 테이프를 주문했다. 수잔나가 와인 잔을 치켜들었다.

"볼리비아를 위해."

"볼리비아를 위해. 그 나라가 번성하고, 부유해지기를. 아울러 관광객들에게 색색깔의 담요도 제공하기를."

수잔나가 웃었다.

"옛날에 탱고를 배운 적이 있어요. 굳이 말하자면 잘 추는 편이었죠."

"어디서 배웠는데요?"

"아르헨티나요. 혼자 여행하던 중에 거기 잠시 머물렀어요. 아버지가 돌아가신 후 아빠와 여행 다니느라 내가 어린 시절에 놓친 게 과연 무엇인지 알아보기 위해 여행을 떠났었죠. 당시에는 그 생각밖에 없었어요. 내가 전혀 들어보지도 못한 곳으로 날 데려다줄 다음 기차, 다음 버스. 역마살이 단단히 들었던 거죠."

그녀는 카세트 라디오가 있는 쪽으로 잠시 얼굴을 돌렸다. 그리고 자신에게 탱고를 가르쳐주었던 아르헨티나 남자를 생각했다.

칼라일은 그녀가 고개를 돌리자 적갈색 머리칼이 흔들리며 아까와는 살짝 다른 모양으로 그녀의 목과 어깨 위에 부드럽게 자리 잡는 것을 지켜보았다. 그녀는 냅킨으로 입을 살짝 누르고는 다시 그를 바라보았다. 그는 푸른 셔츠에 낡은 검은색 스웨터, 톱밥이 묻은 청바지 차림으로 거기 앉아 그녀를 마주보았다.

그녀의 오른손 가운뎃손가락에는 오팔이 박힌 반지가 끼워져 있었다. 집게손가락에는 가늘고 단순한 금반지가, 손목에서는 은팔찌가 쨍그랑거렸다. 매가 달린 목걸이는 전에도 본 적이 있었다. 크림색 모직 드레스를 입은 어깨 위로 갈색과 노란색 무늬의 스카프가 자연스럽게 둘러져 있었다.

그녀는 식탁 위를 가로질러 그의 손 위에 자신의 손을 올려놓았다. 그의 피부에 와 닿는 오팔의 감촉이 차가웠다.

"고속도로 일 때문에 당신이 얼마나 힘들지 생각해 봤어요. 이런 말, 해도 될지 모르겠지만 당신은 분노와 슬픔에 빠져 중요한 걸 놓치고 있어요."

"뭘 놓치고 있다는 겁니까?"

"당신이 코디 마르크스에게 헌정한 것은 나무나 못, 창문, 문처럼 지금 우리 주위에 있는 물질적인 것들이 아니에요. 그가 원하는 방식으로 이 집을 지은 일 자체가 그에게 진정으로 바친 것이죠. 그 과정에서 당신은 새 사람이 될 수 있었어요. 코디라면 그 점을 금방 이해했을 거예요. 하지만 당신은 그 사실을 놓치고 있는 것 같아요. 내가 당신에게 들은 바로는 코디 마르크스는 집이 아니라 헌정 자체를 고마워할 사람이에요. 그건 분명 달라요."

칼라일은 빙긋이 미소를 지었다.

"훌륭한 지적이군요. 당신 말이 맞아요. 코디는 기념물을 필요로 하지 않죠. 이 집의 의미와 고속도로가 이 집을 부순다는 생각만 하느라 결과에만 집착했던 것 같네요. 코디는 언제나 목적지보다 여정 자체를, 결과물보다는 그걸 만드는 데 들어간 노력을 더 중요시했죠. 좋은 과정이 결국 좋은 결과로 이어진다는 걸 알고 있었던 거예요. 서둘지만 않는다면요. 나도 이 집을 지으면서 그 깨달음을 얻었는데 다시 잊어버리고 말았군요. 갤리 데브루가 언젠가 말한 적이 있죠. 난 마음만 먹으면 언제나 천막을 걷고 아침 해와 함께 떠날 수 있는 사람이라고. 하지만 왠지 난 다시 그러기가 싫었어요."

그러자 수잔나 벤틴이 미소 지었다.

"그 말 마음에 드는데요. 아침 해와 함께 떠난다. 언제나 훌쩍 떠날 수 있는 상태를 유지하는 거. 전 수트케이스와 어깨에 메는 가방 하나만 갖고 버스나 기차로 이동할 수 있는 이상으로는 짐을 늘리지 않으려고 노력해요. 아직도 칼라하리 사막의 부시맨들이 생각나요. 그 사람들은 늘 그렇게 살거든요. 천막을 걷고 짐을 모두 챙겨서 떠나는 데 한 시간도 안 걸리죠."

"아버지와 칼라하리 사막도 갔단 말입니까?"

칼라일의 표정은 거의 의심스럽기까지 했다. 오직 이름만 들어본 아득히 먼 곳.

"네."

수잔나는 웃기 시작했다.

"부시맨들은 아버지의 휴대용 라디오를 동경했어요. 우리가 떠나는 날, 아버지가 그들에게 선물로 라디오를 주었죠. 하지만 부시맨들은 공손히 거절했어요. 짐을 꾸려가지고 다니기엔 너무 무거운 데다 꼭 필요한 물건은 아니었으니까요. 그 사람들에게 삶의 단위는 하루였거든요. 그들은 늘 가벼운 상태를 유지했어요. 라디오는 우리처럼 랜드로버를 가진 사람들이나 휴대할 수 있는 물건이죠."

수잔나는 뜨거운 빵을 조금 뜯어냈다. 피아졸라의 음악은 〈누에보 탱고〉로 바뀌었고, 밖에서 들려오는 바람 소리와 어우러져 아름다운 음악을 만들었다. 매서운 겨울바람은 조그만 틈새라도 찾아내려고 코디 기념관을 샅샅이 뒤졌지만, 한 군데도 찾아내지 못했다.

"난롯가에서 커피 한잔 어때요? 당신이 식탁을 치우면, 커피는 내가 끓일게요. 공평하죠?"

수잔나가 물었다.

"좋아요."

칼라일은 난롯가 바닥에 쿠션들을 던져놓았다. 수잔나는 커피에 씁쓸한 초콜릿과 시나몬, 위스키 한두 방울을 섞어 독특한 커피를 만들었다. 커피를 마신 후에는 붉은 포도주를 더 마셨다. 수잔나는 말없이 와인잔만 바라보았다. 칼라일은 그녀 곁에서 침묵을 유지하는 게 긴장되고 힘든 탓에 대화가 필요했다. 그의 내면에는 어둠과 빛이 공존하며 만들어내는 오래된 힘이 있었고, 그는 그 힘이 꿈틀대는 것을 느낄 수 있었다. 한 여인, 그녀의 존재, 그 다음은? 그는 그녀도 자신과 같은 감정을 단 한 번이라도 느껴본 적이 있는지 궁금했다.

"수잔나, 울프벗에 대해 아는 게 있어요? 온갖 전설들이 떠돌던데. 이 집에 온 후 울프벗 꼭대기에서 불이 타오르는 모습을 본 적이 있어요. 대개 아주 깊은 밤, 새벽 직전이었죠."

그녀는 천천히 눈을 들어 그의 눈을 바라보았다. 그녀의 시선이 화살처럼 그의 눈에 꽂혔다.

"네, 저도 울프벗에 관한 전설들을 들었어요. '이야기'라고 하는 게 더 낫겠군요. '전설'이라고 하면 사실이 아니거나 지나치게 낭만적으로 묘사된 것처럼 들리니까요. 하지만 울프벗의 경우 당신이 들은 전설들은 대부분 사실이에요. 울프벗은 위대한 힘이 깃들어 있는 곳이고 옛사람들은 그 사실을 알고 있었어요. 울프벗에서 죽은 사람들에 대해 묻는다면, 그들은 수호신의 규칙을 어기고 바꾸면 안 되는 것을 바꾸려고 했기 때문에 죽은 거예요."

그녀는 긴 한숨을 내쉬더니 가방으로 손을 뻗었다. 그러고는 구부러진 암녹색 빗을 하나 꺼내 입에 문 채 숱이 많은 머리칼을 정수리 위로 쓸어모아 빗으로 고정시켰다. 칼라일은 그녀의 그런 모습을 지켜보았고, 그녀는 미소를 지었다.

"한 대학교수가 울프벗 근처에서 떨어져 죽은 이야기 들었어요?"

그녀가 다시 쿠션에 몸을 기대며 물었다. 칼라일은 고개를 끄덕였다.

"그 사람이 제 아버지예요."

그녀가 담담히 말했다.

"저런, 세상에."

"내가 여키스 카운티에 오게 된 것도 그 때문이죠. 아버지의 죽음을 조사하기 위해서요. 신중한 아버지가 전에도 여러 번 다녔던 곳에서 떨어진 이유를 알고 싶었어요. 아버지는 거친 시골 지형에는 익숙한 분이라 늘 조심해야 한다는 걸 알고 계셨거든요. 전 그게 의심스러웠죠. 아버지는 샐러맨더 크로싱 발굴은 지금까지 널리 인정받던 선조들의 육로이동설을 반증하게 될 거라고 하셨어요. 학계의 명성이 위협받고 있다는 건 대단히 큰 문제였죠. 발굴 작업은 아버지가 돌아가신 즉시 중단되었고요."

"조사 결과가 어땠나요? 뭔가 알아낸 사실이라도 있어요?"

"아뇨, 아무것도 없어요. 그러다 당신이 피리 부는 사나이라고 부르는 사람을 만났죠. 그와 함께 여러 번 울프벗에 갔어요. 그는 울프벗에 있는 바위며 나무, 틈새들을 샅샅이 알고 있거든요. 그는 아버지가 돌아가신 이유는 고분을 발굴하려 했기 때문이라고 말해줬어요. 또 지난 수십 년 동안 많은 사람들이 그곳에서 죽었고, 울프벗 수호신이 모든 걸 지켜보고 있다고 했죠. 신기한 게 뭔지 아세요? 우리 아버진 그런 힘을 이해했을 거고, 믿었을 거라는 거예요. 그런 관점에서 보면 나도 아버지의 죽음이 이해가 돼요. 아버지도 자신이 죽을 수밖에 없었다는 사실을 이해했을 테니까요."

"왜 계속 샐러맨더에 머물렀죠?"

"생활비가 적게 들고, 평화로운 시골 생활을 할 수 있으니까요. 난 여기 정착해 아버지의 죽음을 생각하기보다 내 삶에 초점을 맞췄죠. 솔직히 난 돈이 많지 않아요. 아버지가 너무 많이 돌아다니시는 바람에 학교에서 준 사망 보험금도 많지 않았어요. 얼마 안 되는 돈은 내가 여행하느라 다 써버렸고요. 지금은 근근이 살아가고 있죠."

"여키스 카운티에 오기 전에는 어디서 살았어요?"

수잔나는 칼라일의 눈을 똑바로 바라보았다.

"여행을 다녔어요. 칠 년간 대부분의 시간을 길에서 보냈죠. 여행하다가 여기저기서 잠깐씩 머물기도 하고요. 그 전에는 앤드루 태너라는 남자와 스페인 해안에서 삼 년을 살았어요. 그 사람은 프리랜서 종군기자였어요."

"정말 파란만장한 삶이군요, 수잔나."

칼라일은 천천히 고개를 저으며 말했다. 앤드루 태너라는 남자에 대한 알 수 없는 질투심이 슬쩍 밀려들었다.

"괜찮다면 한 가지 더 물어볼게요. 이건 약간 무례한 질문이니까 대답하고 싶지 않으면 하지 않아도 좋아요."

수잔나 벤틴은 미소 지었다.

"난 어떤 일도 억지로 하지 않아요. 뭐가 궁금한데요?"

"수호신이 누군지 알고 있어요?"

"아뇨. 정말 몰라요. 하지만 있다고 믿어요."

"피리 부는 사나이가 수호신일까요?"

"난 정말 몰라요. 하지만 울프벗 주위에는 강력한 힘이 있어요. 내가 아는 건 그뿐이에요."

"당신은 고속도로 노선이 울프벗에서 270여 미터 떨어진 곳을 지나 그 반대편에 있는 고분 일부를 통과한다는 걸 알고 있죠?"

"네, 알아요. 피리 부는 사나이도 그걸 걱정하고 있어요. 그는 수호신이 대단한 주술력을 가지고 있지만 이번 일을 막을 만큼 강력하진 않을 거라고 했어요."

"인디언들이 힘을 합하면 어때요? 당신은 인디언의 사고 방식을 가진 것 같은데. 그들이 뭔가를 할 순 없나요?"

"칼라일, 당신이―다른 사람도 마찬가지지만―인디언과 나에 대해 가지고 있는 몇 가지 편견들을 깨야 할 때가 온 것 같군요. 그런 편견을 갖게 된 건 당신 탓이 아니에요. 언론매체나 교육기관들이 인디언에 대해 정확히 알지 못하고, 따라서 제대로 가르치지 못했기 때문이죠. 인디언들은 실직과 극도의 가난, 범죄와 결손 가정, 알코올중독 같은 여러 문제를 안고 있어요. 게다가 당뇨 환자가 넘쳐나는데 이건 분명 유전적 요인과 그들이 섭취하는 음식과 관계가 있죠. 그들이 고속도로에 관심을 가지고 있을지는 잘 모르겠어요. 내가 아는 바로는 유물에 관한 법률은 매우 복잡하고, 이 주의 법에 따르면 땅 소유주는 자기 땅에서 발굴된 유물의 처분을 포함해 자기 땅과 관련된 건 뭐든 마음대로 할 수 있죠.

우리 아버지는 내게 토착민에 대한 '고상한 야만인'의 시각을 경계해야 한다고 가르치셨어요. 백인들은 인디언을 신비스럽게 보는 경향이 있죠. 그저 우리가 낭만화하고 상상화한 과거 속의 인디언만 생각하고 그들을 좋게 생각하죠. 백인들이 오기 전 평화롭던 시대에 아마도 자연과 조화를 이루며 자유로운 삶을 살았을 인디언들을요. 하지만 만약 몇몇 인디언들이 단지 꼬리의 깃털을 얻기 위해 멸종위기에 처한 대머리독수리들을 죽였다는 사실을 알게 된다면, 그들에 대한 당신의 시각은 바뀔 거예요. 비록 그 꼬리 깃털이 종교 의식에 쓰였다고 해도 말이죠. 또 인디언들이 관광객들에게 팔 기념품을 생산하기 위해 많은 독수리들을 죽여 깃털을 얻어냈다는 사실을 알게 된다면, 또 그런 일이 비일비재하다는 사실을 알게 된다면 당신은 아마도 격렬히 반대할 거예요. 사람들이 생각하고 있는 것보다 훨씬 복잡하죠.

인디언 문화와 신앙은 여러 면에서 내 가치관과 비슷해요. 그래서 피리 부는 사나이가 날 쉽게 받아준 거죠. 하지만 난 BMW를 타고 스웨트 로지(Sweat Lodge, 인디언식 한증막: 옮긴이)에 가서 주말에만 인디언 행세를 하는 뉴에이지 신비주의자는 아니에요. 난 인디언이 아니고, 절대 인디언이 될 수 없죠. 인디언은 삶과 자연을 별개로 보는데 그런 방식은 우리 백인들로서는 이해하기 힘들어요. 마찬가지로 인디언도 나처럼 될 수 없어요. 난 남다른 유년 시절을 보내면서 형성된 나만의 신념과 행동 방식이 있어요. 난 아프리카, 아시아, 남미의 여러 곳과 잠깐이지만 미국 남서부에 머물며 오랫동안 부족 문화 속에서 살았죠. 내 방식은 인디언의 방식과 달라요. 그건 내 방식이에요. 다만 약간의 유사점이 있을 뿐이죠."

칼라일은 약간 분한 기분이 들었다.

"좋은 강의 잘 들었습니다."

"전 강의를 하려는 게 아니었어요. 그저 몇 가지 사실을 바로잡고 싶었을 뿐인데."

그녀는 따뜻한 미소를 지으며 포도주를 홀짝거렸다.

"어찌됐건 나로선 이 모든 사실들을 받아들이기가 힘들어요, 수잔나. 당신 아버지, 수호신, 울프벳에서 죽은 사람들, 고속도로, 새들, 오라 주식회사라고 하는 단체."

그녀는 천장을 바라보았다.

"오라의 사전적 의미가 뭐죠? 사람이나 사물을 둘러싸고 있는 기운, 고유의 특질을 가진 기운을 말하는 거죠?"

"네, 그런 의미였던 것 같아요."

그녀는 고개를 살짝 기울이고 생각에 잠겼다.

"그 단어를 들으니까 오로라가 생각나네요. 로마신화에 나오는 새벽과 떠오르는 태양의 여신이죠."

칼라일은 대학 때 쓰던 낡은 사전을 가져와 중얼거리면서 페이지를 넘겼다.

"A…… a-r, a-t, a-u 여기 있네요. 오라."

수잔나는 사전을 건네받고 페이지를 톡톡 쳤다.

"Au로 시작되는 맨 처음 단어를 보세요. 뭐라고 돼 있죠?"

그는 손가락으로 단어를 훑어내리다가 손으로 사전을 탁 쳤다.

"Au는 금의 화학기호군요!"

수잔나가 미소지었다.

"그럴 줄 알았어요. 고등학교 화학 수업은 좀 지루하긴 했지만, 그래도 어딘가에서 금의 기호가 로마신화의 여신 이름에서 따왔다는 글을 읽은 것 같아요. 땅을 소유하고 있다는 그 주식회사의 철자가 대문자 A와 소문자 u로 되어 있나요?"

"맞아요. 철자를 그렇게 썼더군요."

그녀는 미소를 지으며 그를 바라보았다.

"그래서 이제 우리가 알게 된 게 뭐죠? 오라(AuRA)가 단지 오라(Aura)라는 단어를 색다르게 쓴 거다? 금의 화학기호로 장난친 거다? 아니면 다른 의미가 있는 걸까요?"

"나도 모르죠. 하지만 당신은 뭔가 알 거 같은데요."

"나도 몰라요."

수잔나가 대답했다.

칼라일은 잠시 침묵을 지켰다.

"피리 부는 사나이와 이야기해 봐야 할 것 같군요."

"그리고 인디언 보호구역에 살거나 워싱턴에서 활동하는 아메리칸인디언운동(AIM)의 좀더 호전적인 인디언들과도 이야기해 봐야 할 거예요. 전에 라몬트 크로 윙을 한 번 만난 적이 있어요. 그는 AIM의 1세대 선동가였죠. 아마 더 많은 해결책이 나올 거예요. 하지만 지금 이 순간은 너무 피곤해서 아무 생각도 안 나요. 내가 잠옷으로 입을 만한 옷 있어요?"

수잔나는 165센티미터로 칼라일보다 17센티미터 작았다. 그는 자신의 낡은 회색 트레이닝복이 그녀에게 맞을 거라고 생각했다. 그가 옷을 건네주자 그녀는 욕실로 들어갔고, 잠시 후 소매는 말아올리고 통이 헐렁한 바지를 바닥에 질질 끌며 나왔다. 하지만 그런 모습조차 멋져 보였다. 그녀는 옷을 입는 법을 알고 있었으며, 자기만의 스타일을 첨가해 패션쇼에 참가해도 될 듯한 모습으로 나타난 것이다.

"당신이 침대에서 자요, 수잔나. 난 침낭을 가지고 다락방으로 올라갈 테니까."

"아뇨, 난 침낭이 더 좋아요. 사실 침낭에서 자란 셈이나 마찬가진 걸요."

그녀는 침낭을 들고 다락방으로 이어진 계단을 올라가다 중간에 멈춰 섰다. 침낭을 들지 않은 손으로 난간을 잡은 채 그녀는 칼라일을 바라보았다.

"잘 자요, 칼라일. 난 당신이 지어놓은 이 집을 존경해요. 하지만 당신 자신과 당신의 노력을 훨씬 더 존경해요."

칼라일은 침대에 누운 채 오랫동안 잠들지 못했다. 그는 수잔나와 그녀가 한 말을 생각하며, 폭풍우에 귀를 기울였다. 덤프 트럭이 부드럽게 옹알거리며 벽난로 밑에서 나와 다락방으로 향하는 계단을 타박타박 오르는 소리가 들렸다. 어느 덧 새벽 네 시. 그는 벽난로에 장작을 더 넣기 위해 스웨터와 청바지를 걸치고 수잔나를 깨우지 않으려고 조심하며 난롯가로 갔다. 보퍼트 풍력계 7에 해당되는 강한 바람이 불고 있었다. 칼라일이 난로 문을 열고 하얀색 떡갈나무 장작을 석탄 위에 집어넣자, 바람이 마치 거대한 손처럼 벽을 두들겨댔다. 불꽃이 다시 높아지기 시작했고 그는 그대로 쪼그리고 앉아 온기를 쬐었다.

"잘 잤어요, 칼라일?"

수잔나가 계단 난간에 기댄 채 속삭였다.

"벌써 일어났어요? 깨웠다면 미안해요."

"아뇨. 아까부터 일어나 있었어요. 바람 소리를 들으며 계속 누워 있었던 걸요. 커피 마실래요?"

"네, 하지만 내가 끓일게요. 당신은 난롯가에 앉아 있어요. 커피보다 차가 더 좋지 않아요?"

"네, 차로 주세요. 고마워요."

그녀는 그렇게 말하고 몸에 침낭을 둘둘 감은 채 맨발로 계단을 내려왔다.

칼라일은 라디오를 켜고 볼륨을 낮게 줄인 다음 일기예보에 귀를 기울였다. 일기예보는 공지사항처럼 몇 분마다 반복되었고, 빅 메디슨의 음악과 휴교령이 웅웅거렸다. 이미 76센티미터의 눈이 내렸지만 앞으로 30~45센티미터의 눈이 더 내리겠고 저녁쯤에는 바람이 시속 64킬로미터의 속도로 불거라고 했다. 다시 음악이 나오며 멀 해가드가 여행에 관한 노래를 불렀다. 멀 해가드의 노래를 듣기에는 너무 이른 시간이었고 여행을 떠나기에는 너무 나쁜 날씨여서 칼라일은 옛날 테이프를 집어넣었다. 폴 윈터가 그랜드캐넌에서 불었던 소프라노 색소폰 연주였다.

수잔나는 여전히 침낭을 감고 쿠션에 앉아 차를 마시며 칼라일을 바라보았다. 그는 한쪽 팔꿈치로 몸을 지탱한 채 커피를 마시고 있었다.

"무슨 생각해요, 칼라일? 뭔가 딴생각을 하는 것 같은데."

그는 모닥불과 염소 가죽을 씌운 북, 춤추는 여인을 생각하고 있었다. 폭풍우가 부는 2월의 새벽에 그는 단비를 생각하고 있었다. 그는 대답하지 않았다.

"칼라일, 나랑 사랑을 나누고 싶은가요?"

그녀는 우회하지 않고 노골적으로 물었다. 미소를 지으며 조용히. 칼라일도 미소 지었다.

"네, 샐러맨더에 온 첫날밤, 내 헤드라이트 앞을 지나가던 당신을 본 순간부터 당신과 사랑을 나누고 싶었어요."

"나도 느꼈어요. 그리고 나도 같은 심정이었고요. 먼저 목욕부터 할게요. 그런 다음 남은 포도주를 이용해 뭔가 마실 걸 만들어볼게요."

칼라일은 그녀에게 타월을 건네는 자신의 손이 떨리는 것을 들키지 않으려고 노력했다. 그동안 수잔나는 가방에서 다양한 물건들을 조심스럽게 꺼냈다. 샐러맨더의 마녀, 녹색 눈동자와 구식 방법들. 그녀는 욕실을 향해 걸어가며 미소 짓다가 갑자기 걸음을 멈추고 그의 손을 잡으며 한동안 그의 눈을 올려다보았다.

잠시 후 샤워 소리가 들렸다. 칼라일은 부엌 벽에 기대 그 소리에 귀 기울이며 물줄기 아래 서 있을 그녀를 상상했다. 십 분 뒤, 수잔나가 목욕 가운 대신 코트를 걸친 채 욕실에서 나왔다. 후드는 쓰지 않았고, 머리칼은 등의 잘록한 부분까지 내려왔으며, 은귀고리가 귀에서 대롱거렸다.

"나도 샤워를 해야겠군요."

욕실에는 수잔나가 남겨둔 백단 향의 작은 비누가 있었다. 그녀의 브러시와 암녹색 빗은 세면대 옆에 놓여 있었고, 그 옆에는 아무 상표도 붙어 있지 않은 작은 향수병이 있었다. 칫솔과 베이킹 소다가 담긴 통도 있었다. 여성용 장신구와 먼 곳으로부터 흘러나오는 듯한 강한 여성의 향기. 그는 향수 뚜껑을 열고 티그리스 강의 향기와 함께 실려오는 꽃, 모래, 바람의 냄새를 맡았다.

그는 물줄기에 몸을 맡겼다. 물은 뜨거웠고 밖에서는 매서운 비바람이 불고 있었다. 수잔나 벤틴. 샤워를 끝내고 그는 청바지와 스웨터를 입고 욕실 밖으로 나갔다.

"전 위에 있어요, 칼라일."

다락방에서 그녀의 목소리가 들렸다.

그녀는 베개와 담요, 침낭을 정돈해 좁은 다락방을 모두 차지할 만큼 안락한 잠자리를 만들었다. 그녀는 벌거벗은 채 흩어진 베개들 사이에 다리를 꼬고 앉아 있었다. 빈 포도주병

안에는 양초 한 자루가 들어 있었고, 어디선가 향이 타고 있었다. 그녀의 양손에는 노란 깃털이 사뿐히 놓여 있었다. 만약 시야울라가 지상으로 내려왔다면 아마 이런 모습이었을 거라고 칼라일은 생각했다.

그녀는 젖가슴에서 오른쪽 흉곽까지 희미한 곡선을 그리고 있는 흉터를 깃털로 살짝 가렸다.

"열두 살 때 비비원숭이가 만든 흉터예요. 난 새끼 비비랑 놀고 있었는데 엄마 비비가 불안해하면서 새끼를 빼앗아가더군요."

포도주는 따뜻하면서 향신료 맛이 났다. 그녀가 손을 들어 깃털을 머리칼 사이에 꽂자 풍만한 가슴이 들썩였다. 그녀는 미소를 짓더니 다시 깃털을 빼 한쪽에 내려놓았다.

"여기로 오다가 길에서 발견했어요."

신새벽은 거의 알아차릴 수 없을 정도로 부드럽게 아침으로 넘어갔고, 폭풍우는 짙은 회색빛 말고는 어떤 형체도 허락하지 않았다. 수잔나는 그가 한 번도 가본 적 없고 가게 되리라 생각조차 해본 적 없는 감각의 회랑으로 그를 이끌었다. 그녀와 사랑을 나누는 행위는 마치 특별한 의식을 치르는 듯했다. 볼 수 없고 상상도 할 수 없는 무언가를 향해 그를 떠밀어주는 듯한 전진의 느낌이 있었다.

그녀는 그의 목에 얼굴을 묻고, 그의 귓속에 입술을 묻고, 그녀만의 언어를 반복적으로 속삭였다. 그것은 곧 일종의 주문이 되었고, 그는 자신의 몸과 부딪치는 육체에 대한 생각을 멈추었다. 수잔나 벤틴과 사랑을 나누면 그녀의 육신이 당신을 쓰다듬을 뿐 아니라 그녀는 당신의 마음속에 존재하게 된다.

그녀는 그의 몸을 맞이하기 위해 몸을 들어올렸다. 두 사람의 몸은 곧 땀으로 번들거렸다. 그녀의 얼굴이 평온함을 잃고 솟구치는 성적 욕망으로 일그러졌다. 그녀의 손이 축축한 그의 등을 따라 미끄러졌다. 여름날 고원 위를 부는 바람을 따라 밀이 구부러지듯 수잔나는 몸을 구부렸다. 그리고 마침내 그는 수잔나와 사랑을 나눈다는 건 죽지 않은 상태에서 최대한 진실에 가까이 다가가는 일임을 알게 되었다.

굵게 마디진 목수의 손이 그녀가 머물기를 원하는 곳마다 머무르다 갔다. 그가 어루만지는 동안 그녀의 손은 그의 목을 쓰다듬어 내려갔다. 그녀의 손가락 끝에 닿는 목의 핏줄에서 피의 박동이 느껴졌다. 그녀가 눈을 들어 그를 볼 때 그녀의 입에서는 스와힐리어와 아랍어, 나바호 인디언들과 수족의 말들이 섞여 나왔다.

낮의 시간들은 압축되었다가 확대되었다. 가끔씩 둘은 아무 말 없이 오랫동안 누워 있었다. 그녀가 그의 얼굴과 가슴, 어깨를 쓰다듬는 동안 그도 그녀에게 똑같이 했다. 그들은 그 순간에는 심오하지만 나중에는 기억해 내기 어려운, 오래된 달콤한 언어들을 서로에게 속삭였다.

폭풍은 그 후로 서른여섯 시간 동안 계속되었고 비는 눈으로 변했다. 수잔나와 칼라일은 이야기를 나누고, 음식을 만들어 먹고, 사랑을 나누고, 가끔은 잠도 잤다. 수잔나는 어렸을 때 수채화를 그렸지만 이사하던 중에 이젤을 잃어버렸다고 말했다.

"그 문제라면 해결될 수 있죠."

칼라일이 말했다. 그는 파카를 입고 부츠를 신은 뒤 눈보라를 뚫고 집으로 돌아올 수 있도록 뒷문에 밧줄을 묶었다. 그러고는 심한 눈보라 속을 비틀거리며 작업장을 향해 갔다. 그는 수잔나가 뒷문을 붙잡고 있는 동안 새하얘진 눈썹으로 쿵쿵거리며 집 안으로 들어왔다. 코디의 연장들과 숯을 가지고서.

제 **19**장

마름모무늬 방울뱀

바람 소리 외에는 아무것도 없었다.
칼라일이 가끔 자세를 바꿀 때마다 가죽 재킷이 작업장 벽을
스치는 소리뿐. 수잔나와 처음 사랑을 나눈 지 이 주 후, 그는
작업장의 북쪽 외벽에 등을 기댄 채 쭈그리고 앉아 있었다.
고원의 겨울이 주는 고요한 어둠이 그를 감싸고 있었다. 짐승
들이 추운 날씨에 물을 마실 수 있도록 그는 매일, 가끔은 하
루에도 몇 번씩 호수에 구멍을 뚫었다. 구멍이 얼어붙으면 다
시 구멍을 뚫었다. 눈 아래 어딘가에 새로운 봄과 비의 달콤
한 냄새가 있었다. 얼음 아래 어딘가에 추위에 갇힌 채 따뜻
한 태양을 기다리는 송어들이 있었다.

길 건너 T-호크의 서식지에서 아기 사슴 한 마리가 나왔다. 사슴은 별빛을 가르고 조용히 움직여 집 북쪽에 있는 공터로 가더니 호수 주변을 맴돌았다. 그는 아기 사슴의 발굽이 하얀 적막 위로 희미하게 자박거리는 소리를 들을 수 있었다. 사슴은 누군가 저쪽에서 자기를 관찰하고 있다는 것을 알고 걸음을 멈췄다. 그는 낡은 재킷에 해군 모자를 쓰고 부츠를 신고 있었다. 그의 긴 머리가 바람에 살짝 나부꼈다. 그는 조용히, 천천히 숨을 쉬었다.

야간 순찰에 나선 올빼미 한 마리가 집 근처 헐벗은 떡갈나무 위에 착륙하더니 좌우로 고개를 두리번거렸다. 올빼미는 들쥐가 눈 밑에 굴을 판다는 사실을 알고 있었다. 아울러 들쥐들이 가끔 굴 밖으로 나오기도 한다는 사실도.

아기 사슴은 호수 바로 앞에서 멈춰 섰다. 추위 때문에 사슴의 숨결은 뿌연 연기로 변했다가 금세 사라졌다. 사슴은 조용히 발을 내디뎠다. 하얀 꼬리가 불안하게 떨리더니 이내 호수 위에 조그맣게 뚫린 구멍 앞으로 다가갔다. 아기 사슴은 물을 조금 마시고는 고개를 들어 칼라일이 있는 쪽을 바라본 뒤, 좀더 마셨다. 칼라일은 움직이지 않았다. 아기 사슴에게 필요한 것은 물이지 놀라게 하는 게 아니다. 두 달 뒤 불도저와 사슬톱이 들어올 때까지 사슴은 충분한 물을 마시게 될 것이다.

아기 사슴과 칼라일의 머리 위로 깜박거리는 비행기 불빛이 북쪽 하늘을 가르며 서쪽으로 향했다. 시애틀? 샌프란시스코? 그의 상념 위로 멀리서 아침 기차 소리가 들려왔다. 일주일 전, 고속도로 공사를 추진하는 최종 결정이 내려졌다. 앞으로 이곳에는 오로지 정적만 존재할 것이다. 어둠 속에서 다음 헤드라이트가 반짝거릴 때까지, 하이플레인스 고속도로 위를 달리는 다음 트럭 소리가 들릴 때까지만. 이 모든 것, 아기 사슴, 그의 집, 호수는 사라져버릴 것이다.

여기서 2킬로미터 떨어진 칼라일의 집에는 수잔나가 잠들어 있었다. 그녀는 한동안 그의 집에 머물다가 떠났고, 며칠 후에 다시 돌아왔다. 마치 날개가 달려 있어 언제라도 날아가버릴 사람처럼 그녀에게는 붙잡아둘 수 없는 뭔가가 있었다.

칼라일은 이해했다. 아무도 수잔나 벤틴을 붙잡을 수 없다. 당분간은 그저 그녀와 나란히 움직여야 한다. 남녀 관계에 있어서 수잔나의 사전에 영원이란 말은 없을 거라고 칼라일은 짐작했고, 그 사실을 받아들이려고 노력했다. 그럼에도 그녀가 떠나고 나면 그는 허전했다. 지금까지 그런 감정은 처음이었다. 그는 예전에 갤리를 좋아했었고, 그녀에게서 따뜻함과 진한 우정의 감정을 느꼈다. 하지만 그와 수잔나 사이에는 지금까지 그가 알고 있었던 그 이상의 뭔가가 있었다.

수잔나 벤틴을 만지는 것은 공간을 가로질러 손을 움직이는 것이고, 오래된 질문을 던지는 자신의 목소리를 듣는 일이다. 비록 대답은 듣지 못하지만 질문하는 것만으로도 충분했다. 수잔나는 사랑이라는 단어를 쓰지 않았다. 그녀는 사랑을 할 줄 알았다. 그것도 아주 깊은 사랑을. 칼라일은 그렇게 느겼다. 그를 만지는 손길이나 그를 바라보는 시선에서 가끔씩 그 사실을 발견했다.

아기 사슴은 물을 다 마신 후 다시 칼라일이 있는 쪽을 바라보더니 T-호크들이 사는 숲으로 걸어가기 시작했다. 동쪽 하늘을 물들이는 첫 붉은 빛. 며칠 전, 수잔나의 등을 끌어안고 자던 그는 꿈을 꾸었다. 꿈속의 장소는 아프리카, 수단의 한낮이었다. 죽어가는 아이는 기아의 마지막 단계에 이르러 배가 부풀어 있었고, 파리들이 벌어진 입 주변에 몰려들었다. 아기를 안고 있는 엄마는 파리를 쫓으며 어서 빨리 아기가 죽기만을, 그 다음에는 자신이 죽기를 바랐다. 반드시 아기가 먼저 죽어야 한다. 하느님, 자비를 베푸소서, 제발 아기를 먼저 데려가세요. 그 다음에 저를. 아기가 더 고통스러울 테니까요.

꿈속에서 칼라일은 이상한 여행을 하고 있었다. 그는 6만 억조 킬로미터, 빛의 속도로 따지면 삼천 년이 걸리는 우주에 사는 영화제작자를 상상했다. 그는 남녀 양성이었으며, 인간의 이해를 뛰어넘는 기술을 가지고 있었고, 직경 90센티미터의 뇌에는 통찰력이 뛰어난 지성이 깃들어 있었다. 칼라일의 상상력이 빚어낸 그 생명체는 대기처럼 보이는 곳에 매달린 거대한 왕좌에 앉아 있었다. 그 지역은 완벽하게 납작해서 왕좌에 앉은 생명체는 사방 15킬로미터 이내에 있는 것은 무엇이든 볼 수 있었다. 그리고 그곳에는 살아 움직이는 것은 아무것도 없었다.

그 생명체의 왕좌에는 인간들이 카메라와 렌즈라고 부르는 기계들이 장착되어 있었다. 그러나 그토록 막강한 힘을 가진 거대한 기계를 그렇게만 부르는 것은 부당한 일이다. 그것은 높이 200미터에 직경 40미터의 카메라였으며 맨 위에 부착된 렌즈는 직각으로 60미터까지 올라갈 수 있었다. 생명체는 생각만으로 카메라를 작동할 수 있었다. 무엇을 혹은 어디를 생각하든지 카메라는 조용하고 부드럽게 돌아가 그 대상을 찾아냈다.

수년 전, 생명체는 이집트 궁정을 거니는 클레오파트라의 모습을 촬영했다. 금팔찌는 햇살에 번쩍거리고, 안토니오가 다가오자 그녀의 입술이 벌어졌다. 후에 사진 속 안토니오는 잘려나간 채 클레오파트라의 초상만 남아 확대되었다. 그것은 생명체가 헤아릴 수 없을 만큼 오랜 세월 동안 연구해 온 이브의 초상과 나란히 기계 옆에 걸렸다.

천 년 뒤 칼라일 맥밀런이 죽고 나서 밀레니엄이 찾아오면, 그 초강력 렌즈는 낮이 서쪽으로 갈퀴질하는 동안 경도 단위로 햇빛을 받으며 회전하는 지구를 탐색할 것이다. 갠지스 강과 자바 트렌치(인도양 동부의 심해 저지: 옮긴이) 위로, 인도양 해변에서 빈 그물을 끌어올리는 남녀 위로, 수단의 어린아이와 아이의 엄마 위로. 카메라는 사슴과 올빼미, 남자를 발견할 것이고 생명체의 생각에 따라 남자를 줌인할 것이다. 남자의 눈과 얼굴의 세세한 부분까지 보일 정도로. 영화제작자는 나중에 이 이미지들을 연구하고 편집한 후 일부는 간직하고 일부는 버릴 것이다. 그 판단은 매우 순수하며, 까다롭다.

그 남자는 버려질 것이다. 남자의 눈에 확연히 드러나는 자기 연민. 생명체는 그것을 열대의 해안가에서 빈 그물을 끌어올리고 있는 사람들과 매치시킬 것이다. 수단에서 죽어가고 있는 한 여인과 아기에게 매치시킬 것이다. 투쟁은 생명체의 가치체계에서 큰 비중을 차지하지만 자기 연민은 아무런 가치가 없다. 가치는커녕 비난의 대상이다. 생명체는 오랫동안 그를 지켜보다가 일억 년 전, 남자가 쭈그리고 앉은 건물 옆에 꽃 한 송이 없었다는 사실을 기억할 것이다. 이제 남자에게는 봄이 찾아오고 꽃이 필 때 북쪽으로 제 갈 길을 찾아가는 거위들이 있다.

생명체는 예전에 찍었던 필름에서 꽃들을 보았을 테고, 카메라 왕좌 주위에도 꽃들이 있었으면 좋겠다는 소망을 품는다. 생명체는 겨울 끝자락의 하늘 위를 수놓으며 날아가는 거위들의 모습을 보고 싶어한다. 그러나 생명체가 있는 곳은 춥고 어두운 불모의 땅, 멀리서 비치는 얇은 황금 광선을 제외하고는 칠흑 같은 암흑뿐이었다. 배가 부를 때 자기 연민은 갈 곳을 잃고, 거기에는 다시 꽃과 거위들이 생길 것이다. 생명체는 마음속으로 이런 생각들을 하며 남자의 사진을 한쪽으로 던져버렸다.

칼라일은 답답한 가슴으로 숨을 헐떡이다가 놀라 잠에서 깼다. 그다지 멋진 꿈은 아니군. 칼라일은 그렇게 생각했다. 그는 배드 랜드(미국 남서부의 황무지를 일컫는 말: 옮긴이), 나이 든 여행자들이 '사악한 땅'이라고 부르는 곳에 있던 마름모무늬 방울뱀을 생각했다. 시원한 날이었는데, 늦은 오후의 온기가 남아 있는 도로 위로 몸을 쭉 뻗으며 마름모무늬가 기어가고 있었다. 처음에는 그냥 도로에 생긴 금이라고만 생각했다. 그러다 무늬가 뒤로 기어가는 걸 보고 트럭을 옆으로 돌렸다. 그곳에는 차들이 많이 지나다녔고 관광객도 많았다. 시간이 시 단위가 아닌, 년 단위로 흐르는 유적지에서 시간을 보내는 관광객들.

칼라일은 트럭을 멈추고 트럭 안에 있던 상자에서 긴 빗자루를 꺼내 무사히 도로를 건너도록 방울뱀을 몰아갔다. 자동차, 밴, 캠핑카들이 그의 곁을 지나갔다. 칼라일은 미친 듯이 손을 흔들어 방울뱀을 가리켰다. 상황을 파악한 운전자들은 방울뱀을 피해서 가며 칼라일에게 손을 흔들었다. 그러나 방울뱀은 그것으로 만족하지 않고 도로 한복판에 몸을 둥글게 만 채 지나가는 차들에게 덤벼들었다. 종족보존의 본능, 자기방어에서 비롯된 것이지 분노로 인한 행동은 아니었다. 만약 방울뱀이 인간이었다면 사람들은 그 행동을 '용기'라고 불렀을 것이다. 그것이 맹목적인 본능이든 아니든, 칼라일은 2.7킬로그램의 몸뚱이를 들고 냉담한 금속과 고무에 맞서 싸우는 방울뱀이 존경스러웠다. 그가 마름모무늬 앞 300미터까지 다가갔을 때 한 캠핑카가 방울뱀을 짓이겨버렸다. 방울뱀이 있던 자리에는 노란색과 빨간색의 살덩어리와 팔딱거리는 꼬리만 남았다. 캠핑카 운전자는 가운뎃손가락을 세우고 차창

밖으로 팔을 뻗어 위아래로 흔들어댔다. 네 놈이 다윈이라도 돼? 엿 먹어라, 이 새끼야. 너랑 네 뱀 새끼랑. 월 드러그에서 점심을 먹자고. 도리스, 바로 이 앞이야.

칼라일은 떠나가는 아기 사슴을 지켜보며 생각했다. 모든 게 끝나면 아무것도 남지 않을 것이다. 마름모무늬 방울뱀도, 사자도, 자신들이 살고 있는 이 시대에 맞지 않는 사람들도. 최소한 나는 캠프를 접고 당분간 기계 문명을 피할 수 있다.

처음에 그는 자신의 전략이 효과가 없으리라고 생각했다. 그러나 고속도로 계획이 발표되기 전까지 그의 전략은 꽤 효과가 있었다. 수잔나가 말했듯 고속도로 건은 단순히 운이 없었던 건지도 모른다. 다시 한 번 시도해 보라고 그녀는 말했다.

"스토아 철학자들처럼 당신도 기회에 대해 고상한 무관심의 태도를 취해봐요. 그냥 운이 나쁜 일을 대하듯 고속도로 사건의 허물을 벗어버려요."

그는 자신에게 필요한 것이 크립토조익(Cryptozoic)의 태도임을 깨달았다. 이는 '은밀한' 혹은 '숨겨진'을 뜻하는 크립토(Crypto)와 특정 종류의 동물, 예를 들어 너구리, 코요테, 사슴 들이 살았던 방식을 의미하는 조익(Zoic)이 합쳐진 단어다. 이 동물들은 문명과 거리를 유지한 채 공존하는 법을 배워갔다. 칼라일은 그것이 자신에게도 여전히 가능한 일인지 생각해 보았다. 소음의 단층들 속에서 한 조각의 적막을 발견하고, 가끔씩 일하기 위해 소음 속을 급습해 금을 얻어낸 후, 다시 조용한 곳으로 죽어라 달려간다. 인디언들은 이런 삶의 방식에 '형태 변환'이라는 명칭까지 붙였다. 칼라일은 이곳에 사는 동안 그런 생활 방식을 시도한 적이 있었고, 결과는 성공적이었다. 다시 한 번 시도해 볼 수도 있다. 가능한 한 세상과 분리된 터널 속에 오래 머물다가 밖으로 나올 때는 올빼미들을 조심하고, 다음번에 더 나은 행운이 찾아오기를 기다리는 것. 도피는 아무 소용없다. 그것으로부터 도망칠 수 없다. 그것이 무엇이든 간에. 그는 인류학자 로렌 아이슬리가 했던 말을 기억한다.

"서리의 시절에는 한 줄기 햇살을 찾아라."

칼라일은 전에도 그렇게 했고, 자신만의 한 줄기 햇살을 찾아냈다. 그러니 이번에도 할 수 있을 것이다. 완벽한 전략은 아니지만 적어도 차선책이며 자기연민에서 비롯된 것도 아니다. 아기 사슴은 오솔길 끝에 다다르자 도로를 건너 T-호크의 숲으로 사라져갔다. 일출이 시작되고 있었다. 칼라일의 집 굴뚝에서 나오는 연기가 바람결에 수평으로 흘러 13킬로미터 떨어진 샐러맨더로 향했다.

칼라일은 여전히 헛간에 몸을 기댄 채 자신의 양손을 내려다보았다. 뭔가를 잡기에 적합한 그 손들은 어디서든 최고의 망치를 휘둘러왔다. 인간, 도구의 사용자. 그는 코디 할아버지에게서 받은, 일종의 부적과도 같은 낡은 연장벨트를 만지기 위해 아래로 손을 뻗었다가 자신이 그 벨트를 차고 있지 않다는 사실을 기억했다.

투자가들은 자신들이 칼라일을 완전히 제거했다고 생각하

면서 이번 일의 성공을 축하하고 있을 것이다. 그동안 초원에 펼쳐진 새로운 예루살렘의 비전과 속임수라는 두 가지로 무장한 양복쟁이 기병대들은 법적 서류를 들고 전속력으로 달려가고 있다.

수잔나는 그에게 아직 할 일이 남아 있다고 설득했다. 아직 끝나지 않았다. 이제 그의 집이나 새들을 구할 수 있으리라는 희망은 거의 사라졌다. 하지만 어찌됐든 아직 끝나지는 않았다. 그는 다시 위로 올라갈 준비가, 강물의 흐름을 바꿀 준비가 되었다.

오라가 금과 관련이 있다는 수잔나의 발견 덕분에 칼라일은 약간의 조사를 통해 몇 가지 흥미로운 사실들을 밝혀냈다. 수십 년 전, 윌리스턴 노인은 울프넛과 그 근처 땅에 대한 발굴권을 제출했고, 그 후 레이 다전이 그 발굴권을 사들였다. 이 년 뒤, 그 땅는 오라 주식회사에 의해 연방정부가 매입하게 되었다. 수잔나는 또 하나의 결정적 단서를 주었는데 'Au'에 레이 다전(Ray Dargen)의 첫 번째 두 글자인 'Ra'를 합하면 '오라(Aura)'가 탄생한다는 것.

그런 정보들 가운데는 칼라일이 이미 밝혀낸 것들도 있었지만, 기록을 찾아내기가 힘들었다. 오라가 열쇠였다. 모든 것을 하나로 엮어주는 이름이 있으면 훨씬 쉬워진다. 오라는 스리벗랜드 주식회사 소유였고, 스리벗랜드는 레이다(Raydar) 주식회사의 자회사였다. 레이다는 다전의 모회사로 그의 작전을 실행하는 데 우산 역할을 했다. 칼라일은 거기서부터 시작해 예전부터 의심스러웠던 사실들을 밝혀냈다. 즉 일부 지역 인사들과 그 친구들은 고속도로 노선이 리버모어와 폴스 시티를 지나가도록 조작했을 뿐 아니라−이는 최단거리 노선에서 한참을 벗어난 것이다−정보를 미리 입수해 고속도로가 지나갈 지역의 땅을 구입해 두었다는 사실이다. 그들이 1,200여 평당 100달러도 안 되는 값에 사들인 땅은 고속도로가 지나가면서 스무 배 이상으로 값이 뛸 것이다. 스리벗랜드 주식회사는 그렇게 구매한 땅의 상당 부분을 소유하고 있다.

칼라일은 인디언을 찾아가 자신이 어떻게 해야 할지, 수족이 단결해 뭔가 할 수 있는 일은 없을지 알아보기로 결심했다. 그는 하늘을 쳐다보았고, 꿈에 나왔던 영화제작자가 생각나 싱긋 웃었다. 그리고 그 생명체에게 마지막으로 수수께끼 같은 이미지 하나를 남겨주기로 했다. 천 년 후, 이미지를 편집하고 버리던 생명체를 잠시 멈칫하게 만들 그런 이미지를.

칼라일은 내면이 고요해짐을 느꼈다. 그는 집으로 걸어가며 콧노래를 불렀다. 길 건너 작은 숲에서 T-호크들이 날아오르고 있었다. 뼛속보다 더 깊은 곳에서 아득한 신호가 전해지는 게 느껴졌다. 그는 울프벗을 쳐다보았다. 꼭대기에 너울거리는 모닥불 같은 것이 희미하게 보였다.

수잔나는 아직 자고 있었다. 그는 옷을 벗고 그녀의 옆자리로 미끄러져 들어갔다. 수잔나는 몸을 돌려 그의 목에 얼굴을 묻고 등을 쓰다듬었다.

"몸이 차가워요."

그녀는 잠결에 속삭이며 그의 다리 사이에 자신의 허벅지를 밀어넣고 그의 몸을 문질러주었다. 그의 손이 천천히 그녀의 다리와 가슴, 머리칼을 쓰다듬었다.

제20장

작은 전쟁

난롯가에서 마시는 아침의 차 한 잔, 수잔나의 녹색 눈동자가 칼라일을 바라보았다. 칼라일이 말했다.

"당신 말이 맞아요. 아직 끝나지 않았어요. 인디언을 찾아 이야기를 나눠봐야겠어요. 그가 어디에 있을지 짐작 가는 데라도 있어요?"

그는 에너지를 되찾았다. 수잔나는 그에게서 예전의 열정을 다시 느낄 수 있었다. 그러나 연인에게도 해줄 수 있는 말이 있고, 없는 말이 있는 법. 혼자만 알고 있어야 하는 것들도 있게 마련이다. 수잔나는 인디언이 어디에 있을지 정확히 알고 있었지만 대답하기가 꺼려졌다. 그동안 인디언은 그녀를 특별하게 대해주었다. 분명 다른 사람하고는 나누지 않았을 여러 가지 것들을 그녀에게만 보여주고, 느끼게 해주었다.

마침내 수잔나가 대답했다.

"칼라일, 이건 좀 유치한 서부영화에 나오는 방법 같긴 하지만 밖으로 나가서 모닥불을 피워봐요. 그럼 어디에 있든 그가 보고 올 거예요."

그녀는 인디언이 불을 발견하리라는 걸 알고 있었다. 울프 벗 꼭대기에서는 원하는 것은 무엇이든 볼 수 있으니까. 이십 분 뒤, 칼라일은 연못 근처에 모닥불을 피웠다. 불 속에 장작을 쌓아올리면서 그가 수잔나를 보며 씩 웃었다.

"그냥 불만 피우면 되나요? 아니면 주위를 돌면서 춤도 춰야 하는 건가요?"

"가끔 보면 당신도 다른 사람들하고 똑같아요."

수잔나는 그렇게 말하며 고개를 저었지만, 미소를 짓고 있었다.

"그냥 당분간 타오르게 내버려둬요"

두 시간 뒤, 현관문을 두드리는 소리가 들렸다.

"어이, 건축가."

"어이, 피리 부는 사나이."

칼라일은 고분에 대해, 그리고 그 고분을 지키는 일과 관련된 법률이 무엇이 있는지 물었다. 인디언은 법에 대해서는 전혀 몰랐으므로 사실대로 대답했다.

"난 보호구역에서 살지 않아. 부족들과 떨어져 지낸다고 할 수 있지. 하지만 물어볼 순 있네. 그들은 어떤 일에 관해서도 더 이상 자신들이 힘을 발휘할 수 없다고 생각하지만."

인디언은 잠시 수잔나와 이야기를 나누다 떠났다.

사흘 전, 공공기관 소속인 듯한 차 한 대가 집 앞 오솔길에 나타났다. 중요한 법적 공문은 주로 등기로 오는 데 반해 고속도로를 위해 땅을 몰수한다는 공문은 검사를 통해 직접 전달되었다. 검사는 양쪽에 두 명의 경찰관을 끼고 있었다. 그들이 차에서 내렸을 때 창틀에 앉아 있던 덤프 트럭은 불만스럽다는 소리를 냈다. 그러나 칼라일은 그 사람들에게 아무 유감이 없었다. 그들은 단지 큰 개의 꼬리 역할을 하며 불쾌한 일들을 처리하고 있을 뿐이다. 그들은 칼라일이 공손하게 나오며 커피까지 권하자 약간 놀란 모습이었다.

그들은 머뭇거리다가 안으로 들어갔다. 수잔나는 칼라일의 낡은 셔츠를 겉옷처럼 걸친 채 난롯가의 이젤 앞에서 그림을 그리고 있었다. 그들에게 수잔나를 소개하자 그녀는 멋진 미소를 지어 보였다. 오로지 수잔나 벤틴만이 지을 수 있는 그런 미소를.

칼라일은 그들이 집 안을 찬찬히 둘러보는 것을 지켜보았다. 그가 일 년 이상 바쳐 손질한 나무들, 채광창을 통해 들어오는 햇살, 수잔나, 덤프 트럭, 벽에 걸린 다섯 줄짜리 밴조. 칼라일은 그들이 이야기하면서 수잔나 쪽을 힐끔거린다는 것을 눈치 챘다. 어쨌거나 그녀는 여키스 카운티에서 일종의 조용한 전설이었고 그들 모두 그녀와 이야기해 본 적이 없었다. 커피를 마신 후 칼라일과 남자들은 현관 포치에 서서 T-호크 의 숲이 있는 서쪽을 바라보았다.

"이건 정말 부끄러운 일입니다. 그 사람들이 당신 집을 빼 앗는 거요."

경찰 가운데 한 명이 진심이 담긴 목소리로 말했다. 그러고 는 "그래도 어디 가서 제가 그랬다고는 하지 마세요."라고 덧 붙였다.

칼라일은 미소 지었다.

"고맙습니다. 그런 일은 없을 테니 걱정 마세요."

검사가 물었다.

"정말로 이 고속도로가 샐러맨더에 아무런 도움도 안 될 거라고 생각합니까?"

"네."

칼라일은 그렇게만 대답했고, 검사도 더 이상 묻지 않았다. 그들이 포치에서 내려오는 동안 경찰관이 칼라일을 바라보 았다.

"아까도 말했지만, 정말 유감입니다. 부끄러운 일이에요."

경찰관은 손을 내밀었다. 칼라일도 고개를 끄덕이며 그와 악수했고, 손을 내민 다른 두 명의 남자들과도 악수를 나눴다.

그들이 떠난 후, 칼라일은 4월 30일까지 코디를 위해 지은 이 집에서 나가라는 내용의 공문을 읽었다. 두 달 남짓 후면 짐을 꾸려 떠나야만 한다. 짐 꾸리기는 하루면 끝낼 수 있다.

그가 벽난로 위 베스타 조각상 옆에 공문을 내려놓고 가만히 선 채 생각에 잠기자, 수잔나가 뒤에서 그의 허리를 끌어안으며 등에 볼을 가져다대었다. 일주일 전, 그녀는 애리조나의 윌슨 마운틴에 사는 조지 리딕이라는 남자에게 편지를 보냈다. 하지만 그 일에 대해서는 칼라일에게 아무 말도 하지 않았다.

철거일 며칠 전이었다. 칼라일의 집에 인디언이 찾아왔다. 그는 고속도로에 대해서 마지막으로 상징적인 행동을 취해야 할 때라고 주장했다. 처음에 칼라일은 반대했다. 그는 그런 명분뿐인 행동에는 마음이 내키지 않았다.

하지만 말을 다 듣고 난 뒤에는 인디언의 의도가 명분이 아닌 상징임을 알게 되었다. 그렇다, 명분이 아닌 것이다. 인디언은 수족의 위대한 전사인 크레이지 호스, 샤이엔족의 주술사인 스위트 메디슨, 네즈퍼스족인 조지프 추장을 언급했다. 흩날리는 눈발과 마을이 불타는 냄새 속에서 오랫동안 무력을 행사한 군대에 대해 이야기했다. 인디언의 생각에 따르면 고속도로는 과거의 일들과 별개의 사건이 아니었다. 지금까지 자행되었던 숱한 탄압의 명백한 연장선상에 있었다. 그러나 그가 지적한 대로, 이제 백인들은 자유를 부르짖거나 백인들과 다른 사고방식을 요구하는 사람들을 공격하지 않는다.

"이보게 건축가, 이 세상에는 다르게 생각하는 사람들도 있다는 사실을 다시 한 번 주장해야 하네. 우리가 훗날 죽음의 문턱에 이르렀을 때 만족스런 미소를 짓고 싶다면 우린 그 다른 길을 대표해야 하네. 크레이지 호스와 스위트 메디슨, 조지프 추장이 그랬듯이. 자네들 문화에 나오는 오디세이의 이야기에서처럼 누군가는 자루를 열고 대세에 거스르는 바람을 내보내야 해. 이를테면 자네나 나 같은 사람이 말일세. 우리가 맞바람을 내보낼 수 없다면 최소한 굴복하지 않는다는 사실이라도 알려야 하네. 상대가 얼마나 센 바람을 내보내든, 그것이 묘지에서 나오는 바람이든 상관없네. 우리는 우리만의 방식으로 바람 속에서 소리쳐야 하네. 설사 그 말이 바람에 묻히고 그 소리를 들을 수 있는 사람이 우리 자신뿐이라 해도. 만약 자네가 이런 생각들을 불편해한다면 내가 사람을 잘못 본 거지."

칼라일은 수족이 신성한 땅을 보호하기 위해 어떻게든 고속도로를 봉쇄시켰던 사건을 인디언에게 몇 번 말한 적이 있다. 어쩌면 그들도 그 정도는 할 수 있을지 모르는데 그저 머릿속으로만 생각하고 있다고 인디언은 말했다. 칼라일과 수잔나는 워싱턴까지 차를 몰고 가 AIM의 라몬트 크로 윙을 만났다. 그는 인디언 투쟁사의 산 증인이었다. 1973년 프랭크 블랙 호스, 로렐라이 데코라 등과 함께 운디드니의 연방정부 포위 사건을 주동한 사람이었다. 또한 네브래스카 고든에서 레이먼드 옐로 선더가 두들겨 맞고 상반신이 벗겨진 채 아메리칸 리전(미국 재향군인단체: 옮긴이) 주위를 행진한 사건으로 인해 발생했던 1972년의 시위에도 참가했었다. 당시 재향군인들은 레이먼드 옐로 선더를 걷어차는 일에 동참할 수 있도록 초대받았고, 레이먼드 옐로 선더는 자동차 트렁크에 갇힌 채 죽고 말았다.

라몬트 크로 윙은 보호구역에 사는 온순한 인디언과는 확연히 달랐다. 그건 분명했다. 낡은 셔츠에 청바지, 군인용 부츠를 신은 그는 회색 철제 책상 앞에 앉아 처음에는 칼라일을, 다음에는 수잔나를 바라보았다.

"여키스 카운티에서 벌어지고 있는 일은 당연히 들었습니다. 당신의 투쟁에는 존경을 표합니다, 맥밀런 씨. 하지만 터놓고 말해서 전 당신의 집에는 관심이 없습니다. 고속도로가 당신의 집을 지나가는 것은 유감입니다만 우리가 볼 때 그건 그냥 불행한 사건에 불과하죠.

우리에게 고속도로는 복잡한 문제입니다. 인디언 부족들 사이에서도 무엇이 우리의 미래를 위한 최선의 길인가에 대해서는 의견이 분분합니다. 옛날 생활방식을 고수해야 한다는 전통주의자들이 있는가 하면, 경제와 개발에 대한 백인들의 태도를 받아들이는 것만이 살아남는 길이라고 말하는 사람도 있죠. 보호구역에 가본다면 고속도로를 지지하는 사람들도 있다는 사실에 놀라게 될 겁니다. 우리에게 실직은 심각한 문제고 사람들은 고속도로가 새로운 일자리를 가져다줄 거라고 믿고 있어요. 또한 몇몇 부족 지도자들은 매수하기도 아주 쉽죠. 과거에도 그랬고 아마 이번에도 그럴 겁니다.

T-호크 일은 정말 슬픈 일입니다. 기분 나쁘게 들릴지 모르겠지만, 당신네 백인들이 새 한두 마리의 멸종을 걱정하는

동안 우린 문화의 멸종을 걱정하는 처지죠. 우리는 말살되고 있으니까요. 기병대가 총으로 여전히 우리를 학살하는 것과 다를 바 없습니다. 다만 속도가 약간 늦춰졌을 뿐, 고통은 똑같죠."

칼라일은 T-호크를 구하는 일이 곧 고분을 구하는 길이고 그 반대도 마찬가지라고 말했다. 그는 수잔나가 인디언들의 문제에 대해 말했던 것과 비슷한 말을 반복했다. 그러고는 이렇게 마무리 지었다.

"많은 인디언들이 이미 포기한 상태고, 법적 수단을 통해 고속도로 공사를 중지시키는 일이 아무런 이득도 없다고 생각하고 있어요. 울프벗 근처에 고분이 있는데도 말이죠. 우리는 백인들의 법 따위는 신뢰하지 않습니다. 우리의 과거 경험을 생각해 볼 때 그건 당연한 일이죠. 하지만 한 가지는 알려드리고 싶군요. 우리 단체에서는 인디언 유물 처분 문제가 논의되는 동안만이라도 공사를 중지시켜 달라는 신청서를 냈습니다. 하지만 고속도로 프로젝트가 워낙 빠른 속도로 진행되는 데다 신청서를 늦게 제출했기 때문에 신청이 받아들여지리라는 기대는 별로 하지 않습니다. 과거에 대한 염려는 경제 발전이라는 보장에 비하면 아무것도 아니니까요."

라몬트 크로 윙은 냉소적인 미소를 지으며 책상 너머에 있는 남자와 여자를 똑바로 바라보았다.

"우리가 고스트 댄스(죽은 자의 혼령과 교신하기 위해 인디언들이 추는 종교적 춤: 옮긴이) 의식을 치를 때 불렀던 노래가 뭔지 아십니까? '백인들은 미쳤다, 백인들은 미쳤다.'"

그러나 그는 AIM의 다른 회원들과 보호구역에 있는 몇몇 인디언들에게 고속도로와 새, 고분에 대해 말해보겠다고 약속했다. 그는 무엇보다도 고분이 걱정된다고 말했다. 그 후로 칼라일은 그에게서 아무런 소식도 듣지 못했다.

서늘한 4월의 아침, 당장 비를 뿌릴 듯 무겁게 내려앉은 구름 아래 칼라일과 피리 부는 사나이는 42번 도로와 칼라일의 집으로 이어지는 붉은 비포장도로의 교차점에서 피켓 시위를 벌이고 있었다. 공사 장비와 인부들은 이미 교차로에 도착해 도로를 따라 전진할 준비를 하고 있었다. 앞으로 이어질 힘든 공사의 기초가 될 부지를 다지기 위해 칼라일의 집과 T-호크의 숲을 마구잡이로 쓸어버릴 기세였다. 여키스 카운티발 전보를 통해 칼라일과 인디언이 공사를 막는 시위를 하고 있다는 소문이 순식간에 퍼졌고, 채 사십 분이 되기도 전에 200명의 사람들이 몰려들어 42번 도로는 거의 봉쇄될 지경이었다.

보통 사람들이 보기에 거대한 노란색 기계들은 마구잡이로 움직이고 있었다. 수천 톤의 흙이 파헤쳐지고, 퍼지고, 쌓이는 동안 땅은 비명을 질러댔을 것이다. 마치 전쟁터 같은 현장이었다. 붉은 흙먼지가 피어오르고, 트럭과 불도저들의 굉음이 들리고, 사람들이 소리치고, 착암기를 운전하는 남자는 42번 도로를 갈기갈기 찢어대고 있었다. 42번 도로는 이제 새 고속도로의 출구로 다시 태어나 관광객들에게 영양 국립공원과 레이 다전의 인디언 미스터리랜드를 방문할 수 있도록 해줄 것이다.

훗날 칼라일이 말했듯이 "도로 건설에 반대하는 사람일지라도 그 거대한 기계들, 그 막강한 힘에서 대단한 남성성이 느껴진다는 사실만은 부인할 수 없다. 도로 건설이 갖는 힘은 핵폭탄까지는 아니더라도 적어도 그 다음은 될 것이다."

칼라일은 물 빠진 청바지에 낡은 가죽 재킷, 그리고 작업용 부츠를 신고 있었다. 어깨까지 내려오는 긴 머리에는 노란 두건을 맸다. 인디언은 그의 평상복이라 할 수 있는 청바지에 데님 재킷 차림이었고, 검은 모자에 카우보이 부츠, 웨스턴 셔츠를 입고 있었다. 두 사람 모두 작은 나무 피리를 가지고 불도저 바로 앞에 나란히 서 있었다. 42번 도로를 지난 불도저는 이제 막 비포장도로로 들어섰다.

사람이 가득 탄 자동차들이 속속 도착하고 있었다. 그들이 자동차를 그대로 두는 바람에 도로는 주차장으로 변했다. 사람들은 칼라일과 인디언이 서 있는 곳 가까이까지 걸어가 서로 이야기하고, 고개를 끄덕이고, 두 사람을 손가락으로 가리키기도 하고, 고개를 저었다. 웃는 사람도 간간이 눈에 띄었지만 대다수는 그러지 않았다. 어쨌든 지금의 이 상황은 막연한 추상적 단계에만 머물렀던 칼라일의 주장을 구체적이고 명확한 현실로 보여주고 있었다.

더 많은 흙먼지가 피어오르며 구경꾼들 쪽으로 흘러갔다. 저 먼 곳, 푸른 불빛의 세이렌을 달고 차량들 속에 갇혀버린 경찰차가 있는 곳까지. 이 지역 도로 건설을 맡은 하청업체에서 파견된 현장 매니저 랄프 플뤼머는 칼라일과 인디언을 향해 나아갔다. 그는 이 어리석은 시위를 포기하도록 겁을 좀 줘야겠다고 생각했다.

"당신들 두 사람에게 부탁하는데 당장 여기서 비키시오. 난 딱 한 번만 부탁할 거요. 그 후에 일어나는 일은 전적으로 당신들 책임이니 그리 아쇼."

플뤼머는 맨 앞에 있는 불도저에게 전진하라고 손짓하며 뒤돌아 걸어갔다. 푸른색 야구모자에 렌즈 겉면이 거울 같은 미러 선글라스를 낀 운전사가 기어를 올리자 불도저는 칼라일과 인디언을 향해 움직이기 시작했다.

한 여인이 군중 속에서 뛰어나와 칼라일과 인디언에게 달려갔다. 마시 잉글리시였다. 그녀는 울면서 칼라일의 재킷을 잡아당겼다.

"칼라일, 이건 미친 짓이에요. 이러다 다쳐요. 제발 멈춰요. 이젠 다 끝났어요. 모르겠어요?"

그녀는 비명을 지르고 있었지만 다가오는 불도저의 굉음에 그녀의 목소리는 묻혀버렸다.

"돌아가요, 마시. 빌어먹을, 빨리 돌아가요! 여기 있다가는 당신까지 다쳐요."

칼라일이 손을 뿌리치자 그녀는 우비 소매로 눈물을 닦으며 물러났다. 그는 30미터쯤 떨어진 한쪽에 근심 가득한 얼굴로 서 있는 수잔나 벤틴을 보았다. 수잔나는 이 시위가 과연 현명한 일인지에 대해서 결정을 보류한 상태였고, 칼라일에게도 그렇게 말했었다. 그러나 칼라일과 인디언은 시위를 감행하기로 결정했다.

인디언이 피리를 불기 시작했다. 피리 선율은 기계의 굉음을 뚫고 울려퍼지며 저 멀리서 울부짖는 경찰차의 세이렌 소리와 대조를 이루었다. 맨 앞의 불도저는 전진을 멈추지 않으며 30미터 앞까지 다가왔다. 칼라일도 피리를 꺼내 불기 시작했다. 두 사람은 짧고 반복적인 멜로디의 화음을 만들어냈다.

비가 내리기 시작하면서 보슬보슬하던 흙이 미끈한 찰흙으로 변해갔다. 폴스시티의 WFC 방송이 도착했고, 카메라맨과 리포터가 칼라일과 인디언을 배경으로 자리를 잡았다. T-호크 서식지 파괴를 취재하기 위해 『하이플레인스 인콰이어러』에서 파견된 기자들도 텔레비전 취재진에 합류했다.

더 세게 쏟아지는 빗줄기

기계들의 철커덕 소리

동쪽에서 공터를 가로질러 다가오는 경찰관의 플래시 불빛

다홍색으로 변해가는 대지를 밟아 뭉개는 불도저

세이렌

고함치는 사람들

불도저 운전사에게 "우린 저 개자식들을 너무 오래 봐줬어!"
라고 외치는 랄프 플러머

다가오는 불도저

피리를 연주하는 칼라일과 인디언

인디언과 칼라일, 그리고 그 옆에 나란히 선 오리맨을 취재하는 카메라들

여민 깃 안에 불룩한 무언가가 돌아다니는 커다란 코트를 입은 오리맨

흥분한 상태로 마이크에 뭐라고 재빠르게 지껄여대는 리포터

점점 더 진창이 되어가는 길 위에서 경찰차를 전진시키려고 애쓰며 군중들 사이를 뚫고 나가려는 경찰관

달리고, 미끄러지고, 넘어지면서 칼라일과 인디언을 향해 다가오는 나머지 경찰관들.

불도저는 인디언과 칼라일, 오리맨 앞 3미터 지점에서 멈췄다. 비에 젖은 불도저의 날에 세 사람의 뒤틀린 영상이 비쳤다. 길쭉하게 늘어나 초자연적인 존재로 보이는 그들의 얼굴과 몸뚱이는 마치 다른 시간에서 온 사람들처럼 보였다. 칼라일과 인디언은 계속 단조로운 멜로디를 연주했고, 오리맨은 한 손으로 코트 깃을 꽉 여민 채 다른 손으로는 니트 모자를 잡아당겼다. 불도저는 다시 조금씩 앞으로 나아가기 시작했다. 운전사는 불도저 날을 내려 옆에 쌓아둔 흙무더기를 세 사람 쪽으로 밀기 시작했다.

그와 동시에 네 명의 경찰관이 칼라일들이 있는 곳에 도착했고, 다섯 번째 경찰관은 불도저 운전사에게 화를 내며 소리를 지르기 시작했다. 운전사는 불도저를 멈추고 엔진을 껐다.

일순, 공사 현장 전체가 조용해졌다. 빗줄기가 더욱 거세졌다. 모든 기계들이 엔진을 껐고, 사람들은 그저 지켜보기만 했다. 한없는 적막. 빗소리와 시위자들에게 말하는 경찰관들의 목소리만 들릴 뿐이었다. 구경꾼들 가운데 검은 수염을 기른 덩치 큰 남자가 있었다. 그는 낡은 초록색 군용 재킷에 지구 전사라고 씌어진 모자를 쓰고 있었다. 그 낯선이는 다른 사람들과 떨어져 있었지만 마녀에게 다가가 이야기를 나누자 사람들은 그를 바라보며 수군거렸다.

경찰차도 진흙탕을 헤치고 올라와 6미터쯤 앞에 멈춰 섰다. 경찰들의 말에 칼라일은 고개를 저었다. 인디언이 다시 피리를 불자 경찰관 하나가 당장 멈추라고 명령했다. 인디언은 아랑곳하지 않고 계속 피리를 불었다. 경찰관이 피리를 빼앗아 낚아채면서 소리를 질렀다.

"이게 대체 뭐하는 짓거리입니까?"

"난 들소를 관찰하고 있소."

인디언이 대답했다.

오리맨은 침묵을 지킨 채 계속 양손으로 코트 깃을 여며 쥐었으며, 그의 눈동자는 사방으로 재빠르게 번득거렸다. 그의 코트 속에서 불안한 꿈틀거림이 계속되었다. 칼라일과 인디언, 오리맨은 수갑이 채워진 채 경찰차로 끌려가 뒷좌석에 앉혀졌다. 경찰관 하나는 청둥오리 한 마리를 손에 든 채 어떻게 처리해야 할지를 망설이고 있었다. 수잔나 벤틴이 오리를 맡겠다고 하자, 마시 잉글리시가 자신의 목장에서 보호해 주겠다며 수잔나에게서 오리를 받아들었다.

경찰차의 문이 굳게 닫혔다. 빨간 불빛이 돌아가며 세이렌이 울렸다. 붉은 진흙탕을 미끄러지며 경찰차 뒷바퀴가 헛돌았다. 마침내 경찰차는 군중들 사이를 요리조리 빠져나가 42번 도로를 타고 리버모어로 향했다. 진흙이 튄 창문 너머로 세 사람의 윤곽이 흐릿하게 보였다. 모든 사람의 마음속에 똑같은 생각이 스쳐갔다. 이것으로 여키스 카운티의 고속도로 전쟁은 완전히 끝나리라는 것. 비에 젖은 4월의 아침, 수갑을 찬 두 명의 머리 긴 남자와 미치광이로 간주되던 또 다른 남자는 경찰차를 타고 동쪽으로 향하는, 진흙과 비가 뒤섞인 흐릿한 이미지로 끝을 맺게 되었다.

기자들이 한마디 해달라고 요청했지만 구경꾼들은 다들 거절했다. 칼라일과 인디언이 체포된 사실을 아주 즐거워하는 사람들도 있었고, 기자가 마이크를 들이밀자 고개를 저으며 발걸음을 돌리는 사람들도 있었다. 마시와 클로드 잉글리시 부부도 인터뷰를 거절했다. 수잔나 벤틴은 이미 사라지고 없었다.

그러나 오직 한 사람, 게이브 오루크만이 리포터의 질문에 간단히 대답했다. 방금 벌어진 이 드라마를 어떻게 생각하느냐는 질문에 아코디언 연주자는 수수께끼 같은 대답만을 남겼다.

"최고의 탱고였어. 지금까지 내가 본 것 가운데 최고."

그리하여 건축가와 피리 부는 사나이와 오리맨은 자신들의 입장을 상징적으로 주장했다. 쓸데없는 시위는 아니었다. 불도저 날에 비친 자신들의 모습을 봤을 때 칼라일은 그 사실을 깨달았다. 그들은 졌을지언정 굴복하지 않았다. 그들은 바람에 대고 소리를 친 것이다.

이제 칼라일 맥밀런과 아서 스위트그래스로 이름이 밝혀진 남자는 공식 기록에 남게 되었다. 아서는 서기가 나이를 물었을 때 "늙었다."라고만 대답했고, 그런 대답으로는 불충분하다고 하자 "105세."라고 대답했다. 그들은 경범죄로 구금되었지만 칼라일은 벌금을 지불하고 몇 시간 만에 풀려났다. 그러나 아서 스위트그래스는 구금되는 것으로 벌금을 기꺼이 지불하고자 했다. 오리맨은 치안 판사와의 면담 후 벌금 없이 풀려났다.

후에 칼라일의 거실에 앉아 수잔나가 말했다.

"아서의 말이 옳았어요. 그 일은 할 만한 가치가 있었어요. 적어도 당신들은 콘크리트 이외의 다른 가치를 대변했으니까요. 아서가 예전에 이런 말을 한 적이 있어요. 들소의 뿔에 메시지를 매달 수 없다면 나비의 날개에라도 실어보내라. 최소한 당신들은 메시지를 보냈어요. 비록 나비의 날개에 실어보내긴 했지만."

여키스 카운티 사람들은 그 시위를 기억하고, 그 후로도 몇 년간은 그 일에 대해 이야기할 것이다. 백인과 인디언과 미치광이로 불리던 남자가 불도저에 맞서 피리를 불고, 개발이라는 주장 앞에서 흔들리지 않았다고. 그 세 사람이 틀렸다는 사실이 거의 모든 사람에게 분명했는데도 불구하고. 아울러 불도저 날에 비친 칼라일 맥밀런과 아서 스위트그래스, 긴 코트를 입은 남자의 사진을 찍은 『하이플레이스 인콰이어러』 사진기자는 그해 퓰리처상을 받게 되었다.

인디언과 칼라일이 체포된 후에 내린 폭우로 고속도로 공사는 엿새간 중단되었다. 공사가 재개되었을 때, 수잔나와 칼라일은 트럭을 몰고 샐러맨더 서쪽으로 갔다. 두 사람은 트럭을 주차하고 5월 초순의 벌판을 가로질러 언덕 위로 올라갔다. T-호크의 숲과 코디 기념관을 내려다보기 위해서였다.

두 사람은 따스한 햇살이 부드럽게 내리쬐는 곳에 앉아 첫 번째 트랙터 무리가 자갈밭을 따라 북쪽으로 가는 모습을 지켜보았다. 불도저 운전사는 파란 야구모자에 미러 선글라스를 끼고 있었다. 불도저 뒤에는 사슬톱을 든 남자들을 태운 트럭이 뒤따르고 있었다. 트랙터 한 대가 칼라일의 집 앞 오솔길로 들어섰다. 수잔나가 눈물을 흘리며 양팔로 칼라일의 한쪽 팔을 꼭 휘감았다. 칼라일은 이를 갈며 운전사가 불도저 기어를 내리는 소리를 들었다. 운전사는 멈추지 않고 계속 기어를 내려 오솔길을 올라갔다. 발전이라고 불리는 것의 파괴적이고, 초현실적이며, 끊임없는 상징. 수잔나는 칼라일의 팔에 손톱을 박아넣으면서도 그 사실조차 깨닫지 못했다.

불도저는 먼저 온실을 박살냈다. 삼십 초 뒤에는 집의 남쪽 벽을 쳤다. 칼라일은 자신이 하나하나 정성스럽게 박은 못들이 튕겨나오는 소리, 쪼개진 삼나무들이 지르는 비명 소리를 들을 수 있었다. 집은 처음에 기울어지는 듯하다가 이내 기괴한 모양으로 꼬였다. 칼라일은 코디 할아버지를 생각했다. 낮에는 뙤약볕 속에서 일하고, 밤이면 눈보라가 치는 가운데 노란색 수고양이와 함께 트럭에서 자던 기나긴 날들을 생각했다. 가솔린 랜턴 아래서 일하며 사포로 문지르고, 매끄럽게 만들고, 표면을 다듬고, 마무리 짓고, 그 밖의 모든 일을 정석대로 하던 나날들. 그는 여기저기서 구해온 재목 더미들, 황혼녘의 오솔길을 올라오던 갤리와 머리에 노란 깃털을 꽂은 채 다락방에 알몸으로 누워 있던 수잔나를 볼 수 있었다. 그가 자신의 소유였던 땅을 응시하는 동안, 그 모든 것들은 산산이 조각나버렸다.

채 삼십 분이 못 되어 그곳은 완전히 평지가 되었다. 작업장은 한 방에 날아갔고, 불도저는 연못가로 전진했다. 흙으로 만든 댐을 부수기란 식은 죽 먹기였다. 연못의 물이 범람해 시내로 흘러 들어갔다. 쌍안경을 통해 칼라일은 물살에 휩쓸려가는 송어들을 볼 수 있었다. 불도저가 연못을 처리하는 동안 인부들은 사슬톱으로 떡갈나무 두 그루를 베었다. 나무들은 쉽게 베어졌고, 땅 위로 곤두박질치면서 박쥐집도 박살이 났다.

인부들이 사슬톱을 가지고 숲으로 전진하는 동안 T-호크들은 아침 하늘로 날아올랐다. 집 앞 오솔길에서는 노란 안전모를 쓴 두 남자가 자동차 후드에 기댄 채 커다란 지도를 펼쳐 보고 있었다.

"칼라일, 난 더 이상 못 보겠어요. 그만 가요."

수잔나가 일어서면서 말했다. 그는 고개를 끄덕이며 발로 흙덩어리를 찬 후 걸음을 옮겼다. 딱 한 번 돌아보았을 때 연못 속에 흙을 퍼 담고 있는 불도저가 보였다. 몇 시간 지나지 않아 연못은 평평해질 것이다. 인부들은 코디 기념관과 작업장의 잔재들을 트럭 위로 아무렇게나 던져올렸다. T-호크들은 사슬톱의 울부짖음 위로 원을 그리며 높이 날아다녔다. 칼라일은 T-호크가 지금 상황을 알고 있을지 궁금했다. 아마 알 것이다. 모를 수도 있고.

오늘 하루가 끝날 무렵이면 윌리스턴이나 칼라일, 혹은 T-호크의 흔적은 더 이상 찾아볼 수 없을 것이다. 칼라일은 깊이 생각할 필요도 없이 작은 상징적 행동을 하나 해야겠다고 결심했다. 그는 돌멩이를 집어들어 불도저를 향해 힘껏 던졌다. 돌멩이는 불도저 조금 못 미쳐 떨어지더니 통통 튀다가 잠잠해졌다. 그 순간 샐러맨더의 배수탑은 오렌지색 불꽃의 굉음과 함께 폭발해 그 옆의 관리실 위로 무너져내렸다.

광란 상태에 빠진 어미 매들은 아직 날 준비가 되지 않은 어린 매들을 구슬려 쓰러지는 나무들과 사슬톱의 울부짖음을 피해 날아오르도록 유도하고 있었다. 수잔나가 소매를 잡아당겼다.

"칼라일, 제발 그만 가요."

그러나 칼라일은 움직이지 않았다. 그는 그대로 얼어붙어버린 듯했다. 분노 때문에 호흡이 거칠어지며 그 자리에 못 박힌 듯 서 있었다. 그 순간, 엽총의 요란한 발사음으로 일대가 조용해졌다. 모두들 길 아래를 내려다보았다. 녹슨 뷰익 한 대가 42번 도로를 지나 울프벗 로드를 올라오고 있다는 사실을 아무도 알아채지 못했었다. 뷰익은 붉은 비포장도로를 천천히 올라와 T-호크의 숲으로 향했다. 사슬톱은 작동을 멈추었고, 인부들은 저 뷰익과 운전석 차창으로 삐져나온 엽총이 오늘 아침 자신들의 일에 어떤 영향을 미칠지 의아해했다.

그들은 뷰익에서 내리는 조지 리딕을 뚫어져라 바라보았다. 총구는 하늘을 향해 있고 개머리판은 그의 허리 옆에 놓여 있었다. 리딕은 입에 문 시가를 위아래로 흔들며 인부들을 바라보았다.

"안녕하신가, 제군들. 자, 이제 당신들의 선택권에 대해 논의해 볼까? 당신들의 선택권은 그리 많지 않아. 사실은 단하나뿐이거든. 당장 여기서 꺼져."

그는 허리의 엽총을 아래로 향하게 하고 탄창을 장전했다. 엽총에서 들리는 묵직한 소리가 그의 위협이 거짓이 아님을 강조하고 있었다. 조지 리딕은 레밍턴의 총구를 42번 도로로 향하게 한 뒤 조용하고도 단호하게 말했다.

"빨리 움직여. 당장."

이 말이 떨어지자 안전모를 쓴 오합지졸들은 길 아래로 달려가기 시작했다.

폭력과 급진주의는 종이 한 장 차이다. 칼라일은 그 경계선에서 망설이다가 시위를 하며 잠시 그 선을 넘어섰다. 그러나 조지 리딕은 이미 아주 오래전 그 경계선을 넘었으며 어느 누구도 발을 들여놓은 적이 없는 영역으로 계속 걸어가고 있었다. 자신의 신변에 관한 일은 조지 리딕의 관심사가 되지 못했다.

수년간 두 가지 사실이 리딕을 보호해 왔다. 첫째는 그의 대담함이었다. 사람들은 그가 저지르는 행동을 예상조차 하지 못한다. 청산염 공장 본부를 습격한 적이 있었다. 안내 데스크에 있던 전화기의 배전판을 뜯어버리고, 안내원에게 간부 사무실로 통하는 잠긴 유리문을 열라고 했다. 리딕의 손에 목이 졸린 안내원은 그의 명령에 따랐다. 최고경영자는 그에게 소리를 질렀다.

"이건 테러야!"

리딕은 차가운 미소를 날리며 말했다.

"지당하신 말씀. 테러당할 준비나 하시지."

조지 리딕은 대담할 뿐 아니라 종잡을 수 없었다. 그의 행동에는 어떤 패턴도 없고, 예측이 불가능했으며, 추적도 힘들었다. 그는 세도나 근처의 산속 오두막에서 몇 달간 칩거하다가, 내면에서 뭔가 근원적인 것이 밀려오면 다시 행동을 개시했다. 그러나 그의 분노와 잔인한 행동에도 불구하고, 그는 오래전 정글 시절 이후로는 절대 사람을 죽이지 않았다.

그 전날 오후, 동네 남자들은 핵 켄불에게 리딕과 한 판 붙어보라고 부추겼다. 전에 칼라일과 싸우라고 부추겼듯이. 그리하여 핵은 샐러맨더의 메인스트리트를 걷고 있는 리딕을 뒤따라갔다. 하지만 이번에는 칼라일 때와 상황이 달랐다. 핵은 목과 다른 급소를 여섯 번의 가라테 찌르기로 공격당한 후, 정확히 십사 초간 버티다가 비틀거리며 꺽꺽댔다. 그러고는 리딕의 발길질에 얼굴을 맞고, 지금은 문을 닫은 샬린 잡화점의 먼지 낀 창문을 뚫고 나가떨어졌다. 핵을 대신해 싸움에 끼어든 마브 움손은 발길질 한 번에 발목뼈가 부러졌다. 리딕은 한쪽 발로 껑충대며 비명을 지르는 마브를 물끄러미 바라보며 그가 계속 비명을 질러대면 나머지 발목도 부러뜨리리라 생각했다. 샐러맨더의 유일한 보안관이자 자기 보호를 무엇보다 우선시하는 프레드 멈포드는 핵 켄불이 먼저 시비를 걸었다는 근거로 리딕의 체포를 거부했다.

리딕이 T-호크 숲에 나타나기 두 시간 전, EWU의 회원 세 명은 닭의 피가 가득 든 석유통을 굴리며 레이 다전의 사무실로 쳐들어갔다. 다전의 사무실과 건물 뒤에 주차되어 있던 그의 링컨 컨티넨털이 입은 피해는 7만 달러에 달했다. 다전은 사태를 눈치 채고 가장 안쪽에 있는 사무실로 들어가 문을 잠갔다. 그러나 조지 리딕은 발길질로 문을 박살낸 다음 다전을 벽에 밀어붙였다. 그러고는 170그램에 달하는 닭 피를 다전의 목구멍에 부어넣고 1미터에 200달러씩 하는 베이지색 카펫 위로 피를 토해대는 다전을 남겨두고 자리를 떴다.

다전 초토화 작전이 있은 지 삼십 분 뒤, 닭 피가 담긴 또 다른 석유통이 하이플레인스 개발회사 사무실로 굴러 들어갔다. 마거릿 앤드루스는 뒷문으로 달려나가서 빌 플래니건에게 공중전화를 했다. 플래니건은 워싱턴에서 상원위원회에 참석해 리오그란데 발의권과 그것이 하이플레인스 지역의 경제적 미래에 미칠 영향에 대해 논의하고 있었다.

두 가지 일을 처리한 후 리딕은 뷰익의 번호판을 떼어내고 차량식별 번호판도 없애버렸다. 그러고 나서 EWU의 다른 회원들을 데리고 산으로 올라가 말했다.

"이번 일은 끝이 아주 더러울 수도 있으니 나머지는 나 혼자 처리하도록 하겠다."

리딕은 뷰익을 몰아 T-호크의 숲 바로 맞은편에 세웠다. 그는 재킷 호주머니에 탄약을 가득 넣었다. 오른쪽 주머니에는 더블 오트 엽총 총알을, 왼쪽 주머니에는 베레타용 탄창을. 그는 윈체스터 모델 94를 차 후드에 올려놓고 탄약통은 그 옆에 두었다. 그러고 군용 수통을 꺼내 물을 마시며 기다렸다. 무슨 일이 되었든 일은 일어날 것이다. 그에게는 아무런 계획도 없었다. 심지어 자신이 왜 이 일을 하는지도 잘 몰랐다. 왠지 이번 일이 마지막이 될 것만 같았다. 그가 늘 생각하던 '이제 그만'의 상태가 온 것이다.

경찰관들이 도착했다. 그들은 사태를 논의한 후 군에 도움을 요청하기로 했다. 세 시간 뒤 조지 리딕은 확성기와 SWAT 팀을 마주하게 되었다. 5, 60명의 무장 군인들이 그와 대치하고 있었고 확성기는 뭐라고 떠들어대며 그를 설득시키려 했다. 하지만 그는 그 모든 상황에 무심했다. 오후 중반이 되면서는 기자들이 도착했다. 리딕은 저 멀리 울프벗 꼭대기에서 보일 듯 말 듯한 연기가 하늘로 올라가는 모습을 보았다.

측면 공격이 시도되었지만 리딕은 노련하게 윈체스터를 사용해 저지하며 그들의 머리 위로 총을 발사했다. 그는 경찰에게 아무 유감이 없었으나 어둠이 내리고 나면 그들이 공격을 해오리라는 걸 알고 있었다. 상관없다. 투쟁과 보복 이외는 아무것도 중요치 않다.

해가 지기 한 시간 전, 붉은 비포장도로로 낡은 차와 트럭의 행렬이 나타났다. 경찰들이 T-호크 숲을 향해 올라오는 행렬을 저지했다. 그러자 75명의 수족과 대부분이 라몬트 크로 윙이 이끄는 AIM 회원인 다른 부족 대표자들이 차에서 내렸다. 그들은 멈추라는 확성기의 명령을 무시한 채 T-호크 숲으로 향했다. 그들이 자신의 몸을 커다란 나무에 사슬로 묶는 동안, 옷에 닭 피를 뒤집어쓴 EWU 회원 두 명은 떠나라는 리딕의 명령을 무시한 채 나무에 대못을 박기 시작했다. 사슬톱으로 나무를 자르지 못하게 하려는 의도였다. 리딕이 벌이는 소동 이야기가 AIM 사무실까지 전해졌을 때 라몬트 크로윙은 이렇게 말했다.

"잘하고 있군. 적선해 주기를 기다리며 어슬렁거리는 짓은 그만두고 뭔가 행동에 옮깁시다."

어둠이 내렸다. 대못이 나무에 박히는 동안, 라몬트 크로윙과의 협상은 계속되었다. SWAT팀은 리딕이 있는 곳을 향해 전진했다. 그들은 달리고, 쪼그리고, 바닥을 기고, 작은 무전기로 서로에게 이야기했다. 그리하여 낡은 뷰익의 3미터 반경 내로 진입했으며, 야시경을 통해 후드 위에 가로놓인 윈체스터를 볼 수 있었다. 무전기에서 좀더 소곤거리는 말소리가 들리고, 땀을 비 오듯 흘리며 그들은 공격할 준비를 했다. 마지막 공격. 무기를 점검한 다음 조지 리딕의 바리케이드를 향해 지그재그로 달려갔다. 그러나 그곳에 남아 있는 건 뷰익 위에 놓인 윈체스터뿐이었다.

그 무렵 울프벗 꼭대기에는 두 남자가 앉아 있었다. 그들 곁에는 꺼진 모닥불의 잔재가 남아 있었다. 조용히 이야기를 나누는 두 사람 중 늙은 남자는 구슬띠가 둘러진 챙 넓은 모자를 쓰고 있었고, 다른 남자는 지구 전사라고 씌어진 야구모자를 쓰고 있었다. 한 여자가 그곳으로 올라와 그들 곁에 앉았다.

그들이 이야기를 나누는 동안, 정치적 결과를 걱정하는 폴스시티의 다소 양면적인 연방 판사는 AIM의 변호사로부터 빨리 행동을 취하라는 재촉을 받고 있었다. 변호사는 T-호크 숲 근처에서 벌어지고 있는 사건의 소식을 계속 들려주며, 만약 그곳에서 어떤 형태로든 학살이 일어난다면 그로 인한 책임은 전부 판사에게 돌아갈 거라고 주장했다. 그 결과, 수족이 낸 청원서는 받아들여졌고, 판사는 T-호크 숲의 북서쪽 고분을 통과하는 고속도로 건설에 대해 가처분 명령을 내렸다. 이로써 고분의 유물과 그 진정한 소유권을 둘러싼 의문점들이 풀릴 때까지 고속도로 건설은 중단되었다. 판사가 작성한 명령서는 다음과 같다.

　전통적으로 이 문제에 관해서는 소유지의 권리에 대한 수정헌법 제5조가 적용된다고 할 수 있다.

　그러나 최근 미국 원주민을 비롯한 전 세계의 다른 원주민들, 특히 호주의 애보리진들이 권리를 주장함에 따라 많은 법정에서는 이들의 유물을 파괴하는 행위를 중지시키고 있다. 설령 그 유물의 일부가 개인 소유지에 위치한 경우라 할지라도.

　따라서 이번 가처분 명령의 목적은 이러한 유물의 처분에 관한 법적 권리의 한계에 대해 소송을 준비할 시간을 허락하기 위해서이다.

제 21 장

되찾은 땅

레이 다전은 카폰에 대고 고래고래 소리를 질러댔다. 따발총 같은 그의 목소리는 전화선을 타고 워싱턴까지 흘러갔다. 링컨 컨티넨털은 완전히 고장이 났고, 굳어버린 닭 피를 제거하느라 사무실에서는 난리를 피우고 있었다. 하지만 그에게는 아직 캐딜락이 남아 있었다. 그는 그것을 레이맥스 주식회사의 처분 가능한 자산 가운데 하나로 생각했다. 비록 아내의 차이고 사업용으로 쓰인 적은 한 번도 없었지만.

전화기 반대쪽에서는 할란 스틱 상원의원의 조용한 목소리가 들려왔다.

"레이, 입 닥치고 내 말 듣게. FBI와 주 범죄수사국이 그 폭동을 조사하고 있네. 그건 우리가 알아서 처리할 거야. 하지만 내 말 잘 듣게. 휩스 상원의원이 이번 일을 알게 됐어. 이번엔 도가 지나쳤네, 친구. 자네는 전에도 이런 일을 겪었고 용케 빠져나갔지만 이번에는 그렇게 안 될 거야. 자네가 내 훌륭한 지원자라는 건 알아. 하지만 내가 해줄 수 있는 데도 한계가 있어. 솔직히 자네가 고속도로 노선을 따라 땅을 사놓았다는 사실에 나도 꽤 화가 났네. 휩스 상원의원이 말하더군. '난 레이 다전인지 뭔지 하는 그런 광대에게는 눈곱만큼도 관심이 없네. 고속도로는 그 녀석이나 여키스 카운티보다 훨씬 큰 사안이야.'라고. 바로 두 시간 전에 말일세.

거기서 일어난 일은 이제 전국적인 뉴스가 돼버렸어. 방송국에서는 칼라일 맥밀런과 그 친구들이 불도저 앞에서 시위하는 장면을 계속 방송하고 있네. 그리고 어떻게 된 일인지 그 미친놈—우린 그자가 조지 리딕이라고 생각하지—과 그의 인디언 부대가 전 국민을 사로잡아 버렸어. 백인의 어리석음에 맞선 마지막 반항이라나 뭐 그런 식으로 말이야. 제기랄, 게다가 세계 각국에서 그 새를 보호하라고 전화가 걸려오는 판이란 말일세. 교통위원회는 이번 프로젝트에 대해 회의적이고, 까딱 잘못했다간 고속도로가 폴스시티 근처 밀밭을 지나가게 생겼어."

레이 다전이 푸념을 늘어놓기 시작하자 그가 말을 가로챘다.

"레이, 내가 입 닥치고 들으라고 했잖나. 인디언들이 받아낸 가처분 명령 때문에 프로젝트가 최소한 육 개월은 중단될 것 같네. 그 땅은 자네 소유고, 내가 변호사와 이야기해 본 바에 의하면 도덕적으로 옳고 그르고를 떠나 법적으로는 모든 게 분명해. 즉 땅은 자네 것이고, 고분에서 나온 유물들도 자네 것이며, 법정에서도 결국에는 그런 방향으로 풀릴 걸세. 문제는 그게 아니야. 진짜 문제는 교통위원회가 지금 벌어지고 있는 저런 사건들의 영향을 받아 고속도로를 위치타(캔자스의 도시: 옮긴이)에서 끝내버리자고 제안할 수 있다는 거지. 특히 플로리다는 갑자기 늘어나는 인구로 몸살을 앓고 있고, 도로 공사를 위한 돈이 늘 모자란 상태니까.

설사 그렇게까지 되지 않는다 해도, 휨스 의원은 공사를 육 개월이나 지연시키는 것은 받아들일 수 없는 일이라고 했네. 그렇게 되면 금방 겨울이 오고, 결과적으로는 일 년 가까이 공사를 미루는 셈이 될 테니까. 지금 휨스 의원 주위에는 폴스시티와 리버모어 간 도로를 포함시킨 채 고속도로 노선을 바꿀 방법을 찾아내려고 밤낮으로 일하는 엔지니어들이 있어. 뭐 그렇게 되면 아주 이상한 모양의 도로가 되겠지만, 아마도 휨스 의원은 그런 방향으로 할 걸세.

내가 만약 자네라면 고속도로 걱정은 그만 하고 신상이나 걱정하겠네. 조지 리딕인지 하는 작자가 아직 어딘가를 어슬렁거리고 있고, 자네의 오랜 친구 칼라일 맥밀런은 주 검찰총장에게 자네와 친구들이 고속도로 노선을 따라 사둔 땅에 대해 이야기하고 있어. 솔직히 말하겠네, 레이. 자네는 지금 위험에 처해 있어. 아마도 이번엔 힘들 거야. 그리고 난 자네를 도와줄 수 없네. 도와주기는커녕 난 자네의 악행에 조금이라도 연루된 것처럼 보이고 싶지 않아. 분명히 경고했었잖나. 난 고속도로가 폴스시티와 리버모어를 지나가도록 노선을 변경시키느라 휩스 의원에게 무리한 부탁을 해왔단 말일세.

이제 내 말을 잘 듣게. 그동안 날 지원해 준 건 고맙지만 이젠 그만 갈라서야 할 것 같네. 더 이상 내게 전화하지 말게. 레이, 자네와 연락하고 싶지 않아. 내가 해줄 수 있는 충고는 일류 형법 변호사를 고용해서 이번 사태를 잘 헤쳐나가라는 거야. 참, 그리고 혹시 액셀 루커라는 사람을 만나거든 내게 그만 전화하라고 말해주게. 난 그가 플로리다로 은퇴를 하든 애리조나로 은퇴를 하든 도와줄 하등의 책임이 없으니까. 잘 있게."

일주일 뒤, 『하이플레인스 인콰이어러』는 다음과 같은 사설을 실었다.

사업가 겸 개발업자인 레이 다전이 울프벗과 인근 지역을 수족에게 양도하겠다고 결정한 것은 칭찬할 만한 일이다. 그러나 그로 인해 하이플레인스 고속도로 노선이 예정대로 진행될지는 미지수이다. 사실 현재로서는 고속도로 공사 자체가 불확실하고, 이는 우리 주의 경제적 미래를 걱정했던 사람들에게 실로 슬픈 소식이 아닐 수 없다. 환경에 대한 잘못된 애정을 가진 소수 과격분자들이 집단의 행복에 필요한 발전을 좌초시킬 수 있다는 사실이 유감스러울 따름이다.

제 22 장

새로운 시작

철거일을 몇 주 남겨두고, 집을 비워 줘야 할 날이 코앞에 다가오자 칼라일은 폴스시티의 한 변호사를 고용했었다. 그는 이 지역에서 일어났던 모든 토지 분쟁을 치러낸 변호사로 늙고 야비했으며, 대단한 입담의 소유자였다. 그는 법과 논리를 한 곳에 쑤셔넣어 법정 앞에 들이밀었고, 감히 의견을 내놓는 자가 있으면 칼라일에게 윌리스턴 플레이스에 대한 보상으로 1만 8,000달러를 지불하게 했다.

그들이 비명에 가까운 항의를 쏟아내자 변호사는 플라톤의 말을 인용한 다음, 성경 속의 상징으로 넘어가 야곱의 꿈을 언급했다. 결국에는 칼라일이 윌리스턴 플레이스의 바위 위에 누웠고, 그것을 자신을 위한 천국의 문으로 변화시켰다는 요지였다. 변호사는 칼라일을 이 지역의 가장 위대한 장인 가운데 하나라고 평가했던 『옵저버』를 보여주었다. 그러고는 257명의 사람들이 칼라일의 집을 보러 왔음을 주장해 주 정부로 하여금 마치 자신이 성 베드로 성당을 파괴하는 것 같은 기분이 들게 했다.

정부에서는 만약 칼라일이 그 집을 관광 센터로 사용하도록 허락해 준다면 그 정도 돈을 지불할 용의가 있다고 반박하며, 그곳이 여행객들에게 얼마나 좋은 인상을 남기겠냐고 설득했다.

그 말을 듣자, 칼라일의 머릿속에는 자신이 사포질해서 매끄럽게 다듬은 나무 위에 '릭+태미' 같은 글자가 새겨지고, 사람들이 연못가에 모여 떠들어대거나 송어에게 돌을 던지는 모습이 떠올랐다. 이 또한 그의 변호사가 알아서 처리했다. 그는 '스승에게 헌정한 기념관의 완전한 정화' 즉 오두막의 철저하고도 완벽한 파괴를 요구했다.

루이지애나와 아칸사스에서는 벌써 공사에 들어가 일정이 빠듯했다. 어쨌거나 뉴올리언스와 여키스 카운티에는 구조의 손길이 필요했다. 그리고 그의 집을 관광 센터로 사용하겠다는 조건 없이 보상금이 지불되었다. 변호사는 서류들을 쓰레기통에 넣은 후 칼라일과 악수를 나눴다.

"우리가 그놈들을 엿 먹였소."

변호사의 아내는 집 구조를 바꾸고 싶어했다. 변호사는 칼라일만 괜찮다면 집수리로 변호사 수임료를 대신하겠다고 했다.

코디 기념관을 비워주기 이틀 전, 수잔나와 칼라일은 상자에 짐을 꾸려 그녀의 집으로 날랐다. 칼라일은 리버모어에 사는 플래그스톤 댄스홀의 소유주와 협상한 끝에 그 낡아빠진 건물과 그 옆에 있는 작은 방갈로를 2만 달러에 구입할 수 있었다. 그것이 그의 다음 프로젝트였다.

그는 부지런히 발품을 팔고 꼼꼼하게 작업한다면 그곳을 수잔나와 자신을 위한 궁전으로 만들 수 있다고 생각했다. 작업실과 아트 스튜디오, 그리고 수잔나의 우편 주문 사업을 위해 쓸 방들이 있는 진짜 주택. 그러나 바닥은 손대지 않고 그대로 둘 것이다. 배관과 전기를 몇 군데 손보고 지붕을 고친 후, 겨울에 난방을 할 수 있는 임시 거처의 골조를 세웠다. 반년 후 수잔나의 집 계약이 만료되면 두 사람은 이곳으로 이사할 것이다.

그로부터 이 년이 지나 모든 것을 되돌아봤을 때 칼라일은 여전히 자기가 옳았다고 믿었다. 샐러맨더가 죽어가고 있다는 생각도 옳았고, 고속도로를 요리해 먹으려던 타락한 놈들을 막은 일도 옳았다. 또다시 그와 비슷한 상황에 놓이게 된다 해도, 그는 예전과 똑같이 행동할 것이다. 하지만 약간은 너무 성인군자인 체한 면도 없지 않았다. 그것이 좀더 솔직한 순간에 그가 내린 결론이었다. 수잔나가 그에게 말한 대로였다.

"칼라일, 세상에서 진정한 악을 찾기란 쉽지 않지만 바보들은 어디에나 있어요. 샐러맨더도 단지 그랬을 뿐이에요."

칼라일은 스스로를 악의 제국과 싸우는 독실한 전사의 위치로 승격시켜 버렸음을 알고 있었다. 사실 그가 진정으로 싸운 대상은 어떻게 살아남아야 할지 잊어버린 채 거머리 같은 마케팅 종사자들이 '좋은 삶'이라고 정의내린 것에 의해 착취당하는 수많은 보통 사람들이었다.

샐러맨더와 여키스 카운티는 결코 실현되지 않을 미래에 의지하고 있었고, 그것이 실현되지 않자 공황 상태에 빠져버렸다. 게다가 그는 이곳에 아직 좋은 점들이 많다고 생각했다. 고속도로 노선이 결정된 후 이곳을 떠날지 말지 고민할 때 그는 바로 그런 좋은 점들을 생각했다. 요즘 같은 때 어디에서 저런 일류 탱고를 듣겠는가? 그리고 여기에서는 아직도 많은 사람들이 그의 기술을 존경해 주고 있다. 비록 그의 의견은 싫어할지라도.

샐러맨더는 그에게 쌀쌀맞았지만 폴스시티와 다른 지역 사람들은 여전히 그의 노동에 후한 대가를 지불해 주고 있다. 방탄유리 너머의 종업원에게 돈을 지불하지 않고도 가스를 살 수 있고 수잔나, 인디언, 마시와 클로드 잉글리시 부부, 갤리, 게다가 오리맨이라는 용감한 남자도 있다.

이곳에서 그는 지금까지 그가 만났던 사람들 가운데 최고의 사람들을 만났다. 그들은 지혜와 용기를 가진 사람들이었고, 이는 버디 림스의 반짝이는 영리함이나 샌프란시스코의 하루살이 문화보다 훨씬 값진 것이었다. 이런 이유로 칼라일은 플래그스톤 댄스홀을 구입해 자신의 특기를 다시 한 번 발휘해 보기로 결정했다.

고속도로가 T-호크 숲과 울프벗 근처 인디언 고분을 피하기 위해 서쪽으로 살짝 몸을 틀면서 영양 국립공원 계획도 물거품이 되어버렸다. 공원이 들어설 예정이었던 액셀 루커와 갤리 데브루의 땅을 주 정부에서 구입한다는 계획도 무효로 돌아갔다. 농장을 차압당할 위기에 놓인 갤리는 학교를 중퇴할 수밖에 없었다.

수잔나는 칼라일에게 갤리를 찾아가 만나보라고 격려했다. 그녀는 칼라일과 갤리 모두에게 중요한 두 사람의 우정을 되찾아야 한다고 믿었다.

고속도로가 준공된 지 반 년 후, 대니스는 문을 닫았고 갤리는 폴스시티에 새로 생긴 베스트 웨스턴 모텔에서 레스토랑 매니저로 일했다.

칼라일이 그녀를 못 본 지 이 년이 넘었다. 느낌으로는 더 오랜 시간이 흐른 것 같았다. 많은 일들이 실제보다 훨씬 더 오래전의 일처럼 느껴졌다. 고속도로 전쟁과 수잔나가 그의 시간관념에 큰 틈을 만들어버리는 바람에 머릿속 주판은 고장이 나고, 그 두 가지 사건 이전에 있었던 일들은 실제보다 까마득히 멀게 느껴졌다. 그래서인지 베스트 웨스턴 모텔 레스토랑의 카운터에 앉았을 때 그는 갤리를 못 알아볼 뻔했다.

두 사람은 고속도로 전쟁 초기에 몇 번 만난 적이 있지만 두 사람 사이를 방해하는 뭔가가 있었다. 바로 고속도로였다. 그들의 대화와 서로를 바라보는 시선이 어디로 흘러가는지와 상관없이 고속도로가 그들을 갈라놓았다. 그리고는 질식시킬 듯한 겹겹의 강한 감정으로 그들의 관계를 눌러버렸다.

갤리는 그에게서 살짝 얼굴을 돌린 채 웨이트리스와 이야기하고 있었다. 그녀는 산뜻한 옷차림에 단정히 빗어 넘긴 머리를 하고 있었다. 그녀가 대화를 끝내고 주방으로 가려는 찰나, 칼라일이 말을 걸었다.

"여기 핫터키 샌드위치하고 으깬 감자 주세요."

그녀는 뒤를 돌아보고는 깜짝 놀라다가 이내 미소를 지었다.

"안녕, 칼라일."

그는 약간 어색해하며 그녀에게 잠시 시간을 내줄 수 있는지 물었다. 두 사람은 그의 트럭으로 갔고, 그는 친구로서 그녀가 그리웠다고 말했다. 그는 둘의 관계가 너무 급격히, 너무 냉혹하게 끝나버렸다는 점이 두 사람 모두에게 유감스러운 일이라고 생각했다. 갤리는 손으로 그의 볼을 쓰다듬었다. 그는 예전에 그녀가 지금처럼 그의 뺨을 쓰다듬으며, 눈물을 글썽인 채 이해한다고 말했던 때가 기억났다. 그는 오길 잘했다고 생각했다. 여전히 그의 뺨을 어루만지며 그녀가 말했다.

"칼라일, 우린 함께 멋진 시간을 보냈어요. 그리고 내가 당신의 상대가 될 수 없다면, 그게 수잔나라서 기뻐요."

그녀는 자신도 잘 지내고 있다고 했다. 그는 그녀의 말을 믿었다. 그녀는 악몽 같은 이혼의 기억을 피해 달라스에서 온 모텔 매니저와 사귀기 시작했는데 곧 약혼할 생각이라고 했다. 일이 잘 되면 수잔나와 칼라일에게 청첩장을 보내겠다는 약속도 했다. 그는 기꺼이 참석하겠다고 말했다. 그녀는 진지한 얼굴로 그를 바라보았다.

"칼라일, 고속도로는 샐러맨더에 전혀 도움이 되지 않았어요. 오히려 엄청난 해만 입혔죠. 당신의 예상대로 사람들이 폴스시티로 가 쇼핑하고 외식하기만 더 쉬워졌다니까요. 이게 말이나 돼요? 사람들은 한 송이에 10센트가 더 싸다는 이유로 64킬로미터나 떨어진 폴스시티까지 바나나를 사러 가요. 그로 인해 차가 닳고, 길거리에서 시간을 낭비하고, 기름이 소비된다는 생각은 못 하나봐요."

갤리가 말하는 동안 칼라일은 아무 말도 없었다. 갑자기 갤리가 킥킥거렸다.

"르로이의 앵무새 이야기 들었어요?"

칼라일은 고개를 저었다.

"내가 말해줄게요. 당신도 알다시피 몇 년간 매상이 계속 줄자 르로이는 손님을 다시 끌어들일 방법을 연구했어요. 한동안 토요일 밤마다 게이브를 고용한 것도 그 때문이었죠. 하지만 게이브가 너무 비싸다고 생각한 르로이는 확성기를 사용해 손님들을 즐겁게 해주자는 아이디어를 생각해 냈어요. 텔레비전에서 어떤 코미디언이 그렇게 하는 걸 봤나봐요. 그래서 그는 때때로 그 웃기는 확성기를 들고 사람들에게 무슨 무슨 피자가 준비됐다고 공고했어요. 문제는 당연히, 우리 모두가 알다시피 르로이가 절대 웃기는 코미디언이 아니라는 거죠.

얼마 지나지 않아 남자들은 르로이가 보고 있지 않을 때면 확성기를 서로 집으려고 쟁탈전을 벌였어요. 꼴사나운 걸 넘어서 꽤 기괴한 장면이었죠. 토요일 밤 아홉 시가 되면 남자들은 확성기에 대고 주크박스에서 흘러나오는 노래를 따라 부르기 시작했어요. 열한 시쯤에는 한층 더 악화돼 취객들이 서로 확성기를 가져려고 몸싸움을 벌였다니까요. 기껏해야 '이봐, 앨마, 여기 와서 잠시 내 거시기 위에 앉는 게 어때?'라는 말이나 하려고 말이죠. 길거리를 지나가는 사람의 귀에까지 똑똑히 들릴 정도였죠. 그래서 르로이는 확성기를 없애버렸어요. 그 다음으로 그가 생각해 낸 것이 난쟁이 던지기 게임이었죠. 들어본 적 있어요?"

칼라일은 믿기지 않는다는 표정을 지었다.

"뭘 던진다고요?"

"난쟁이요. 르로이가 발명해 낸 게 아니에요. 몇몇 시골에서 꽤 인기를 끈 게임이었나봐요. 그렇다고 올림픽 경기로 채택될 리는 없겠지만요. 르로이는 술집 한쪽 구석에 낡은 매트리스를 서너 개 쌓아두었어요. 내가 들은 바로는 누가 난쟁이를 제일 멀리 던지는지 시합하는 거였어요. 폴스시티에서 온 그 난쟁이는 본인이 가끔 게임을 개최하기도 했나보더군요.

경기가 열릴 때마다 당연히 핵 켄불이 최고 기록 소유자가 되었죠. 최소한 르로이스에서는 그랬어요. 마브 옴손은 그 사실을 원통해했지만, 리딕한테 발목을 다친 후 여전히 좀 절뚝거렸거든요. 그래서 핵의 상대가 되지 못했어요.

어쨌든 그 바보 같은 경기는 한동안 계속되다가 사람들에게서 너무 지나치다는 비난을 받기 시작하면서 판을 접었죠. 난쟁이 본인은 그런 경기를 한다는 사실에 크게 개의치 않는 것 같았지만요.

그런 일이 있은 뒤, 르로이는 한동안 병원에 입원해 있었어요. 그리고 거기서 베니라는 앵무새를 가진 정신과의사를 만나게 되었죠. 앵무새들은 굉장히 오래 사는 것 같아요. 최소한 몇 십 년은 끄떡없어서 앵무새를 키운다는 건 보통 일이 아니라는군요. 게다가 성격도 터프한가봐요. 르로이 말로는 발로 빗자루도 부러뜨릴 수 있대요.

그 정신과의사의 앵무새는 질투심에 사로잡혀 정신과의사 부인을 심하게 쪼아댔고, 그래서 정신과의사가 부인을 병원에 데려왔죠. 덕분에 다른 의사들도 다 그 상처들을 보게 되었고요.

르로이는 200달러에 그 앵무새를 사왔어요. 거의 공짜나 다름없는 거라고 하더군요. 르로이는 앵무새가 눈요깃거리가 되리라고 생각한 거죠. 한동안은 그랬어요. 처음 넘겨받은 날, 르로이는 베니를 데려와 의자 위에 앉혔어요. 르로이 말로는 베니가 즉시 바닥으로 뛰어내리더니 중얼거리면서 돌아다니기 시작했대요.”

이 이야기를 하면서 갤리는 눈물이 흐를 정도로 웃어대기 시작했다. 전염성이 강한 그 웃음은 칼라일까지 감염시켜 그역시 이야기를 끝까지 듣기도 전에 웃어댔다. 베니라는 이름의 앵무새가 르로이스 바닥 위를 걸어다니며 르로이처럼 투덜거린다고 상상하는 것만으로도 충분히 우스웠다.

“그런데 칼라일, 르로이가 데리고 있던 그 커다랗고 사나운 못생긴 수고양이 생각나요? 주크박스 위에 앉아 손님들에게 쉭쉭거리던 고양이 있잖아요. 기억나요? 르로이는 그 녀석을 바래그라고 불렀죠.”

칼라일이 고개를 끄덕였다.

“베니가 그곳을 시찰하며 바닥을 걸어다니던 그날, 바래그가 술집 안으로 어슬렁어슬렁 들어온 거예요. 새를 본 고양이는 배를 바닥에 붙인 채, 잦은걸음으로 걸어가는 고양이 특유의 자세를 연출하며 베니에게 살금살금 다가갔죠. 베니를 코앞에 둔 바래그가 막 덮치려는 순간, 갑자기 앵무새가 고개를 돌리며 고양이를 본 거예요. 그러더니 ‘안녕!’ 하고 소리를 질렀죠.”

갤리는 몸을 흔들며 깔깔거렸고, 칼라일도 마찬가지였다. 그는 운전대 위에 상체를 숙인 채 머릿속에 그려지는 모습에 숨이 넘어갈 듯 웃어댔다.

“르로이 말로는 막 돌진하려던 바래그가 ‘안녕!’ 이라는 소리를 들은 순간, 우뚝 멈춰선 채 뒤로 벌렁 넘어졌다는 거예요. 그러고는 뒷문을 향해 쏜살같이 도망가기 시작했대요. 로켓처럼 점점 더 속도를 내더니 방충망을 뚫고 나가버렸다는군요. 그게 벌써 석 달 전의 일이고, 그 후로 르로이는 두 번다시 바래그를 못 봤대요."

이쯤 되자 칼라일은 문에 몸을 기대고 손으로 얼굴을 가린 채 큰 소리로 웃어젖혔다.

"그럴 수가."

"기다려요. 아직 끝나지 않았어요."

갤리가 웃음을 참느라 꺽꺽대며 손수건으로 가볍게 눈가를 눌렀다.

"르로이의 바람대로 손님이 늘어났죠. 다들 바래그를 쫓아낸 앵무새를 보고 싶어했어요. 이내 술집에는 온갖 종류의 사람들이 몰려들어선 그레인벨트를 손에 든 채 베니의 다음 행동과 말을 지켜보고 있었죠. 아무도 자기에게 관심을 갖지 않으면 베니는 술집 안을 날아다니며 '여기 좀 봐! 여기 좀 봐!'라고 쉿소리를 질러댔어요.

알고 보니 베니는 정신과의사랑 살면서 아주 많은 것을 배웠더라고요. 사람들이 바에 앉아서 이야기하고 있으면, 베니는 천장에 매달린 버드와이저 간판 위에 앉아 그 사람들 말을 엿들었어요. 그러고는 대화에 끼어들어 '그건 당신 어머니 때문입니다. 그 부분을 해결해야 해요.'라고 말하면서 정신과의사 흉내를 냈대요.

다들 베니의 그런 말을 아주 재미있다고 생각했어요. 바비 에킨스만 제외하고요. 바비는 웬일인지 베니를 아주 싫어했죠. 그는 이렇게 말했어요. '난 여기 술 마시러 오는 거지 새 대가리한테 분석을 받으려고 오는 게 아니야. 그런 쓰레기 같은 분석은 르로이에게서 실컷 받고 있다고.' 르로이는 앵무새가 예민한 새고, 따라서 바비가 자신을 싫어하는 걸 알고 있다고 했어요.

어느 날 밤, 바비가 그레인벨트를 세 병째 마시고 있는데 베니가 바 위를 걸어다니더니 바비에게서 1미터쯤 떨어진 곳에 멈춰 서서 그를 빤히 바라보았죠. 그러고는 고개를 약간 우스꽝스럽게 비튼 채 눈을 깜빡이며 '아악, 안녕!'이라고 했어요."

갤리는 앵무새의 행동을 그대로 흉내냈다. 칼라일은 다시 웃어젖히며 머릿속으로 앵무새 베니와 비료회사 모자를 쓴 바비 에킨스의 대결을 그려보았다.

"바비는 '당장 내 앞에서 꺼져, 이 거지 같은 새야!'라고 말하며 맥주 속에 손가락을 담가 베니에게 뿌려대기 시작했죠. 그 자리에 있었던 사람들 말로는 정말 볼 만했다는군요. 그러자 순식간에 베니가 부리로 바비의 귀를 물고는 절반쯤 뜯어놓았대요. 르로이가 베니를 붙잡고, 베니는 바비의 귀를 질겅질겅 씹어대고, 바비는 피를 흘리며 비명을 지르고 울었죠. 정말 난리가 났었나봐요.

바비는 다시 귀를 붙였지만 보기 싫은 빨간 흉터가 남았고,

귓불이 우스꽝스럽게 덜렁거렸죠.

르로이는 마침내 베니를 없애기로 결심하고 애완동물 가게에 보내버렸어요. 바비는 더 이상 르로이스에서 술을 마시지 않았고요. 다른 사람들이 그를 놀리는 소리가 듣기 싫어서였죠. 사람들은 그 앵무새를 '바비의 새'라고 불렀고 '자네와 앵무새라면 좋은 팀이 될 수 있을 거야, 바비. 아악, 독수리가 아닌 게 얼마나 다행인가.'라는 식으로 빈정거렸으니까요."

칼라일은 여전히 고개를 흔들며 눈물을 닦았다.

"요즘 르로이는 어떻게 지내요?"

"한동안 소식을 못 들었어요. 게이브, 확성기, 난쟁이 던지기, 앵무새 이후 르로이는 이제 모든 걸 접을 때가 되었다고 결심했죠. 한 달 전쯤 술집을 닫았어요. 하지만 마지막 토요일 밤에 송별회를 가졌죠. 나도 거기 갔었는데 정말 즐거웠어요. 솔직히 당신과 거기서 보냈던 행복한 시간들이 자꾸 떠오르더군요. 괜한 옛이야기를 끄집어내려는 게 아니라 단지 사실대로 이야기하는 거예요.

그건 그렇고, 르로이스 송별회에서 많은 사람들이 당신에 대해 묻더군요. 마을 사람들은 고속도로에 대한 당신의 주장은 좋아하지 않아도 당신이 자신의 신념을 주장한 것에 대해서는 존경하고 있거든요. 많은 사람들이 그렇게 말했어요. 핵켄불마저 당신이 자기가 지은 집을 구하려고 동분서주하던 그 무렵에 당신을 때린 일을 조금은 후회하게 되었다고 말했는 걸요. 물론 T-호크 이야기는 빼고요. 핵에게 그것까지 기대할 순 없겠죠.

어쨌든 송별회는 즐거웠어요. 비니 위커스까지 슬금슬금 들어오더군요. 난 휴이의 칼부림 때문에 남자 구실을 못하게 될 뻔한 비니를 당신이 구해준 이후로 그를 보지 못했어요. 송별회가 끝나기 전에 비니와 휴이는 악수를 나누고 함께 맥주를 마셨죠. 하지만 휴이는 거기까지만이라고 했어요. 비니가 프랜과 춤추는 건 허락하지 않았거든요. 내가 본 바에 의하면 그 사이 프랜은 협동조합 매니저와 몸을 밀착시킨 채 춤을 추며 그에게 눈을 깜빡거리더군요."

다시 레스토랑으로 돌아갈 채비를 하던 갤리가 갑자기 심각한 얼굴로 말했다.

"칼라일, 레스터 가게 이층에 살던 다리 불편한 노인 기억해요? 매일 대니스에 점심을 먹으러 와서 신문을 읽던 할아버지요."

칼라일은 누구를 말하는 건지 알 수 있었다. 이층 창문에서 샐러맨더 마을의 몰락과 쇠퇴를 지켜보던 노인.

"반 년 전쯤 계단에서 굴러 성한 다리마저 부러지고 말았어요. 사람들은 할아버지를 여키스 카운티 요양소에 집어넣었죠. 달리 갈 곳이 없었거든요. 그 돈만 밝히는 버니 변호사가 할아버지를 건물에서 쫓아내고 요양소 사람들에게 할아버지가 그곳에 머물러야만 한다고 설득했죠. 그 뒤로 그 건물에 부티크를 입점시켰지만, 당신 말대로였어요. 샐러맨더는 루르드(성모 마리아의 발현지: 옮긴이)가 아닌걸요. 기계로 만든 퀼트와 옥수수 껍질로 만든 인형을 사려고 다른 주를 가로질러 9.6킬로미터나 달려오는 사람은 없어요. 한 반 년 정도 가더군요. 들리는 말에 의하면 세실 맥클린이 거기 투자했다가 돈을 날렸다고 해요.

어쨌든 나는 이 주일에 한 번씩 그 할아버지를 찾아가요. 가여워 죽겠어요. 나름대로 꽤 명석한 분이셨는데 요양소에서 약물과 텔레비전에 절어 사느라 거의 식물인간처럼 변해버렸어요.

내가 아는 할아버지는 자기 이야기를 많이 늘어놓는 분이 아니셨어요. 그런데 지금은 아주 절망적인 모습으로 추억이 얽힌 물건들을 간직해 두는 낡은 구두 상자만 하루종일 뒤적이고 있죠. 내게도 2차대전 때 네덜란드 안헴 다리 전투에서 싸운 뒤 받은 은색 별 모양 훈장을 보여주셨어요. 그날 독일군 세 명을 죽이고, 다리에 폭탄의 작은 파편이 박혔다고 하더군요.

그런데 이 잘난 나라는 그런 분을 시골 요양소에 처박아두고 마치 물건 다루듯 하는 걸로 감사 표시를 하고 있죠. 재향군인회에는 대기자 명단이 너무 길어서 갈 수가 없나봐요. 설령 거기 간다 해도 별로 나을 것 같지는 않지만요. 시간이 나면 한번 들러서 인사해요, 칼라일. 그분은 아주 절박해요. 눈동자가 그렇게 말하고 있는걸요."

리버모어로 차를 몰고 가는 동안, 그의 오랜 분노가 다시 치솟았다. 대체 이 나라는 어떻게 되어가고 있는 걸까? 그가 스스로에게 수천 번도 넘게 던진 질문이다.

지금 이 세상에는 돈이 넘쳐나고 있다. 그저 점프슛을 잘하는 것 외에 대단치도 않은 사람들의 맹렬한 지지자들이 150달러짜리 농구화를 아무렇지도 않게 사들이는 실정이다. 하지만 정작 노인들, 죽어가는 갓난아기, T-호크, 그리고 사람들의 관심이 필요한 다른 일들에는 아무 돈도 쓰이지 않고 있다.

칼라일은 수잔나와 이 일을 상의했다. 며칠 뒤, 그는 요양소라는 이름조차 아까운 수용소로 차를 몰았다. 사람들의 관심에서 멀어진 노인들은 침을 흘리며 계속 뭔가를 중얼거리고 있었다. 정말로 몸에 이상이 있어서 그런 사람도 있고, 이곳에 온 후로 그렇게 된 사람도 있었다.

칼라일은 노인을 발견했다. 그는 지팡이에 몸을 기대고 선 채 침대 신세를 지고 있는 다른 노인 두 명과 함께 쓰는 방에서 창밖을 내다보고 있었다. 퀴퀴한 냄새가 나는 방의 창문은 방충망 위로 굵은 철조망이 덧대어져 있었다.

"전 칼라일 맥밀런입니다. 절 기억하실지 모르겠지만, 대니스에서 뵙곤 했었는데."

고개를 끄덕이는 노인의 얼굴이 약간 밝아졌다.

"아, 그럼 물론이지. 누군지 알고말고, 칼라일 맥밀런 씨."

그는 많이 지치고 쇠약해 보였다. 실내용 슬리퍼, 더러운 바지, 팔꿈치가 헤진 때묻은 셔츠.

"부러진 다리는 좀 어떠세요?"

"아주 좋아지고 있다네. 하지만 이젠 아무 데도 갈 곳이 없으니 좋아져 봤자 별볼일없지. 버니와 그 일당들이 내 아파트를 뺏어버렸거든. 그게 내가 가진 전부였는데. 난 곤경에 처했다네. 다른 사람에게는 아무 일 아닐지 몰라도 내겐 큰일이니까."

두 사람은 밖으로 나와 산책을 하다가 잠시 햇빛을 쬐며 앉았다. 날씨며 이런저런 이야기를 나누던 칼라일은 노인의 마음이 점차 깨어나는 것을 느낄 수 있었다. 그의 말투는 점점 또렷해졌고, 거칠면서도 유머러스하고, 반은 철학자 같은 태도로 세계 정세에 대해 이야기하기도 했다. 갤리가 말한 대로 그에게는 다듬어지지 않은 총명함이 있었다.

칼라일은 그와 수잔나가 벌이고 있는 댄스홀 개조 작업에 대해 이야기했다. 노인의 얼굴이 환해졌다. 그는 자신이 그 댄스홀에서 많은 시간을 보냈으며 어느 토요일 밤에 거기서 아내를 만났다고 말했다.

칼라일이 물었다.

"당구에 대해 좀 아세요? 포켓이 없는 테이블, 스리볼, 큐볼, 스리쿠션, 캐롬 같은 거요."

예전에 갤리가 이 노인이 당구의 귀재라는 이야기를 해준 적이 있었다. 몇 년 전 주에서 열린 스리쿠션 당구 게임의 챔피언이었고, 가끔씩 노잣돈이나 벌기 위해 샐러맨더에 들르는 내기 당구꾼들의 주머니를 정기적으로 털곤 했었다고. 노인의 주름진 얼굴에 미소가 떠올랐다.

"옛날에는 당구대 앞에서 살았지. 내 첫 차도 그렇게 장만했는걸. 1938년에 여자 속옷을 팔고 다니는 세일즈맨에게서 차를 따냈지. 그 사람은 큐를 내려놓고 게임을 포기해야 할 때가 언제인지 통 몰랐거든.

요즘엔 진짜 당구대를 찾기가 힘들어. 요새 펩시 세대들에게 정식 당구 게임은 너무 어려우니까. 그애들이 하는 건 당구도 아니라고."

칼라일이 미소 지으며 말했다.

"이렇게 하면 어떨까요. 요즘 집 고치는 데 필요한 재료를 모으러 다니다가 리드빌에 있는 한 술집에서 낡고 커다란 당구대를 발견했어요. 석판은 완벽하고, 쿠션 상태도 양호한데 펠트는 다시 깔아야겠더군요. 손으로 만든 아주 아름다운 마호가니 당구대예요. 몇 년간 캔버스 천에 덮인 채 썩고 있었죠. 50킬로그램은 나가겠지만 분해해서 가져올 겁니다. 댄스 플로어 한쪽에 공간이 충분하니까 거기다 들여놓으려고요. 그 바로 옆에는 작은 집이 한 채 있어요. 사실은 방갈로라고 해야죠. 옛날에 댄스홀 매니저가 살던 곳이에요. 제가 댄스홀을 살 때 그 집도 함께 샀거든요.

탱고 연주자 게이브가 요새 사정이 힘들어져 살 곳이 필요하다는 이야기를 들었어요. 할아버지도 마찬가지고요. 두 분이 그 작은 집에서 함께 사시면 어떨까요? 게이브는 가끔 음악을 연주해 주는 걸로 집세를 대신하고, 할아버지는 저한테 당구를 가르쳐주시는 걸로 생계를 꾸려나가시면 될 거예요.

원하신다면 집수리를 도와주셔도 되고요. 사포질이랑 다른 마무리 작업이 아주 많거든요.

억지로 하실 필요는 없고, 마음이 내키시면 하세요. 이곳 사람들과도 상의해 봤는데 그 사람들은 좋다고 했어요. 여기 들어오고 싶어하는 사람들도 많고, 게다가 할아버지는 안정제를 안 드시고 이곳에 비협조적인 걸로 유명하시더군요. 어떻게 생각하세요?"

노인은 눈물을 글썽이며 칼라일을 바라보았다. 칼라일의 눈도 약간 젖어 있었다.

"제일 먼저 배워야 할 건 제대로 큐를 잡는 법이지. 대부분의 사람들은 그걸 몰라. 당구란 말이지, 물리학과 기하학, 기술과 사기의 게임이거든. 당신하고 잘 맞을 걸세. 안 그런가, 맥밀런 씨?"

칼라일은 고개를 끄덕이며 큭큭 웃었다.

"그 낡은 방갈로를 사람이 살 만한 곳으로 바꾸어놓으려면 며칠은 걸릴 겁니다. 일주일 후에 제가 다시 오면 어떨까요. 아침 일찍요. 할아버지도 짐을 싸고 사람들과 작별인사를 나눌 시간이 필요할 테니까요."

노인은 앉아 있던 벤치를 지팡이로 탁탁 내려쳤다.

"그 두 가지는 이삼 초면 끝난다네. 그때까지는 준비되고도 남지."

노인은 흐느끼기 시작했다.

"맥밀런 씨, 뭐라고 해야 할지 모르겠소. 난 여기서 죽어가고 있었다네. 아직 죽을 준비도 되지 않았는데 말이오. 죽을 때까지 형편없는 커스터드 푸딩과 흰 가운을 입은 덩치 큰 직원들만 보고 살겠구나 포기하고 있던 참에 이렇게 당신이 나타나 좋은 제안을 해주다니 말이오."

노인은 소리 내어 목청껏 울기 시작했다. 눈물을 통해 그의 절망도 함께 밖으로 흘러나갔다. 칼라일은 다가가 노인의 팔을 잡았고, 노인은 오른쪽 바지 주머니에서 꼬깃꼬깃한 푸른 손수건을 꺼내 눈가를 눌렀다. 노인은 여전히 흐느끼는 목소리로 간신히 입을 열었다.

"사실 여기서 나눠주는 알약들을 모두 모았다가 한번에 다 먹어버릴까 생각도 했었지. 노망이라도 걸리지 않는다면 말일세."

그는 지팡이를 가리키며 말을 이었다.

"준비하고 기다리겠네, 맥밀런. 소지품들을 가지고 저기 앞쪽 포치에 서 있겠네. 당신을 도와 댄스홀을 다시 지을 생각을 하니 정말 흥분되는구먼. 아마 플로어 곳곳에서 내 발자국을 발견할 수 있을 걸세. 함께 당구대를 만드는 일도 돕겠네. 전에 해봤으니까."

칼라일은 미소를 지으며 좀더 대화를 나눈 뒤 "그럼 며칠 뒤에 올게요."라고 작별 인사를 했다.

다음 주, 칼라일이 다시 찾아왔을 때 노인은 완전히 달라져 있었다. 칼라일이 주차하는 동안 포치에 서 있는 노인은 말끔히 면도한 얼굴에 깨끗한 셔츠와 바지 차림이었다. 그의 발

옆에는 갈색 줄무늬에 한쪽이 찌그러진, 빛바랜 작은 마분지 수트케이스가 놓여 있었다. 낡은 구두 상자 네 개는 새끼줄로 묶인 채 수트케이스 옆에 쌓여 있었고, 상자 위에는 군용 헬멧이 놓여 있었다.

칼라일은 노인을 부축해 트럭 안에 앉힌 다음, 노인의 물건을 운전석과 보조석 사이에 두었다.

"저 친구는 덤프 트럭이에요."

칼라일이 씩 웃으며 뒷좌석에 늘어져 있는 수고양이를 턱으로 힐끗 가리켰다.

"전에 덤프 트럭을 만난 적이 있지. 몇 년 전 당신 집에서 오픈 하우스가 열렸을 때였어. 그때 우린 당신이 만든 연못가에 앉아 있었지. 잠시 이야기도 나누고, 하늘을 날아다니는 작은 매들도 감상했지. 그때도 그랬지만 지금도 난 이 녀석이 마음에 든다네."

노인은 손을 뻗었다. 덤프 트럭은 킁킁거리며 손의 냄새를 맡더니 의자에서 내려와 노인의 수트케이스 위에 올라가 가릉거렸다. 칼라일은 기어를 바꿔 여키스 카운티 요양소에서 빠져나왔다. 노인은 덤프 트럭을 쓰다듬으며 당구대에 대해 이야기했다.

"당구대를 만들 때 가장 어려운 일은 석판을 고르게 다듬는 거야. 한 치의 오차도 없이 평평해야만 하거든. 그게 안 되면 정확한 당구 게임을 할 수 없으니 말이야. 기하학, 물리학, 기술과 사기를 제대로 적용할 수 없는 거지. 그리고 당구는 그 네 가지가 전부라고 할 수 있지, 맥밀런. 석판을 고르게 다듬고, 정확한 경기를 하는 것. 그렇고말고. 매사에 그게 제일 중요한 법이지."

제 23 장

달빛 탱고

뉴올리언스에서 시작된 황혼녘
의 고속도로는 북서쪽으로 구부러지며 캘거리까지 내달린다.
고원 지대를 가로지르고, 짧은 풀숲과 얇은 토양층을 넘고, 도
로를 따라 점점이 흩어진 작은 마을들과 낮은 구릉을 지난다.

여행객들은 종종 U자형 곡선을 그리는 여키스 카운티의
고속도로를 화제에 올리곤 한다. 동쪽으로 방향을 틀어 폴스
시티와 리버모어를 지난 다음, 북쪽으로 달리다가 돌연 서쪽
으로 6.5킬로미터 가량 달린 후 다시 북쪽으로 방향을 튼 고
속도로는 마치 변덕쟁이가 아무렇게나 노선을 결정한 것 같
았다.

고속도로 위쪽으로 25킬로미터쯤 떨어진 곳에 샐러맨더라는 마을이 있다. 지금은 몰락한 것이나 다름없는 이 마을이 42번 도로의 출구다.

샐러맨더로 나가 42번 도로에서 빠져나온 다음, 붉은 비포장도로를 따라 북쪽으로 달리면 작은 매들이 황혼 여행을 위해 날아오르는 작은 숲을 지나게 된다. 작은 숲의 새들은 고속도로 전쟁에서 간신히 살아남았다. 새들을 포획해 숲에서 멀리 떨어진 샌디에이고 동물원으로 데려가 특별 양육 프로그램을 실시할 거라는 말도 있었다. 미국 대륙을 통틀어 다 자란 좋은 단 네 마리밖에 없었기 때문이다. 매들의 숲 맞은편 언덕에는 폐허가 된 집 한 채가 서 있다.

비가 오면 찰흙처럼 끈끈해지는 비포장도로를 좀더 올라가면 길에서 1.5킬로미터 떨어진 곳에 하나의 암석으로 이루어진 울프벗이라는 낮은 산이 나타난다. 낮게 드리운 구름이 가로질러 가면 울프벗의 주름진 하얀 얼굴은 군데군데 흐릿해진다. 당신은 차를 세우고 차 밖으로 나온다. 가장 가까운 마을조차 몇 킬로미터나 떨어져 있는 곳. 잠시 그곳에 서 있어본다.

느긋한 바람이 불어왔다가 지나가고, 다시 분다. 당신이 서 있는 곳에서 남쪽으로 서른 번째 떨어진 울타리에 앉아 있는 한 마리 매가 보인다.

이곳은 신성한 땅이다. 스위트 메디슨도 그렇게 말했다. 당신도 그 말을 믿게 될 것이다. 혼자 이곳에 오게 된 사람이라면 누구나 그렇게 믿었다. 이곳에서 당신의 존재를 알아줄 만한 것은 아무것도 없다. 당신이 살았든 죽었든, 돈을 꼬박꼬박 지불했든, 따뜻한 멕시코 해변에서 춤을 추고 그 후에 사랑을 나누었든 그런 일에는 관심도 없다. 이곳에 있는 것은 정적과 바람뿐. 그리고 그들은 그런 일에 신경 쓰지 않는다. 당신이 떠난 후에도 자신들은 오랫동안 여기 남을 것이기 때문이다. 그들은 그 사실을 분명히 알고 있다.

구름이 걷히고 또 다른 구름이 다가오지 않는다면, 아마도 울프벗 꼭대기를 따라 움직이는 희미한 물체를 볼 수 있을 것이다. 당신에게 좋은 쌍안경, 다중 코팅된 렌즈에 다른 모든 것을 갖춘 최고급 쌍안경이 있다면, 그 물체가 실은 한 여자라는 사실을 알 수 있을 것이다. 멀리 떨어진 데다 안개까지 드리워 있어 그녀의 모습은 분명치 않다. 그러나 그녀가 양팔을 들어올린 채 천천히 몸을 돌리며 춤추는 모습은 볼 수 있을 것이다.

길게 드리워진 적갈색 머리칼은 그녀의 맨어깨를 간질이고 벌거벗은 등의 느긋한 곡선을 어루만지며 그녀가 움직일 때마다 조용히 출렁인다. 하지만 아무리 좋은 쌍안경이라도 그녀의 왼손에 끼워진 오팔반지라든가, 그녀의 허리에 둘러진 은색 벨트, 그녀의 목걸이에 달린 은색 매는 볼 수 없을 것이다. 구름이 다시 울프벗에 드리우면 그녀는 사라져버린다. 그러나 그녀 뒤로 6미터쯤 떨어진 곳에 있는, 당신의 시야에 잡히지 않는 검은 눈동자는 여전히 그녀를 볼 수 있다.

지금 당장 이곳을 떠나는 게 좋을 것이다. 당신이 본 것에 대해서 아무 말도 해서는 안 된다. 어차피 그건 마음이 만들어낸 환영일지 모르니까. 환영이 아니라 해도 우린 그 문제에 관여할 수 없다. 그것은 기병대들이 리틀빅혼으로 향하는 길에 이곳을 지나기 오래전부터 알려진 사실이다. 아주 오래전부터 알려진 사실.

그 도로를 따라 400미터만 더 가면 도로에서 20미터 떨어진 풀밭 위에 세워진 표지판을 볼 수 있을 것이다.

수족 소유지. 접근 금지.

당신은 옆 사람을 바라보며 말한다.

"점점 어두워지고 있어. 좀 전에 우리가 지나온 베스트 웨스턴 모텔로 돌아가자. 그 마을 이름이 뭐였더라? 폴스시티였던가? 가이드북에는 그 모텔에 레스토랑도 딸려 있다고 했어. 가이드북에 또 뭐라고 써 있었는지 알아? 이곳에 얽힌 온갖 신기한 전설이 소개되어 있었어. 늦은 밤이면 울프벗 정상에서 불꽃이 타오르는 걸 볼 수 있다는군."

옆 사람은 이렇게 대답한다.

"그래, 돌아가자. 여긴 왠지 <u>으스스</u>하다."

당신은 고개를 끄덕이며 당신이 본 것 혹은 당신이 쌍안경으로 봤다고 생각하는 것에 대해서는 아무 말도 하지 않는다.

리버모어를 지나가는 고속도로 근처의 한 호숫가에는 오래된 댄스홀이 자리 잡고 있다. 여름에 나무로 만들어진 덧문이 활짝 열려 있으면 댄스홀로 들어갈 수도 있다. 그곳에 서서 호수를 내다보고, 고속도로를 따라 남북으로 움직이는 차량의 불빛도 볼 수 있다.

오늘밤에도 나무 덧문이 열려 있고 어디선가 음악이 들렸다. 한 노인이 댄스 플로어에서 약간 떨어진 객석의 이층 어둠 속에 앉아 있었다. 노인 앞의 테이블 위에는 와일드 터키 한 잔이 놓여 있고, 코디 로버트 맥밀런이라는 이름의 예쁘장한 소년이 노인의 무릎 위에 앉아 있다. 노인의 술잔 옆에 앉아 오른쪽 앞발을 핥고 있는 고양이는 노인이 쓰다듬자 가릉거리는 소리를 냈다. 고양이는 자신의 털을 움켜쥐려는 소년의 주먹과 적당한 간격을 두는 것을 잊지 않는다. 소년은 계속 팔을 뻗으며 거품이 맺힌 입으로 "냐옹아."를 연거푸 불러댔다.

노인은 미소 지으며 버니라는 이름의 변호사와 그 일당들에게 쓰려고 구두 상자 속에 감춰두었던 수류탄을 생각했다. 칼라일 맥밀런이 요양소에서 구출해 주었을 때 그는 수류탄을 그곳에 있던 동료에게 주었다. 혹시 일이 꼬일 경우를 대비해서. 동료 역시 전직 군인이었기에 미소를 지으며 수류탄을 받았다. 그러고는 필요한 때가 오면 잘 쓰겠노라고 말했다.

칼라일 맥밀런이 플래그스톤 댄스홀을 고치기 시작한 지

삼 년째 접어들고 있었다. 그는 앞으로 마쳐야 할 외부 작업들을 감안할 때 완성되려면 앞으로 이 년 혹은 그 이상이 걸릴 것으로 예상하고 있다. 하지만 오늘밤은 수잔나 벤턴의 요청에 따라 일손을 멈추고 휴식을 취하는 중이다. 수잔나는 축하 파티를 준비하고 있다. 특별한 이유는 없다. 단지 호수 위를 가로지르는 달빛을 축하하기 위해서이다.

댄스 플로어 동쪽 끝에는 세상에서 가장 훌륭한 당구대 가운데 하나가 놓여 있다. 다시 손질하고 다듬어 만든 당구대는 가로 1.5미터, 세로 3.6미터의 넓이였다. 노인은 그 당구대가 1938년 자신이 처음으로 차를 마련한 내기 당구를 했던 바로 그 당구대가 틀림없다고 확신했다.

칼라일의 당구 솜씨는 날로 늘어갔다. 당구란 원래 빠른 시일에 배울 수 있는 게임은 아니지만 그럼에도 그의 실력은 계속 좋아지고 있었다. 그는 기술과 물리학, 기하학은 통달했지만 노인의 말대로 결정적인 순간에 사기를 치는 부분이 서툴렀다.

하지만 칼라일은 다른 프로젝트들을 진행하느라 필요한 만큼 연습 시간을 가질 수 없었다. 정기적으로 하는 목수일과 댄스홀 개조 작업 외에도 그는 가구 생산을 하고 있었다. 여키스 카운티의 자치단체와 손잡고 요양소에서 거동이 가능한 노인들에게 마무리 작업을 맡겼다. 힘든 일은 아니고 단지 손이 많이 가는 세세한 작업들이었다.

몇몇 노인들은 병상에 누워서까지 일에 열중했다. 그들은 뭔가를 성취해 낼 수 있는 도전적인 일을 사랑했다. 칼라일은 언제나 최고의 품질을 요구했고, 제대로 해야 한다고 강조했다. 그래서 노인들은 제대로 하는 법을 배워갔으며 노인들에게는 상당한 액수의 임금이 지급되었다. 그 가운데 일부는 기금으로 마련돼 요양소 식사의 질이 현격히 좋아지는 데 기여했다. 칼라일은 이 일에서 나오는 얼마 안 되는 돈을 특별 계좌에 저축했다. 그는 언젠가 여키스 카운티 노인들을 위한 더 나은 요양소를 지을 거라고 말했다. 혹시라도 나중에 늙어 그가 요양소에 들어가야 할 때를 위해서.

그 외에도 칼라일은 책을 쓰고 있었다. 그는 제목을 『보물 찾기: 새로운 삶을 위한 낡은 물건들』이라 정하고, 지방 출판사와 계약을 맺었다. 책에 들어갈 사진이 필요했으므로 칼라일은 중고 35밀리미터 니콘을 한 대 사서 직접 사진을 찍고 다녔다. 그는 사진에 천부적인 소질이 있는 듯했다. 심지어는 수잔나도 그렇게 말했을 정도였다. 요즘 칼라일은 시골을 돌아다니며 낡아빠졌지만 다시 살아날 수 있는 모든 것들을 찍고 다녔고 댄스홀 한쪽 구석, 예전에 손님의 코트를 보관해주던 그곳에 암실을 마련했다.

그 밖에도 칼라일은 고속도로 건설을 둘러싼 마지막 사악함까지 완전히 소탕하는 일에 시간을 쏟았다. 그 문제에 관한 한 그는 결코 포기하지 않았고, 검사가 노선을 따라 구입된 의심스러운 땅을 모두 조사할 때까지 계속 밀어붙였다. 그 과정에서 세 명이 사기와 공모 혐의를 받았다. 그들 모두 집행

유예로 풀려났지만, 두 사람은 엄청난 벌금과 불명예로 인해 파산하고 말았다. 레이 다전은 유죄 판결 직후 뇌졸중으로 쓰러졌고 후에 애리조나로 이사를 갔다. 그제야 칼라일은 그 일에서 손을 뗐다.

칼라일의 어머니 윈 맥밀런은 손자가 생긴 이후 정기적으로 이곳을 방문했다. 그럴 때마다 두 모자는 포도주를 들고 호숫가로 나가 조용히 건배를 했다.

"고대의 밤들과 멀리서 들려오는 음악을 위해."

윈은 술잔을 치켜들며 언제나 그렇게 말했다. 오래전 칼라일의 아버지에게서 들었던 그 말 그대로.

갤리와 모텔 매니저의 관계도 잘 풀렸다. 그녀의 왼손에는 다이아몬드반지가 끼워졌고, 결혼식은 한두 달 뒤로 다가왔다. 가끔씩 칼라일은 차를 몰고 갤리가 일하는 레스토랑을 찾아갔다. 그는 스툴 위에서 몸을 천천히 앞뒤로 흔들며 새로 생긴 고속도로 위를 내달리는 차 소리에 반쯤 취해 있었다. 그러면 갤리 데브루가 칼라일 맥밀런에게 미소를 보냈다.

손님이 별로 없을 때면 둘은 커피를 마주 놓고 예전처럼 이야기를 나눴다. 칼라일이 고치던 집에 쌓여 있던 재목 위에 앉아 이야기를 나눴던 때처럼. 그런 때가 있었다. 밖에서 눈보라가 치는 동안 둘은 벽난로를 응시하며 서로의 인생에 대해 이야기하고, 모든 것을 무너뜨리는 시간의 흐름을 막아보려고 애쓰다가 결국 사랑을 나누었다.

그러나 오늘밤, 댄스홀에서는 음악 소리가 들렸다. 댄스홀 주위에는 재목과 조명기구들, 그리고 원래 설치되어 있는 것보다 훨씬 좋은 아궁이가 있었다. 칼라일은 자신에게서 도제 수업을 받고 있는 리버모어 청년과 함께 겨울이 오기 전에 아궁이를 설치할 계획이었다. 하지만 지금은 여름이었고, 호숫가에서 시원한 바람이 불어왔다.

호숫가에 면한 댄스홀 벽 높은 곳에 현판이 걸려 있었다. 베스타의 상징이 조각되어 있는 바로 밑에는 '코디를 위해서'라고 새겨져 있었다. 불도저에게 박살나기 전에 칼라일은 코디 기념관의 문에서 이 부분을 잘라내 가져왔다.

게이브 오루크는 이제 꽤 나이를 먹었지만 늙은 단짝 친구와 파리 시절에 대해 이야기하거나 자신들의 방갈로 벽을 무슨 색깔로 칠할 것인지 말싸움을 벌이며 즐거운 시간을 보냈다. 다른 사람들이 댄스홀 보수 공사를 하고 있는 동안, 게이브는 아코디언으로 망치질과 가끔씩 들리는 부드러운 욕설에 어울리는 배경음악을 깔아주었다. 하루는 칼라일이 게이브를 위해 호숫가 근처에 간이의자를 가져다두었고, 덕분에 게이브는 반쯤 물에 잠긴 덤불 근처에서 작은 물고기들을 낚을 수 있었다. 게이브는 물고기가 미끼를 물 때 찌가 춤추는 모습을 바라보는 걸 좋아했다. 늦은 오후, 늙은 단짝 친구가 다리를 절뚝이며 그를 데리러 오면 두 사람은 그날 잡은 물고기에 감자튀김을 곁들여 저녁을 먹었다.

게이브는 여전히 탱고 연주를 사랑했다. 가끔씩 늦은 밤이면 늙은 단짝 친구는 아코디언 연주를 해달라고 부탁했다.

그러면 게이브는 파리에 관한 노래들을 달콤하게 연주했다. 연주하면서 단짝 친구가 창가로 걸어가 호수를 내다보며 자신이 바라보고 있는 줄도 모른 채 눈가를 닦는 모습을 지켜보았다.

수잔나는 가끔 행선지를 밝히지 않은 채 혼자 여행을 떠나곤 했다. 두 노인은 그 일에 대해 칼라일에게 아무 말도 하지 않았다. 그들은 약간 이상하다고 생각했지만, 요즘은 세상이 많이 달라졌고 따라서 남녀 관계도 그들이 살던 시대와는 다를 거라고 짐작했다.

하지만 어쨌든 수잔나는 이곳에 머무는 시간이 더 많았다. 두 노인은 칼라일이 하루 일을 마치고 '킨케이드 사진전. 워싱턴 벨링햄.'이라는 붉은색 글씨가 찍힌 낡은 트럭에서 내려 귀가할 때의 수잔나 얼굴을 지켜보는 것을 좋아했다. 그녀는 트럭이 있는 곳까지 마중을 나가 그를 껴안고, 그의 가슴에 머리를 기댔다. 그는 힘든 노동으로 인해 땀투성이였고, 약간 기운이 없었으며, 잘 수선된 낡은 연장벨트를 어깨에 걸치고 있었다.

오늘밤, 수잔나는 게이브가 댄스홀 북쪽의 낡은 연주석에 앉을 수 있도록 의자를 가져다두었다. 그가 마실 맥주와 재떨이가 놓인 작은 책상도 준비해 두었다. 달빛이 쏟아지는 고원 위로 울려퍼지는 아코디언 연주는 그 어느 때보다 훌륭했다. 그녀와 칼라일은 게이브에게서 60미터쯤 떨어진, 호수가 내다보이는 창가에서 춤을 추었다. 새로 떠오른 태양이 경도를 따라 서쪽으로 이동하며 인도양과 수단을 가로지르고, 거대한 카메라가 빛을 따라갈 때 칼라일은 게이브를 향해 고개를 돌리며 "괜찮다면, 느린 탱고 부탁해요."라고 말한다.

게이브는 고개를 끄덕이며 맥주를 한 모금 마신 뒤, 손가락 사이에 끼워져 있던 럭키 스트라이크를 내려놓고 연주를 시작한다. 한 번 들으면 절대 잊을 수 없는, 간결하면서도 단호하고, 실용성과 즐거움을 두루 갖춘 연주를.

오래전 수잔나는 칼라일에게 탱고의 기본 스텝을 가르쳐주었다. 다들 칼라일이 스텝을 배우다 고꾸라지는 모습을 즐겁게 감상했었다. 그는 훌륭한 댄서는 아니었지만 그럭저럭 춤출 정도는 되었다. 하지만 수잔나의 춤은 완전히 달랐다. 게이브가 즐겨 말하듯 "어디서 배웠는지는 몰라도 수잔나는 진짜 멋들어진 탱고를 추지."

수잔나는 자신이 만든 드레스를 입고 있었다. 바닥까지 내려오는 긴 드레스는 연한 라벤더 빛깔로 그녀의 몸에 꼭 맞았다. 둘째를 가진 지 오 개월째라 드레스 위로 불룩 나온 배를 분명히 볼 수 있었다. 그녀는 적갈색 머리를 위로 틀어올리고, 커다란 은색 링 귀고리를 포함한 많은 은 장신구들을 달고 있었다. 댄스홀 천장에 매달린 육십 년 된 조명들은 은은한 빛을 비추며 플로어에 수시로 변하는 무늬들을 만들었다. 수잔나가 머리를 움직일 때마다 불빛이 귀고리에 반사되어 반짝거렸다.

수잔나는 온통 은빛과 부드러움으로 반짝였고, 칼라일은

특별한 때만 입는 깨끗하게 세탁한 옷을 입고 있었다. 황갈색의 밀리터리 스타일 셔츠와 카키색 바지, 그러나 신발은 여전히 작업화였다.

게이브는 의자에 등을 기대고, 두 눈은 꼭 감은 채 정말로 기막힌 연주를 들려주었다. 칼라일은 수잔나를 품에 안고, 댄스홀을 가로지르며 멋진 춤을 추었다. 칼라일이 수잔나를 뒤로 살짝 넘어뜨리자, 그녀는 그를 바라보며 미소 지었다.

댄스홀 이층에는 음악을 들으며 고속도로를 향해 나 있는 창문 너머를 응시하는 노인과 노인이 쓰다듬는 커다란 노란색 수고양이가 있었다. 노인은 고양이의 털을 따라 부드럽게 손을 움직였지만 그의 마음속에 자리 잡은 것은 고양이도, 고속도로도 아니었다. 그는 멍한 시선으로 칼라일과 수잔나를 바라보았다. 그의 시선은 그들을 넘어, 호수와 캘거리를 향해 달리는 트럭의 불빛을 건너, 다른 시간대로 향했다.

노인과 오래된 댄스홀과 달빛을 기념한 탱고, 이 모든 것들로부터 남서쪽으로 1,300킬로미터 떨어진 곳에 떡갈나무 한 그루, 그 밑에 밴 한 대가 세워져 있었다. 밴의 소유자는 일년 전 연방수사관들의 총탄 세례에 사망했다. 소문에 의하면 그 남자는 발로 오두막 문을 차고 들어가 엽총을 휘두르고 바닥에 총을 쏴 수사관들을 위협했다고 한다.

그 후 밴은 애리조나 산속에서 천천히 녹슬어갔다. 칼라일 맥밀런이 수잔나 벤틴을 부드럽게 뒤로 밀어뜨릴 때 고원의 황혼은 차츰 어둠으로 물들어갔고, 노인은 단짝 친구가 연주하는 탱고 연주에 반쯤 취해 있었다. 댄스홀 창밖으로 실려나간 탱고 선율은 하이플레인스 애비뉴라고 불리는 고속도로를 오가는 차량의 소음과 뒤섞였다.

노인은 아멜리에라는 여인과 파리라는 도시를 생각했다. 그 모든 것이 어디로 사라졌는지, 그리고 집중해서 바라보지 않으면 얼마나 빨리 사라지는지도 .

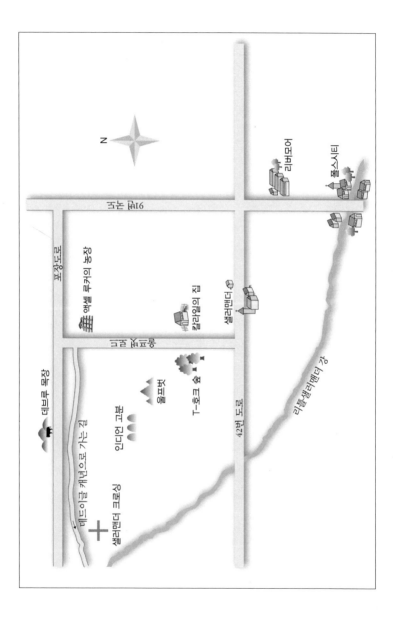